江苏省社会科学基金重大委托项目
“江苏文化精髓与精神标识研究”（24ZDW002）成果

江苏省社会科学基金重大委托项目
“江苏文脉工程精华编研究”（16WTD001）成果

江苏省“十四五”时期重点出版物出版专项规划项目

江蘇歷代文選

主编 徐兴无 曾学文

女性诗文卷

分卷主编 俞士玲

广陵书社

图书在版编目（CIP）数据
江苏历代文选. 女性诗文卷 / 徐兴无, 曾学文主编 ; 俞士玲分卷主编. -- 扬州 : 广陵书社, 2025. 6.
ISBN 978-7-5554-2241-9
Ⅰ. I218.53
中国国家版本馆CIP数据核字第2025TG8156号

书　　名　江苏历代文选：女性诗文卷
主　　编　徐兴无　曾学文
分卷主编　俞士玲
责任编辑　王　丽
助理编辑　刘　洪
出 版 人　刘　栋

出版发行　广陵书社
扬州市四望亭路 2-4 号　邮编　225001
（0514）85228081（总编办）　85228088（发行部）
http://www.yzglpub.com　E-mail:yzglss@163.com
印　　刷　江苏凤凰扬州鑫华印刷有限公司

开　　本　720 毫米 × 1020 毫米　1/16
印　　张　19
字　　数　330 千字
版　　次　2025 年 6 月第 1 版
印　　次　2025 年 6 月第 1 次印刷
标准书号　ISBN 978-7-5554-2241-9
定　　价　80.00 元

总 序

江苏有着悠久的历史和卓越的文化。江河湖海，皆是鱼米之乡；锦绣江南，誉为人间天堂。中国大运河发祥于此，沟通南北，连接中外，遂成华夏首出之地，递为东南都会中心。于是山川焕绮，性灵所钟。骚人咏歌，蔚为诗国。文章经世，俨然大邦。

江苏文脉开启于春秋时期。吴公子季札聘鲁观乐，叹为观止；言偃在孔子之侧，闻知大道。而江苏文学之兴则肇始于战国。《汉书·地理志》称吴、楚之地"文辞并发，故世传楚辞"。西汉吴、楚、淮南诸国，招纳词客；武、宣二帝，喜好文学，枚乘、枚皋、严忌、朱买臣、刘安、刘向等吴、楚之士皆长于辞赋，雅善议论。三国魏晋，吴有陆机、陆云兄弟，少有异才，文章冠世。东晋南朝，山水、玄言、声律之诗相继兴起；《文选》《诗品》《文心雕龙》等总集、论著并世而出；《抱朴子》《世说新语》《后汉书》等诸子、史传别开生面；文学与儒学、史学、玄学并列于国学，形成了江苏历史上第一个文学高峰时代。隋唐统一，扬州和江南成为诗家留连之地。孟浩然、李白、高适、杜甫、白居易、刘禹锡、杜牧、李商隐等大诗人于此或游或宦，留下千古佳句；而扬州诗人张若虚的《春江花月夜》，孤篇横绝，竟为大家。南唐君臣沉浸小令，吟风咏月，却感慨深沉。宋代文坛领袖欧阳修、王安石、苏轼、辛弃疾、陆游等在江苏皆有佳作，平山堂、半山园、放鹤亭、北固楼、瓜洲渡，风流宛在，脍炙人口。宋词境界开阔，范仲淹、秦观、叶梦得、范成大等江苏名家代不乏人，各领风骚。宋诗始开宗派，彭城陈师道被尊为江西诗派"三宗"之一；无锡尤袤、吴中范成大名列"中兴诗人"。明清两代，江苏经济发达，文教昌盛，城市文化与家族文化得到进一步发展，文学进入了第二个高峰时代。明代文坛如“前后七子”“唐宋派”，有徐祯卿、王世贞、唐顺之、归有光等江苏士人；明清易代，有顾炎武、归庄、吴嘉纪、吴伟业等抒发遗民情思；钱谦益、沈德潜、黄景仁、赵翼等诗作和诗论，均在清代诗坛独树一帜。阳羡词派、常州词派为清词大宗，或雄浑悲慨，或兴寄深闳。清代江苏骈文成就斐然，袁枚、汪中、洪亮吉等皆是大家；阳湖文派骈散结合，与安徽桐城古文分庭抗礼。江苏也是明清通俗小说、戏曲、说唱文学的沃土，冯梦龙《三言》、施耐庵《水浒传》、吴承恩《西游记》、梁辰鱼《浣纱记》、李玉《清忠谱》等，经典名著，层出不穷。江苏的女性作家众多，中国古代有著作可考的女作家中，江苏超过三分之一，尤以明清时期为盛，她们的创作为江苏古代文学增添了靓丽的风景。江苏的园林楼台，甲冠天下，吸引了历代名家争相书联题额，撰记作文，为江山增色，形成了情景交融的文学景观。

编纂地方文学文献，是江苏古代优秀学术传统。西汉目录学家、汉室宗亲、沛人刘向编纂的《楚辞》，上承《诗经》风雅篇什之意，下启中国地域文学编纂之绪。唐代丹阳人殷璠编选其当代诗集《荆扬挺秀集》和《丹阳集》，虽仅存书目或残篇，却是唐人编选唐代地方诗歌的开端。其中《丹阳集》选录开元天宝时代润州籍十八位诗人的作品，推崇建安风骨，展示了“时迁推变，俗异风革，信乎人文化成天下”的盛唐气象。宋代以后继有编纂，有北宋曾旼《润州类集》、马希孟《扬州集》，南宋郑虎臣《吴都文粹》等编。秦观曾经为《扬州集》作序，“推表废兴迁徙之迹”。明清两代是中国地方文学文献编纂的鼎盛时期，据《历代地方诗文总集汇编·前言》（国家图书馆出版社2016年版）统计，存世超过千种。在数量众多的江苏文学文献中，丹徒文士王豫编纂的《江苏诗征》一百八十三卷，收录清初至嘉庆间五千多位诗人的诗作，堪称中国古代部帙最大的以行政省命名的地方断代诗歌总集，表现出“江苏文教甲天下”的文化自信。这部巨帙的赞助者和审定者，清代大学者、仪征阮元又编有江苏扬州与南通州诗集《淮海英灵集》，又命阮亨与王豫编纂《续集》，皆是江苏地方文学文献的经典。

公元六世纪初，刘勰在南齐的都城建康完成了中国历史上第一部文学批评巨著《文心雕龙》。他在其中指出，文学的情思往往来自于自然和文化空间的启发，所谓"能洞监风骚之情者，抑亦江山之助乎"；而文学的变革兴衰往往受制于世道和时代的演进，所谓"文变染乎世情，兴废系乎时序"。唯有在更为广阔悠久的文化空间和历史长河之中，文学作品才能超越个人的情感与生命，突破具体的语境，并在后世不断的阐释之中，获得愈加丰赡的意义。古代学人对地方文学文献的编纂，正是这种文化意识的体现。他们通过收集整理乡邦文献，传承文化记忆，梳理文化脉络，考察历史变迁，为我们留下了宝贵的文化遗产。

正是本着对江苏古代文学成就及其学术传统的敬意，进而对江苏古代文学和文化做出我们的当代诠释，我们编纂了这套《江苏历代文选》。从经、史、子、集、方志以及名人信札、家族文献、文物碑刻等文献资料中遴选历代反映江苏历史、书写江苏社会、描绘江苏风光、刻画江苏人物、体现江苏智慧的韵文和散文，其中既有江苏人的作品，又有关涉江苏的篇章，按照文体或内容编为十五卷，每卷一册，包括诗歌、词曲、辞赋骈文、戏曲、楹联、论说文、书信、史传、碑志、序跋、杂记小品、楼台园记、家训嘉言、笔记小说、女性诗文等。当然，本书并不是江苏历代文学的文献总集，而是一部面向大众的普及读物，对所选作品略作解题，简明注释，点评作品的内容与价值，以期通过江苏历代文学的选本，为读者提供一条浏览江苏文脉、了解中华文化的方便途径。

2016 年，江苏省启动了"江苏文脉整理研究与传播工程"，编纂包括书目、文献、精华、方志、史料、研究六编的《江苏文库》，系统梳理江苏文脉，彰显江苏对中国文化的历史贡献，总结江苏文化的发展规律，为江苏的文化创新提供学术资源，是江苏历史上规模最大的典籍整理与文化研究工程。南京大学文学院的古代文学和古典文献专业承担着《江苏文库》“文献编”与“精华编”的整理与研究工作,也是与广陵书社合作编纂这套书的主要团队。编纂工作得到江苏省社会科学基金重大委托项目“江苏文脉工程精华编研究”和“江苏文化精髓与精神标识研究”的支持。这套书的编纂,尝试以“文选”响应“文库”,为传播江苏文化,讲好江苏故事,增强文化自信做一点文化普及工作。

由于江苏文学源远流长,名家辈出,佳作如林,典籍浩繁,且文体众多,地域不均,各卷的选编标准和文字表达难以整齐划一,尽管我们努力精选,但一定会有遗珠之憾,学术错误亦在所难免,希望读者们批评指正,帮助我们修订完善。

徐兴无　曾学文

2025年3月

前 言

中国古代女作家人数众多，其中江苏（以今江苏省行政区划为准，下同）尤其盛产女作家。胡文楷《历代妇女著作考》著录有著作的女作家4000余人，其中江苏近1170人。张宏生等为《历代妇女著作考》作《增补条目》，增录女作家约260人，其中江苏籍110余人。施淑仪《清代闺阁诗人征略》不以著作为限收录诗人，所涉女诗人1262位，其中江苏籍460余人。

就历史时段分布而言，《历代妇女著作考》著录汉魏六朝女作家33人，其中江苏籍（此处包括晋末南迁而居于江苏者）6人；唐五代22人，江苏籍0人；宋辽46人，与江苏有关者7人；元代16人，江苏籍4人；明代约250人，江苏籍近90人；清代3660余人，江苏籍1070余人。为何唐五代时，江苏有文集的女作家缺失呢？唐代有著作的女作家主要集中在两个群体：一是与皇室有关的贵族和女官，二是伴随唐人漫游和科举考试而来的读书人大量流动而兴起的娱乐业的从业女性。这两类人群中，当时江苏籍女性占比较少。如果不以有文集作为标准，唐代则不乏大历十才子吉中孚妻张夫人、慎氏女等江苏籍女作家。总而言之，古代江苏女作家代有人出，而明清时期，江苏籍女作家尤为活跃隆盛。

本书选取江苏籍女作家65位，其中汉魏六朝8位，隋唐宋8位，元代3位，明清46位。所选作品包括赋3篇、各体文36篇、诗84首、词21首、曲1首、传奇1出。弹词等小说，因篇幅过长，只能割爱。

因学界对宋以前女性之作关注相对较少，即使被选入《玉台新咏》《才调集》中的女性诗，也少有完整注释，且早期作品一般对后世创作有所影响,故本选对宋以前之作,能选尽选,并详细作注。如“柳絮”“椒颂”很早就成为女性文才的美称,京口(今江苏镇江)陈珍《椒花颂》虽存《晋书·列女传》中,但关注者寥寥。又如南兰陵(今江苏常州)萧氏,为昭明太子曾孙女,后为隋炀帝皇后,其《述志赋》虽完整,但沉埋在《隋书》本传中,少人问津。本选对之详加注析。明中后期是古代女作家崛起的重要时期,而明末清初女作家,书写时代,节义铮铮,本选对此时作家相应之作关注颇切。如顾炎武嫡母王氏《弥留书》、瞿式耜妻邵氏《论兵机书》、瞿式耜子妇陈结璘《春日田园杂兴》《满庭芳·丁巳端阳过春晖园述怀》、柳如是以及秦淮八艳之作等。清代女作家人数众多,文集留存多,研究亦众,本人也有意单独选注一本清代江苏女性文选,故本选只取十余位女作家,她们或能以诗文教子,或姊妹兰桂齐芳,或为随园女弟子,或为女天文学家、数学家、书法家,或堪称中国古代最多产的戏曲家,所谓尝鼎一脔而已。本选关切强烈表达女性意识之作。如明翁孺安《追古述怀兼妄评已事》、薄少君《悼亡诗》、徐灿《青玉案·吊古》、王贞仪《题〈女中丈夫图〉》、曹贞秀《跋自临〈兰亭〉》、刘清韵《英雄配》等。女作家善于写农家、市井生活以及闺中乐趣,本选也给予关注。如张夫人《拜新月》、郑允端《水槛》、董白《秋闺词》、吴绡《骂裙》《饲狸》等。本选重视各种身份女作家的相关之作,如选取无锡女儒医谈允贤《〈女医杂言〉序》以及医书中的两则医案,选取金陵女科学家王贞仪的《〈历算简存〉自序》等,以期展现古代女性的各种建树。

此选以作家为目,按时代先后排列。尽量考证作家生平。如顾贞立生年,即根据其诗序、诗作等获得。又如曹贞秀生年,一般依据《写韵轩小稿》前王芑孙《序》,序中提及其妻年三十,并用序后题署作为时间点倒推(如肖亚男主编《清代闺秀集丛刊》第18册《写韵轩小稿》前诗人小传),但序后题署未必能够作为时间节点,而曹贞秀现存书法中有明确的某年年七十的题署,故本选重新确定生年。不过因不少女作家生平资料缺乏，特别是早期女作家，其生卒年只能付之阙如，仅根据其家人生平略作排序。

有关注释，本选先解释词语，若句意隐晦，则略作串讲，若有典故来源，则尽量注出，以见作家之匠心。如柳如是之作堪称难解，其《男洛神赋》，陈寅恪先生评价极高，但谦称“复惭俭腹，无以探作者选学之渊深”，本选尝试注释。我从每一字的字意、字源着手进行笺注，反复融通后，渐渐感觉柳如是用字秘密主要有：一、以字为单位，无一字无来处，形成密集诗意。如“临汜藏之萌滥，多泓潏于肆掩”写沟中浮萍溢满之景，她不正面写，而说“汜藏”（沟被藏起来了），“汜藏”又代“浮萍”，从而与“萌滥”相联，“萌”是始生，“滥”是生长到了汜岸边，如船搁浅。“滥”又用了比喻义。“汜藏”与“萌滥”构成比喻义上的回环。“泓潏”是两个相近义的生僻字组合，写水中浮萍的动态，“肆掩”解释成“肆意掩”，前者修饰后者，也可通，但考虑到柳如是的用典习惯，我觉得枚乘《七发》“掩萍肆若，为牧人席”才是其真正出处。一来《七发》也是在写“萍”，二来“掩”“肆”同意，正好与“泓”“潏”形成对应，因而两句之间也构成平衡。此赋用辞赋的生僻字最多。二、其用典，往往作缩略歧变，造成隐晦多义。如“望娅娟以熠耀，粲黝绮于疏陈。横上下而仄隐，实澹流之感纯”四句，与织品、纺织有关，可是如何与“澹流”“感纯”关联？后悟到其用谢朓“澄江静如练”意，又将“澄江”变作“澹流”，将“练”变作“纯”。我还鼓其余勇，注释了柳如是的二诗、一词、三通尺牍，虽然比现有选注明确，但也并不自信，期待读者检验和指正。本选对一些有过注释的篇章，也力求准确生动。如毛秀惠《戽水谣》，写农民车水抗旱，是一首劳者歌其事的好诗。沈德潜《清诗别裁集》、汪学金《娄东诗派》、张应昌《清诗铎》、徐世昌《清诗汇》都选此诗，现代各家女性选本，也无不选之，但注释则五花八门，如“沃焦”一词的含义，张明叶《中国历代妇女诗词选》解释为：“象浇灌焦土一样。”（辽宁教育出版社，1989年，第325

页）苏者聪《古代妇女诗一百首》曰："沃焦：肥沃的土地。"（岳麓书社，1984年，第122页）后来的《配画女才子诗词一百首》，修改为："传说东海南部的一座大山，水灌之而不已。此处用以形容土地干旱之甚。"（华中理工大学出版社，1994年，第247页）杜珣《中国历代妇女文学作品精选》解释为："焦：指焦禾。"（中国和平出版社，2000年，第493页）我以为此处用《史记》"奉漏瓮沃焦釜"之典，写出干得发出丝丝声响、干得冒烟的农田，十分生动。

本选评析，各随文本自身特点，或放在合理的写作情境中解读其深意，或剖析其字法、句法、章法之妙，或放在文学史序列中评价其意义，力求随缘自适。

俞士玲

2025年3月

目　录

陈　玢

陈玢(生卒年不详),永嘉乱,其家南渡居于京口(今江苏镇江)。弟统,字元方,曾为徐州从事;弟纮,字伟方;妹琇(详下)。姐弟四人,皆有美才。夫徐藻(?—397,南渡后亦家于京口),曾为都水使者。子邈(345—398)、广(352—425),邈被称为东州儒素,《晋书》皆有传。有《陈玢集》五卷。陈统以《诗经》名家,曾难孙毓毛、郑、王肃三家诗同异,著有《毛诗表隐》二卷、《陈统集》七卷等,均佚。徐邈,经著尤富。徐广,著《晋纪》《答礼问》等。

与妹刘氏书〔1〕

伏见伟方所作先君诔〔2〕,其述咏勋德,则仁风靡坠;〔3〕其言情诉哀,则孝心以叙。自非挺生之才,孰能克隆聿修若斯者乎!〔4〕执咏反覆,触言流泪,感赖交集,悲慰并至。〔5〕元方、伟方并年少而有盛才,文辞富艳,冠于此世。〔6〕窃不自量,有疑一言,略陈所怀,庶备起予。〔7〕

先君既体弘仁义,又动则圣检,〔8〕奉亲极孝,事君尽忠,行己也恭,养民也惠,〔9〕可谓立德立功、示民轨仪者也〔10〕,但道长祚短,时乏识真,荣位未登,高志不遂,本不标方外迹也。〔11〕老庄者,绝圣弃智,浑齐万物,等贵贱,忘哀乐,非经典所贵,非名教所取,〔12〕何必辄引以为喻耶?可共详之。〔13〕

【注释】

〔1〕选自《艺文类聚》卷二十二“人部六·品藻”。

〔2〕伏:敬辞。伟方:弟陈纮字。先君:已去世的父亲。诔:指诔文,悼念死者

的文章。

〔3〕述咏：叙述吟咏。勋德：功业德行。靡坠：不落。两句说诔文使父亲仁德之风长存。

〔4〕挺生：杰出。克：能。隆：隆盛。聿：述。修：行。两句说谁能隆盛、继承、发扬父亲道德如此。《诗经·大雅·文王》："聿修厥德。"

〔5〕触言：所见每一字。感赖：感激依赖。悲慰：悲伤慰藉。

〔6〕盛才：高才。文辞富艳：文章美盛华丽。冠：超出众人。

〔7〕窃：谦辞。陈：说出来。庶：庶几，或许。起：启发。四句说，我不自量力，对诔文中用语有一疑问，略说己意，或能表达弟文给予我的启发。《论语·八佾》："子曰：起予者，商也。"

〔8〕体：指身体、精神气质、思想灵魂等。弘：弘扬。动：相对于体，指言行等外在或部分的表现。则：取则，效法。圣检：圣人标准。

〔9〕奉亲：侍奉双亲。事君：服事君王。行己也恭：立身行事谦逊。养民也惠：以实惠养护百姓。《论语·公冶长》："子谓子产：'有君子之道四焉：其行己也恭，其事上也敬，其养民也惠，其使民也义。'"

〔10〕立德立功：建立高尚道德和伟大功业。示民轨仪：给百姓提供规则和仪范。《左传·襄公二十四年》叔孙豹言"三不朽"："豹闻之：太上有立德，其次有立功，其次有立言，虽久不废，此之谓不朽。"《国语·周语下》："示民轨仪。"

〔11〕祚：福。这里指年寿。乏：缺少。真：指其父内在的道德才能等。高志不遂：高远志向未能实现。不标方外迹：不以道家避世为目标。《庄子·大宗师》："孔子曰：'彼游方之外者也，而丘游方之内者也。'"

〔12〕绝圣弃智：弃绝聪明才智。浑齐万物：同等看待万物。经典、名教：指儒家经典和礼仪教化。

〔13〕辄：总是。喻：比喻，说明。共详：将自己的意见与弟弟的文章放在一起审察、考虑。

【评析】

江苏女性识字能文者应不少。如陆云《失题》写一"超迹皇英，质如瑶琼"的女性"赠我翰墨/林，示我丹诚"，男性回赠诗作后，希望对方能"无秘尔音，不我是贻"，期待持续的文字交流。可惜女性没有作品留下。陈玢此文，是现存较早的一封较完整的女性书信，且是女性寄女性之作，内容主要是讨论其弟为其父撰写的诔文。

陈玢赞美诔文表彰了父亲德业，表达了孝子之思，这符合刘勰《文心雕龙·诔碑》对诔文“荣始而哀终”的文体要求。她反复读此文，说自己一字一泪，指出文章既悲痛至极，又令人欣慰，认为文章的力量源于弟弟突出的文才和其能继承发扬父亲的德业。不过，她对弟弟诔文中用老庄之语为喻提出严肃的质疑。在玄学盛行的魏晋，作文者好用《易》《老》《庄》三玄之典，陈纮诔文亦有所用。陈玢认为父亲从思想到行事都是纯粹的儒者，其行事效法圣人，其生命本质是在弘扬仁义，而且实际上做到了为民准则，其一生怀才不遇，未获大用，志不获逞，是时乏伯乐，而非父亲有意标榜方外之迹。

有关陈玢父亲的思想行止，因材料缺乏，难以评说。由此文可知，陈玢更认同儒家德行，更愿意从纯粹儒学的角度、使用更纯粹的儒家思想话语来光大父亲德业。其不愿在父亲诔文中掺入玄学，显示出与当时主流思想倾向的有意疏离。其子徐广，在晋宋易代之时，以晋室遗老终，或不无其母思想的影响。

陈　珍

陈珍(生卒年不详),玢妹,同郡刘臻妻。入《晋书·列女传》。撰元日及冬至进见之仪,有《陈珍集》七卷等。

椒花颂[1]

旋穹周回[2],三朝肇建[3]。青阳散辉[4],澄景载焕[5]。标美灵葩,爰采爰献。[6]圣容映之,永寿于万。[7]

【注释】

〔1〕选自《晋书·列女传》本传。椒花:花椒,芸香科植物。《诗经·唐风·椒聊》:"椒聊之实,蕃衍盈升。"

〔2〕旋:又作璇,北斗第二星,此处代指北斗星。穹:指天。周回:旋转一周,回到原位。指一岁而周。《淮南子·天文训》:"紫宫执斗而左旋,日行一度,以周于天。"

〔3〕三朝(zhāo):新年第一日,此日是一年、一月、一日之始。肇建:创建,始创。《汉书·谷永传》颜师古注:"岁、月、日三者之始,故云三朝。"

〔4〕青阳:指春天。《汉书·礼乐志》引《郊祀歌·青阳》"青阳开动",臣瓒注:"春为青阳。"

〔5〕澄景:指秋天。载焕:开始光亮、鲜明。花椒果实多,果期八至九月,或十月,中秋节前后红艳可爱,可以采摘。《白氏六帖事类集》卷一"秋第三十":"景曰朗景,澄景,清景。"

〔6〕灵葩:仙花。爰:于是。献:恭敬、庄严地送上。视椒花为仙花,是汉晋的普遍观念。如《春秋运斗枢》云:"玉衡星散为椒。"宗懔《荆楚岁时记》引《四民月令》云:"椒是玉衡星精,服之令人身轻能(读作耐)老。"成公绥《椒华铭》云:"厥味

惟珍,蠲除百疾。”郭璞《椒赞》:“服之不已,洞见通神。”玉衡星,北斗第五星。

〔7〕圣容:皇帝的容貌气色。永寿于万:即万寿无疆意。永,长。

【评析】

陈氏,在《晋书·列女传》中,紧接谢道韫传后,其传中“亦聪辩”之“亦”,即相对谢道韫的聪慧、善清谈而言。《晋书》又云其“能属文”,《太平御览》卷一五七引《晋书》指出陈珍在兄弟姊妹四人中“文章最盛”。此颂在宇宙运行的周而复始中,写椒花自春而秋果实成熟,被采摘进献,再制成椒花酒,正旦日,被置于帝王面前,椒花的灵性与政治、社会生活融合,因而宇宙、人类、自然的周而复始和帝王的万寿无疆似乎不再仅仅是一句美好的祝愿,而有了物质和精神的载体,文学的魔力也得以呈现。

《椒花颂》之于女性文学文化史的意义:一、这是一篇进献之作。《晋书》本传云其“尝正旦献”此颂,文中“爰采爰献。圣容映之,永寿于万”,也证明了这一点。显示了陈氏作为女性参与公共写作的努力。二、此篇或为陈氏元正进见之礼的一部分。陈氏擅礼学,《晋书》云其“撰元日及冬至进见之仪,行于世”。之前成公绥(231—273)《椒华铭》曰:“嘉哉芳椒,载繁其实。厥味惟珍,蠲除百疾。肇惟岁始,月正元日。永介眉寿,以祈初吉。”椒花酒是乡饮酒礼的一部分,陈氏则有意将椒花酒引入朝廷之礼中。三、此作南朝齐梁时已典故化。如庾信(513—581)《正旦蒙赵王赉酒》云“柏叶随铭至,椒花逐颂来”,《李椿妻刘琬华墓志》赞李氏“词发椒花之颂”。四、颂椒与咏絮并列,成为女性文才的美称。如陈端生(1751—约1796)《再生缘》云“丽君有颂椒、咏絮之才”;桐城女诗人方曜《元日》诗有“咏絮才疏学颂椒,曈曈初日上窗橑”之句。

桃　叶

桃叶，东晋王献之(344—386)妾，居建康(今江苏南京)。

答王团扇歌〔1〕

七宝画团扇，粲烂明月光。〔2〕与郎却暄暑〔3〕，相忆莫相忘。

青青林中竹，可作白团扇。〔4〕动摇郎玉手，因风托方便。〔5〕

团扇复向谁，侍许自障面。〔6〕憔悴无复理，羞与郎相见。〔7〕

【注释】

〔1〕选自《艺文类聚》卷四十三“乐部三·歌”。《玉台新咏》卷十题作《答扇歌》。

〔2〕七宝：多种宝物。画：此谓装饰。粲烂：灿烂，鲜明。班婕妤《怨歌行》：“裁为合欢扇，团团似明月。”

〔3〕却：了却，去掉。暄暑：暑热。

〔4〕班固《竹扇赋》：“青青之竹形兆直……削为扇翣成器美……度量异好有圆方。”

〔5〕动摇：摇动。方便：便利。后句，《玉台新咏》作“因手托方便”。二句意谓天气炎热，郎君玉手摇扇扇风，故扇子有承载恩幸的便利。班婕妤《怨歌行》：“出入君怀袖，动摇微风发。”李善注曰：“此谓蒙恩幸之时也。”

〔6〕侍：奉用。许：此，指团扇。二句，《玉台新咏》作“团扇复团扇，许持自障面”。

〔7〕憔悴：面容难看。无复理：没有恢复的道理。《汉书·外戚传·孝武李夫人传》：“初，李夫人病笃，上自临候之，夫人蒙被谢曰：‘妾久寝病，形貌毁坏，不可以见帝，愿以王及兄弟为托。’”

【评析】

《玉台新咏》卷十、《艺文类聚》卷四十三此三首诗前，都引王献之《情人歌》(《情人桃叶歌》)二首，《玉台新咏》作："桃叶复桃叶，渡江不用楫。但渡无所苦，我自来迎接。""桃叶复桃叶，桃叶连桃根。相怜两乐事，独使我殷勤。"此三首诗，被视为桃叶对王献之所赠两首情诗的回应。

王献之《情人歌》呼唤桃叶渡江，直抒殷勤缠绵之情，桃叶诗则借扇抒情，以表达婉转之意。将桃叶诗与班婕妤《怨歌行》对比欣赏，方能更见其意。班婕妤《怨歌行》曰："新裂齐纨素，皎洁如霜雪。裁为合欢扇，团团似明月。出入君怀袖，动摇微风发。常恐秋节至，凉飙夺炎热。弃捐箧笥中，恩情中道绝。"团扇的品质("新""洁""齐纨素")、颜色("霜雪""皎洁")、形状("团团""明月")都隐喻了纯洁、美满、热烈的爱情。而明月入怀、团扇出入襟袖、微风拂面等，又使爱情有了灵肉的感受性。最后由夏去秋来，团扇无用，引出爱情不能长久的担忧。桃叶以团扇诗作答，就是将己诗置于经典诗境中并加以改造创新。与"裁""齐纨素"不同，此诗开拓了"七宝扇"与"竹扇"题材，这两种质地的扇子，也见于汉代文献，如班固《竹扇赋》，又《西京杂记》云汉武帝有"七宝床"。因为扇子在夏天为情郎驱除炎热，所以与情郎结成"相忆莫相忘"的亲密关系，此为第一首；而扇子与郎玉手接触，也就有了亲炙恋人的便利，此为第二首；一旦容颜憔悴，团扇变成障面，成为憔悴的遮蔽物，也成为美丽容颜和美满爱情的象征和记忆物，用此扇以抵挡《怨歌行》爱情不能长久的担忧，同时将《汉书·外戚传·孝武李夫人传》李夫人之典纳入其中。

桃叶是否实有其人？《乐府诗集》又将这几首诗与晋中书令王珉与嫂婢谢芳姿的爱情故事相连，究竟是王献之、桃叶故事，还是王珉与谢芳姿的故事？其实这些都不重要，重要的是这些歌谣以及其承载的爱情故事在江南流传，成为江南旖旎文化的组成部分。

刘英媛

刘英媛，彭城（今江苏徐州）人。刘宋文帝第六女，封临川公主；孝武帝时，封临川长公主。先嫁王导后人、东阳太守王藻（？—465），王藻爱近侍吴崇祖，遭公主愤恨，下狱死。与王氏离婚。明帝泰始初，拟嫁豫章太守庾冲远，未成礼，冲远卒。后归王家教子。

上表乞还身王族〔1〕

妾遭随奇薄〔2〕，绝于王氏〔3〕。私庭嚣戾〔4〕，致此分异。今孤疾茕然，假息朝夕。〔5〕情寄所钟，唯在一子。〔6〕契阔荼炭，持兼怜愍。〔7〕否泰枯荣，系以为命。〔8〕实愿申其门衅〔9〕，还为母子。推迁僶俛，未及自闻。〔10〕先朝慈爱，鉴妾丹衷。〔11〕若赐使息彻归第定省〔12〕，仰揆天旨，或有可寻。〔13〕今事迫诚切，不顾典宪，敢缘恩焘，触冒披闻。〔14〕特乞还身王族，守养弱嗣〔15〕。虽死之日，实甘于生。

【注释】

〔1〕选自《宋书·后妃传·孝武文穆王皇后传》。题从严可均《全上古三代秦汉三国六朝文》。

〔2〕遭随奇薄：命运不好。遭随，遭命与随命。奇薄，指数奇命薄。《论衡·命义篇》："说命有三：一曰正命，二曰随命，三曰遭命。……随命者，戮力操行而吉福至，纵情施欲而凶祸到，故曰随命。遭命者，行善得恶，非所冀望，逢遭于外而得凶祸，故曰遭命。"王粲《闲邪赋》："何性命之奇薄，爱两绝而俱违。"

〔3〕绝于王氏：与王家断绝关系。

〔4〕私庭：私家，家内，指王家。嚣戾：嚣张暴戾。

〔5〕孤疾：孤身多病。茕(qióng)然：孤独貌。假息：暂且喘息，苟延残喘。朝夕：意朝不及夕，朝不保夕。

〔6〕情寄所钟：情之所钟。《世说新语·伤逝》："王戎丧儿万子，山简往省之，王悲不自胜。简曰：'孩抱中物，何至于此？'王曰：'圣人忘情，最下不及情，情之所钟，正在我辈。'"

〔7〕契阔：勤苦。荼炭：同涂炭，处于极端困苦境地。持兼：倍加。怜愍(mǐn)：怜悯。

〔8〕否泰：《周易》二卦名，分指坏运、好运。枯荣：生命的衰、盛。二句意谓以一子的命运好坏、生命荣枯为自己生命之意义。

〔9〕申：申宥，请求宽宥。门衅：指前夫家罪过。

〔10〕推迁：推移变迁。俛俛(mǐn miǎn)：俯仰。皆指宋帝变化。二句指公主向前废帝刘子业告发王藻，王藻下狱死，公主绝于王家。不久，刘子业被废，公主来不及上奏表达"还为母子"的愿望。

〔11〕先朝：指孝武帝。鉴：照见，明察。丹衷：赤诚之心。公主与孝武帝、明帝同父所出，公主与王藻夫妻矛盾应该由来已久，故公主对明帝提及孝武帝明察她的爱子之心。

〔12〕息：子息，儿子。彻：儿子名。定省：昏定晨省，儿女早晚向父母问安。《礼记·曲礼》："凡为人子之礼，冬温而夏凊，昏定而晨省。"

〔13〕揆：揣度。天旨：天子的旨意，此指宋明帝旨意。二句说仰望揣度天旨，或者可以找到解决问题的办法。

〔14〕事迫诚切：事急心急。典宪：法典，法律。恩焘：恩泽。触冒：冒犯。披闻：剖说心意让对方知道。

〔15〕弱嗣：幼弱子嗣，指王彻。

【评析】

宋临川长公主与王藻夫妻不和，王藻因公主而下狱死，夫妻之道因事实上的义绝和皇权干预而终结。虽然从血缘关系和情感关系上看，长公主与其子王彻的母子之道不绝，但中国古代是父权制宗法社会，既然王彻为王藻嗣子，王藻因长公主而死，则王彻与生母的礼法关系也随之断绝，若站在强固的宗法立场，王彻视母亲为仇人也是可能的。表中称"实愿申其门衅，还为母子”,可见其母子关系已不存。文章借用王戎“情之所钟,正在我辈”之论,发出“情寄所钟,唯在一子”“否泰枯荣,系以为命”的至情之语,表现出强烈而深沉的母爱,同时呈现了中国古代情感与礼法的巨大冲突,表达了借助于皇权天威来弥合破损的母子关系的愿望。

沈约《宋书·后妃传·孝武文穆王皇后传》引用此文则别有用途。《孝武文穆王皇后传》用很小的篇幅介绍王皇后,然后引出王皇后父母和父亲长子、王皇后兄长王藻,而写王藻是为了引出对东晋以来女子善妒的批判,并表达对宋文帝以来对善妒女性的惩罚和教育的认同。传中全文收录了宋明帝授意为江斅所作的篇幅甚大的《为江斅让尚公主表》。表中提及了临川长公主夫妇,所谓“王藻虽复强佷,颇经学涉,戏笑之事,遂为冤魂。……伤理害义,难以具闻。夫螽斯之德,实致克昌;专妒之行,有妨繁衍。是以尚主之门,往往绝嗣;驸马之身,通离衅咎”,赞美王藻广学博览,认为夫妻矛盾起于“戏笑之事”而已,对长公主等则施以“伤理害义”等严厉的批评。宋明帝让所有公主读此文,而长公主这篇上表则成为公主受教从而回归母职的证据。宋明帝自然也允许了长公主“还身王族”的请求。

林梅村《南京象山7号墓出土西方舶来品考》(林梅村著《波斯考古与艺术》下编第二章,北京大学出版社,2023年)推测南京象山7号墓是王藻与临川长公主以及侍女的合葬墓。

鲍令晖

鲍令晖(419？—457？),诗人鲍照(414？—466)妹。其家本上党,后迁至东海,永嘉乱后,先徙居京口(今江苏镇江),又移居建康(今江苏南京)。有才思,有集行世,已散佚。

拟青青河畔草[1]

袅袅临窗竹[2],蔼蔼垂门桐[3]。灼灼青轩女[4],泠泠高堂中[5]。明志逸秋霜,玉颜掩春红。[6]人生谁不别,恨君早从戎。鸣弦惭夜月,绀黛羞春风。[7]

【注释】

〔1〕选自《玉台新咏》卷四。

〔2〕袅袅:风摇木貌。古辞《白头吟》:"竹竿何袅袅,鱼尾何簁簁。"

〔3〕蔼蔼:盛多貌。《诗经·小雅·湛露》:"其桐其椅,其实离离。"《诗经·大雅·卷阿》:"蔼蔼王多吉士。"《毛传》:"蔼蔼,犹济济也。"

〔4〕灼灼:鲜明,形容青春正盛。青轩:豪华的居室。《诗经·周南·桃夭》:"桃之夭夭,灼灼其华。"

〔5〕泠泠:庄严肃穆貌。高堂:高大的厅堂。

〔6〕明志:明洁的志向。逸:超过。玉颜:美丽的容颜。掩:遮蔽,盖过。两句言女子节超霜雪,美过春花。宋玉《神女赋》:"苞温润之玉颜。"颜延之《秋胡行》:"婉彼幽闲女,作嫔君子室。峻节贯秋霜,明艳侔朝日。"

〔7〕从戎:从军。鸣弦:弹琴。绀黛:形容眉色。后两句言,独自弹琴而惭明月之圆,绀黛愁眉而羞春风之畅。曹丕《燕歌行》:"贱妾茕茕守空房,忧来思君不敢忘。不觉泪下沾衣裳,援琴鸣弦发清商。"

【评析】

此诗拟《古诗十九首》:“青青河畔草,郁郁园中柳。盈盈楼上女,皎皎当窗牖。娥娥红粉妆,纤纤出素手。昔为倡家女,今为荡子妇。荡子行不归,空床难独守。”陆机《拟青青河畔草》作:“靡靡江蓠草,熠耀生河侧。皎皎彼姝女,阿那当轩织。粲粲妖容姿,灼灼美颜色。良人游不归,偏栖独只翼。空房来悲风,中夜起叹息。”古诗中的男女一为荡子,一为倡女,荡子妇临窗梳妆,对“荡子行不归”,发出“空床难独守”的直率言辞和应对。陆机拟诗让男女成为良人和织妇,织妇也独栖无眠,但止于“中夜起叹息”。鲍令晖拟诗沿袭了思妇的基本内容,用语上也有沿袭,如以“灼灼”形容女子,但诗歌构建了女子新婚、丈夫从戎和思君情节,男女的身份进一步高贵和道德化。两诗用以起兴的“河畔草”“江蓠草”“园中柳”被改写成房舍的窗前竹和垂门桐,而桐可栖凤,凤非竹实不食又映衬了男女双方身份和环境的高洁美好,同时用《白头吟》《诗经·周南·桃夭》等典故,共同构建“之子于归”和“宜其室家”的情节。故下文自然接续“明志逸秋霜,玉颜掩春红”之句。其对思妇独栖之恨的书写尤显精致:“鸣弦惭夜月”,既描写了夜月之圆与丈夫之缺,形成一层人事对比,呈现独栖之憾,还承续了阮籍《咏怀》诗“夜中不能寐,起坐弹鸣琴。薄帷鉴明月,清风吹我襟”的文学传统。“绀黛羞春风”,用“绀黛”突出思妇的愁眉,墨浓意重,而春风骀荡欢畅,意象甚美,愁与乐对比强烈,既出人意表又在情理之中,有戛戛独造之功。“明志逸秋霜,玉颜掩春红”,也对仗精美。本诗描写华丽而庄重,色彩明艳,繁而不缛,生气贯注,诗思奇特不凡。

寄行人诗〔1〕

桂吐两三枝〔2〕,兰开四五叶〔3〕。是时君不归,春风徒笑妾。〔4〕

【注释】

〔1〕选自《玉台新咏》卷十。

〔2〕淮南小山《招隐士》:“攀援桂枝兮聊淹留。”王逸《九思·守志》:“桂树列

兮纷敷,吐紫华兮布条。”

〔3〕《诗经·卫风·芄兰》:“芄兰之叶,童子佩韘。”

〔4〕与上诗“鸣弦惭夜月,绀黛羞春风”同一笔法。淮南小山《招隐士》:“王孙游兮不归,春草生兮萋萋。”

【评析】

钟嵘《诗品》以鲍令晖入下品,引鲍照答宋孝武帝云:“臣妹才自亚于左芬,臣才不及太冲。”鲍照将其妹与西晋左思妹左芬相比。《诗品》云“令晖歌诗,往往崭绝清巧,拟古尤胜”,上文《拟青青河边草》“明志逸秋霜,玉颜掩春红”“鸣弦惭夜月,绀黛羞春风”,可谓“崭绝清巧”,许文雨《诗品讲疏》认为此首的“是时君不归,春风徒笑妾”,“即崭绝清巧之例”。确实如此。

桂树吐枝,兰草开叶,既写春意盎然,又通过用《招隐士》《诗经·卫风·芄兰》之典呼唤游子归来。三、四两句,先假设“是时君不归”,似乎后果很严重,继而给出“春风徒笑妾”的后果,诗歌骤然轻灵诙谐起来。然而既然春风能催吐桂枝,吹开兰叶,其生气和力量自然是可以笑话唤不回游子的思妇的,所以“春风徒笑妾”,又变得合理了。诗思奇特有味。诗中“两三”“四五”,是较早的精巧数字对。

王夫之《古诗评选》“小诗”中选此诗,评论道:“小诗本色,不嫌迫促。”推此诗为典范。确实,此诗虽只二十字,但有景有情,有趣有味,有自然和人事的世界及其诙谐生动的物我关系和人际关系,而诗歌营造的物我和人际关系生动温婉。王夫之还指出此诗具有极强的生命力,他说王维的《班婕妤》“怪来妆阁闭”(后三句是:“朝下不相迎。总向春园里,花间笑语声。”)和贾岛的《寻隐者不遇》“松下问童子”(后三句是:“言师采药去。只在此山中,云深不知处。”),“俱从此出”。从此诗逗漏一点而多重造境引人遐想的诗法等方面看,王夫之的提点是深刻的。

韩兰英

韩兰英（？—498？），吴郡（今江苏苏州）人。有文辞，善谈笑。刘宋孝武帝时，因献《中兴赋》，被赏入宫。明帝时，为后宫职僚。齐武帝以为内博士，教六宫书学。郁林王时，为后宫司仪。因其年长多识，被呼为“韩公”。有《韩兰英集》四卷，亡。

为颜氏赋诗〔1〕

丝竹独在御〔2〕，愁人独向隅〔3〕。弃置将已矣，谁怜微薄躯。〔4〕

【注释】

〔1〕选自萧绎《金楼子》卷一《箴戒篇》。

〔2〕丝竹：弦乐器和管乐器。在御：放着备用。《礼记·乐记》：“金石丝竹，乐之器也。”《诗经·郑风·女曰鸡鸣》：“琴瑟在御，莫不静好。”

〔3〕向隅：面对角落。《说苑·贵德》：“圣人之于天下也，譬犹一堂之上也。今有满堂饮酒者，有一人独索然向隅而泣，则一堂之人皆不乐矣。”

〔4〕已：罢了。微薄躯：卑贱的生命。曹植《赠白马王彪》：“弃置莫复陈。”

【评析】

《金楼子》卷一叙述了此诗本事，说南朝齐郁林王时，有颜姓女子，她的丈夫嗜酒如命，女子父母不满女婿，勒令女儿还家，女儿不从。后来颜女被送入郁林王宫中任职，郁郁不乐，愁绪满怀。春夜，郁林王请韩兰英以颜女为素材写诗，于是有了上引之诗。由此可见韩兰英宫廷侍御文人的身份。与司马相如作《长门赋》悟汉武帝一样，文学也在此发挥讽谕作用，进而改变了颜女命运——“帝乃还之”，颜女被允许离开了宫廷。

诗人用《诗经·郑风·女曰鸡鸣》之典，赞美郁林王对颜氏女的看重和款待，接着用《说苑》“满堂饮酒”，“有一人独索然向隅而泣”之典，既写出颜女的含愁情态，也向郁林王发出“圣人之于天下也”，不让“一人不得其所”的讽谏，最后以颜女之口发出既含幽怨又祈求哀怜之声。钟嵘《诗品》以韩兰英入下品，云：“兰英绮密，甚有名篇，又善谈笑。”此篇看似简单，实用典精微，怨悱不乱，婉转细密，或可称为名篇。可惜韩兰英作品散佚，只能尝鼎一脔了。

刘 氏

刘氏，彭城（今江苏徐州）人。刘绘（458—502）女，刘孝绰（481—539）大妹，嫁王叔英。当时，刘孝绰兄弟及群从子侄七十人，并能作文，“近古未之有也”，而其三妹：一适琅琊王叔英，一适吴郡张嵊，一适东海徐悱（见下），并有才学。

王昭君怨诗〔1〕

一生竟何定，万事良难保。〔2〕丹青失应图〔3〕，匣玉成秋草〔4〕。相接辞关泪，至今犹未燥〔5〕。汉使汝南还〔6〕，殷勤为人道。

【注释】

〔1〕选自宋绍兴本《艺文类聚》卷三十“人部·怨”。《艺文类聚》其他版本、《玉台新咏》卷八、《乐府诗集》卷五十九，各有异文。

〔2〕二句互文见义，意谓一生难以安定，万事出乎意料。

〔3〕丹青失应图：图画应写真，但画工所画王昭君却不是。《西京杂记》卷二：“元帝后宫既多，不得常见，乃使画工图形，案图召幸之。诸宫人皆赂画工，多者十万，少者亦不减五万。独王嫱不肯，遂不得见。匈奴入朝，求美人为阏氏，于是上案图，以昭君行。及去，召见，貌为后宫第一，善应对，举止闲雅。帝悔之，而名籍已定，帝重信于外国，故不复更人。乃穷案其事，画工皆弃市，籍其家，资皆巨万。”

〔4〕匣玉：指被宝爱者。此句说绿珠被石崇宝爱，最终双双丢了性命。《世说新语·仇隙》：“孙秀既恨石崇不与绿珠……后收石崇、欧阳坚石。”刘孝标注引干宝《晋纪》曰：“石崇有妓人绿珠，美而工笛，孙秀使人求之，……崇出其婢妾数十人以示之，曰：‘任所以择。’使者曰：‘本受命者，指绿珠也。未识孰是。’崇勃然曰：‘绿珠吾所爱，不可得也。’”石崇《王昭君辞》：“昔为匣中玉，今为粪上英。朝华不

足欢,甘与秋草并。”

〔5〕相接:形容泪水接连不断。燥:干。

〔6〕汝南还:还汝南。吴兆宜《玉台新咏笺注》:“《方舆胜览》:归州东北四十里有昭君村。唐杜甫诗‘群山万壑赴荆门,生长明妃尚有村’是也。蔡邕《琴操》又云:‘王昭君,齐国人也。’其说不一。阅此,则又似汝南人。今无考。”纪容舒《玉台新咏考异》卷八,认为汉使从“汝南”还,说不通,故云“汝南,于义无取”。并引《汉书》“幕南无王庭”,又引史注,以“幕”为“漠”,判断“汝南”为“漠南之讹”。但“汝南”,各本无异文,故不取纪容舒说。

【评析】

公元前209年,冒顿单于建立了一个新兴的草原政权匈奴,三年后,汉高祖刘邦在匈奴南方建立了汉政权,匈奴人经常侵入汉朝边界,还接受汉朝的变节逃亡者,包括韩王信、燕王卢绾、代郡太守陈豨等。公元前200年,高祖抓住韩王向匈奴投降的机会,亲率三十万大军追逐匈奴至平城,不料落入埋伏,被困七天七夜,差一点成为俘虏。武力不成,高祖采纳了刘敬的和解建议,与匈奴达成协议。其中包括派一位汉朝公主与单于结婚,汉匈成为兄弟之国等。虽然如此,汉匈边境依然不太平,这种情况一直持续至汉武帝时。武帝是一位有雄心壮志的帝王,公元前129年,匈奴扰上谷,武帝遣卫青等四将军率四万骑兵击之。两年后,卫青率军从云中前往陇西,从匈奴手中夺回河套地区,十万内地人移居此地,成立了朔方郡和五原郡。前121年,霍去病西出陇西,六日内转战匈奴五个王国,翻越焉支山,又夺取祁连山区域,匈奴浑邪王带着数万人投降,迫使单于逃到戈壁以北,汉武帝奠定了汉朝向西域扩张的牢固基础。在之后的七十年间,汉匈为控制西域而争斗,但匈奴因内部出现权力之争而瓦解。公元前53年,匈奴呼韩邪单于决定接受与汉朝的贡纳关系,归顺汉朝。公元前33年正月,呼韩邪单于到达长安,自言愿为汉家女婿,元帝以“后宫良家子王嫱字昭君赐单于,单于欢喜”。之后,王昭君、王昭君在匈奴所生子女以及王昭君在汉的家人和后人为汉匈外交做出了巨大贡献。这是历史书写。

有关王昭君的传说以及相应的文学创作很丰富,相传有王昭君自作的琴曲《昭君怨》,石崇所作、为晋乐所奏的《王昭君辞》,在刘氏之前,鲍照等也有诗作。文学作品多表现昭君离开故土的悲怨。与其他作品相比,刘氏之作的独特之处有以下几点:一、对世事无常的思考,对个人无法掌控自身命运的无奈和悲怨,这赋予其诗以思致。二、石崇诗将王昭君汉匈两地生活作高下对立:“昔为匣中玉,今为粪上英。”鲍照云昭君“心随雁路绝”,而刘氏诗通过汉使展示的昭君在匈奴的生活状态,虽然有泪但未及自贬自弃。三、不对昭君命运作性别归结。石崇诗末两句曰:“传语后世人,远嫁难为情。”施荣泰《王昭君》末句:“蛾眉误杀人。”刘氏诗不将昭君命运归因为女性性别,与第一条对人类困境的普适性思考是一致的。

刘令娴

刘令娴，彭城(今江苏徐州)人。刘孝绰三妹，有“刘三娘”之称，在三姊妹中，文才尤为清拔。适东海徐悱(495？—524)，悱亦好学能文，夫妇赠答不绝。有集三卷，已佚。

祭夫文〔1〕

维梁大同五年〔2〕，新妇谨荐少牢于徐府君之灵〔3〕。曰：

惟君德爰礼智〔4〕，才兼文雅〔5〕。学比山成〔6〕，辩同河泻〔7〕。明经擢秀，光朝振野。〔8〕调逸许中〔9〕，声高洛下〔10〕。含潘度陆，超终迈贾。〔11〕

二仪既肇，判合始分。〔12〕简贤依德，乃隶夫君。〔13〕外治徒奉，内佐无闻。〔14〕幸移蓬性，颇习兰薰。〔15〕式传琴瑟，相酬典坟。〔16〕辅仁难验，神情易促。〔17〕雹碎春红，霜雕夏绿。〔18〕躬奉正衾，亲观启足。〔19〕一见无期，百身何赎〔20〕。

呜呼哀哉！生死虽殊，情亲犹一。敢遵先好，手调姜橘〔21〕。素俎空干〔22〕，奠觞徒溢。昔奉齐眉〔23〕，异于今日。从军暂别，且思楼中。伯游未反，尚比飞蓬。如当此诀，永痛无穷。〔24〕百年何几〔25〕，泉穴方同〔26〕。

【注释】

〔1〕选自《艺文类聚》卷三八“礼部上·祭祀”。

〔2〕梁大同五年：公元539年。疑为普通五年(524)之误。《梁书·徐勉传》收徐勉(466—535)为子徐悱死而作的《答客喻》，其云：“普通五年春二月丁丑，余第

二息晋安内史悱丧之问至焉。”徐勉逝于大同元年,《答客喻》“普通五年”不可能是“大同五年”之误。虽然人死后,每年都可能被祭祀,大同五年令娴为夫写祭文也未尝不可,但此文叙及新丧,却未及丈夫逝后的漫长十五年,故作此推测。

〔3〕新妇:已婚妇女的谦称。荐:祭奠,祭祀时向鬼神敬献祭品的仪式。少牢:仅次于太牢的祭祀规格,祭祀时用豕、羊各一。府君:对已故者的敬称,对太守的尊称。徐悱官晋安内史,相当于太守。陶渊明《祭程氏妹文》:“渊明以少牢之奠,俯而酹之。”

〔4〕爰:于。刘劭《人物志》卷上“九征”:“兼材之人,以德为目。兼德之人,更为美号。”刘昞注曰:“仁义礼智,得其一目。”徐勉《答客喻》云徐悱“孝悌之至”。

〔5〕文雅:既文且正。徐勉《答客喻》云徐悱:“自幼而长,文章之美,得之天然。……多所著述,盈帙满笥。”本传云其起家著作佐郎。

〔6〕学比山成:积学而成山。《荀子·劝学篇》:“君子曰:学不可以已。……积土成山,风雨兴焉。”徐勉《答客喻》云徐悱“好学不倦”。

〔7〕辩同河泻:吐辞属文如滔滔不绝的河水一泻千里。《世说新语·赏誉》:“王太尉云:郭子玄语议如悬河写水,注而不竭。”

〔8〕明经:明于经学。擢秀:人才秀出。光朝振野:使朝野上下为之生光、振动。徐勉《答客喻》云徐悱:“翰飞东朝,参伍盛列。其所游往,皆一时才俊。”

〔9〕调:风调,风韵。逸:超过。许中:许都,建安元年(196)曹操迎汉献帝都于此,此代指建安之士。

〔10〕声:名声,声誉。洛下:洛阳,魏晋时曾定都于此,此代指洛下文人。

〔11〕潘:西晋潘岳。陆:西晋陆机。终:汉武帝时终军。贾:汉代贾谊。均有大才。两句谓徐悱才华可与潘岳、陆机相比,超过终军、贾谊。

〔12〕二仪:天地。判合:两半相合。两句谓天地肇始,男女结为夫妻。

〔13〕简:简择,挑选。依:仰仗、依赖。隶:附属。两句谓选择有德贤人,我隶属于夫君。

〔14〕外治二句,自谦自己辅佐丈夫,在外、在内都没有建树。

〔15〕幸移二句,说自己受丈夫熏陶,朴拙的性情和习惯都变得美好起来。

〔16〕式:以。传:传习。二句意谓一起弹琴,共同读书。

〔17〕辅仁:以朋友辅助来培养仁德。神情:人的神色,这里指生命。促:迫。《论语·颜渊》:“曾子曰:君子以文会友,以友辅仁。”

〔18〕二句云季节失和，春下冰雹、夏降寒霜，致春花、夏叶被摧折，喻徐悱丧亡。《释名》卷一“释天”：“雹，跑也，其所中物皆摧折，如人所蹴跑也。”“霜，丧也，其气惨毒，物皆丧也。”范宁《春秋穀梁传集解序》：“严霜夏坠，从弟凋落，二子泯没。”

〔19〕二句云丈夫死后，自己为之正衾并验明丈夫手足完好。《论语·泰伯》：“曾子有疾，召门弟子曰：‘启予足，启予手。诗云：战战兢兢，如临深渊，如履薄冰。而今而后，吾知免夫！小子！’”《列女传·贤明传·鲁黔娄妻》：“先生死，曾子与门人往吊之，其妻出户，曾子吊之。上堂，见先生之尸在牖下，枕墼席槁，缊袍不表，覆以布被，手足不尽敛，覆头则足见，覆足则头见，曾子曰：‘斜引其被则敛矣。’妻曰：‘斜而有余，不如正而不足也。先生以不斜之故，能至于此。生时不邪，死而邪之，非先生意也。’”

〔20〕百身何赎：自己死一百次也无法把丈夫换回来。《诗经·秦风·黄鸟》：“彼苍者天，歼我良人。如可赎兮，人百其身。”

〔21〕姜橘：丈夫生前所爱，既云“调”，又云“空干”，或为橘子姜汤之类。橘枳姜汤有药效，张仲景《金匮要略方论》卷上载：“胸痹，胸中气塞，短气，茯苓杏仁甘草汤主之，橘枳姜汤亦主之。”其方：“橘皮一斤，枳实三两，生姜半斤。”“以水五升，煮取二升，分温再服。”

〔22〕素俎：古代祭祀用的白木做的盛放祭品的礼器。

〔23〕齐眉：举案齐眉。《后汉书·逸民列传·梁鸿传》：“妻为具食，不敢于鸿前仰视，举案齐眉。”

〔24〕此诀：指丈夫去世，与己永别。六句写丈夫从军或外出，妻子比《诗经·卫风·伯兮》“自伯之东，首如飞蓬”还悲痛。曹植《七哀诗》：“明月照高楼，流光正徘徊。上有愁思妇，悲叹有余哀。”《文选》苏武《诗》其三：“行役在战场，相见未有期。握手一长叹，泪为生别滋。”

〔25〕百年何几：百年之寿者有几人。意谓自己不久将与丈夫同归。《列子·杨朱篇》：“百年，寿之大齐。得百年者，千无一焉。”

〔26〕泉穴：黄泉墓穴。

【评析】

徐悱三十岁死于晋安内史任上，其父徐勉为之所作《答客喻》说得很清楚：“悱始逾立岁……自出闽区，政存清静……言念今日，眇然长往。加以阖棺千里之外,未知归骨之期。”由祭文,知刘令娴随夫之福建,亲自操办了丈夫后事,并千里迢迢扶柩归建邺。《南史·刘孝绰传》载,徐勉准备为儿子写哀辞,“及见此文,乃阁笔”。由徐悱之年知刘令娴作此文时亦不过二三十岁,史称其文才“清拔”,绝非虚誉。

《列女传·贤明传·柳下惠妻》说柳下惠去世后,其门人准备为师写诔,柳下惠妻说:“将诔夫子之德耶,则二三子不如妾知之也。”柳下惠妻诔文对柳下惠德行有深入的认识和阐发,史称其光大了其夫之德。此文用《列女传·贤明传·鲁黔娄妻》典,可见黔娄子妻也比曾子这样天分高的学生更理解和认同黔娄子的德行。刘令娴此文也应该在这样的志同道合的夫妇关系模式以及女性书写的文化传统中加以理解。文中“躬奉正衾,亲观启足”,就有将丈夫塑造成黔娄子,而己为黔娄子妻的隐喻和期待。

刘令娴夫妇才学均高,琴瑟和鸣,她在祭文中深情地描述了两人弹琴、读书的美好婚姻生活,着力于表现丈夫对自己性情的熏陶和美好习惯的养成方面的帮助。她自谦自己“外治徒奉,内佐无闻”,但也将自己看作是能“以文会友,以友辅仁”的君子,思索自己作为“辅仁”者是否对丈夫也产生了某种影响(“辅仁难验”)。而由上引夫妇赠答诗可以看出,刘令娴似乎比丈夫更有道德感,也更为理性,其以“辅仁”言己,似乎也显示出夫妇各有所擅,而彼此感染、各臻其美的可能。

丈夫去世,尽管刘令娴“永痛无穷”,宁愿百身以赎,但其祭文则显得清明克制。如“生死虽殊,情亲犹一”“百年何几,泉穴方同”,在表达“情亲犹一”时,能认识到“生死虽殊”;表达不久就与夫“泉穴方同”时,设置一个“百年何几”的思忖,深情的同时而不失理性自持。陈天定《古今小品》评此文“悲惋之中有闲静之意”(卷六),王志坚《四六法海》云“无限才情出之以简淡,当是幽闲贞静之妇”(卷十二),是有体会之评。在大量用典以保持骈文特质的同时,文章又时时描绘夫妇生活中的独特细节,使祭文亲切而隽永。如“躬奉正衾,亲观启足”,既用典以表达对丈夫德行的赞美,表现夫妇同心,同时也是记录与丈夫的最后时刻。又如“敢遵先好,手调姜橘”,姜橘汤是丈夫爱喝的,所以亲手调制用来奉祭。

此文入选《艺文类聚》《古今小品》《四六法海》《文章辨体汇选》《骈体

文钞》《六朝文絜》等。因此篇，王志坚评刘令娴，“是编（指《四六法海》）上下千余年，妇人与此者，一人而已”，此文堪称骈文名作。

答外诗〔1〕

东家挺奇丽〔2〕，南国擅容辉〔3〕。夜月方神女〔4〕，朝霞喻洛妃〔5〕。还看镜中色，比艳似知非〔6〕。摛辞徒妙好〔7〕，连类顿乖违〔8〕。智夫虽已丽，倾城未敢希。〔9〕

【注释】

〔1〕选自《玉台新咏》卷六。

〔2〕东家：东家女。挺：凸显。宋玉《登徒子好色赋》：“天下之佳人，莫若楚国，楚国之丽者，莫若臣里，臣里之美者，莫若臣东家之子。东家之子，增之一分则太长，减之一分则太短。着粉则太白，施朱则太赤。眉如翠羽，肌如白雪，腰如束素，齿如含贝。”

〔3〕南国：指南国佳人。擅：胜过（众人）。曹植《杂诗六首》其四：“南国有佳人，容华若桃李。”《古诗十九首·凛凛岁云暮》：“梦想见容辉。”

〔4〕方：比方。宋玉《神女赋》：“其少进也，皎若明月舒其光。”

〔5〕洛妃：洛水之神。曹植《洛神赋》：“远而望之，皎若太阳升朝霞；迫而察之，灼若芙蕖出渌波。”

〔6〕知非：知不如（上述美人）。

〔7〕摛（chī）辞：铺词，作文。此处指徐悱所作《对房前桃树咏佳期赠内》。

〔8〕连类：作为一类，此处指丈夫将自己与桃树作比。顿：立刻。乖违：违背、乖离。《韩非子·难言》：“连类比物。”

〔9〕丽：通“俪”，比并。倾城：极其美丽。希：谋求。《汉书·外戚传·孝武李夫人传》引李延年《北方有佳人》：“宁不知倾城与倾国，佳人难再得。”阮籍《咏怀诗》第七十五首：“梁东有芳草，一朝再三荣。色容艳姿美，光华耀倾城。岂为明哲士，妖蛊谄媚生。轻薄在一时，安知百世名。”

【评析】

此诗为刘令娴答丈夫徐悱《对房前桃树咏佳期赠内》而作,徐悱诗亦见《玉台新咏》卷六,全诗为:“相思上北阁,徙倚望东家。忽有当轩树,兼含映日花。芳鲜类红粉,比素若铅华。更使增心意,弥令想狭邪。无如一路阻,脉脉似云霞。严城不可越,言折代疏麻。”诗言思家念妻,登北阁眺望,忽见窗前桃树,一树繁花映日,诗人将桃花与妻子的妆容作比,又感慨这样一比,就更加思念妻子了,但无法回家,只能写诗表达离情。刘令娴答诗,将丈夫诗中“东家”(在东边的家)与宋玉《登徒子好色赋》联系起来,赞叹东家之子突出的美貌;丈夫云见桃树,她将之与曹植《杂诗》“南国有佳人,容华若桃李”勾连,引入美丽的南国佳人;又以《神女赋》神女“皎若明月舒其光”对丈夫诗中的“比素”“铅华”;用《洛神赋》洛神“皎若太阳升朝霞”应对丈夫诗“芳鲜”“红粉”。然后揽镜自照,将自己的容颜与以上诸美人比较,坦言自己的容貌可能不及诸位。她接着评说丈夫之诗,说丈夫诗虽称得上绝妙好文,但将自己与美人、桃树相比,则与己不合。在“智”与“倾城”之美之间,她更愿意选择智。纪容舒《玉台新咏考异》卷六以“智夫”指徐悱,认为“智夫”是《礼记·郊特牲》“妇人从人者也”“夫也者以知帅人者也”之意,其意亦可通。

此诗有诸多出人意表处。一、丈夫想念妻子,妻子却不在情感上回应丈夫。二、一反男性诗人想象的思妇的悲怨形象。三、不屑于丈夫对自己好容颜的赞美,一反妇人以色侍人、女为悦己者容等观念,在“容色”之外,提出“智”的价值向度并加以选择,显示出女性的自觉的智识追求。四、呈现女性自我书写的特色。凡此,皆使此诗值得格外关注和正视。

隋炀帝萧皇后

隋炀帝皇后萧氏(566?—647),南兰陵(今江苏常州)人。萧统(501—531)曾孙女,西魏扶植的后梁第二代皇帝萧岿(542—585)女,母张皇后。生于江陵,因二月出生,习俗以为不吉,为季父萧岌收养,未几,叔父母逝,又转养于舅父张轲家。隋开皇二年(582),隋文帝为晋王杨广选妃于后梁,为晋王妃。夫妇相得。性婉顺,有智识,好学,解属文,颇知占候,深受文帝以及独孤皇后喜爱。杨广继位后,立为皇后。大业十四年(618),隋炀帝被弑,被宇文化及挟持至聊城。后被窦建德迎回,又为远嫁东突厥处罗可汗的隋义成公主迎至突厥,其孙杨政道被立为主,居定襄。唐贞观四年(630),唐太宗灭东突厥,被迎回。二十一年(647)逝,以后礼葬于隋炀帝之陵,谥愍。2013年,与炀帝合葬陵被发现于扬州曹庄。

述志赋〔1〕

承积善之余庆〔2〕,备箕帚于皇庭〔3〕。恐修名之不立,将负累于先灵。〔4〕乃夙夜而匪懈〔5〕,实寅惧于玄冥〔6〕。虽自强而不息,亮愚蒙之所滞。〔7〕思竭节于天衢,才追心而弗逮。〔8〕实庸薄之多幸,荷隆宠之嘉惠。〔9〕赖天高而地厚,属王道之升平。均二仪之覆载,与日月而齐明。〔10〕乃春生而夏长,等品物而同荣。〔11〕愿立志于恭俭〔12〕,私自兢于诫盈〔13〕。孰有念于知足,苟无希于滥名。〔14〕

惟至德之弘深,情不迩于声色。〔15〕感怀旧之余恩,求故剑于宸极。〔16〕叨不世之殊盼,谬非才而奉职。〔17〕何宠禄之逾分,抚胸襟而未识?[18]虽沐浴于恩光,内惭惶而累息。[19]顾微躬之寡昧,思令淑之良难。[20]实不遑于启处,将何情而自安?若临深而履薄,心战栗其如寒。[21]

夫居高而必危,虑处满而防溢。[22]知恣夸之非道,乃摄生于冲谧。嗟宠辱之易惊,尚无为而抱一。[23]履谦光而守志,且愿安乎容膝。[24]珠帘玉箔之奇,金屋瑶台之美,虽时俗之崇丽,盖吾人之所鄙。[25]愧絺绤之不工,岂丝竹之喧耳。[26]知道德之可尊,明善恶之由己。荡嚣烦之俗虑,乃伏膺于经史。[27]

综箴诫以训心,观女图而作轨。[28]遵古贤之令范,冀福禄之能绥。[29]时循躬而三省,觉今是而昨非。[30]嗤黄老之损思,信为善之可归。[31]慕周姒之遗风,美虞妃之圣则。[32]仰先哲之高才,贵至人之休德。[33]质菲薄而难踪,心恬愉而去惑。[34]乃平生之耿介,实礼义之所遵。虽生知之不敏,庶积行以成仁。[35]惧达人之盖寡,谓何求而自陈。[36]诚素志之难写,同绝笔于获麟。[37]

【注释】

〔1〕选自《隋书·后妃·炀帝萧皇后传》。

〔2〕承积善之余庆:承积善之家之余庆。《周易·坤卦·文言》:"积善之家,必有余庆;积不善之家,必有余殃。"

〔3〕备箕帚:此处指出嫁。箕帚,洒扫之具。皇庭:皇家。此句谓嫁到了帝王之家。《礼记·曲礼》:"纳女于天子,曰'备百姓';于国君,曰'备酒浆';于大夫,曰'备扫洒'。"《后汉书·列女传·曹世叔妻传》录班昭《女诫》:"年十有四,执箕帚于曹氏。"

〔4〕修名:美名。负累:辜负拖累。先灵:祖先之灵。二句云担心不能建立好名声,让萧家先灵清誉蒙羞。《楚辞·离骚》:"恐修名之不立。"《孝经·开宗明义章》:"夫孝……终于立身。"《后汉书·列女传·曹世叔妻传》录班昭《女诫》:"战战兢兢,常惧黜辱,以增父母之羞,以益中外之累。"

〔5〕夙夜而匪懈:早起晚睡,不敢懈怠。《诗经·大雅·烝民》:"夙夜匪懈,以事

一人。”

〔6〕寅惧：恭谨戒惧。玄冥：神名。此句谓实出于对玄冥之神的恭谨戒惧。此时佛教兴盛，此处但拈出玄冥之神，或与佛教地域审判有关。刘向《九叹·远逝》：“考玄冥于空桑。”王逸注：“玄冥，太阴之神，主刑杀也。”

〔7〕亮：实，实在。愚蒙之所滞：蒙昧不化。二句谓自己虽自强不息，但实在质性蒙昧，难以改变。《周易·乾卦》：“象曰：天行健，君子以自强不息。”《汉书·杨恽传》收杨恽《报会宗书》：“恽材朽行秽，文质无所底，幸赖先人余业……以获爵位，终非其任，卒与祸会。足下哀其愚蒙，赐书教督以所不及。”

〔8〕竭节：尽节，尽忠。天衢：京都，代指隋朝。二句谓虽想为大隋尽忠竭力，但才能跟不上心志。王逸《九思·逢尤》：“念灵闺兮隩重深，愿竭节兮隔无由。”

〔9〕庸薄：平庸浅陋。多幸：侥幸。隆宠：皇帝的宠爱。嘉惠：敬辞，称别人给予的恩惠。二句谓实在是平庸浅陋者的侥幸，得到帝王如此的厚爱和恩惠。《左传·宣公十六年》：“谚曰：民之多幸，国之不幸也。”《汉书·外戚传·孝成班倢伃传》收班婕妤《自悼赋》：“扬光烈之翕赫兮，奉隆宠于增成。”《左传·昭公七年》：“嘉惠未至……致君之嘉惠。”班婕妤《自悼赋》：“蒙圣皇之渥惠兮。”

〔10〕四句意谓遇上了升平时代。《庄子·德充符》：“夫天无不覆，地无不载。”《庄子·田子方》：“若天之自高，地之自厚，日月之自明，夫何修焉。”班婕妤《自悼赋》：“当日月之盛明。”

〔11〕二句意谓自己也与天下众物一起蓬勃生长。《淮南子·本经训》：“四时者，春生夏长，秋收冬藏，取予有节，出入有时。”《周易·姤卦》：“姤，遇也，柔遇刚也……天地相遇，品物咸章。”用“姤卦”，亦云自己因婚姻受益。

〔12〕此句谓立志做到恭敬俭朴。《孟子·滕文公》：“贤君必恭俭礼下，取于民有制。”刘向《列女传·母仪传·有虞二妃》：“谦谦恭俭，思尽妇道。”

〔13〕兢：慎，谨慎。此句谓私下自慎不可志得意满。《说苑·敬慎》引孔子曰：“苟大则亏矣，吾戒之，故曰天下之善言不得入其耳矣。日中则昃，月盈则食，天地盈虚，与时消息。是以圣人不敢当盛。”

〔14〕滥名：名实不符。二句意谓谁有知足的想法，暂且就不会希求虚假的美名。

〔15〕二句意谓帝王至德弘深，不近声色。《论语·雍也》：“子曰：中庸之为德也，其至矣乎！”《尚书·商书·仲虺之诰》曰：“惟王不迩声色，不殖货利。”

〔16〕宸极：指帝位。二句用汉宣帝立许婕妤为皇后典，谦言隋帝与己婚于微时，现出于怀旧和余恩立己为皇后。《汉书·外戚传·孝宣许皇后传》载汉宣帝与许婕妤已生刘奭（汉元帝），后宣帝登基，太后和众臣欲立霍光女为后，“上乃诏求微时故剑，大臣知指，白立许倢伃为皇后”。

〔17〕叨：谦辞，受。不世：罕有，非凡。殊盼：特别垂青。二句谓受特别垂青，但才能不足以奉行皇后重职。

〔18〕抚胸襟：抚摸胸襟，表示反省。二句谓所受宠爱和俸禄如此逾越本分，扪心自问自己能不知道？陆机《豪士赋序》：“圣人忌功名之过己，恶宠禄之逾量。”

〔19〕累息：因畏惧而喘息。二句说虽沐浴陛下恩泽，但内心惭愧惶恐到喘息。蔡邕《上汉书十志疏》：“沐浴恩泽，承答圣问。”又《让高阳侯印绶符策》：“惭惶累息”“累息屏气”。班婕妤《自悼赋》：“既过幸于非位兮，窃庶几乎嘉时。每寤寐而累息兮，申佩离以自思。”师古注曰：“累息，言惧而喘息也。”

〔20〕微躬：卑贱的身体。寡昧：浅陋，不明事理。令淑：德行美善。二句谓自己浅陋，不明事理，想要成为德行善美之人很难。

〔21〕不遑：无暇。启处：跪居，指安宁的生活。四句写自己处皇后之位，内心非常不安。《诗经·小雅·四牡》：“不遑启处。”《诗经·小雅·小旻》：“战战兢兢，如临深渊，如履薄冰。”

〔22〕二句谓居高必危，水满要防止溢出。《孝经·诸侯章》：“高而不危，所以长守贵也；满而不溢，所以长守富也。”

〔23〕恣：放纵。夸：矜夸。摄生：养生。冲谧：冲和静谧。四句意谓我知道放纵矜夸不对，所以想用冲和静谧来养生。叹宠爱得失之劳心，故崇尚道家的无为抱一。《尚书·商书·太甲》：“有言逊于汝志，必求诸非道。”《庄子·德充符》“闷然而后应”，郭象注曰：“宠辱不足以惊其神。”《老子》：“为无为，则无不治。”“是以圣人抱一为天下式。”

〔24〕履：履行。二句谓愿行谦道，光明磊落，守君子之志，且愿安居容膝之所。《周易·谦卦》彖辞：“谦尊而光，卑而不可逾，君子之终也。”《韩诗外传》卷九：“今如结驷列骑，所安不过容膝。”

〔25〕吾人：指隋人，尤指隋炀帝与自己。四句说汉武帝的珠帘、玉户、金屋之奇，夏桀的瑶台之美，虽然世俗以为高大华美，却是我们所鄙弃的。《三辅黄图》卷二云汉武帝有“珠帘玉户”。《汉武故事》云汉武帝欲以“金屋”贮阿娇。《新序·刺

奢》："桀作瑶台，疲民力，殚民财。"

〔26〕缔绤（chī xì）：葛布。葛之细者为絺，粗者为绤。二句说我只惭愧女红（作为皇后的本职工作）不工，哪里在意丝竹喧阗。《诗经·周南·葛覃》"小序"："葛覃，后妃之本也。后妃在父母家，则志在于女功之事。躬俭节用，服浣濯之衣，尊敬师傅，则可以归安父母，化天下以妇道也。"《诗》曰："为絺为绤。"《汉书·徐乐传》载其上汉武帝书："金石丝竹之声不绝于耳，帷帐之私、俳优朱儒之笑，不乏于前。"

〔27〕荡：荡涤，去除。嚣烦：喧闹烦杂。伏膺：从学，师事。四句意谓我知道道德可尊，善恶由己，于是荡涤俗虑，从事经史。《论语·里仁》："朝闻道，夕死可矣。""子曰：君子怀德。"《论语·述而》："子曰：志于道，据于德。""子曰：仁远乎哉？我欲仁，斯仁至矣。"《淮南子·缪称训》："福由己发，祸由己生。"徐干《中论·修本》曰："道之于人也，……非若求盈司利之竞逐嚣烦也。"《后汉书·皇后纪·和熹邓皇后纪》："六岁能史书，十二通《诗》《论语》，诸兄每读经传，辄下意难问，志在典籍。"

〔28〕综：总合。箴诫：如班昭《女诫》、张华《女史箴》等箴诫类文书。女图：如《列女传图》之类。轨：规范、准则。二句谓总合箴戒规范心灵，观摩女图为行为准则。班婕妤《自悼赋》："陈女图以镜监兮。"

〔29〕令范：美好典范。绥：安。二句谓遵古贤为典范，希望福禄可以绵长。曹植《上责躬应诏诗表》："以罪弃生，则违古贤夕改之劝。"《诗经·小雅·鸳鸯》："君子万年，福禄绥之。"

〔30〕循：依序。躬：亲自。省：自省。二句意谓时时反省，察觉昨非而及时改正。《论语·学而》："曾子曰：'吾日三省吾身，为人谋而不忠乎？与朋友交而不信乎？传不习乎？'"陶渊明《归去来兮辞》："觉今是而昨非。"

〔31〕嗤：讥笑。损思：指《老子》"为学日益，为道日损。损之又损，以至于无为"之道。二句谓不能一味损思，要归于为善之行动。《尚书·周书·泰誓》："我闻吉人为善，惟日不足。"《尚书·周书·蔡仲之命》："皇天无亲，惟德是辅；民心无常，惟惠之怀。为善不同，同归于治；为恶不同，同归于乱。"

〔32〕周姒：周文王妃太姒。虞妃：有虞之妃，指娥皇、女英。二句云追慕赞美太姒、舜二妃母仪天下的遗风和准则。《诗经·大雅·思齐》："思齐大任，文王之母。思媚周姜，京室之妇。大姒嗣徽音，则百斯男。"班婕妤《自悼赋》："美皇英之女虞兮，荣任姒之母周。"

〔33〕二句云仰望、尊崇先哲至人的高才美德。《孔丛子·答问》:“夫圣人者,诚高材美称也。”《荀子·天论》:“明于天人之分,则可谓至人矣。”

〔34〕二句谓自己质性浅陋,难以追及高哲至人,但能恬然自守,保持内心乐佚而能为去惑之臣。《楚辞·远游》:“质菲薄而无因兮,焉托乘而上浮。”《左传·成公二年》曰:“臣,治烦去惑者也,是以伏死而争。”

〔35〕耿介:正直不阿。不敏:不才。庶:庶几,或许可以。积行:积累善行。成仁:成就仁德。四句谓这是我一生的不同流俗,实际就是遵守礼义。我虽天分不高,或许可以积善成仁。《楚辞·九辩》:“独耿介而不随兮。”《史记·礼书》:“故圣人一之于礼义,则两得之矣。”《论语·颜渊》:“颜渊曰:回虽不敏,请事斯语矣。”《论语·卫灵公》:“子曰:志士仁人,无求生以害仁,有杀身以成仁。”

〔36〕达人:通达事理的人。寡:少。二句谓害怕天下通达事理的人少,问我作赋自陈所为何事。

〔37〕素志:向来之志。难写:难以明白表述。二句谓我向来之志确实难以明说,就如同孔子作《春秋》“绝笔于获麟”。这里指孔子作《春秋》,有微言大义,其《述志赋》亦然。《左传·成公十四年》:“君子曰:《春秋》之称,微而显,志而晦,婉而成章。”杜预《春秋序》:“‘绝笔于获麟’之一句者,所感而起,固所以为终也。”

【评析】

萧皇后曾祖是昭明太子萧统,其父萧岿亦“机辩有文学”(《北史·僭伪附庸·后梁·萧岿传》),其母出范阳张氏,其外祖张缵藏书极富,不过经过梁末动荡,萧后转养舅张轲家时,其家已较贫窭,然而文风不辍。如其姨母张妙芬(549—612)即“竹杖能鸣,□□解颂”,这位姨母不但在江陵时照顾少年萧后,开皇四年(584),也奉使入京,看望刚生下元子的萧后(当时的晋王妃),之后一直陪伴萧后左右(“晋阳、淮海,恒陪后车”),直到大业八年(612)在洛阳去世。(参《隋故贵乡夫人张氏墓志铭并序》)萧后有深厚的家学渊源,少时,即“躬亲劳苦”,可能正是这样的生活和成长经历,使萧后洞察人情事理,有意志,有见识,史书称“性婉顺,有智识”。

开皇二年(582),萧氏为晋王妃,开皇四年至六年连举二子一女,更因其性情才能和行事深得隋文帝以及独孤皇后喜爱,丈夫也“甚宠敬焉”。其梁朝皇室的身份、特殊的知识和才能(如占候、医学)等都对杨广夺嫡有所贡献。此文作于萧氏成为皇后以后。

萧皇后有强烈的身份意识。首先是萧氏皇族身份，因为这一重身份，她要求自己要立美名，因为不如此，不仅生前有愧于萧家先祖之灵，死后也可能不免于地狱惩罚，所以其“自强不息”。其次是作为隋朝王妃的身份。为王妃时，她立志于“恭俭”、“诫盈”、“知足”、不妄求。最后是作为皇后的身份，也是她最重要的一重身份。她认识到这是一份沉重的职业，需要人永远保持谦恭戒惧的态度，不仅需要道德、智慧，更需要学习和反思能力。在行动上，永远以道德礼义原则行事，不断地修炼自己的内心，恬然自守，时时自省，远离物质和声色享受等。她认为成人/仁，需要先天禀赋和后天的努力，她在文中反复言说自己“愚蒙”“庸薄”“质菲薄”“寡昧”“不敏”“非才”，多从先天禀赋上否定自己，既是一种谦虚，更是一种对于后天努力的强调。萧后引道家的无为、抱一来修养自己的内心，而行事则取儒家的积极进取。

文中用典，虽不少体现了帝后这一政治和性别属性，但更多是以夫妇同体的思路，从最高位者角度提出的，因此，也就对帝王提出了要求。如她提到“恭俭”，《孟子·滕文公》“贤君必恭俭礼下，取于民有制”，就指向帝王。文中“吾人之所鄙”的“珠帘玉箔之奇，金屋瑶台之美”的“时俗”“崇丽”，说的就是汉武帝和夏桀，也可能暗喻隋炀帝。赋中埋藏最深的意图，是她在追摹太姒、有虞二妃等母仪楷模后，将仰慕对象推扩到有才德的“先哲”“至人”身上，进而在“质菲薄”的缺陷上，设置了为帝王“去惑”的后天努力的补救功能。“臣，治烦去惑者也，是以伏死而争。今二子者，君生则纵其惑，死又益其侈，是弃君于恶也，何臣之为！”只有这样理解，下文的“乃平生之耿介，实礼义之所遵”才有着落。萧皇后从自己平生的耿介行事、遵从礼义之行为以及希望立身成仁等方面赋予了“去惑”功能道义性、合理性和必然性。唯有如此，才有文末的“诚素志之难写，同绝笔于获麟”之句。《述志赋》的表里之志得以相互彰显。《隋书》本传说“时后见帝失德，心知不可，不敢厝言，因为《述志赋》以自寄”，是符合文意的合理判断。

张夫人

张夫人，楚州山阳（今江苏淮安）人。“大历十才子”、户部侍郎吉中孚（？—约789）妻。

拜新月[1]

拜新月，拜月出堂前。暗魄初笼桂[2]，虚弓未引弦[3]。

拜新月，拜月妆楼上。鸾镜始安台，娥眉已相向。[4]

拜月不胜情，庭花风露清。月临人自老，人望月长生。[5]

东家阿母亦拜月，一拜一悲声断绝。昔年拜月骋容辉[6]，如今拜月双泪垂。回看众女拜新月，却忆红闺年少时。

【注释】

〔1〕选自韦縠《才调集》卷十。拜新月：唐教坊曲名。

〔2〕此句言初月成魄，始有暗淡微光笼罩桂树。《礼记·乡饮酒义》：“让之三也，象月之三日而成魄也。”《初学记》卷一“天部·天”引虞喜《安天论》：“俗传月中仙人桂树，今视其初生，见仙人之足渐已成形，桂树后生。”

〔3〕虚弓：没有上箭的弓弦。引：拉开。此句形容弦月如弓弦未拉。

〔4〕鸾镜：装饰有鸾鸟的铜镜，此指满月。台：指镜台。娥眉：长而弯的眉，代女子，此指拜月的女子。相向：相对，此指对月。二句说月亮一升空，女子们就对月而拜。

〔5〕二句言月缺自圆，长生无穷，人在月照临中变老。《诗经·邶风·日月》：“日居月诸，照临下土。”《楚辞·天问》：“夜光何德，死则又育。”张若虚《春江花月夜》：“江畔何人初见月，江月何年初照人。人生代代无穷已，江月年年望相似。”

〔6〕骋：尽情绽放。容辉：仪容和神采。

【评析】

《礼记·祭义》云:"郊之祭,大报天而主日,配以月。……周人祭日,以朝及暗。祭日于坛,祭月于坎。……祭日于东,祭月于西。"《大戴礼记》卷三《保傅》提到祭祀时间,说:"三代之礼,天子春朝朝日,秋暮夕月。"既然秋天晚上祭月,想必是拜的,可见,在古人心目中,拜月之举可以追溯到三代之时,不过这是政治仪式性的"拜月",通过这些仪式,达到"以别幽明""以别外内""以致天下之和"(《礼记·祭义》)的目的。道教的"拜月"与长生有关,《无上秘要》卷八十八"长生品"引《洞玄五符经》曰:"食月之精,可以长生,缘之以上天,常以十五日夜半时向月再拜,咒曰:'月君子光,还归丹田,与我合德,俱养小童。'因思月白气黄精来下,入鼻口中,咽之三七而止。月精托肾根,即得长生。"拜月的时间是十五夜半,没有说是几月。唐教坊中亦有"望月婆罗门"曲调,敦煌曲子词《婆罗门》"咏月"似与佛教礼佛有关。如其唱道:"望月婆罗门。青霄现金身。面带黑色齿如银。处处分身千万亿,锡杖拨天门。双林礼世尊。　　望月陇西生。光明天下行。水精宫里乐轰轰。两边仙人常瞻仰,鸾舞鹤弹筝。凤凰说法听。　　望月曲弯弯。初生似玉环。渐渐团圆在东边。银城周回星流遍,锡杖夺天关。明珠四畔悬。　　望月在边州。江东海北头。自从亲向月中游。随佛逍遥登上界,端坐宝花楼。千秋似万秋。"(《敦煌歌辞总编》,凤凰出版社,2015年)民间习俗中的拜月,似乎到唐代才多起来,见诸诗歌的,除张夫人此首外,还有与吉中孚同列"大历十才子"的李端的诗和稍后的施肩吾的诗。李端同题诗曰:"开帘见新月,便即下阶拜。细语人不闻,北风吹裙带。"(《李端集》卷四)施肩吾《幼女词》曰:"幼女才六岁,未知巧与拙。向夜在堂前,学人拜新月。"三家诗中的"新月",未必是月初之月,似乎是指晚上"新出之月",包括新月、弦月和满月。拜月者身份多偏向于女性。可拜月者祈求什么呢?施肩吾诗有"巧""拙"之说,或许与"乞巧"有关,李端用"细语人不闻",让读者猜想,张夫人诗也没有明说。

此诗深情缠绵,既有红颜易衰的悲伤,又纠缠于人类不能如月缺而复圆的宿命,特别是东家阿母不知为何事而悲伤。尽管如此,诗中的一代代少女们仍带着美好热切的愿望在拜月时尽情展露容彩,而"东家阿母"虽悲戚到骨,却也不废拜月,可见仍有希冀,显示出诗歌的深厚婉娈。无怪乎明代胡震亨评此诗"籍建新调,尤彤管之铮铮者"(《唐音癸签》卷八《评汇》四)。

慎氏女

慎氏（生卒年不详），毗陵（今江苏常州）人。儒家女，嫁蕲春（今属湖北黄冈）严灌夫，十余年后因无子被出。慨然登舟，以诗与严灌夫告别，灌夫感而留之，复为夫妇。

与夫诀〔1〕

当时心事已相关〔2〕，雨散云飞一饷间〔3〕。便是孤帆从此去，不堪重过望夫山〔4〕。

【注释】

〔1〕选自范摅《云溪友议》卷一。题据《万首唐人绝句》。

〔2〕相关：互相牵涉，相通。此句意谓当年我俩心意相通。陶渊明《庚戌岁九月中于西田获早稻》："遥遥沮溺心，千载乃相关。"

〔3〕雨散云飞：指别离。一饷：片刻，短时间。宋玉《高唐赋》："湫兮如风，凄兮如雨。风止雨霁，云无处所。"王粲《赠蔡子笃诗》："风流云散，一别如雨。"

〔4〕望夫山：山名，往往因山有巨石或山峰状如人立而得名，全国多地都有，如南朝宋刘义庆《幽明录》云武昌北山为望夫山，郦道元《水经注》中的望夫山在山西屯留、潞县（今山西长治）境内，李白《姑孰十咏》中《望夫山》所咏在安徽马鞍山当涂。此句云不能忍受重过望夫山之事，意谓对丈夫深情专一。《水经注》卷十"浊漳水""又东北过屯留县南、潞县北"下："漳水又东北历望夫山，山之南有石人伫于山上，状有怀于云表，因以名焉。"《初学记》"地部·石"下"望夫"条："刘义庆《幽明录》……武昌北山上有望夫石，状若人立，古传云：昔有贞妇，其夫从役，远赴国难，携弱子饯送此山，立望夫而化为立石。因以为名焉。"李白《望夫山》："云山万重隔，音信千里绝。春去秋复来，相思几时歇。"

【评析】

据《云溪友议》,这是一首婚后十余年未生子的妻子被休后离开夫家前告别丈夫之诗,丈夫读诗后,幡然悔悟,夫妇和好如初。我们可能要问,何以之前妻子不作诗挽回,非要等到临别之时呢?此诗有何魔力,可以让丈夫回心转意?我们可从诗歌传统、中国文学重社会功用和文学感染力等角度思考。《西京杂记》卷三讲述司马相如与卓文君这对两情相悦、不顾世俗贫富差距和礼节而结合的夫妻之间,也难逃“相如将聘茂陵人女为妾”之命运,卓文君“愿得一心人,白头不相离”的愿望行将落空,于是“卓文君作《白头吟》以自绝”。“自绝”就是主动告别。沈约《宋书·乐志》录《白头吟》古辞五解,其中第一解很好地解释了“自绝”之意。诗曰:“晴如山上云,皎若云间月。闻君有两意,故来相决绝。”卓文君说得很干脆:我们的感情如晴云皎月般纯洁美好,听说你现在有了二心,我也就毫不犹豫地来跟你永远告别。卓文君肯定了两人美好的爱情,表达了自己不变的深情,更表达了自己不能容忍对方二心的决绝。卓文君诗中表达的深情、有尊严的坚持,点醒、感动也震慑住了司马相如,“相如乃止”。慎氏女以诗诀别严灌夫的叙事即是卓文君《白头吟》故事的异代回响。慎氏女首先回忆两人情感相投,抱怨对方轻于别离,表示自己会有尊严地离开(“孤帆从此去”),接着说自己不忍重上望夫山。末句含义丰富:一、我已无夫,故无从过山。二、不忍再有夫(“一心”),以此呼应第一句“心事”“相关”,反衬第二句,微讽丈夫(翻“云”覆“雨”)。三、只为你过望夫山,表达自己深情、专一的品格。此诗展示了温柔敦厚、怨诽不乱的诗歌美学。

王 氏

王氏(名字、生卒年不详),广陵(今江苏扬州)人。父世伦(?—1036)。弟王令(1032—1059),世称“广陵先生”,为王安石赏识,娶王安石妻妹。王氏嫁至外州,夫家不详,十余年后夫死,携子女归依王令。后情况不明。

答弟口占示姊〔1〕

无求子乐我何悲,且与儿曹并日饥〔2〕。子道合人终不苟〔3〕,有求虽欲可从谁。

【注释】

〔1〕选自王令《广陵集》卷九。《全宋诗》卷七〇八,题作《答弟逢原》。此首以“姊答”附王令《口占示姊》后,据之拟题。

〔2〕儿曹:孩子们。并日饥:一天口粮当两天用。《礼记·儒行》:“并日而食。”郑玄注:“二日用一日食也。”

〔3〕不苟:不苟且,不迁就。

【评析】

王令姊弟情深,又皆能文,故时有唱和。王令《山阳思归书寄女兄》写姐姐归本家后,姊弟意气相投,相互慰藉,自己因家贫出外教书,想念在家的姐姐和外甥们,就寄信给姐姐,还写诗想得到姐姐的应和——“诗以侑子讴”。可惜此首未见王氏答诗。上选诗也是姊弟赠答诗,王令赠诗曰:“盎竭囊空且笑歌,更从吾命听如何。不须直有牛羊乐,只以无求富自多。”王令说虽然盎中无米、囊中无钱,我依然可以笑歌,我听从命运的安排,不须有牛羊之乐。也就是说他要像颜回一样在贫困生活中也能享受求道之乐,因为“富贵不可求而得之,当修德以得之”(《论语集解》卷四郑玄解《论语·述而》“子曰:富而可求也,虽执鞭之士,吾亦为之”),所以不求富贵,人的精神之富就相应增加。王令在许多诗中表达过这一想法,如其《谢束文见赠》诗曰:“命穷心狂高,不肯束世程。揭欲望丘轲,今昔相招迎。”王氏答诗从王令诗末句“无求”开始写起,说你因无求富贵(“无求”)而得乐(“子乐”),但我却很悲伤,因为我和孩子们整天忍饥挨饿,你追求闻道终究不苟且,而我虽然想求富贵,但不知道找谁去求呢。也就是说,虽然“一箪食,一瓢饮,人也不堪其忧,回也不改其乐”值得赞美,可是我们也得有“一箪食,一瓢饮”才行。王氏以嘲弟和自嘲的方式写出了儒者之家的穷困现实,令人想起孔子在陈绝粮时,从者饿病了,子路于是充满怨气地问孔子:“君子亦有穷乎?”在此次唱和中,王氏就承担了子路的角色。王氏又如《离骚》中的“申申其詈予”的女媭,展示了君子求道途中因生活困顿而产生思想动摇的瞬间,呈现君子道德实践中遭受生活磨砺的侧面,使儒者的实践和此诗因此而具有了巨大的张力。

蒋　氏

蒋氏(1112？—？)，常州宜兴(今属江苏无锡)人。曾祖蒋之奇(1031—1104)，干练能臣，官至知枢密院事，著述亦富，《宋史》有传。父蒋兴祖(1085—1126)，靖康间为阳武(今河南原阳)令，金人攻城，战死。入《宋史·忠义传》。母、兄亦死于阳武之乱。能诗词，乡里有名，被掳北上。

减字木兰花　题雄州驿[1]

朝云横度，辘辘车声如水去。白草黄沙，月照孤村三两家。[2]　天天去也，万结愁肠无昼夜。渐近燕山[3]，回首乡关归路难。

【注释】

〔1〕选自韦居安《梅磵诗话》卷下，《梅磵诗话》云引自汤岩起《沧海遗珠》。雄州驿：位于河北雄县，北宋时宋辽边关要塞。

〔2〕横度：横越。马戴《易水怀古》："荆卿西去不复返，易水东流无尽期。落日萧条蓟城北，黄沙白草狂风吹。"

〔3〕燕山：燕山府，今北京。

【评析】

据《皇宋十朝纲要》卷十九"钦宗"朝纲要，蒋兴祖靖康元年(1126)正月辛巳(十五)战死。母、兄遇难。据《梅磵诗话》，此时词人"方笄"，被俘后押解北方，她在雄州驿中题写被掳始末并题词。雄州驿，是北宋与辽的边关要塞(今日雄县，还留有古地道等众多战争遗迹)。宋金联合灭辽后，宋在辽燕京设燕山府，然此时燕山府已为金所得，所以，词人在雄州驿题词，因渐近燕山而回首乡关，实际上是在作最后的告别，亡国、丧家、漂泊异地已成为无法逆转的命运，心情沉痛到何种程度，可想而知。

此词书写被掳后千里行程中的所见、所感、所思。词从北方寒冷早晨横度的乱云写起，地上是所乘虏车，车轮声如流水般连绵不断，此处词人暗用了《陇头歌》“陇头流水，鸣声幽咽。遥望秦川，肝肠断绝”之意。车声如鸣咽流水，天上横云、地上行进的虏车，共同构造了悲伤的、流动的车流、声流，不可逆转地持续运行。接着用北方白草、黄沙、明月下的二三家孤村，不仅表现时间的自“朝”到“夜”的连续，写出被掳者行程的紧张和战争下田园的破败荒凉，更以悲景衬托词人凄凉悲苦的心情。下阕首句“天天”“去也”，以叙事总结上文，接着突发异想，阳武至雄州千里，词人将昼夜不停的千里行程比作自己的愁肠，每行进一点就肠绕一结，以至于千里而“万结愁肠”，以“肠”粘连的生理痛苦表达其心理痛苦。最后到达国境，用平实语出之，作最后的回首，庄严而郑重。词上阕寓情于景，下阕叙事抒情，字字生悲，然能含蓄蕴藉，笔力、思想皆堪称深沉。

胡与可

胡与可，自号惠斋居士，平江（今江苏苏州）人。伯父胡元质（1127—1189），绍兴十八年（1148）进士；父胡元功，隆兴元年（1163）进士，官至尚书；夫黄由，淳熙八年（1181）进士第一，官至尚书。俊敏强记，经史诸书略能成诵，善诗文，传在人口，琴棋书画皆通，时人以比李清照。

百字令〔1〕

小斋幽僻，久无人到此，满地狼籍〔2〕。几案尘生多少憾，把玉指亲传踪迹〔3〕。画出南枝，正开侧面，花蕊俱端的。〔4〕可怜风韵，故人难寄消息。〔5〕　非共雪月交光，这般造化，岂费东君力。〔6〕只欠清香来扑鼻，亦有天然标格。〔7〕不上寒窗，不随流水，应不钿宫额。〔8〕不愁三弄〔9〕，只愁罗袖轻拂。

【注释】

〔1〕选自董史《皇宋书录·外篇》。百字令：词牌名，全词共百字，故名，即“念奴娇”。

〔2〕狼籍：即狼藉，杂乱不堪。

〔3〕把玉指亲传踪迹：用手指在尘几上画梅花。

〔4〕正开：正盛开。侧面：画梅花一法，画梅花侧面。花蕊俱端的：花与蕊都像真的一样。端的，真的。

〔5〕可怜：可爱。两句说虽然所画梅花可爱、有风韵，但因为是画，故不能折梅寄人，传递春天消息。陆凯《赠范晔》：“折梅逢驿使，寄与陇头人。江南无所有，聊赠一枝春。”

〔6〕交光：交相辉映。造化：创造化育。东君：传说中的日神。如屈原《九歌·东君》。三句意谓，梅花常与雪、月共相辉映，但词人在尘几上画梅，故诙谐地说，我的这般创造，难道还要费自然神力吗？如萧衍《春歌四首》："朱日光素冰，黄花映白雪。折梅寄佳人，共迎阳春月。"

〔7〕标格：风度、格调。两句说，几案上画的梅虽缺少扑鼻清香，但亦有梅花的自然风韵和格调。林逋《山园小梅》："疏影横斜水清浅，暗香浮动月黄昏。"

〔8〕钿：花钿，一种首饰。三句谓因为是几上的尘画，所以不能挂上寒窗，不随飘落流水，也不能飘上寿阳公主额头，成为宫中的梅花妆花钿。《太平御览》卷三十"时序·人日"引《杂五行书》："宋武帝女寿阳公主人日卧于含章殿檐下，梅花落公主额上，成五出花，拂之不去。皇后留之，看得几时，经三日，洗之乃落。宫女奇其异，竞效之。今梅花妆是也。"姜夔《疏影》："犹记深宫旧事，那人正睡里，飞近蛾绿。……还教一片随波去，……等恁时、重觅幽香，已入小窗横幅。"李清照《一剪梅》："花自飘零水自流。"

〔9〕三弄：指笛曲《梅花三弄》。李清照《孤雁儿》："笛声三弄，梅心惊破。"姜夔《疏影》："又却怨、玉龙哀曲。"

【评析】

传说词人打扫幽僻小斋时，看到几案上的凝尘，突发奇想，以手指在其上画梅一枝，并题词一阕，表现了女词人无处不在的诗心画意，日常生活也可以成为诗与远方，借此可了解古代女性的生活和创作实践，理解她们虽没有多少专门的文学、艺术教育，但依然可以有所成就的原因。

此词紧扣尘画这一特殊的载体，幽僻小斋，无人光顾，滋生尘土，成狼藉之地，然而尘封的案几却也可以成为画板，只要词人有一颗灵动的诗心和灵动的手指。词人反复强调尘梅的"难寄消息""欠清香来扑鼻""愁罗袖轻拂"的不足，但在有缺憾的境遇中，也可以发掘出另外的优势，更显现人的创造力，而这一切呈现出的"可怜风韵""天然标格"，也正是梅花的品格。所以，词人在写尘土绽放的梅花，似乎又是在写高洁、不屈的人生，这何尝不是词人人格的隐喻。从这一意义上说，此词构思新颖，寄托遥深。

从上注看，此词或可视作对姜夔《疏影》的应和之作。《疏影》遥想梅花乃昭君所化："昭君不惯胡沙远，但暗忆、江南江北。想佩环、月夜归来，化作此花幽独。”此词则“把玉指亲传踪迹”。《疏影》:“犹记深宫旧事,那人正睡里,飞近蛾绿。莫似春风,不管盈盈,早与安排金屋。还教一片随波去,又却怨、玉龙哀曲。等恁时、重觅幽香,已入小窗横幅。”此词则以否定出之:“不上寒窗,不随流水,应不钿宫额。”因与其他词作构造对话,此词生动、诙谐韵味愈显。

李 氏

李氏，毗陵（今江苏常州）人，十六岁能诗，有诗名。

拾得破钱[1]

半轮残月掩尘埃[2]，依稀犹有开元字[3]。想见清光未破时[4]，买尽人间不平事。

【注释】

〔1〕选自彭乘《墨客挥犀》卷二。

〔2〕半轮残月：半圆月，比喻破铜钱。

〔3〕此句云钱上依稀还可辨认“开元”二字。据《旧唐书》之《高祖本纪》《高宗本纪》《肃宗本纪》《食货志》，唐高祖武德四年(621)，“废五铢钱，行开元通宝钱”，高宗乾封元年(666)“改铸乾封泉宝”新钱，次年即废，复行“开元通宝”。肃宗乾元元年(758)铸“乾元重宝”，与“开元通宝”并行。所以开元通宝在唐代流通时间长，版制多，流传和出土亦多。“开元通宝”四字，乃欧阳询制词并书写。

〔4〕清光：指圆月，此以圆月比喻完整的铜钱。

【评析】

从文学史角度看，李氏此诗颇受杜牧《赤壁》诗影响。《赤壁》“折戟沉沙铁未销，自将磨洗认前朝”，写拾得一支破戟，已为沉沙所掩，但由残物上的某种特征辨认出自前代。《拾得破钱》与之一致。自第三句，杜牧抛弃了戟，由戟出土的赤壁进入历史，对赤壁之战结局从影响因素等侧面提出新的可能性（“东风不与周郎便，铜雀春深锁二乔”）。《拾得破钱》与之不同，仍聚焦于“破钱”。所以杜牧诗是咏史诗，而《拾得破钱》是咏物诗。

咏物诗写物讲求不即不离，不着于物，而物又不落空，但要成为好诗，还要意起物外，或托物自喻言志，如《楚辞·九章·橘颂》、骆宾王《在狱咏蝉》；或借物抒情，如贺知章《咏柳》。总之要有所寄托。此诗咏一枚破铜钱，又以月托喻，故咏破钱与咏月齐头并进。这枚破铜钱被拾起打量，虽为岁月沉晦，又为尘埃所掩，但“开元”二字犹可辨识，就如半圆残月依然散发微光，于是诗人以月圆之时的清光朗照，想象这枚钱未破之时的威力。显然，这里的钱既与破钱有关，又超越其本身，而抽象为金钱的力量。金钱力量本来无可厚非，诗人周密之处是将其锋芒落在“买尽人间不平事”上，对金钱威力作了道德和非道德的划分，揭露不道德的金钱的力量，从而对可以用钱“买尽”“不平事”的“人间”作了尖锐、深刻的批判。诗歌善于咏物，层次丰富，推演有力，主题深刻，批判力度大，可与鲁褒《钱神论》参看。

沈清友

沈清友，苏州人，能诗。

绝　句〔1〕

晚天移棹泊垂虹〔2〕，闲倚篷窗问钓翁〔3〕。为底鲈鱼低价卖，年来朝市怕秋风。〔4〕

【注释】

〔1〕选自陈世崇《随隐漫录》卷五，题从《宋诗纪事》卷八十七。

〔2〕棹：船桨。垂虹：桥名。垂虹桥位于苏州吴江区，始建于北宋庆历八年（1048），因其三起三伏、环如半月、长若垂虹而得名。

〔3〕篷窗：船窗。

〔4〕为底：为何。朝市：早市。

【评析】

江南盛产鲈鱼，鲈鱼秋后始肥，肉质尤为细嫩鲜美。《世说新语·识鉴》记西晋张翰在洛阳，"见秋风起，因思吴中菰菜羹、鲈鱼脍"，吃鲈鱼是张翰最美好的家乡记忆之一。唐代皮日休在苏州从事任上与苏州人陆龟蒙唱和，编成《松陵集》，《松陵集》卷九收张贲《旅泊吴门呈一二同志》诗，其中就有"一舸吴江晚""鲈鱼谁与伴"之句。鲈鱼是吴门生活的一部分，可是鲈鱼并不能自己跃上人们的饭桌，因而钓翁、渔夫就在鲈鱼诗中出现了。女诗人沈清友虽然生卒年不详，但其诗既写及垂虹桥，而垂虹桥始建于庆历八年，则女诗人生活年代一定不会早于范仲淹（989—1052）。范仲淹是较早将江上鲈鱼与渔夫联系起来的诗人。其《江上渔者》诗写道："江上往来人，但爱鲈鱼美。君看一叶舟,出没风波里。”(《范文正集》卷二)此诗不仅写出了渔者搏击风浪的能力、气概,更表现了渔者经历的危险。就如范仲淹过淮时所见操舟者:“一棹危于叶,旁观亦损神。他年在平地,无忽险中人。”(《赴桐庐郡淮上遇风》,《范文正集》卷三)表达了对渔者生命和生存状态的关心,显示出士大夫的悲悯情怀和责任感。沈清友此诗也属此类,可归于悯农诗。

此诗选取苏州的风景(垂虹桥)、物产(鲈鱼)和习俗(秋风鲈鱼),还通过秋天傍晚停船垂虹桥边闲依船窗者与钓翁简短的、充满生活味的对话:“为什么鲈鱼低价卖呢”,“怕秋风起,鲈鱼多,明天早市鲈鱼更卖不出好价钱呢”,写出了吴中鲈鱼早市买卖和垂虹桥垂钓点的零星买卖,秋天鲈鱼量大,应和了长期以来吴中秋吃鲈鱼的生活和习俗,《随隐漫录》云此诗“得风人之体”(《随隐漫录》卷五),是精当的。而此诗更写出了钓翁的劳力、劳心:不仅钓鱼、卖鱼,还担忧价格变动、鱼丰价低。清代吴乔《围炉诗话》称范仲淹《江上渔者》“直是杜诗”,云“子美之人方可作子美之诗,于希文验之矣”。我们也从女诗人沈清友诗中,读到了她民胞物与之心。此诗词浅意深,引人深思。

郑允端

郑允端(1327—1356),字正淑,平江(今江苏苏州)人。其家饶于资,有"花桥郑家"之称。及笄嫁同郡施伯仁,儒雅士,夫妇相得。元至正十六年(1356),张士诚据苏州,家为盗所破,贫病悒悒而终,年仅三十岁。私谥"贞懿"。自幼读书向学,平生爱诗,卒前曾整理文集,逝后,其夫整理其遗稿成《肃雍集》,嘉靖中,五世孙施仁刊刻,今存。

《肃雍集》题词[1]

郑氏系出贵胄[2],世尚儒业[3],父兄以经学教授诸生,著名吴下。某自幼承家庭之训[4],教以读书识字,在后向学,剽窃绪余,[5]粗知义理。及长,归同郡施伯仁氏,而伯仁又文献故家[6],儒雅之士,气味相类,妇职之暇,尤得操弄笔墨,[7]吟咏性情[8]。尝怪近世妇人女子作诗,无感发惩创之义,[9]率皆嘲咏风月、陶写情思、纤艳委靡、流连光景者也。[10]余故划除旧习,脱弃凡近[11],作为歌诗,缄诸箧笥,以俟宗工斤正,然后出示多人。[12]今抱病弥年,垂亡有日,惧湮没而无闻,用写别楮,诠次成帙,[13]藏诸家塾,以示子孙。昔唐山人诗瓢有云:"得之者,方知吾苦心耳。"[14]余亦云云。至正丙申清明日荥阳郑氏允端识[15]。

【注释】

〔1〕选自郑允端《肃雍集》卷首。

〔2〕贵胄:贵族后代,郑氏是周皇室后代。据《元和姓纂》卷九,郑姓最早可追溯到郑桓公,郑桓公是周厉王少子,受封于郑。战国末,郑为韩所灭,子孙播迁,遂以国为氏。西汉大司农郑当时六世孙郑稚自陈徙开封,西晋时,设荥阳郡,开封隶

属荥阳，始有荥阳郑氏之称。白居易："天下有五甲姓，荥阳郑氏居其一。"（《唐河南元府君夫人荥阳郑氏墓志铭并序》，《白氏长庆集》卷二十五）

〔3〕郑允端五世祖为南宋宰相郑清之（1176—1251）。郑清之，《宋史》有传，今存《安晚堂集》十卷。

〔4〕承家庭之训：接受家庭教育。《论语·季氏》："（孔子）尝独立，鲤趋而过庭。曰：'学《诗》乎？'对曰：'未也。''不学《诗》，无以言。'鲤退而学《诗》。"

〔5〕向学：求学，好学。绪余：残余。二句谦称自己虽好学，但未得学问精华。

〔6〕文献故家：世代读书之家。

〔7〕妇职：指女红等事。中国古代以男耕女织、男外女内来建构男女、夫妻劳动分工模式，读书、写作不在女职之列，故作者强调在女职之暇从事写作。

〔8〕吟咏性情：作诗抒发情感思想。《毛诗序》："国史明乎得失之迹，伤人伦之废，哀刑政之苛，吟咏情性，以风其上。"

〔9〕感发：感动、启发。惩创：惩治。《朱子语类》卷二十三朱熹答"思无邪"之问："此《诗》之立教如此，可以感发人之善心，可以惩创人之逸志。"

〔10〕此句批评同时代女性创作缺乏思想内涵且风格委靡。陆龟蒙十一世孙陆德原（1282—1340）为陆龟蒙《笠泽丛书》作《跋》："先生（指陆龟蒙）牛衣之所呻吟，鹳垤之所叹恨者，岂为流连光景、陶写性情之具哉！特以先生之泽，更大乱而犹存，故虽一颦一蹙，不忘爱君忧国之诚，伤今思古而作也。"

〔11〕凡近：平庸浅薄。元稹《唐故工部员外郎杜君墓系铭》赞杜甫诗："脱弃凡近。"

〔12〕缄：封。箧笥：古代收纳文书、衣物的竹器。宗工：宗师。斤正：斧正，修改。三句谓写诗后，会放一阵子，再请擅诗者修改，然后才公之于众。

〔13〕楮：指纸。诠次：选择编排。二句言别纸另抄诗稿，编排成集。

〔14〕唐山人：唐末高士唐求。黄休复《茅亭客话》卷三："唐末蜀州青城县味江山人唐求，至性纯悫，笃好雅道，放旷疏逸，几乎方外之士也。每入市，骑一青牛，至暮，醺酣而归。……或吟或咏，有所得，则将稿撚为丸，内于大瓢中，二十余年，莫知其数，亦不复吟咏。……暮年因卧病，索瓢，致于江中，曰：'斯文苟不沉没于水，后之人得者，方知我苦心耳。'漂至新渠江口，有识者云：'唐山人诗瓢也。'探得之，已遭漂润损坏，十得其二三。凡三十余篇行于世。"

〔15〕至正丙申：至正十六年（1356）。荥阳：今河南荥阳，郑氏郡望。郑允端五

世祖郑清之,《宋史》称其为庆元之鄞(今浙江宁波)人。据《肃雍集》卷首《叙传》,郑允端祖父任吴郡通判,始家于吴郡。

【评析】

欧阳修为女诗人谢希孟诗集作《序》,李清照为丈夫赵明诚(李清照也有参与)《金石录》作《后序》,女诗人为自己的诗集作序,郑允端《〈肃雍集〉题词》是今存较早的一篇,是女作家展现女性文学生活和文学观念的第一手材料,弥足珍贵。

《题词》交代了自己何以能写作:因家世儒业,自小读书识字,自己又一心向学;结婚于文献故家,与丈夫学术趣味投契,丈夫支持自己写作。郑允端说自己因缘际会下的写作,是在自己女性职责之余暇进行的,作为一个对立面,反衬了古代女性创作不易的大叙事;同时通过对同时代女性吟咏风月以及纤艳委靡诗风的批判,揭示了当时女性创作具有一定的规模。文中,郑允端通过用典,表达了自己的创作主张,将一己写作与诗教以及杜甫忧国爱民之文学传统连接;她还通过用同时代、同郡陆德原对其祖先陆龟蒙创作的肯定之语,表达她对乡贤的文学和思想的关注,也将自己的创作与地域传统紧密关联,呈现文化的厚重、敏锐和端正。

郑允端谈到自己的创作方式:写作,冷却,请人修改,然后公之于众。表明写作当精益求精,要求师受教,更表达了对文学社会影响的认识和责任感。她有流传作品的强烈意愿,病重后,整理自己的诗集,"惧湮没而无闻",作品无闻,则其人无闻,这是她作为人、作为女性个体的心声,生命可以通过作品传之久远,这也是其创作的动力。郑允端要将文集"藏诸家塾,以示子孙",也是传承家族文化的当仁不让的责任感。她与父兄和丈夫共同延续了"文献故家",女性也是家庭、地域、一代和世代文化的创造者。郑允端不以女性身份而自外于社会、自外于文化传统和文化创造,其自立、自信的形象足可以辉映古今。

山水障歌[1]

我有一匹好东绢[2],画出江南无数山。笔法岂下李营丘[3],直疑远过杨契丹[4]。良工好手不可遇[5],此画森然能布置[6]。层峦叠嶂拥复开,怪石长松俨相对[7]。板桥茅屋林之隈[8],瀑流激石声如雷[9]。恍然坐我匡庐下,便觉胸次无凡埃。[10]此身已向闺中老,自恨无缘致幽讨[11]。布袜青鞋负此生[12],长对画图空懊恼。

【注释】

〔1〕选自郑允端《肃雍集》。山水障:画有山水的屏障。

〔2〕东绢:一说梓州鹅溪绢,一说关东大练。杜甫《戏韦偃为双松图歌》:"我有一匹好东绢,重之不减锦绣段。"《千家注杜工部集》卷七黄鹤注:"梓州盐亭县出绢甚良,时人谓之鹅溪绢。即东绢也。"《杜工部草堂诗笺》卷八蔡梦弼笺:"东绢谓关东之大练也。"

〔3〕李营丘:五代宋初画家李成。李成,字咸熙,营丘(今山东淄博临淄)人。笔法主要有卷云皴等。黄庭坚《谢景文惠浩然所作廷珪墨》"便当闭门学水墨,洒作江南骤雨图",史容注:"李成有《骤雨图》,山谷《跋郭熙山水》云:熙因为苏才翁家摹六幅李成《骤雨》,从此笔法大进。"(《山谷外集诗注》卷十六)

〔4〕杨契丹:隋朝画家。杜甫《奉先刘少府新画山水障歌》:"岂但祁岳与郑虔,笔迹远过杨契丹。"

〔5〕杜甫《奉先刘少府新画山水障歌》:"画师亦无数,好手不可遇。"

〔6〕此句言画中山水布置严整。杜甫《赠秘书监江夏李公邕》:"各满深望还,森然起凡例。"

〔7〕杜甫《九成宫》:"纷披长松倒,揭嶭怪石走。"

〔8〕温庭筠《商山早行》:"鸡声茅店月,人迹板桥霜。"

〔9〕王维《白鼋涡》:"南山之瀑水兮,激石滆瀑似雷惊。"

〔10〕匡庐:庐山。胸次:胸中。凡埃:凡尘。

〔11〕致幽讨:致力于探幽寻胜、求药访道等。杜甫《赠李白》:"李侯金闺彦,脱身事幽讨。亦有梁宋游,方期拾瑶草。"

〔12〕布袜青鞋：指隐士生活。杜甫《奉先刘少府新画山水障歌》："若耶溪，云门寺，吾独何为在泥滓，青鞋布袜从此始。"

【评析】

这是一首观画、题画的七言古诗。前六句交代画的内容并评论。中四句描写画中山水：先是整体写层峦叠嶂，聚而复散，既疏密有度，又有合而复散的动态，然后引导目光及于细部：山间长松、怪石俨然相对；而山林转角处点缀板桥一座、茅屋一间，引人想象景中有人。如果说前三句是横轴线上的延伸和聚焦，那第四句则是纵轴线上的飞流直下，还伴着瀑流冲击山石的巨大声响。气势纵横，有声有色。因为画面的逼真，因为古往今来有关庐山山水、庐山山中高士的形象深入人心，诗人觉得自己就坐在庐山之下，胸次开朗澄澈。

然而这一陶然是短暂的，当诗人意识到自己只不过是在观画，心中的不甘油然而生，情绪急转直下。这种不甘跟自己的性别有关，诗人深刻意识到女性身份的束缚、闺阁的狭小，也无缘于陶渊明、李白、白居易等至庐山寻幽访胜或求药访道的生活实践，尽管自己可以置办"布袜青鞋"，杜甫可以"青鞋布袜从此始"，而自己只能愧对它们（"此生""负"），对着"画图空懊恼"。

沈德潜云杜甫"题画诗开出异境，后人往往宗之"（《唐诗别裁集》卷六《奉先刘少府新画山水障歌》后），郑允端此诗提供了一个例证。此诗继承杜甫《奉先刘少府新画山水障歌》《戏韦偃为双松图歌》等笔意，借鉴了王维的山水书写，融入自己的身份体悟和生活感受，写出女性与自然山水的独特关联，丰富了山水诗和题画诗的书写。《玉镜阳秋》评此诗"格韵超胜，居然作者"。

水　槛〔1〕

近水人家小结庐〔2〕，轩窗潇洒胜幽居〔3〕。凭阑忽听鸣榔响，知有小船来卖鱼。〔4〕

【注释】

〔1〕选自郑允端《肃雍集》。水槛:临水的栏杆。

〔2〕小结庐:结小庐。杨万里《松江晓晴》:"近水人家随处好,上春物色不胜妍。"陶渊明《饮酒二十首》:"结庐在人境,而无车马喧。"

〔3〕幽居:幽人高士居处。陶渊明《答庞参军》:"我实幽居士,无复东西缘。"王冕《索笋长句寄傅隐君》:"先生卜筑江之干,轩窗潇洒鸣风湍。"

〔4〕鸣榔:以木条敲船舷。李善注潘岳《西征赋》"纤经连白,鸣桹厉响":"《说文》曰:桹,高木也。以长木叩舷为声,言曳纤经于前,鸣长桹于后,所以惊鱼,令入网也。"独孤及《早发龙沮馆,舟中寄东海徐司仓、郑司户》:"沙禽相呼曙色分,渔浦鸣榔十里闻。"杨冠卿《自槜李至毗陵道中》:"望中孤塔松江近,便有小舟来卖鱼。"

【评析】

此诗极具江南水乡生活特色,且将清雅的文人气质与市井的生活滋味结合得非常完美。江南水网密布,故人家近水,水边结庐,以轩窗对风景,有水槛可凭栏,通过鸣榔声判断卖鱼小船又至,可以想象当时河边或船上的鲜鱼交易。诗歌以白描手法勾勒水槛近景,以声音引领想象,延展画面,使全诗声容皆具,清雅而又欢快的生活气息扑面而来。中国古代常以幽居、市井构建雅俗对立,此诗不嫌卖鱼腥膻,不以卖鱼声喧嚣,不落入渔人独钓的清寒,以对生活的热爱开辟了"胜幽居"的第三空间,实乃清新秀逸有风致之作。

薛兰英 薛蕙英

薛兰英、薛蕙英姐妹，与杨维桢（1296—1370）同时，吴郡（今江苏苏州）人。皆聪明秀丽，能赋诗，其家建“兰蕙联芳”楼居处之，二人日夕吟咏不辍。元末杨维桢制《西湖竹枝词》，和诗者百余家，二女有感而别作《苏台竹枝词》。杨维桢见之，赋诗称赞，二薛诗名远播，时人称“班姬（班婕妤）、蔡女（蔡文姬）复出”。今存《联芳集》一卷。

苏台竹枝词[1]（选二）

其六

荻芽抽笋楝花开，不见河豚石首来。[2]早起腥风满城市，郎从海口贩鲜回。

其八

翡翠双飞不待呼，鸳鸯并宿几曾孤。[3]生憎宝带桥头水，半入吴江半入湖。[4]

【注释】

〔1〕选自钱谦益《列朝诗集·甲集前编》卷七下。苏台：台名，即姑苏台，相传为吴王阖闾或夫差所建，在今苏州西南。此处借指苏州。竹枝词：巴渝民歌中的一种，后入乐府。形式主要为七言绝句，多歌咏地域风土人情。“其六”等标题为选者所加。

〔2〕荻：多年生草本植物，与芦苇同科而异种。楝（liàn）：落叶乔木。4—5月开花，花香浓郁。河豚：为暖水性海洋底栖鱼类，每年清明节前后自大海游至长江中下游，阳春三月，是河豚上市的季节。石首：石首鲴鱼，此代指鲴鱼。苏轼《戏作

鲴鱼一绝》:“粉红石首仍无骨,雪白河豚不药人。”苏轼《惠崇春江晚景二首》其一:“蒌蒿满地芦芽短,正是河豚欲上时。”

〔3〕翡翠、鸳鸯:水鸟名。《楚辞·招魂》“翡翠珠被”王逸章句:“雄曰翡,雌曰翠。”《禽经》“背有采羽曰翡翠”张华注:“状如鸡鹊而色正碧,鲜缛可爱,饮啄于澄澜洄渊之侧,尤惜其羽,日濯于水中。今王公之家以为妇人首饰,其羽直千金。”罗虬《比红儿诗》九十七:“云间翡翠一双飞,水上鸳鸯不暂离。写向人间百般态,与君题作比红诗。”

〔4〕生憎:最恨。宝带:桥名。在今苏州东南,起自大运河,上跨玳玳河水道,终至澹台湖。始建于唐元和十一年(816),是我国现存最长、保存最完整的一座古石桥。吴江:即吴淞江。湖:指澹台湖。萧衍《有所思》:“腰间双绮带,梦为同心结。”古辞《白头吟》:“今日斗酒会,明旦沟水头。躞蹀御沟上,沟水东西流。”

【评析】

苏州人范成大《四时田园杂兴》中《晚春田园杂兴》其十一写道:“海雨江风浪作堆,时新鱼菜逐春回。荻芽抽笋河鲀上,楝子开花石首来。”《苏台竹枝词》其六从范成大此诗开始,完全用范诗语但反其意,云“不见河豚石首来”,接言虽长江中上游时鱼不来,但不妨碍苏州一早就腥风满城,因为渔郎从长江东边入海口贩来了许多鲜鱼,以赞美苏州地处东西、江海之交,更得东西、江海时新之便利,赞扬苏州渔郎灵活经营、市场物资丰富、苏州生活富庶等,提炼出了古往今来的苏州精神和特色。若与范成大诗对比,此诗得益于范诗,前两句已见上论,后两句也从范诗“海”“风”“时新鱼菜”而来,但充实了“海”之时鲜,打通东、西和江、海,使苏州物产成倍增长,堪称“点铁成金”。

其八写苏州宝带桥并呈现姑苏郎情妾意的旖旎风情。《竹枝词》在唐代见于文人创作后,多以巧妙的表达写离愁别绪和儿女柔情,最有代表性的就是刘禹锡的《竹枝词》:“杨柳青青江水平,闻郎江上唱歌声。东边日出西边雨,道是无晴还有晴。”其后《竹枝词》前被冠以地名,渐演化为歌咏地域风土人情的诗。从这一意义上讲,女诗人此诗有回归传统的趋向。诗人通篇使用《诗经》比兴之法,以“翡翠”“鸳鸯”起兴,表明人间的男欢女爱或夫妻的长相厮守是天经地义的。唐代建宝带桥,就是要绾结运河和澹台湖,诗人于是以宝带桥和桥下水起兴,“宝带”绾结“同心”,桥下水却“半入吴江半入湖”,其“沟水东西流”,比喻夫妻或情人的分离,由此“生憎”,就十分合理了。诗歌从姑苏郎情妾意的旖旎风情侧面咏宝带桥,或云以宝带桥来吟咏江南人的爱情理想,皆巧妙而熨帖。

茅　氏

茅氏，太仓卫（今江苏太仓）人。幼习小学、《孝经》，长适同郡陆枢，枢卒，家贫，以织衽自给。子陆震，字昭甫，能诗画，《〔弘治〕太仓州志》云其作《镇洋山颂》。著有《柏舟遗什》，已佚。

卖　宅〔1〕

壁有苍苔甑有尘〔2〕，家园一旦属西邻。伤心怕见门前柳，明日相逢是路人。

【注释】

〔1〕选自汪学金编选《娄东诗派》卷二八。

〔2〕甑（zèng）：古代蒸煮食物的器具。

【评析】

此诗写贫困的寡妇不得已卖宅后抒发愧疚和不舍之情，诗作于离开老屋的前夜。宅第作为庇护家庭的不动产，在使用价值、经济价值之外，还承载了许多情感价值。在中国古人观念以及文学书写中，卖宅是贫困者剜疮割肉式自救的最后选择，除了居无定所的开始和象征外，还有很多难以割舍的情感。此诗从贫困的生活现状写起，房屋久未修缮，家里已相当长时间揭不开锅，卖宅成了当下的救命稻草。诗人选择"门前柳"来抒情，因为门前柳可以是门内主人形象和品格的投射（如陶渊明的《五柳先生传》）；是宅第美学的一部分；是宅中美好生活的见证者……诗人通过与"门前柳"的关系变化，由亲人而成陌路，对门前柳有多"伤心"，有多愧疚（"怕见"），就反衬着决定卖宅有多艰难，现实生活有多狼狈。诗歌将困顿的生活处境化为艺术审美，诗思婉转，意象蕴藉。后人称赞此诗“寡妇卖宅之作，志尚端严”（《明诗综》卷八十六引顾起纶评），是基于寡妇用卖房自救，而不是用改嫁的方式自救，这是古人的一种认识角度。此外，诗还有经济史价值，如房屋为西邻所买，门前柳被留下而非因其经济价值被砍伐等，值得探究。

宋人赵葵《行营杂录》载：“天台宋氏家本富，后贫，鬻庐于邻，价成，作诗曰：‘自叹年来刺骨贫，吾庐今已属西邻。殷勤说与东园柳，他日相逢是路人。’富者见诗恻然，即以券还之，亦不索其直。乡人嘉其谊。”这是一个因诗而使旧宅归原主的叙事。茅氏诗与宋氏诗相似度颇高，是暗合还是取法，已经无法判断了。

谈允贤

谈允贤(1461—1556),无锡人。家世业儒,因曾祖父谈绍婚于医家,祖父谈复、祖母茹氏皆通医。父谈纲(1438—1507),成化五年(1469)进士。谈氏及笄嫁杨家。自少在祖父母指点下读医书,为自己诊治,后为熟悉的女性治病,渐成名医。撰成《女医杂言》医案书一部,由其子抄写,于正德年间付梓。

《女医杂言》序[1]

妾谈世以儒鸣于锡,自曾大父赠文林郎、南京湖广道监察御史府君。赘同里世医黄遇仙所,大父封奉政大夫、南京刑部郎中府君。遂兼以医鸣。[2]既而伯、户部主事府君、承事府君。父莱州郡守、进阶亚中大夫府君。后先以甲科显,医用弗传。[3]亚中府君先在刑曹,尝迎奉政府君暨大母太宜人茹就养,[4]妾时垂髫侍侧,亚中府君命歌五、七言诗及诵女教、《孝经》等篇以侑觞,奉政喜曰:“女甚聪慧,当不以寻常女红拘,使习吾医可也。”妾时能记忆,不知其言之善也。[5]是后读《难经》《脉诀》等书,昼夜不辍,暇时请太宜人讲解大义,顿觉了了无窒碍,是已知其言之善,而未尝有所试也。[6]笄而于归,连得气血等疾,凡医来,必先自疹视,以验其言,药至亦必手自拣择,斟酌可用与否。后生三女一子,皆在病中,不以他医用药,但请教太宜人,手自调剂而已。是已有所试,而未知其验也。[7]及太宜人捐养,尽以素所经验方书并治疗之具,亲以授妾。曰:“谨识之,吾目瞑矣!”妾拜受感泣,过哀,因病,淹淹七逾月,母恭人钱私为妾治后事,而妾不知也。昏迷中,梦太宜人谓妾曰:“汝病不死,方在某书几卷中,依法治之,不日可愈。汝寿七十有三，行当大吾术以济人，宜毋患。”妾惊觉强起，检方调治，遂尔全瘳。是已知其验矣。〔8〕相知女流眷属不屑以男治者，络绎而来，往往获奇效。倏忽数稔，今妾年已五十，屈指太宜人所命之期，三去其二矣。〔9〕窃叹人生驹过隙耳，余日知几何哉，谨以平日见授于太宜人及所自得者，撰次数条，名曰《女医杂言》，将以请益大方家。而妾女流，不可以外，乃命子濂抄写锓梓以传，庶臆见度说，或可为医家万一之助云尔。观者其毋诮让可也。〔10〕正德五年岁在庚午春三月既望，归杨谈允贤述。

【注释】

〔1〕选自谈允贤《女医杂言》卷首。

〔2〕妾：女子谦称。谈：作者姓。鸣：闻名。锡：指无锡。曾大父：曾祖父，据《谈氏宗谱》卷首下《乐善公传》，谈允贤曾祖父名绍，字继宗，号乐善。因父母早逝，赘养于世医黄家，传其医，后归宗。文林郎：文散官名，明代赠授正七品文官。南京湖广道监察御史：明代南京、北京各有一套中央机构。此指南京都察院主管湖广道纠察的官员，正七品。府君：子孙对先世的敬称。赘：入赘。同里：同乡。世医：世代为医。黄遇仙：人名号。大父：祖父，谈允贤祖父名复，字震亨，号采芝。奉政大夫：文散官，明代正五品升授封。三句说我们谈家世世代代以儒学知名，自从曾祖父入赘同乡世医黄遇仙家，祖父兼以医知名。

〔3〕伯：伯父。承事：承事郎，文散官，正七品初授之阶。此处伯父，可能是一位，其职官户部主事，散官承事郎，官阶也匹配。也可能是两位，一为“户部主事府君”，一为“承事府君”。据《谈氏宗谱》卷首下《味淡公传》《梧月公传》《秋云公传》，谈允贤有谈经、谈纬两位伯父。谈经，字天章，号味淡。天顺四年（1460）进士。谈纬，字成章，号梧月，邑庠生。父：名纲，字宪章，号勿轩，一号秋云。郡守：即知府。亚中大夫：文散官，从三品初授。后先：先后。甲科：指进士科。显：显扬。用：因此。二句说我的伯父和父亲先后中进士，因此不传医道。

〔4〕亚中府君：谈允贤父亲。先在刑曹：之前在刑部任职。奉政府君：指祖父。大母：祖母。太宜人：五品官母或祖母的封号。茹：祖母姓。就养：接过来奉养。二句说我父亲之前在刑部任职时，迎接我的祖父、祖母过来奉养。

〔5〕垂髫：指儿童。侑觞：佐餐下酒。此段说，我当时还是孩童，也在旁边侍奉，父亲让我歌五、七言诗或诵读女教、《孝经》篇章给祖父母吃饭喝酒助兴。祖父说："这个孙女很聪明，不要用一般女孩儿所做的女红之事拘束她，可以让她学习我的医术。"我当时能记得祖父的话，但不知道他说的话的好。

〔6〕《难经》：中医学经典名著。难，问难；经，指《黄帝内经》。全书对《黄帝内经》提出八十一难，再对诸多问题逐一解说。《脉诀》：有关脉理的医书，有《崔氏脉诀》《王叔和脉诀》《刘三点脉诀》等。无窒碍：没有阻碍。这几句说之后读《难经》《脉诀》等书，昼夜不停，闲暇时请祖母讲解大义，顿觉豁然贯通，已经知道祖父之言的好，但还未能有所实践。

〔7〕笄而于归：及笄出嫁。气血等疾：指气血疾病。这几句说及笄出嫁，接连因气血得病，凡是请医生来，必先自我诊断来验证医生之说，药到了也必亲自挑选处理，斟酌是否可用。后生三女一子，都在病中，不用别的医生药方，在请教祖母后，自己调药配剂。是已经实践但未知功效如何。

〔8〕捐养：弃养，长辈去世的婉转说法。素所经验方书：平时使用并验证过的药方、医书。治疗之具：指医疗用具。谨识：牢记。目瞑：闭眼，合眼，此谓安心、心满意足。淹淹：指昏昏沉沉、气息奄奄。恭人：明代四品官员之妻的封号。钱：谈允贤继母钱氏。治后事：准备死后的事。方：指药方。依法治之：依照药方之法治病。不日：不久。全瘳：痊愈。此段说祖母去世时，将平时验证过的药方和医书以及医疗器具全都给了我，说："谨记于心，我九泉之下也安心了。"我哭着接受，因祖母去世过于哀伤而病，昏昏沉沉七个多月，母亲私下里都在为我准备后事了，而我完全不知道。昏沉迷乱中，梦到祖母对我说："你不会因病而死的，药方在那本书第几卷中，依照药方治病，不久就好。你有七十三岁之寿，不久将光大我的医术，治病救人，不要担心。"我惊醒，强撑着起身，查检医方并调剂治病，于是痊愈。因此知道自己的治病效果了。

〔9〕太宜人所命之期：指上文祖母所说"汝寿七十有三"。

〔10〕人生驹过隙：指时光易逝，生命短暂。见授于太宜人：祖母所教。撰次：撰写诠次。大方家：大方之家，见多识广的人。子濂：儿子杨濂。锓梓：刊刻。臆见度说：臆测之言、揣度之说，谦辞。诮让：责备。《庄子·知北游》："人生天地之间，若白驹之过隙，忽然而已。"

【评析】

文章叙述自己从聪慧少女成为一代名医的几个重要节点：家学以及家学传承使命——善读医书，而“未尝有所试”——“已有所试，而未知其验”——“已知其验”——病人络绎而至——撰写《女医杂言》并出版。对如何学医，作者以研读医书起步，从而有别于古代社会活跃的三姑六婆中的稳婆、药婆。对于临床实践，文中提到视诊、药物拣择、配药调剂、医疗器具等，其中着墨最多的是自己作为病人而进行的医学实践。早期，她给自己诊断后，再请别的医生诊治并开药方，亲自拣择药物，并斟酌是否可用，以此来验证自己的所学并熟悉各种药材、药性等。后来她对别的医生药方，在请教祖母后，根据自己的病情增减调剂药方，以此增加临床经验。由此收转益多师和自成医者之效。谈允贤虽是悬壶济世的医生，但文章显示其谨守女性性别规范，比如虽然是其祖父最早提出这个女孩天资聪慧，不应该只学一般女红之事，“使习吾医”，但具体的学习指导皆出自祖母，由此也可见古代女医一脉的存在以及《女医杂言》一书存在的多重意义。又比如，文章强调她的病人都是“相知女流眷属不屑以男治者”。她虽然写医书并公开出版，希望请教方家，也欲为医者一助，但又强调“妾女流，不可以外”，令儿子杨濂“抄写锓梓以传”，其序末自署“谈允贤述”，也意在表明自己的笔墨不会流传于外。谈允贤顺应当时社会的女性规范，却从士绅之家的深闺女子一步步走进公众视野，成功跻身于正统医者体制，成为中国历史上著名的女儒医。其成功之道也令人深思。

风湿麻木〔1〕

客船上一妇人，年四十岁，患两手麻木，六年不愈。询其病原，云：无分春秋、昼夜、风雨、阴晴，日逐把舵〔2〕。自得疾以来，服药无效。某以风湿症治之〔3〕，灸八穴，遂愈。〔4〕

肩寓，二穴。曲池，二穴。支沟，二穴。列缺。二穴。又服除湿苍术汤。出《拔粹方》。〔5〕

【注释】

〔1〕选自谈允贤《女医杂言》。此为此书三十一则医案之第二则。题据《谈允贤〈女医杂言〉评按译释》(汪剑,中国中医药出版社,2016年)。

〔2〕日逐:每日。把舵:掌舵。

〔3〕风湿症:是侵犯关节、骨骼、肌肉、血管及有关软组织或结缔组织为主的疾病。发病多较隐蔽而缓慢,病程较长。

〔4〕灸:中医疗法之一,以艾叶或艾绒等烧灼人体的特定穴位。八穴:指下文肩寓、曲池、支沟、列缺各二穴。肩寓:位于肩三角肌上部中央,肩峰与肱骨大结节之间。曲池:位于手肘弯横纹尽头处。支沟:位于前臂背侧,腕背横纹上3寸,尺骨与桡骨之间。列缺:位于前臂桡骨茎突上方、腕横纹上1.5寸处。

〔5〕《拔粹方》:即《济生拔萃方》,由元杜思敬摘要辑录金元时期十九种医书而成,其中也包括杜思敬所作《杂类名方》一书。除湿苍术汤:药方名。文中未列出此方药物和用量。最接近的可能是李东垣《兰室秘藏》卷中"苍术汤"方:"防风,风能胜湿。黄蘗,已上各壹钱。始得之时,寒也,久不愈,寒化为热。除湿止痛。柴胡,贰钱。行经。苍术。叁钱。去湿止痛。右都作一服。水二大盏,煎至一盏,去柤,空心服。"李东垣《兰室秘藏》见收《济生拔萃方》中。

【评析】

《女医杂言》三十一则医例中,全是女性患者,其中八则提到富家,六则提到女性劳碌,三则提到妇女本人的工作类型:一是掌舵,一是运砖,一是造酒。此则即是掌舵妇女病例。因其长年不休的水上劳作而双手麻木,自六年前得病,一直在求医,可见劳动妇女生病,家庭会失去一个劳动力,因此患病后会选择积极治疗。谈允贤考虑到了患者的工作环境,故用艾灸温通上肢八个穴位,袪除寒湿,又辅以袪除寒湿的汤药,故见效甚快。此文完整地记录了病因、病史、诊疗方式和医方来源,确可为医家一助。

胎自堕〔1〕

一妇人,年三十六岁,生四胎,后三胎将三四个月即堕。其夫因富贵,深忧无子,甚欲娶妾。其妇与某商议,无计阻当,〔2〕忧忿太过,家事颇繁,愈加不能成胎。某意谓劳怒伤情,内火便动,亦能堕胎,遂与四制香附丸,又调经益气汤。俱出《摘玄方》。[3]加:白茯苓,一钱。川芎,一钱。香附,炒黑,一钱。黄芩。酒炒,一钱五分。

半年后有胎,又服安胎末药。[4]

鼠尾黄芩,二两,醋炙。白术。二两。

右为末,每服二钱,[5]紫苏汤下。次年五月,遂生一子。

【注释】

〔1〕选自谈允贤《女医杂言》。此为第二十七则。题据《谈允贤〈女医杂言〉评按译释》(汪剑,中国中医药出版社,2016年)。

〔2〕某:指我,即谈允贤医生。无计:没办法。阻当:阻挡。

〔3〕四制香附丸:中成药名。具有理气和血、补血调经的功效,用于治疗血虚气滞、月经不调、胸腹胀痛。调经益气汤:补气补血、调经助孕之方。《摘玄方》:此书不详,李时珍《本草纲目》中数引此书。

〔4〕安胎末药:磨成末的安胎药。

〔5〕右为末:将以上药物研为末,是中药的一种加工方法。每服:每次服。

【评析】

《女医杂言》三十一则医案中,有三位患者患病之源是丈夫纳妾或欲纳妾。除此则外,一因丈夫"取妾"并带领出外,妻子"忧忿成疾",引发丹毒(第六则)。一因"夫贵娶妾,忧忿成疾",得"隔气"病(第二十一则)。还有因丈夫不时宿娼,妻子"经事"时"大闹","遂成血淋",导致不孕,也可归入此类(第二十三则)。可见《女医杂言》具有深刻的女性生活史和性别史内涵。

文中说"其妇与某商议",可见这位患者确是谈允贤的"相知女流眷属"。这是一则习惯性流产病例,谈允贤能以女性身份体察患者的心理和情绪,有利于寻找病源并寻求解决方法,两者医患关系持续数年。谈允贤很看重既有医方,但也根据病人情况斟酌调剂,对症下药,堪为良医。

马闲卿

马闲卿，字芷居，上元（今江苏南京）人。“金陵三俊”之一陈沂（1469—1538）继室。陈沂，正德十二年（1517）进士，先世浙江鄞县人，以医籍居南京，官至太仆卿。闲卿书取法苏轼，画擅山水白描，年近八十，犹不废吟咏。有《芷居集》行世，入俞宪编刊《盛明百家诗》。

苦　雨〔1〕

终日雨翻盆〔2〕，愁人欲断魂〔3〕。岭云生屋角〔4〕，野水没篱根〔5〕。杨柳深藏径〔6〕，梨花静掩门〔7〕。声声偏入耳〔8〕，寂寞自朝昏〔9〕。

【注释】

〔1〕选自《列朝诗集·闰集》卷四。

〔2〕雨翻盆：倾盆大雨，形容雨势猛暴。杜甫《白帝》：“白帝城中云出门，白帝城下雨翻盆。”

〔3〕欲：将要。断魂：神魂散乱，形容情绪十分抑郁烦闷。杜牧《清明》：“清明时节雨纷纷，路上行人欲断魂。”

〔4〕此句形容云雾弥漫，云层极低。周紫芝《人日雨》：“看云生屋角，听雨鸣空墀。”

〔5〕野水：潴水，水泽所聚。篱根：篱笆接近地面的部位。此句说潴水淹没篱笆下部。白居易《霖雨苦多，江湖暴涨，块然独望，因题北亭》：“篱根舟子语，巷口钓人歌。……门前车马道，一宿变江河。”梅尧臣《杂诗绝句十七首》其四：“荒水浸篱根。”

〔6〕此句形容绵长柳条遮蔽了小路。程垓《瑞鹧鸪·春日南园》：“门前杨柳绿成阴，翠坞笼香径自深。”

〔7〕刘方平《春怨》:“纱窗日落渐黄昏,金屋无人见泪痕。寂寞闲庭春欲晚,梨花满院不开门。”

〔8〕韩愈《秋怀诗》:“秋风一披拂,策策鸣不已。微灯照空床,夜半偏入耳。”温庭筠《更漏子》:“梧桐树,三更雨,不道离情正苦。一叶叶,一声声,空阶滴到明。”

〔9〕鲍照《苦雨》:“沉云日夕昏,骤雨望朝旦。”

【评析】

“苦雨”之说,《左传》中已出现,《左传·昭公四年》:“春无凄风,秋无苦雨。”《礼记·月令》云:“孟夏行秋令,则苦雨数来,五谷不滋。”伤稼害民之雨为苦雨,所谓“沉稼湮梁颍,流民溯荆徐。眷言怀桑梓,无乃将为鱼”(陆机《赠尚书郎顾彦先二首》之二)。又如注引白居易、梅尧臣之诗,都是从这一侧面展开的。此诗前四句,似是上引苦雨诗思路,五、六两句则转向春雨春愁写法,即注引的“翠坞笼香径自深”“梨花满院不开门”,用春柳春花来烘托金闺闲庭的寂寞忧伤。试想野水既没篱根,则深径就不但被杨柳所掩,更为野水所没;狂风骤雨中,如何能梨花不落,院门静掩呢?最后两句似写梧桐雨、芭蕉雨,梧桐、芭蕉叶大,雨打芭蕉、梧桐声音比较清晰,故容易有“声声入耳”之感,杨柳、梨树则不易有此体验。如果上述分析有理,此诗实为赋体,以“苦雨”为题铺叙三种苦雨类型:一愁霖;二春愁;三秋恨。统摄其中的是寂寞、忧愁,也因此不但持续“终日”“朝昏”,也弥漫春夏秋冬,年年岁岁。

据谷兰宗为马闲卿丈夫陈沂《拘虚集》所作《引》及《鄞县志》本传,陈沂诗“取材汉魏,效体陶谢,拟格王岑、沈宋之间”,而“以唐人为宗”,闲卿诗尚下及宋诗,亦不废词曲,可见女作家勤勉和开放的学诗态度。

袁彤芳

袁彤芳，字履贞，吴县(今江苏苏州)人，参政袁年(1539—1617，1577年进士)女。才色绝世，十四岁作诗，自称广寒仙客，年二十九卒。有《凝翠楼集》，沈宜修辑《伊人思》时得其未刻之集，录其诗词二十一首。

九 日〔1〕

玉露泣秋草，金风绽晚蕖。〔2〕白衣三径少，黄菊一枝疏。〔3〕病减登高兴〔4〕，愁无射雁书〔5〕。遥知二三子，相向正愁予。

【注释】

〔1〕选自沈宜修辑《伊人思》。

〔2〕金风：秋风。晚蕖：秋日荷花。古人写秋，常以金风、玉露对举。如杜牧《秋日偶题》："荷花兼柳叶，彼此不胜秋。玉露滴初泣，金风吹更愁。绿眉甘弃坠，红脸恨飘流。数息是游子，少年还白头。"李贺《昌谷诗五月二十七日作》："光露泣幽泪。"

〔3〕白衣：平民。三径：指隐居者居处。《三辅决录》："蒋诩，字元卿，隐于杜陵，舍中三径，惟羊仲、求仲从之游。"陶渊明《归去来兮辞》："三径就荒，松菊犹存。"李白《九日登山》："渊明归去来，不与世相逐。为无杯中物，遂偶本州牧。因招白衣人，笑酌黄花菊。我来不得意，虚过重阳时。"

〔4〕王维《九月九日忆山东兄弟》："遥知兄弟登高处，遍插茱萸少一人。"

〔5〕射雁书：远方来信。《白孔六帖》卷三十五"书信·鸿雁足下"："苏武裂帛为书，系雁足下，天子射雁于上林，得书云云。"

【评析】

此诗写重阳日的孤独忧愁和百无聊赖,也可视为回绝家人朋友重阳日登高邀约之诗。第一联写秋景,景中有浓情。玉露、金风预示着秋天到来,秋风凋百草,秋草因之而泣,而玉露的性状宛似眼泪,那么到底是玉露泣,还是秋草泣?玉露为何而泣,是秋草泣才有了玉露吗?……其实所有内容都包含在五字中,而所有这些,皆是诗人之泣眼才有的景致和诗句。“白衣三径少”,也是多意的:既可理解为自己作为白衣人,不及隐士尚有三径;也可理解为能招和所招之白衣人少,故所对者只有一枝稀疏的黄花。从人际角度写孤独。第三联堪称佳对,写尽了因愁病而来的心理上的意兴阑珊、情绪上的百无聊赖和行动上的自我疏离。最后两句,诗情略作振起,从有“登高兴”、曾送“射雁书”邀请我登高的对方二三人写起,想象他/她们正在为自己担心。

诗歌在写景叙事中抒情,情感细腻。从艺术创造的角度看,其将王维、李白、杜牧秋日登高名篇熔于一炉,而其底色则是杜甫《登高》(“万里悲秋”“百年多病”“苦恨”),但化用无痕,且能创发佳对,颇见笔力。

长相思　旅思〔1〕

风满楼,月满楼。月白风清动客愁〔2〕,旅况不堪留〔3〕。　灯半篝,香半篝。〔4〕香沉灯烬漫凝眸,天际问归舟。〔5〕

【注释】

〔1〕选自沈宜修辑《伊人思》。

〔2〕月白风清:形容夜景清幽美好。苏轼《后赤壁赋》:“月白风清,如此良夜何?”

〔3〕此句,《明词综》作“征鸿声且留”。旅况:旅中情怀。

〔4〕半:夜半。篝:竹笼,用之罩灯、罩香炉。两句说夜半灯残香尽。

〔5〕二句,《明词综》作“灯烬香沉残梦悠,归舟天尽头”。香沉灯烬:灯、香燃尽。漫:随意。凝眸:目不转睛地看。谢朓《之宣城郡出新林浦向板桥》:“天际识

归舟,云中辨江树。"

【评析】

词上阕写旅途中人的相思之情。旅人登楼眺望,尽管清风满楼,月色满楼,但月白风清的美景更引发了他的思家之情。下阕写家中妇人,在灯残香尽的夜半闺中也因思念旅人而难以入眠,她走出深闺,长久看着旅人归家的方向,问天际可有归舟?全词呈现"一种"相思、"两地"离愁,"相思"之"长"有了具象的存在,也与词牌弥合无间,而对等的爱意,使情感呼应流动,十分美好。

词人善于写景,上阕以乐景写哀情,下阕以哀景、哀事衬哀情。"风满楼""月满楼",流动、通透而带触感,有起兴之功;"灯半篝""香半篝",灯灭香沉,入衰飒颓废之势。而"满楼""半篝"的重复以及"满"与"半"的强烈对比,增强了景物、事物的表现潜能和情感张力。

此词构思巧妙,新颖别致。《伊人思》本与《明词综》本有三句异文。《明词综》在月白风清之夜,增加了"征鸿"和"征鸿"的形去"声留",给旅人更强烈的不得归去的刺激。下阕不让思妇走出深闺,而让其在睡梦中实现"归舟天尽头"的心愿。词意亦通贯,但失去了《伊人思》本"风满楼""月满楼"中隐含的旅人与"漫凝眸"的女性遥相感应的对称形象,《伊人思》本似更佳。

徐 媛

徐媛(1560—1619),字小淑,长洲(今江苏苏州)人。父太仆少卿徐时泰(1540—1598),苏州留园主人。徐媛及笄嫁同郡范允临(1558—1641)。多读书,好吟咏,与陆卿子等唱和,吴中士大夫望风景附,交口称誉,声名远播。有《络纬吟》十二卷行世。

秣陵吊故宫〔1〕

秋壁枯蝶灰,荒丘填古人。〔2〕阴松闭幽宫,走犬相狺狺〔3〕。白景寒风萧,野霜上苦榛。〔4〕桐柱消土脉,罘罳结杞茎。〔5〕翠殿从烟飘,画鼓沉昼昏。〔6〕遗香碎象口,守宫冷血痕。〔7〕花房平乌足,桂寝湿萤生。〔8〕瓦砾抉鼠母,空桑捕蛇孙。〔9〕干石卧魑魅,笑声起碧磷〔10〕。古水黑如漆,老蛟齿列银。跳汰截馋涎,暴背竖锦鳞。〔11〕南原旷号号,静夜无行人。〔12〕健犊耘泥膏〔13〕,壮夫排陇耕。今朝穜稑地,昔日瑶台春。〔14〕不须舂白玉,安用饵黄金。渠似淮南客,相牵翔白云。〔15〕

【注释】

〔1〕选自徐媛《络纬吟》卷二。

〔2〕二句言秋天墙壁上枯蝶已成灰,荒凉山丘埋葬过许多古人。李贺《堂堂》:“红脱梅灰香。”《长平箭头歌》:“漆灰骨末丹水沙,凄凄古血生铜花。”《绿章封事为吴道士夜醮作》:“愿携汉戟招书鬼,休令恨骨填蒿里。”

〔3〕狺(yín)狺:犬吠声。李贺《公无出门》:“嗾犬狺狺相索索。”

〔4〕白景:指太阳。李贺《古悠悠行》:“白景归西山。”《洛阳城外别皇甫湜》:“单身野霜上。”

〔5〕桐柱：即铜柱。娄机《班马字类》卷一“桐”下：“《史记·武帝纪》‘柏梁桐柱……’《封禅书》及《汉书·郊祀志》皆作‘铜’。”罘罳（fú sī）：屋檐下防鸟雀筑巢的金属网。杞：木名。《毛诗草木鸟兽虫鱼疏》卷上：“杞，柳属也。”二句写宫殿铜柱被灰尘覆盖，只见道道土垢纹理，殿门后防鸟雀飞入的罘罳网已被杞柳树缠上。李贺《金铜仙人辞汉歌》：“三十六宫土花碧。”《昌谷诗五月二十七日作》：“阴藤束朱键。”

〔6〕翠殿二句，说翠殿从烟飘散，画鼓日夜沉寂。

〔7〕象：指象形香炉。守宫：壁虎，古人认为以朱砂饲养的壁虎，捣烂后点于女子肢体，可检测女子是否是处女。二句言破碎象口残留余香，守宫冷血仅存痕迹。李贺《宫娃歌》：“花房夜捣红守宫。”“象口吹香毾㲪暖。”《杨生青花紫石砚歌》：“暗洒苌弘冷血痕。”

〔8〕桂寝：桂宫柏寝，指豪华宫殿的内室。湿萤：古人认为萤为腐草所化，多生下湿之地，故云。二句说花房被乌鸦踏平，桂宫柏寝飞满萤火。李贺《浩歌》：“南风吹山作平地。”《秦王饮酒》：“劫灰飞尽古今平。”《还自会稽歌》：“野粉椒壁黄，湿萤满梁殿。”鲍照《代白纻舞歌词四首》：“桂宫柏寝拟天居。”

〔9〕鼠母：鼠之一种，据云繁殖能力很强，为鼠灾来源。空桑：空心的桑树。段成式《酉阳杂俎·续集》卷八：“溺一滴，成一鼠，时鼠灾多起于鼠母。鼠母所至，动成万万鼠。”李贺《五粒小松歌》：“蛇子蛇孙鳞蜿蜿。”

〔10〕碧磷：指磷火，是人或动物尸体腐烂时分解的磷化氢自燃产生的，夜间可见白色带蓝绿色火焰。李贺《南山田中行》：“鬼灯如漆点松花。”《秋来》：“秋坟鬼唱鲍家诗。”

〔11〕跳汰：洗濯。截：了断。馋涎：口水。暴背：晒背。李贺《假龙吟歌》：“窖中跳汰截清涎。”

〔12〕号号：哀叫声。李贺《勉爱行二首送小季之庐山》：“江干幼客真可念，郊原晚吹悲号号。”

〔13〕健犊：健壮的小牛。李贺《章和二年中》：“健犊春耕土膏黑。”

〔14〕穜稑（tóng lù）：指先种后熟的谷类和后种先熟的谷类。二句写今日庄稼地，昔日是豪华宫殿。《周礼·地官·司徒》：“以岁时县穜稑之种，以共王后之春献种。”

〔15〕饵：服食。渠：第三人称代词。淮南客：淮南王刘安宾客。四句说不须服

食白玉、黄金等丹方，他们就像淮南客，一起相牵升天了。葛洪《神仙传》卷四《刘安》云淮南王白日升天，时人传八公、刘安临去时，余药器置在中庭，鸡犬舐啄之，尽得升天。

【评析】

自万历二十六年（1598）秋冬始，徐媛随宦南京、芜湖共六年，其诗歌创作出现井喷之势，其诗名崛起就是在这一时期。此时的徐媛，以五古最为人称颂。沈德符在《万历野获编》卷二十三中说："今范长白水部徐夫人在芜关，诸五言古诗，沉秀深厚，可追古人。"徐媛夫范允临在《络纬吟小引》中说妻子不喜欢杜甫，因为"子美虽号称大家，乃中多俚俗语，初学效之，不免入学究一路"，徐媛喜欢李贺，因为"长吉虽鬼才，然怪怪奇奇，语多自创，深求之，上不失汉魏六朝，而浅摹之，下亦不落中晚，岂至庸鄙"。因为李贺诗语多自创，初学者学到这样的独创精神，如果走得远，可使自己的诗不失汉魏六朝诗境界，即使是浅层次的模仿，也不会落到中晚唐以下。由上注可知，此诗就用众多李贺诗语凭吊残破的南京故宫。故宫是曾经辉煌的遗迹，是一个死亡时代的残留，诗歌从化灰的枯死蝴蝶残留在墙上的遗骸写起，不但写坟墓，更揭示坟墓中遗骸一代代的积压，由此来写人类历史死亡堆积的本质。诗歌用二十二句写冷日寒风下的残破的故宫已为异物、鬼怪所占据，阴森的景象，恐怖的声音，"怪思奇响，层出多姿"，读来让人"如闻阴夜鬼语，惕然竦恻"（《名媛诗归》卷三十三）。徐媛、陆卿子在明末清初影响很大，潘之恒《吴门范赵两大家集叙》说有些女诗人读两家文集，"至韦绝笈敝，且多蝇头虫书标于铅椠间"，其中，徐媛以拟古、拟李贺的方式创作出的诗歌最具辨识度，诗歌的影响力也最大。

【南越调·绵搭絮】春日书怀〔1〕

薄寒轻悄，红雨染春条。〔2〕翠衬香芸，一片烟丝软蝶娇。〔3〕杨柳色，子规声小〔4〕。卜归程、金鞭难拗。玉关人老。〔5〕经春望断黄麻诏〔6〕。三岁瓜期折大刀〔7〕。

【注释】

〔1〕选自徐媛《络纬吟》卷十。绵搭絮：曲牌名。较早见于王实甫《西厢记》，属北曲调。又有南曲调。《啸余谱》称《寻母记》中“绵搭絮”为“本调”，指北曲调；而“今人只知《南西厢记》及《浣纱记》新体”，即南曲调。冯梦龙《太霞新奏》选徐媛此曲入卷九《越调曲》，天头批语曰：“正调，首只七字一句，第三句只六字。此仿《浣纱记》近体。”则此首属“近体”或“新体”。《络纬吟》原题“春日书怀调寄绵搭絮”，今依宫调、曲名、标题之序拟题。

〔2〕薄寒：微寒。红雨：指春雨。春条：指柳条。

〔3〕翠、烟丝：形容柳条。香芸、软蝶：形容柳絮。二句形容绵(柳条)搭絮。

〔4〕子规：杜鹃。相传此鸟为蜀帝杜宇所化，叫声凄切。

〔5〕难拗：拗不过。玉关：玉门关，汉武帝开通西域时置，故址在今甘肃省敦煌市西北小方盘城。人老：用东汉班超典。班超(32—102)投笔从戎，随窦固出击北匈奴，后留西域三十余年，七十一岁始归，不久即逝。三句说已确定归期，然金鞭拗不过(杨柳枝)，只能人老玉关。梁鼓角横吹曲《折杨柳枝歌》：“上马不捉鞭，反拗杨柳枝。下马吹长笛，愁杀行客儿。”《后汉书·班超传》：“超自以久在绝域，年老思土。十二年(汉和帝十二年，公元100年)上疏曰：臣……但愿生入玉门关。”

〔6〕望断：此处指望不见，见不到。黄麻诏：皇帝诏书。杜甫《赠翰林张四学士》：“紫诰仍兼绾，黄麻似六经。”蔡梦弼会笺引《谈宾录》曰：“贞观十年十月始用黄麻纸写诏敕。”

〔7〕三岁瓜期：三年任满换人接替的日期。折大刀：未能还。《左传·庄公八年》：“齐侯使连称、管至父戍葵丘。瓜时而往，曰：‘及瓜而代。’期戍，公问不至。”杜甫《八月十五夜月二首》：“满目飞明镜，归心折大刀。”王洙注：“《古乐府》：‘槁砧今何在，山上复有山。何当大刀头，破镜飞上天。’吴兢《乐府古题要解》：‘砧者，鈇也。槁砧今何在，问夫何在也。重山为出字，山上复有山者，言夫出也。大刀头者，刀头有环也，何当大刀头者，何日当还也。破镜者，月半缺也，破镜飞上天者，言月半当还也。’甫旅寓巫峡，秋见月，心念还归，故有是句，言虽有归心，而大刀折，则未能还也。”

【评析】

徐媛《春日书怀》共六首，此为第一首。曲牌“绵搭絮”，曲题“春日书怀”,故曲从春日“薄寒”写起,再写柳(“绵”)、絮,然后叙事抒情。寒是人体对外界的肤感,“薄”涉及视觉,“轻”涉及视觉和触觉,“悄”则是听觉,“薄寒轻悄”四字,诗人调动视觉、听觉、触觉、肤感来写微寒,用心良苦。何谓“红雨”?造语的内在逻辑是:春雨催开了红花,故称春雨为“红雨”,同样春雨也催绿柳树,可以说是雨染绿了柳条,于是就有“红雨染春条”之句。诗人巧心数转妙意,顿成秀句。诗人用“翠衬香芸”“一片烟丝软蝶娇”两幅画来呈现“绵搭絮”,而“絮”(杨花)如香芸、软蝶,在柳条的衬托下,显得娇媚、慵懒,这也确实是柳絮的意态。“杨柳色,子规声小”,是过片,由写景过渡到叙述抒情,而且一下子点明“子规/归”之意。之后“绵搭絮”进入隐性层面支撑诗意流转。一为柳条“卜归程、金鞭难拗”,如果不用《折杨柳枝歌》“上马不捉鞭,反拗杨柳枝”填补,曲意则令人费解;一为杨絮“抛家傍路”“随风万里”,才有玉关人老的处境。而显性诗意,则叙述丈夫三年任满没能如愿更代之事,抒发了盼望春天任满还归而不得归的落寞忧伤之情。

陆卿子

陆卿子(1567—1620间在世),名服常,以字行,长洲(今江苏苏州)人。尚宝卿陆师道之女,及笄,嫁太仓赵宧光。万历中,与夫偕隐寒山,接引胜流。志于学,工于诗文,作品流布一时,名声籍甚,与徐媛并称“吴门二大家”。著有《云卧阁稿》《考盘集》《玄芝集》。

拟　陶〔1〕

闲居寡世用〔2〕,性本忘华簪〔3〕。绿水盈方塘,清风贮茂林。〔4〕弱鲂戏涟漪,野鸟鸣好音。〔5〕日夕时雨来,白云弥高岑。〔6〕庭草涤余滋,原野霭飞霖。〔7〕开颜散遥念,浊酒聊自斟。〔8〕

【注释】

〔1〕选自陆卿子《考盘集》卷一。

〔2〕寡:少。此句云退居少世俗之事。陶渊明《辛丑岁七月赴假还江陵夜行涂中一首》:“闲居三十载,遂与尘事冥。”《饮酒二十首》其十:“息驾归闲居。”《述酒》:“闲居离世纷。”

〔3〕忘华簪:忘掉富贵荣华。陶渊明《归园田居六首》其一:“少无适俗韵,性本爱丘山。”《和郭主簿二首》其一:“聊用忘华簪。”

〔4〕刘桢《杂诗》:“方塘含白水。”《赠徐干》:“方塘含清源。”陶渊明《和郭主簿二首》其一:“蔼蔼堂前林,中夏贮清阴。”

〔5〕弱鲂:小鳊鱼。陶渊明《游斜川》:“弱湍驰文鲂。”《饮酒二十首》其七:“日入群动息,归鸟趣林鸣。”陆机《悲哉行》:“时鸟多好音。”

〔6〕高岑:高山。陶渊明《停云》:“霭霭停云,蒙蒙时雨。”《闲情赋》:“悲商叩林,白云依山。”

〔7〕余滋：格外茂盛。霭：聚集。陶渊明《和郭主簿二首》其一："园蔬有余滋。"《劝农六首》其三："猗猗原陆。"《时运四首》其一："山涤余霭，宇暖微霄。"

〔8〕遥念：遐想。陶渊明《戊申岁六月中遇火》："中宵伫遥念。"《己酉岁九月九日》："何以称我情，浊酒且自陶。"《和郭主簿二首》其一："酒熟吾自斟。"

【评析】

陆卿子与丈夫赵宧光（字凡夫）偕隐寒山，其生活理想与诗人身份都有追慕陶渊明之意，宜其作"拟陶"之诗。诗从闲居写起，选择与尘俗隔离，因认定荣华富贵与自己性情不合，对自己的生命没有意义。接着用八句写景，前四句是晴日绿水方塘弱鲂戏、清风茂林野鸟鸣之景，后四句是日夕时雨至山中、庭中、原野之景，最后两句诗人主体介入，在为拟陶开颜的同时也停止了对陶渊明的遐思，开始了浊酒自斟的陶然生活，而这，岂不正是陶渊明"何以称我情，浊酒且自陶"之举？可见，整首诗貌似在遥想陶渊明，实际上，诗人与陶渊明成了"周与蝴蝶"。陈子龙评此诗"不促薄"（《明诗综》卷八十六）。赵宧光云陆卿子诗，"拟古则步骤西京，取材六代"，此诗用语，由上注，可知皆来自陶渊明和其他汉、晋诗人。中间两组四句，均采用交错句，"绿水盈方塘"与"弱鲂戏涟漪"对，"清风贮茂林"与"野鸟鸣好音"对，这是魏晋古诗喜用的句式之一。不过，诗中也偶有食而不化之处。陶渊明说"少无适俗韵，性本爱丘山"，又说自己有酒可斟，有弱子绕膝之乐，故"聊用忘华簪"，此诗以之成"性本忘华簪"之句，可既云"性本"，则无须"忘"，既要"忘"，则非"性本"。诗意出现扞格。此种牵率模拟之病，方维仪、钱谦益都有所批评。

山居即事〔1〕

有地皆埋玉〔2〕，无山不种松〔3〕。雨深朝拾菌〔4〕，日暖昼分蜂。麋鹿缘岩下〔5〕，狐狸采药逢。桃花开已遍，樵客欲迷踪。〔6〕

【注释】

〔1〕选自陆卿子《玄芝集》卷一。

〔2〕埋玉：指人死埋葬。此句云山中坟多。《世说新语·伤逝》："庾文康亡，何扬州临葬，云：'埋玉树著土中，使人情何能已已！'"《尔雅·释天》："祭地曰瘗埋。"邢昺《尔雅疏》引李巡曰："祭地，以玉埋地中曰瘗埋。"

〔3〕此句云山中松多。《诗经·郑风·山有扶苏》："山有桥松。"桥，高也。

〔4〕雨深：指雨水浸润土层或落叶层甚深。

〔5〕缘：沿着。

〔6〕樵客：樵夫。诗人以山人自居，故称入山打柴人为客。陶渊明《桃花源记》："武陵人捕鱼为业，缘溪行，忘路之远近，忽逢桃花林，夹岸数百步，中无杂树，芳华鲜美，落英缤纷，渔人甚异之。复前行，欲穷其林，林尽水源，便得一山。……及郡下，诣太守，说如此。太守即遣人随其往，寻向所志，遂迷，不复得路。"

【评析】

陆卿子《山居即事》是组诗，此为十二首中第二首。诗写山居暮春所见景象。首句着意于山中丘冢，非常奇特，而细想来，丘冢确实是山中必不可少的存在，而诗人以"有地皆埋玉"隐约说起，一方面写出山中土少而坟多的事实，一方面表达通达包容的人生态度。少时听家中老人云"能埋人处能住人"，此诗亦以此作为"山居"之起点。第二句写山中松多。中间二联，写山中细事。野菌适宜在阴暗潮湿的环境下生长，春末多雨多松的山正是野菌生长的温床，故有经验者一早去拾取。"分蜂"，蜂群壮大后，为进一步繁衍，需对蜂房进行拆迁和再建，这是养蜂人的大事，而分蜂一般在天气温暖的晴天中午进行。两句一写植物，一写动物；一雨一晴，各适其性。山中还是麋鹿、狐狸的家园，山居者在途中或采药时可与它们相逢，似乎山中人也被赋予了麋鹿自由之性。在这桃花漫山开遍的季节，山中自然少不了樵夫，桃花、樵夫又与《桃花源记》绾结，此"山居"也就成了世外桃源。幸运的是，这里的"樵客"只是迷失在桃花源的美景中。此诗起句出人意表，坟墓不再阴森可怖，诗人以其通透和恬淡成就了丘墓的审美书写。颔联妙于叙事，淋漓生动，风格朗健。颈联诗句天成，不烦绳削，而幽趣横生。这或许得益于女诗人"手辟荒秽，疏泉架壑"的山中生活。尾联意在言外，以叙事抒发山居之乐。在诗歌史上，以"山居即事"为题者不乏名篇，如王维的"寂寞掩柴扉，苍茫对落晖。鹤巢松树遍，人访荜门稀。绿竹含新粉，红莲落故衣。渡头烟火起，处处采菱归”。以此诗与之相比，亦毫不逊色。

题项淑《裁云草》序〔1〕

我辈酒浆烹饪是务，固其职也。〔2〕病且戒无所事，则效往古女流遗风剩响而为诗。〔3〕诗固非大丈夫职业，实我辈分内物也。〔4〕惜无娴词以传其志，方切自惭，〔5〕而得嘉禾项淑黄夫人者，名闺奇媛，出字高门，〔6〕经史传家，雕龙世业〔7〕，染翰濡毫〔8〕，不思而构，每一摛藻〔9〕，落笔成风，雅逸鲜妍，备遵众妙，观者目眩心惊，即子墨客卿所不能得〔10〕，而君得之若探囊取珠，非宿世才情〔11〕，何以有此？我辈垂垂衰落，记述几何，而谬为见谅者妄录，其愚矣，庶几比之饥年糠秕乎？〔12〕他时感夫人而兴起者何限，后生可畏，〔13〕故知玉振金声，君其作明时大家，可望而至。〔14〕因君谬为见知，以此相勖，当必无让。〔15〕读《裁云草》一过，四山尽作玉佩琳琅，山中人诚不贫矣。〔16〕聊题数语，归之味雪斋〔17〕。

【注释】

〔1〕选自《续玉台文苑》卷二。项兰贞，一名淑，字孟畹，嘉兴人。嫁秀水黄卯锡。著有《裁云草》《月露吟》等。据文末，此序为项兰贞《裁云草》而作，此时兰贞仍健在。

〔2〕我辈：指女流之辈。二句谓专力从事于酒浆烹饪，固然是我们女性的职责。刘向《列女传·母仪·邹孟轲母》：“夫妇人之礼，精五饭，幂酒浆，养舅姑，缝衣裳而已。”

〔3〕戒：戒除，防止。无所事：无所事事。遗风剩响：遗留下来的风气和影响。二句谓生病且防止无所事事，我们就效仿往昔女性遗留下来的风气而作诗。《论语·阳货》：“子曰：‘饱食终日，无所用心，难矣哉！不有博弈者乎？为之，犹贤乎已。’”《左传·闵公二年》：“许穆夫人赋《载驰》。”杜预注：“《载驰》，《诗·卫风》也。许穆夫人痛卫之亡，思归唁之不可，故作诗以言志。”

〔4〕二句云写诗不是男子职业，实在是女性分内之事。《论语·学而》：“子曰：

'弟子入则孝,出则弟,谨而信,泛爱众而亲仁。行有余力,则以学文。'"《论语·子张》:"子夏曰:'仕而优则学,学而优则仕。'"欧阳修《唐李文饶平泉山居诗》:"余闻释子有云:出家是大丈夫事。盖勇决者,人之所难也。而文饶诗亦云'自是功高临尽处,祸来名灭不由人'者,诚哉是言也。"(《集古录跋尾》卷九)

〔5〕娴词:文雅之词。切:真切地,殷切地。二句说可惜没有文雅之词传承往昔女诗人之志,正深刻自惭中。

〔6〕名闺奇媛:名门闺秀,非凡女子。出字高门:嫁给富贵人家。

〔7〕雕龙:指善于作文。世业:世代相传的事业。

〔8〕染翰濡毫:笔饱蘸浓墨,指写作。

〔9〕摛(chī)藻:铺排辞藻。

〔10〕子墨客卿:扬雄《长杨赋》虚构的长于辞令者。《长杨赋》:"子墨客卿问于翰林主人。"

〔11〕宿世:前生。此处称赞项兰贞是天才作家。

〔12〕五句说我们渐渐衰弱,创作很少,只是为宽宏大量者谬赞,被胡乱地保存下来,无以藏拙,就好比是饥荒之年的糠秕,虽本身是无用之物,但在女性创作匮乏的年代,或者还能发挥一点作用。

〔13〕何限:无限。后生可畏:《论语·子罕》:"子曰:后生可畏,焉知来者之不如今也?"

〔14〕君:指项兰贞。三句评价项兰贞是女性文学史中的大家,不久的将来,当如孔子一样成为"圣之时者",不但能总结过去,还能开拓未来。《孟子·万章下》:"孟子曰:'……孔子,圣之时者也,孔子之谓集大成。集大成也者,金声而玉振之也。'"

〔15〕三句说自己错受项兰贞知遇,因此写此文激励对方,希望对方当仁不让。

〔16〕玉佩琳琅:玉佩相击发出美妙的声音。山中人:陆卿子自称。三句赞美《裁云集》具有巨大的艺术感染力。

〔17〕味雪斋:当为项兰贞斋名。

【评析】

中国古代女性创作有非常悠久的传统,从历代书志看,不少女性也有作品集,但流传下来的极少,一直到明代中后期,由于刊刻变得便利,女性作品才以总集、别集等方式传播,这更鼓励了女性创作。陆卿子和徐媛是其中较早的有影响力的两家。两者之所以有影响力,除了自身的创作高度,有文集被刊刻而广泛流传,还有就是她们有自觉的女性创作意识,并能联合女性同道,形成女性创作的规模和合力。此文就是一篇有关女性写作传统以及当代如何发扬这一传统的理论文章。因为为项兰贞《裁云集》写序言,她要对项兰贞其人其文作评价,文章立意高远之处是,她要建构整个女性文学创作史,并将项兰贞纳入其中,以确立其地位和文学意义。在陆卿子的时代,女性创作的合理性并不是不言而喻的,她首先承认“我辈酒浆烹饪是务,固其职也”,实际上是直面当时写作非女性之职的舆论,她从女职之余(“病”)、女性的成长需要(“戒无所事”)、悠久的女性写作传统(“往古女流遗风剩响”)说女性写作的合理性,而最革命性的是,她提出“诗固非大丈夫职业”。子曰:“弟子入则孝,出则弟,谨而信,泛爱众而亲仁。行有余力,则以学文。”(《论语·学而》)子夏说:“仕而优则学,学而优则仕。”(《论语·子张》)看,男性要“学”,要“仕”,要养“浩然之气”,哪一条说写诗了呢?而且孔子“行有余力,则以学文”,确可推导出“诗固非大丈夫职业”。寥寥数语,一正一反,得出了“诗”“实我辈分内物也”的结论。接着她从多角度论证了项兰贞是不可多得的天才作家,在女性创作史中,赋予其“圣之时者”和“大家”的地位,目的指向女性创作的未来:“感夫人而兴起者何限,后生可畏。”女性写作永远在进行中,这是前辈女诗人对后代的期许和激励。

薄少君

薄少君(？—1625),字西真,娄东(今江苏太仓)人。夫秀才沈承(？—1624),字君烈,与张溥(1602—1641)、张采(1596—1648)为友,有隽才,天启四年(1624)八月,第七次至南京乡试,因突发痢疾,未能考完,两个月后去世,少君作百首《悼亡诗》。一年后,丈夫忌日,酹酒一恸而绝。其《嫠泣集》附刻于沈承《即山集》后。

悼亡诗〔1〕(选六)

其一

海内风流一瞬倾,彼苍难问古今争。〔2〕哭君莫作秋闺怨,《薤露》须歌铁板声。〔3〕

其三

忆昔逢君癸丑冬〔4〕,谊如淮海与波翁〔5〕。虹桥十二年前事〔6〕,今日回头似梦中。

其十五

儿幼应知未识予,予从汝父莫踌躇。〔7〕今生汝父无由见,好向他年读父书。

其二十

铁骨支贫意独深〔8〕,有睛不屑顾黄金。时人漫赏雕虫技,没却英雄一片心。〔9〕

其二十一

钱神墨吏鬼无诃,苦执贫儒欲奈何。一片纸钱都不带,反将铁面折

阎罗。〔10〕

其二十七

七战金陵气不降，可怜杰士殉寒窗。〔11〕科名误我今如此，踢倒金山泻大江。〔12〕

【注释】

〔1〕选自沈承《即山集》附录薄少君《嫠泣集》。“其一”等标题为选者所加。

〔2〕二句说风流人物转瞬即逝，苍天之意，古往今来皆有争论。《世说新语·伤逝》写卫玠改葬江宁：“咸和中，丞相王公教曰：‘卫洗马当改葬。此君风流名士，海内所瞻。’”《经律异相》卷五十：“气绝命终，如一瞬顷即坐剑林上。”《摩诃僧祇律》卷十七：“二十念名一瞬顷，二十瞬名一弹指，二十弹指名一罗豫，二十罗豫名一须臾。”司马迁《史记·伯夷列传》：“或曰：‘天道无亲，常与善人。’若伯夷、叔齐，可谓善人者非邪？积仁洁行如此而饿死！且七十子之徒，仲尼独荐颜渊为好学。然回也屡空，糟糠不厌，而卒蚤夭。天之报施善人，其何如哉？盗跖日杀不辜，肝人之肉，暴戾恣睢，聚党数千人横行天下，竟以寿终。是遵何德哉？此其尤大彰明较著者也。若至近世，操行不轨，专犯忌讳，而终身逸乐，富厚累世不绝。或择地而蹈之，时然后出言，行不由径，非公正不发愤，而遇祸灾者，不可胜数也。余甚惑焉，倘所谓天道，是邪非邪？”

〔3〕《薤露》：挽歌名。二句云我哭君之诗不作秋闺悲怨，要唱出豪迈之声。何逊《秋闺怨》：“谁知夜独觉，枕前双泪滴。”崔豹《古今注》卷中：“《薤露》送王公贵人，《蒿里》送士大夫庶人，使挽柩者歌之。俗呼为挽歌。”杨慎《词品》卷六引俞文豹《吹剑录》：东坡在玉堂日，有幕士善歌，坡问曰：“吾词何如柳耆卿？”对曰：“柳郎中词，宜十七八女孩儿按红牙拍，歌‘杨柳岸、晓风残月’；学士词，须关西大汉执铁板，唱‘大江东去’。”

〔4〕癸丑：万历四十一年(1613)。依古代习俗，此当为二人举行婚礼之时。

〔5〕淮海：指秦观。波翁：当即坡翁，指苏轼。秦观拜谒苏轼后，作《别子瞻》：“人生异趣各有求……我独不愿万户侯，惟愿一识苏徐州。徐州雄伟非人力，世有高名擅区域。珠树三株讵可攀，玉海千寻真莫测。……天上麒麟昔漫闻，河东鸑鷟今才见。……据龟食蛤暂相从，请结后期游汗漫。”

〔6〕虹桥：指苏州垂虹桥。十二年前：即癸丑年。此诗作于天启五年(1625)。

〔7〕儿：指沈承的遗腹子。二句说孩子幼小，我应该知道你还不了解我，我跟从你父亲真是一点也不会犹豫。薄少君《悼亡诗》第十三首："一滴幸传身后血，今朝真是再生时。"

〔8〕铁骨支贫：以骨气支撑贫贱生活。意独深：意义独特而深远。

〔9〕漫：只，徒然。雕虫技：雕虫小技，指文学才能。二句说时人只赞赏丈夫的文学才能，埋没忘却他的英雄之心。扬雄《法言·吾子》："或问：'吾子少而好赋？'曰：'然。童子雕虫篆刻。'俄而曰：'壮夫不为也。'"诸葛亮《心书·将诫》："行兵之要，务揽英雄之心，严赏罚之科，总文武之道，兼刚柔之术。"

〔10〕钱神：此处指视金钱如同神物的人，拜金者。墨吏：贪官污吏。墨，不洁。诃：诃责。铁面：刚直，不徇私情。折：挫败。阎罗：民间传说中阴间的主宰，主持地狱审判。此首说：鬼，你不诃责贪官污吏，你逮住贫儒想要怎样？他死时连一片纸钱都不带，他的铁面无私连阎王都比不上。《墨子·明鬼》："今若使天下之人，偕若信鬼神之能赏贤而罚暴也，则夫天下岂乱哉！"

〔11〕七战金陵：沈承七次参加在南京的乡试。气不降：志不降，气不馁。殉寒窗：为读书牺牲了生命。

〔12〕科名：科举功名。金山：属镇江，当时还是长江中的岛屿。

【评析】

第一首可以说是薄少君《悼亡诗》百首的风格宣言，她不写女性化的、幽微风格的诗，要写"关西大汉执铁板"而唱的悲歌。因为她有愤激之情、不平之气，她提出两点：一、丈夫乃海内风流，其猝然而逝，此为奇痛。二、苍天为什么要让丈夫这样铁骨铮铮的贫儒早逝？古往今来，这一现象一直存在，为什么苍天不管呢？此为奇冤。第三首诗，诗人回忆与丈夫十二年前的虹桥初见，她借秦观见苏东坡来表达她的欣喜，以及对丈夫的热爱和夫妻宛如师生的情谊。笔调温馨，如梦如幻。薄少君曾生女，但早夭，丈夫去世后，遗腹子诞生，第十五首是其与新生儿的对话，她说自己坚定地追随丈夫的理想，这一点也将贯彻在对孩子的教育中，孩子虽然见不到父亲，但长大了可以读父亲的著作。她想象丈夫永远是孩子的思想引路人，以此来实现父亲的在场。薄少君致力于为丈夫作传并抉发丈夫的人格精神和文化意义。她呼吁世人不要仅赞赏丈夫文才,更要看重其作为儒者的食贫力学的坚毅以及改变世界的英雄之心。第二十首“铁骨支贫”的意象极具形象性和思想力量,后来广为传颂的段玉裁祖父段文诗句“不种砚田无乐事,不撑铁骨莫支贫”(段玉裁《说文解字注》卷十五“应有达者,理而董之”句下注)即来自于此。第二十一首,被评为“铁骨如画”(毛一鹭评《即山集》所附《悼亡诗》)。

薄少君《悼亡诗》问天诃鬼,畅写奇痛,而用形象性诗句来写其情,第二十七首堪称代表作。丈夫七次至南京考试,殉难寒窗,科举功名误其终身,所以诗人站在金陵,以郁塞不平之气运足,一脚踢倒金山,让郁塞不平的奇情奇痛如江水一泻千里,奔流入海。“踢倒金山泻大江”似乎比李白“刬却君山好,平铺湘水流”(《陪侍郎叔游洞庭醉后三首》其三)更有情感动力和气势,《玉镜阳秋》评此诗“庄骚之外,别辟异境”(胡文楷《历代妇女著作考》引),不算过誉。

翁孺安

翁孺安(约1587—1627),字静和,号素兰,常熟人。父翁宪祥(1554—1617),万历二十年(1592)进士,官至太常少卿,《明史》有传。母张氏。夫顾象泰。孺安因与弟翁源德不和,被弟指使家奴吴阿三杀害。工书,善画兰,诗众体皆善。有《素兰集》行世。

落　花〔1〕

朅来靡定自西东,近逐游丝远趁风。〔2〕细缀草头文縠乱,暗飘书带翠烟笼。〔3〕凝眸残蕊疏帘度,拂袖余香曲槛通。〔4〕莫向阳关增别泪,轻尘已惹燕泥红。〔5〕

【注释】

〔1〕选自沈宜修辑《伊人思》,《素兰集》有异文。

〔2〕朅(qiè)来:去来。靡定:无定,不定。游丝:漂游空中的蛛丝。趁:追逐,追赶。杜甫《题省中壁》:"落花游丝白日静。"

〔3〕缀:点缀,装饰。文縠(hú):彩色绉纱类丝织品。乱:形容落英缤纷。书带:指书带草。翠烟:形容书带草叶子。书带草叶自根部丛生,长10—50厘米,其花茎常低于叶丛。《诗品·中品》:"丘(迟)诗点缀映媚,似落花依草。"

〔4〕江总《三日侍宴宣猷堂曲水》:"落花悬度影,飞絮不碍枝。"萧绎《后临荆州》:"风花乍落香……疏帘度晚光。"向子諲《卜算子》:"沾袖余香冷。"李珣《菩萨蛮》:"曲槛日初斜,杜鹃啼落花。"

〔5〕阳关:位于玉门关之南,故称阳关,在今甘肃敦煌西南。轻尘:指落花,又形容生命之轻。惹:惹得,使得。王维《送元二使安西》:"西出阳关无故人。"《三国志·魏书·曹爽传》裴松之注引皇甫谧《列女传》载夏侯女要为灭门的曹爽堂弟

曹文叔守节,有人劝道:“人生世间,如轻尘栖弱草耳。”皎然《诗式》卷四引薛道衡《春闺怨》:“空梁落燕泥。”《西清诗话》引皮光业诗:“飞燕衔泥带落花。”陈岩肖《庚溪诗话》卷下引宋祁“五言残花诗一联”:“香归蜜房尽,红入燕泥干。”

【评析】

中国古代落花诗多以伤感为主。如杜甫《曲江二首》其一“一片花飞减却春,风飘万点正愁人”,秦观词《千秋岁》“春去也,飞红万点愁如海”,都给人断肠之感。虽然龚自珍有“落红不是无情物,化作春泥更护花”的诗句,但这首诗远在翁孺安之后。中国古代最豪迈的落花诗倒出自女性之手,前有李清照的“不怕风狂雨骤,恰才称,煮酒残花”(《转调满庭芳》),后即数此篇。一般人将花离开故枝看作是死亡,从落花飘落的姿态看到飘零、不可预知的未来,翁孺安却以为终于摆脱了束缚,可以飞翔了。诗中落花的每一瓣都是自由的,也都是顺其自然的,不在乎飞落的方向、速度、远近,顺应每一种飞翔的姿势,成就各种不同的风景。落花可去可来(“揭来靡定”),可东可西(“自西东”),可以与游丝,也可以与风为伴,可远可近,可以飞得快,可以飞得慢,可以细缀草头,也可以暗飘书带,可以在诗人眼眸前度越疏帘,可以藏在赏花者衣袖进入曲栏,即便是追随西出阳关的远行旅人,也不须伤感,因为落花轻盈的生命已融入燕泥,等待着春天和燕子的再次归来。此诗诗语清丽芊绵,诗思豁达隽永,寄兴高远,风调俊逸,堪称落花诗绝唱。

追古述怀兼妄评已事〔1〕

最苦妇人身,六尺非我有。〔2〕偏余金石志,从一惟吾守。〔3〕岁寒心事傲冰霜,披衷明月流清光。〔4〕精神直可变天地,从古贞风奚足媲。〔5〕尽多皓白污泥沙,千金声价争日丽。〔6〕追左芬,联雪句,女流文墨殊希遇。〔7〕泣犀杖,赋戍边,尚有陈编犹凛然。〔8〕文章忠孝天所钟,窃思流辈难追踪。〔9〕耿耿芳衷还自语,曾将劲节归付汝。〔10〕捉月盟风岂奴事,愿今且效班门女。〔11〕

【注释】

〔1〕选自《素兰集》。已事：往事。

〔2〕六尺：指身体。两句说最苦的是生为女性，身体都不属于自己。《经律异相》卷十八"四比丘说苦遇佛得道十二"："佛在舍卫精舍，有四比丘坐于树下，共相问言：'一切世间何者最苦？'……佛言：'汝等所论，不究苦义。天下之苦，莫过有身。'"《大戴礼记·本命》："妇人，伏于人也，是故无专制之义，有三从之道：在家从父，适人从夫，夫死从子。无所敢自遂也。"

〔3〕金石志：如金石般坚定之志。《周易·恒卦》六五："象曰：妇人贞吉，从一而终也。"

〔4〕披衷：表露内心。两句说自己心事如岁寒松柏傲于冰霜，内心如明月清光般皎洁。《论语·子罕》："子曰：岁寒，然后知松柏之后凋也。"萧纲《和湘东王首夏》："明月吐清光。"

〔5〕直：真，简直。两句说，我的精神可改变天地，从古贞风不足与之相比。《庄子·刻意》："精神四达并流，无所不极，上际于天，下蟠于地。"

〔6〕尽多：甚多。两句说虽然很多洁白会被泥沙所污，但我千金身价可与日月争光。《史记·屈原列传》论《离骚》："其志洁，故其称物芳。其行廉，故死而不容。自疏濯淖污泥之中，蝉蜕于浊秽，以浮游尘埃之外，不获世之滋垢，皭然泥而不滓者也。推此志也，虽与日月争光可也。"

〔7〕左芬：约生于魏甘露元年(256)，卒于晋惠帝永康元年(300)，善作文，晋文学家左思妹，晋武帝贵嫔。联雪句：谢道韫咏雪句。殊：特别。希遇：盼望遇见。《世说新语·言语》："谢太傅寒雪日内集，与儿女讲论文义，俄而雪骤，公欣然曰：'白雪纷纷何所似？'兄子胡儿曰：'撒盐空中差可拟。'兄女曰：'未若柳絮因风起。'公大笑乐。即公大兄无奕女，左将军王凝之妻也。"

〔8〕泣犀杖：南越首领谯国夫人恸哭陈亡事。赋戍边：指《木兰辞》所书木兰戍边事。尚有：即尚友，上与古人为友。陈编：古书。三句说与古书中谯国夫人、木兰等为友，犹有凛然正气。《北史·列女传·谯国夫人传》：谯国夫人洗氏，高凉人，世为南越首领。夫人曾以扶南犀杖献陈主，隋灭陈后，晋王杨广遣人给夫人送陈后主劝化书并以犀杖及兵符为信，夫人集首领数千人尽日恸哭陈亡，归顺隋朝，安定岭南。

〔9〕天所钟：为天所钟爱。流辈：同辈。两句说前辈女性的文章和道德为上天

所钟爱,吾辈难以企及。

〔10〕耿耿:鲜明貌。芳衷:美好的内心情感。劲节:忠贞的节操。两句说自己尚友古人时,似乎听到了前辈女性的美好衷曲:曾将忠贞的节操交付于你。

〔11〕捉月盟风:与风月订盟为誓要从一而终。奴:女性自称。班门女:指班婕妤、班昭等女性。两句说,我不做戴复古妻,我愿意效法班婕妤、班昭那样的女性。《诗女史》卷十二"戴复古妻":"戴复古未遇时,游江右,武宁富翁爱其才,以女妻之。居三年,欲归,问之,知其有妇也。白之父,父怒,复宛曲解释,尽以奁具赠夫,仍饯以《祝英台近》,词云:'惜多才,怜薄命,无计可留汝。揉碎花笺,忍写断肠句。道傍杨柳依依,千丝万缕。抵不住,一分愁绪。 捉月盟风,不是梦中语。后回君若重来,不相忘处。把杯酒,浇奴坟土。'夫既别,遂赴水而死。"

【评析】

翁孺安是中国古代甚具女性意识的女诗人,此诗以"追古述怀兼妄评已事"为题,"追古"即追慕班婕妤、班昭、左芬、谢道韫以及谯国夫人、木兰等古代女性,"述怀"抒发自我以及女性群体怀抱,"评已事"则不认同戴复古妻从一而终投水而死事("非奴事")。此诗是翁孺安表达女性意识、女性行事和作为的宣言。起首"最苦妇人身,六尺非我有"二句,尤为斩截地揭示出她所处时代女性的生存状态,因为女"有三从之道:在家从父,适人从夫,夫死从子",她们的身心不由自己,因而感到极大的痛苦。接着她提出自己的"金石志",还借用《周易·恒卦》"妇人贞吉,从一而终也"之语,但对"金石志""从一"作了全新的解释,当一般人认为女性的"从一""金石志"是"贞节"时,她说这只是"古贞风"而已,而其"偏余"的"从一""守""金石志"是"古贞风"所无法比拟的。她的志与守是"追左芬,联雪句,女流文墨殊希遇",是接续古代女性开创的文学传统;是"泣犀杖,赋戍边,尚有陈编犹凛然",是接续女性的道德凛然和有远见的政治建树。她在尚友古人时,在陈编中,接过了前辈女性交付给她的劲节,这里"劲节"既是一代代女性的伟大精神的传递,也似是具有质感的实物凭证,是女性传统和精神传承的自觉和责任。最后,她对"古贞风"与其"金石志"作了区分,明确表示戴复古妻的"捉月盟风"不是她认同的,她要发扬的是由班婕妤、班昭所开创的女性道德文章事业:"捉月盟风岂奴事,愿今且效班门女。"

丙寅春二首[1]

黄墟陟屺痛方深[2],不念枯鱼只见金[3]。燃豆相煎千古恨[4],《白华》三复更伤心[5]。

避锷埋名柳市东,不堪重过黍离宫。[6]愿为聂姊身先死[7],归喻徒惭屈氏风[8]。

【注释】

〔1〕选自《素兰集》。丙寅:天启六年(1626)。

〔2〕黄墟:指坟墓。陟:登高。屺(qǐ):不长草木的山,代指母亲。此句说母亲去世,痛彻肺腑。曹植《魏文帝诔》:“浮飞魂于轻霄兮,就黄墟以灭形。”《诗经·魏风·陟岵》:“陟彼屺兮,瞻望母兮。”

〔3〕枯鱼:代指处于绝境中的自己。此句说兄弟不念亲情只考虑金钱。《庄子·外物》:“庄周家贫,故往贷粟于监河侯,监河侯曰:‘诺。我将得邑金,将贷子三百金,可乎?’庄周忿然作色曰:‘周昨来,有中道而呼者,周顾视车辙中,有鲋鱼焉。周问之曰:“鲋鱼来,子何为者邪?”对曰:“我东海之波臣也,君岂有斗升之水而活我哉?”周曰:“诺。我且南游吴越之王,激西江之水而迎子,可乎?”鲋鱼忿然作色曰:“吾失我常与,我无所处,吾得斗升之水然活耳,君乃言此,曾不如早索我于枯鱼之肆。”’”

〔4〕此句说兄弟相害乃千古恨事。《世说新语·文学》:“文帝尝令东阿王七步中作诗,不成者,行大法,应声便为诗曰:‘煮豆持作羹,漉菽以为汁。萁在釜下燃,豆在釜中泣。本自同根生,相煎何太急。’帝深有惭色。”

〔5〕《白华》:指《诗经·小雅·白华》篇,为笙诗,仅有篇名。三复:反复诵读。此句说母亲去世更让孝子伤心。《毛诗序》:“《白华》,孝子之洁白也。”

〔6〕锷:刀剑的刃。黍离:指覆盖故园的茂盛禾黍。两句说,为避追杀,我隐姓埋名于柳市之东,不能重过故园。《诗经·王风·黍离》篇,《毛诗序》:“周大夫行役,至于宗周,过故宗庙宫室,尽为禾黍。”

〔7〕聂姊:聂政姊。此句说,自己愿为聂政姊,为成就弟弟名声率先而死。《战国策·韩策二》写聂政刺杀韩相,还杀了数十人,死前用刀毁容,让别人认不出自己

以保护姐姐,韩国暴聂政尸于市,悬赏知情者,“政姊闻之,曰:‘弟至贤,不可爱妾之躯,灭吾弟之名。非弟意也。’”于是她来到韩国,“乃抱尸而哭之,曰:‘此吾弟轵深井里聂政也。’亦自杀于尸下”。

〔8〕屈氏:指屈原姊女媭。此句说,归家劝说弟弟,徒然惭愧不能有女媭之威风。《离骚》“女媭之婵媛兮,申申其詈予”,王逸《章句》曰:“女媭,屈原姊也。……申申,重也。言女媭……故来牵引数怒,重詈我也。”

【评析】

据冯舒《虞山妖乱志》,翁孺安父早年入赘张家,所以一辈子仰妻子张氏鼻息,张氏强记有才干,内助之外,亦深度干预丈夫政事,甚至自印名片直接向丈夫属下发号施令。而“太常生平与人书,大半属草于张,张又属草于孺安”,翁孺安是父母之书的主要代笔者。翁孺安父去世后,其弟翁源德与母亲角力,翁孺安坚定地站在母亲一边,姊弟矛盾激化,翁孺安总结其弟行为意图是:“杀舅,行杀母,安且为之先。”此诗呈现明末江南社会复杂的家庭关系,骨肉相残,阶级崩坏,人与人之间暴力相向。他们屡屡将家庭矛盾暴露于社会公众或官府面前,此诗亦然。

《虞山妖乱志》录翁孺安给另一兄弟书可与此诗参看。书曰:“孤贫多难,冤诬墙茨。重辱德门,自反无疚?计此时惟有一死。死非重于泰山,然事未论定,死且愈辱。洗骨何年,剖心有日。子厚(源德字)昨忽有异举,谓因妹蒙谤,欲比死洒之。呜呼!母蒙亮而弟忍绝,夫尚留而弟见摈,古未之闻!妹于子厚,固非詈兄之女媭,亦不难为成弟之聂姊。但布粟兴谣,能免仁人君子之口诛乎?葛藟犹庇,忍于斧寻,先灵有知,当不为强词所夺。告庙日,闻大哥独不与,一柱中天,长城万里,急难之谊,古或有之,造谢无颜,终求援手。”

张倩倩

张倩倩(1594—1627),吴江(今属江苏苏州)人。沈宜修表妹,沈自征妻。明眸皓齿,悦礼敦诗,丈夫自负纵横捭阖之材,好游长安塞外,倩倩幽居食贫,抑郁不堪,年三十四病卒。

蝶恋花[1]

漠漠轻阴笼竹院[2]。细雨无情,泪湿霜花面[3]。试问寸肠何样断,残红碎绿西风片。　　千遍相思才夜半。又听楼前,叫过伤心雁[4]。不恨天涯人去远,三生缘薄吹箫伴[5]。

【注释】

〔1〕选自《午梦堂集·鹂吹集》之《表妹张倩倩传》,又见沈宜修辑《伊人思》。

〔2〕漠漠:迷蒙无边。轻阴:轻云薄雾。

〔3〕霜花:指拒霜花,又名木芙蓉。王安石《拒霜花》:"落尽群花独自芳,红英浑欲拒严霜。开元天子千秋节,戚里人家承露囊。"黄庭坚《南安试院无酒饮,周道辅自赣上携一榼,时时对酌惟恐尽,试毕,仆夫言尚有余樽。木芙蓉盛开,戏呈道辅》:"霜花留得红妆面,酌尽斋中竹叶瓶。"

〔4〕《古今词话》引无名氏《御街行》:"霜风渐紧寒侵被。听孤雁、声嘹唳。一声声送一声悲,云淡碧天如水。"

〔5〕三生:佛家语,即前生、今生、来生。薄:浅,不长。吹箫伴:指丈夫。此句云与丈夫姻缘不长。《列仙传》:"萧史者,秦穆公时人也。善吹箫,……穆公有女,字弄玉,好之,公遂以女妻焉。"

【评析】

沈宜修《表妹张倩倩传》交代此词是“丙寅(1626)寒夜,与余谈及君庸,相对泣作也”,此时词人已“恹恹抱病,忽忽多愁”也。词颇有秦观《浣溪沙·漠漠轻寒上小楼》的韵致,但更为伤心刻骨、多情。反观张词,全词为愁闷笼罩,迷蒙烟雨是愁,秋雨与泪合一,西风中一片片飞舞飘落的残花碎叶是伤心人破碎的心和断肠。将心碎断肠写得无比有质感,堪称惊心动魄。又将思妇漫长的夜写得如此难挨,“千遍相思”,夜才过了一半,此时又听到孤雁伤心的叫声。词人将自己的心碎肠断原因作了细致的区分:不是恨丈夫远行,恨的是与丈夫缘分不长。这种归因是致命的,因为怪罪丈夫远行,远行可以归来,是有希望的;怪罪于缘分不长,则将一切归因于命运,显出词人深陷于绝望心绪,无以自拔。词人乃古之多情人、伤心人、断肠人。

沈宜修

沈宜修(1590—1635),字宛君,吴江(今属江苏苏州)人。父沈珫(1562—1622),万历二十三年(1595)进士,官至副都御史。伯父戏曲家沈璟(1553—1610)。宜修八岁丧母,受姑母照料。十六岁结婚。夫叶绍袁(1589—1648),天启五年(1625)进士,崇祯三年(1630)乞归,绝意仕进。夫妇相得,有五女八男,俱有才名。她天资聪慧,经史词赋,过目不忘,喜作诗。著《鹂吹集》,辑《伊人思》等。

表妹张倩倩传[1](节选)

余季女琼章,幼抚于妗母张氏。[2]张字倩倩,余弟君庸之元配,即余姑之次女,余表妹也。[3]余年八岁,萱树痛遗,父又以宦游离家,特迎姑归视余。[4]姑贤明仁淑,视余与己子无异。倩倩小余四岁,凡簸钱斗草,弄雪吹花,嬉游燕笑,无不同之。[5]乙巳,余于归,倩倩时年十二,春含瑶蕊,秋映琼辉,美丽已无堪并。[6]嗣后,余父天涯久客,故余不得常归宁,即暂归,姑已复携倩倩还张室矣。数年之间不相聚首,惟寄情暮云春树耳。[7]庚戌,倩倩年十七,三星入户,蕡实宜家。[8]姑以倩倩香缨既结,俗缘都完,辛亥春杪,闭关修瞿昙业,余归视之,是年倩倩已十八。[9]余一见,光艳惊目,娟冶映人,亭亭若海棠初绽,濯濯如杨柳乍丝,余窃思初与别时,发尚未垂,别来数年,挺秀遂至于此,恨不见袅袅初余、盈盈二八耳。昔人所云"美而艳"者,殆必若此。[10]时初夏八日,斜月半窗,金壶渐滴,与二三女伴,挑灯话旧,庭户寥寥,栏花灼灼,不知东方之白也。未几即别,别后又相暌阔。尝忆昔日言笑,恍如邯郸枕中矣。[11]

癸丑年，暂归一叙，临风怆恨，黯然何言。丁巳，余父挂冠栖隐，余复得数归相聚，尔时倩倩脂凝玉腻，微丰有肌，姊妹妯娌间戏呼为“华清宫人”，偶当日午梦余，云鬟仿佛，余曰：“此真沉香亭上宿酲未解耳。”诸女伴笑，谓余曰：“汝能作《清平调》咏之乎？”余曰：“愧非青莲，先有捧砚人在此矣。”群相一粲。〔12〕

戊午仲秋，与余同泛棹吴山，正波澄荇绕，枫冷苹香，时已下浣，更余月吐，共相登眺，烟树微茫，峰峦参碧，斜辉泻镜，清露逼衣，悄然无人，徘徊久之，倩倩飘然振袖于山崖月色之间，却疑广寒仙子不在桂树宫中，飞下我前矣。是夜，停舟对饮，共论夙昔生平，聊为快叙也。〔13〕天明返棹，适仲韶自南都秋试归，余即还汾水。〔14〕壬戌，余父背捐，余与倩倩又于缞绖中流连数日。〔15〕

甲子，君庸为贫鬼揶揄，送穷无策，蒯缑一剑，北游塞上。〔16〕时倩倩已将愁潘之年矣，索居岑寂，兴怆怀人，感飞蓬之叹，赋《采绿》之章，恹恹抱病，忽忽多愁。〔17〕丙寅，余伤其幽居无伴，邀至家中数月，尝言及炎凉世态，悲感不胜，相顾泣下沾衣，余因赠词，有“留语待王孙”之句，岂意王孙归时，不能语矣。〔18〕丁卯初夏，余于君晦家复与倩倩数日款接，然此时病已沉绵，郁抑不堪之状，余亦无可奈何。〔19〕别后，星河槎渡，余随宦冶城，则倩倩锦字题残，渔阳信杳，蒹葭滴露，凉月如规，可胜断魂千里邪！奄然席枕，忽于十月之二十二日返驾瑶京，年三十有四岁。〔20〕伤哉！岁暮，余始从秦淮旋归，悲恸几绝。呜呼！玉碎珠沉，香闺无色，红颜真薄命也！〔21〕孰意清和一别，遂为千秋永隔哉！造物不仁，失我好友，既使愁困一生，又遽芳年早世。伤也如何！〔22〕

倩倩姿性颖慧，风度潇洒，善谈笑，能饮酒。生三女一子，俱早亡。以余季女琼章为女。琼章小时，即教之读《离骚》、古今诗词，故清才旷致，殊有妗母风焉。倩倩亦自工诗词，作即弃去，琼章生时所能记忆者，止一二耳。余不忍忘，今并录之。……其才情如此，岂出李清照下？惜乎断香零玉，不能成帙，使世知有徐淑、蔡琰也。[23]

伤哉！琼章尝云："异日当为妗作一佳传。"嗟乎！昊天鞠凶，瑶枝又萎，芳言如在，已叹人亡，露濡霜降，即琼章已杳不可追矣。又况倩倩，更在若在若亡间，日月如流，能无湮佚之叹乎！[24]

余既伤倩倩，又悼琼章，故追而记之，然止能忆昔时交好情景如此，他非所及，亦非敢言文也。[25]

【注释】

〔1〕选自沈宜修《鹂吹集》。

〔2〕琼章：三女叶小鸾字。妗（jìn）母：舅母。

〔3〕君庸：沈宜修弟沈自征（1591—1641）字，国子监生，少喜谈兵，成年后游历西北，长期任职幕府。著有杂剧《渔阳三弄》，《沈君庸先生集》。元配：又作原配，古代施行一夫一妻多妾制，"元"相对于"继"，"配"相对于"妾"而言。元配，是男子成年后娶的第一任妻子。

〔4〕萱树：代母亲。痛遗：指去世。视：看，照顾。《诗经·卫风·伯兮》："焉得萱草，言树之背。"《毛传》："背，北堂也。"王洙注杜甫《送许八拾遗归江宁觐省，甫昔时尝客游此县，于许生处乞瓦棺寺维摩图，志诸篇末》"慈颜赴北堂"："北堂，母氏也。"

〔5〕簸钱：游戏名。抛钱赌输赢，相当于现在的抛钢镚。斗草：游戏名。分文斗和武斗。文斗，或以获草种类多、品种奇为胜；或对草名，以对方不能对时胜。武斗，双方各执一草，交叉拉扯，草先断者负。弄雪：玩雪。吹花：对着花吹气使花飞扬。燕笑：欢笑。王建《宫词》："暂向玉花阶上坐，簸钱赢得两三筹。"白居易《观儿戏》："龆龀七八岁，绮纨三四儿。弄尘复斗草，尽日乐嬉嬉。"左思《娇女诗》："贪华风雨中，倏忽数百适。务蹑霜雪戏，重綦常累积。"晏几道《满庭芳》："南苑吹花，西楼题叶，故园欢事重重。"《虞美人》："吹花拾蕊嬉游惯。"

〔6〕乙巳：万历三十三年（1605）。于归：出嫁。瑶蕊：传说中玉树的花蕊。琼辉：指月。三句形容倩倩如春天玉树的花蕊、秋天映照的明月，美丽得无人能与之相比。李白《忆旧游寄谯郡元参军》："翠娥婵娟初月辉。"

〔7〕嗣后：之后。归宁：回娘家。"数年"二句，说两人数年不能相见，只能寄情

于想念和回忆。杜甫《春日忆李白》:“渭北春天树,江东日暮云。”

〔8〕庚戌:万历三十八年(1610)。三星:指参星。三星入户:指嫁娶。蕡实:果实多而大。宜家:宜其室家。四句说,张倩倩万历三十八年出嫁。《诗经·唐风·绸缪》:“绸缪束薪,三星在天。”“绸缪束楚,三星在户。”《毛传》:“三星,参也。……三得在天,可以嫁取矣。”“参星,正月中直户也。”郑《笺》:“谓五月之末、六月之中。”《诗经·周南·桃夭》:“桃之夭夭,有蕡其实。之子于归,宜其家室。”

〔9〕香纓(yìng)既结:指结婚。纓,彩色线相间萦绕。俗缘都完:指操办完儿女婚嫁大事。闭关修瞿昙业:独居研习佛法。几句说,姑母因倩倩出嫁,儿女婚嫁既毕,万历三十九年(1611)春末,独居修佛,我回娘家看望她,此年倩倩十八岁。《后汉书·逸民列传·向长传》:“建武中,男女娶嫁既毕,敕断家事勿相关,当如我死也。于是遂肆意,与同好北海禽庆俱游五岳名山,竟不知所终。”

〔10〕娟冶映人:美丽得光艳照人。亭亭:明亮美好。濯濯:明亮。挺秀:秀异出众。袅袅初余、盈盈二八:指十三至十六岁。昔人:古人,此指春秋时期宋国的华督。苏轼《寓居定惠院之东,杂花满山,有海棠一株,土人不知贵也》:“朱唇得酒晕生脸,翠袖卷纱红映肉。”蔡伸《醉落魄》:“海棠初绽红生肉。”《世说新语·容止》:“有人叹王恭形茂者,云:‘濯濯如春月柳。’”《古诗为焦仲卿妻作》:“新妇初来时,小姑始扶床。今日被驱遣,小姑如我长。”杜牧《赠别二首》其一:“娉娉袅袅十三余,豆蔻梢头二月初。”苏轼《木兰花令》:“三五盈盈还二八”。《左传·桓公元年》:“宋华父督见孔父之妻于路,目逆而送之曰:‘美而艳。’”

〔11〕金壶:古代计时的滴漏。寥寥:寂静。暌阔:暌违契阔,指离别。恍如邯郸枕中:恍惚如梦。苏轼《赤壁赋》:“不知东方之既白。”《白孔六帖》卷十四“枕·青瓷枕”下引沈既济《枕中记》:“道者吕公经邯郸道上邸,告授卢生枕曰:‘子枕此,当令荣适如愿。’……遂至其家,历三台乃寤。”

〔12〕癸丑年:万历四十一年(1613)。丁巳:万历四十五年(1617)。挂冠:辞官。脂凝玉腻:肌肤光洁白润。华清宫人:指杨贵妃玉环。午梦余:指午睡刚醒时。宿醒:宿醉。青莲:指李白。捧砚人:指杨贵妃。粲:笑。此段写张倩倩微丰,有贵妃之美。《苕溪渔隐丛话·前集》卷三十八引《杨妃外传》:“明皇登沉香亭,诏妃子,妃子时卯酒未醒,命力士从侍儿扶掖而至。妃子醉欹残妆,钗横鬓乱,不能再拜。明皇笑曰:‘是岂妃子醉邪,海棠睡未足耳。’”乐史《李翰林别集序》:“开元中,禁中初重木芍药,即今牡丹也,……上因移植于兴庆池东沉香亭前。会花方繁开,

上乘照夜车，太真妃以步辇从，诏选梨园弟子中尤者，……上曰：'赏名花，对妃子，焉用旧乐辞焉。'遽命龟年持金花笺宣赐翰林供奉李白，立进《清平调》词三章，白欣然承诏旨。犹若宿酲未解，因授笔赋之。"《事文类聚·后集》卷二"不告姓名"条引《摭遗》："李白失意，游华山，县宰方开门决事，白乘醉跨驴过门，宰怒，不知太白也。引至庭下，曰：'汝何人，辄敢无礼？'白乞供状，无姓名，曰：'曾用龙巾拭吐，御手调羹，力士脱靴，贵妃捧砚。天子殿前尚容吾走马，华阴县里不得我骑驴！'"白居易《长恨歌》："春寒赐浴华清池，温泉水滑洗凝脂。"

〔13〕戊午：万历四十六年（1618）。吴山：指今苏州吴山岭至太湖一带。下浣：每月下旬。更余：指三更后。月吐：月出。斜辉泻镜：斜月银辉倾泻于太湖之上。广寒仙子：指嫦娥。桂树宫：指月宫。夙昔：往日。聊为：堪称。快叙：快谈，酣畅淋漓的交谈。

〔14〕适：正好。仲韶：叶绍袁字。南都：指南京。秋试：指乡试，因秋天举行，故称。汾水：今苏州汾湖。

〔15〕背捐：背身离开，指去世。缞绖（cuī dié）：指服丧。沈宜修作为出嫁女为父服丧，张倩倩作为媳妇为舅服丧。

〔16〕甲子：天启四年（1624）。揶揄：欺侮，戏弄。蒯缑（kuǎi gōu）：用蒯草缠剑柄。蒯草，茎可搓绳编席等。缑，剑把。此段写沈自征因家贫而入幕。韩愈《送穷文》："元和六年正月乙丑晦，主人使奴星结柳作车，缚草为船，载糗与粻；牛系轭下，引帆上樯；三揖穷鬼而告之。"《史记·孟尝君列传》："孟尝君问传舍长曰：'客何所为？'答曰：'冯先生甚贫，犹有一剑耳，又蒯缑，弹其剑而歌曰：长铗归来乎？食无鱼。'"沈自征《祭甥女琼章文》云："余以饘糜不给，仗剑北走塞上。"

〔17〕愁潘之年：指三十二岁。潘，指潘岳。索居：独居。岑寂：寂寞。兴怆：引发悲伤。恹恹：精神萎靡的样子。忽忽：失意迷茫的样子。吴激《木兰花慢》："叹旧日心情，如今容鬓，瘦沈愁潘。"潘岳《秋兴赋序》："晋十有四年，余春秋三十有二，始见二毛。"《诗经·卫风·伯兮》："伯也执殳，为王前驱。自伯之东，首如飞蓬。"《诗经·小雅·采绿》，《毛序》曰："刺怨旷也。"

〔18〕丙寅：天启六年（1626）。王孙：指沈自征。沈宜修有《菩萨蛮·赠张倩倩表妹》词："雁行吹乱云边字，青衫拭遍天涯泪。樽酒话愁长，相看各断肠。　此番人意热，不似前时节。留语待王孙，应思一饭恩。""岂意"二句说，没想到沈自征归来，张倩倩已去世。沈自征《祭甥女琼章文》云自己"辛未，始挈家南归"。辛未，

崇祯四年(1631)。

〔19〕丁卯：天启七年(1627)。款接：交往。沉绵：指病久不愈。

〔20〕星河槎渡：指八月。冶城：指南京。渔阳：代游幕北方的沈自征。可胜：岂能忍受。断魂千里：离魂穿越千里。奄然：气息微弱貌。返驾瑶京：返回玉京，死的委婉说法。瑶京，玉京，指神仙世界。几句说，八月，我随宦南京，而倩倩书题残句，北方丈夫音信杳然，秋夜蒹葭滴露、皓月当空之时，离魂千里，奄奄一息，忽于十月二十二日去世，年三十四。《博物志》卷十："旧说云：天河与海通。近世有人居海渚者，年年八月有浮槎去来，不失期。"叶绍袁《亡室沈安人传》："然秦淮石头，随宦冶城止五月。"曹唐《织女怀牵牛》："封题锦字凝新恨。"《诗经·秦风·蒹葭》："蒹葭苍苍，白露为霜。"蔡伸《朝中措》："万里关云散尽，半规凉月当空。"聂夷中《杂怨》(一云孟郊《征妇怨》)："良人自戍来，夜夜梦中到。"

〔21〕旋归：归。玉碎珠沉：美好事物遭遇不幸。庾信《哀江南赋》："荆山鹊飞而玉碎，随岸蛇生而珠死。"欧阳修《再和明妃曲》："红颜胜人多薄命，莫怨春风当自嗟。"

〔22〕清和：指四月，即上文的"丁卯初夏"。遽：仓促。张衡《归田赋》："仲春令月，时和气清。"《老子》："天地不仁，以万物为刍狗。"

〔23〕姿性：天资、禀赋。旷致：旷达的韵致。殊：特别。李清照：宋代女作家，有《漱玉词》行世。徐淑、蔡琰：东汉女作家，有诗文留存。此段说倩倩亦工诗词，但不愿存稿，琼章生时，能记诵一些。我不忍心其作品被全部遗忘，今转录下来。倩倩才情不下李清照，可惜作品留存很少，不能成集，使世人知道还有徐淑、蔡琰这类女作家。

〔24〕昊天：苍天。鞠(jū)凶：极凶，大凶。瑶枝又萎：指叶小鸾又逝。露濡霜降：此指时光流逝。湮佚：埋没、散失。《诗经·小雅·节南山》："昊天不佣，降此鞠讻。"

〔25〕他非所及：其他不是我能考虑的。非敢言文：不敢说是文章。皆自谦语。

【评析】

据沈宜修丈夫叶绍袁所记，此文作于崇祯七年(1634)春天。天启七年(1627)，张倩倩去世，叶小鸾(1616—1632)十二岁，小鸾立誓要给舅母兼养母写一篇好传记，可惜五年后，小鸾也骤然离世，沈宜修既伤女逝，又痛妹亡,于是给女儿和妹妹各写了一篇“佳传”,即《郦吹集》所收的《季女琼章传》和此篇。

“佳传”的一个重要特征是饱含情感。此篇选取作者与表妹“交好”的几个生活片段,写张倩倩少年时的嬉游晏笑,刚结婚时的富态慵懒,婚后因生三女一子俱早亡以及丈夫远出游宦如何使倩倩这个“姿性颖慧,风度潇洒,善谈笑,能饮酒”的女性郁抑寡欢、缠绵病榻以至于愁困而死,令人感慨顿生。

传记用相当多笔墨来写倩倩美丽的容颜。如十二岁时,“春含瑶蕊,秋映琼辉,美丽已无堪并”;十七八岁刚结婚时,“光艳惊目,娟冶映人,亭亭若海棠初绽,濯濯如杨柳乍丝”;二十四五岁时,“脂凝玉腻,微丰有肌”,被称为华清宫人。可见古代女性对外貌美的敏感和欣赏。传记呈现了江南女性丰富的生活场景。如少年游戏、年轻姊妹妯娌间欢乐聚会等。其中仲秋夜游一段,尤其丰富了我们对古代女性生活的认识。此时,沈宜修二十九岁,已育三女二子,其中最小的孩子约六个月;张倩倩二十五岁,生育多次,子女未能存活,抱养沈宜修三女,时年两岁六个月,然姊妹俩能作彻夜之游,泛舟湖上,又登山眺望,既而“停舟对饮”,再“共论夙昔生平,聊为快叙”,由此,更催生了文学创作。可视为苏轼赤壁游在异代异地的展演。

沈自征在《祭甥女琼章文》中说他“仗剑北走塞上”前,“汝妗不解别苦”,联系此文,可见当时张倩倩只是装出不以为苦的样子吧。

叶小鸾

叶小鸾(1616—1632),字琼章,吴江(今属江苏苏州)人,叶绍袁、沈宜修第三女。弟叶燮(1627—1703),人称“横山先生”,著《原诗》《已畦诗集》《已畦文集》等。叶小鸾四岁读《离骚》,十二岁能诗。善琴棋书画,通禅理。貌美,婚前五日卒。有《返生香》行世。

拟连珠九首。〔1〕刘孝绰有艳体连珠,戏拟为之〔2〕

发

盖闻光可鉴人,谅非兰膏所泽;〔3〕鬌余绕匝,岂由脂沐而然。〔4〕故艳陆离些,曼鬋称矣。〔5〕不屑髢也,如云美焉。〔6〕是以琼树之轻蝉,终擅魏主之宠;〔7〕蜀女之委地,能回桓妇之怜。〔8〕

眉

盖闻吴国佳人,簇黛由来自美;〔9〕梁家妖艳,愁妆未是天然。〔10〕故独写春山,入锦江而望远;〔11〕双描斜月,对宝镜而增妍。〔12〕是以楚女称其翠羽〔13〕,陈王赋其联娟〔14〕。

目

盖闻含娇起艳,乍微略而遗光;〔15〕流视扬清,若将澜而讵滴。〔16〕故李称绝世,一顾倾城;〔17〕杨著回波,六宫无色。〔18〕是以咏曼睩于楚臣〔19〕,赋美盼于卫国〔20〕。

唇

盖闻菡萏生华，无烦的绛；樱桃比艳，岂待加殷。[21]故袅袅余歌，动清声而红绽；盈盈欲语，露皓齿而丹分[22]。是以兰气难同，妙传神女之赋；[23]凝朱不异，独著捣素之文。[24]

手

盖闻似春笋之初萌，映齐纨而无别；如秋兰之始茁，傍荆璧而生疑。[25]故陌上采桑，金环时露；机中织素，罗袖恒持。[26]是以秀若裁冰，抚瑶琴而上下；纤如削月，按玉管而参差。[27]

腰

盖闻玉佩翩珊，恍若随风欲折；舞裙旖旎，乍疑飘雪余香。[28]故江女来游，逞罗衣之宜窄；[29]明妃去国，嗟绣带之偏长。[30]是以楚殿争纤，最怜巫峡；[31]汉宫竞细，独让昭阳。[32]

足

盖闻步步生莲，曳长裾而难见；[33]纤纤玉趾，印芳尘而乍留。[34]故素縠蹁跹，恒如新月；轻罗婉约，半蹙琼钩。[35]是以遗袜马嵬，明皇增悼；[36]凌波洛浦，子建生愁。[37]

全身

盖闻影落池中，波惊容之如画；步来帘下，春讶花之不芳。[38]故秀色堪餐，非铅华之可饰；愁容益倩，岂粉泽之能妆？[39]是以蓉晕双颐，笑生媚靥；[40]梅飘五出，艳发含章。[41]

【注释】

〔1〕选自叶小鸾《返生香》。原九首,尚有《七夕》一首,未选。

〔2〕连珠:一种文体。其特点是不正面指说事情,而假借譬喻以传达意旨,文辞华丽,言语简约,历历如贯珠,故称之为连珠。《艺文类聚》收刘孝仪《艳体连珠》二则。未见刘孝绰之作。

〔3〕盖闻:听说。连珠体多以“盖闻”起句。鉴人:照人。兰膏:润发的香膏。泽:润泽。《左传·昭公二十八年》:“昔有仍氏生女,鬒黑而甚美,光可以鉴,名曰玄妻。”

〔4〕髻余绕匝:头发挽成髻后还可绕髻几周,形容头发美而长。脂沐:膏沐。《东观汉记》:“明帝马皇后美发,为四起大髻,但以发成,尚有余,绕髻三匝。”

〔5〕艳陆离:艳丽缤纷。曼鬋(jiǎn):有光泽而下垂的鬓发。宋玉《招魂》:“长发曼鬋,艳陆离些。”

〔6〕髢(dí):假发。如云:形容发美而长。《诗经·墉风·君子偕老》:“鬒发如云,不屑髢也。”

〔7〕琼树:魏文帝所爱的宫人名。轻蝉:如蝉之鬓。魏主:指魏文帝曹丕。崔豹《古今注》:“魏文帝宫人绝所爱者,有莫琼树、薛夜来、田尚衣、段巧笑四人,日夕在侧。琼树乃制蝉鬓,缥眇如蝉,故曰蝉鬓。……一时之冠绝。”

〔8〕蜀女:指成汉王李势的女儿。委地:发长拖垂于地。桓妇:桓温的妻子。怜:怜爱,疼爱。《世说新语·贤媛》“桓宣武平蜀”条刘孝标注引虞通之《妒记》:“温平蜀,以李势女为妾。郡主凶妒,不即知之,后知,乃拔刃往李所,因欲斫之。见李在窗梳头,姿貌端丽,徐徐结发,敛手向主,神色闲正,辞甚凄惋。主于是掷刀,前抱之曰:‘阿子,我见汝亦怜,何况老奴。’遂善之。”

〔9〕吴国佳人:指进献给吴王夫差的越女西施。簇黛:皱眉。《庄子·天运》:“西施病心而颦其里,其里之丑人见而美之。”

〔10〕梁家妖艳:指东汉梁冀妻孙寿。《后汉书·梁冀传》:“(梁冀之妻孙寿)色美而善为妖态,作愁眉,啼妆,堕马髻,折腰步,龋齿笑,以为媚惑。”

〔11〕春山:指眉。入锦江:卓文君、司马相如故事发生在蜀地,故云。远:眉色如望远山。《西京杂记》:“文君姣好,眉色如望远山,脸际常若芙蓉,肌肤柔滑如脂。”

〔12〕斜月:一种眉形。苏轼《眉子石砚歌赠胡訚》“君不见成都画手开十眉”施元之注引《川画十眉图序》十眉指的是“蛾眉、翠黛、卧蚕、捧心、偃月、复月、箸

点、柳叶、远山、八字”。宋佚名《锦绣万花谷》卷十七“美人”下引《坡诗注》云十眉，“横云、斜月，皆其眉名”。不知“斜月”对应其中哪一种。

〔13〕宋玉《登徒子好色赋》：“天下之佳人莫若楚国，楚国之丽者莫若臣里，臣里之美者莫若臣东家之子，东家之子……眉如翠羽。”

〔14〕陈王：曹植封地在陈，故称陈王。联娟：微曲的样子。曹植《洛神赋》：“云髻峨峨，修眉联娟。”宋玉《神女赋》：“眉联娟以蛾扬。”

〔15〕二句写略露眼波的娇艳。宋玉《神女赋》：“目略微眄，精彩相授。志态横出，不可胜记。”曹植《美女篇》：“顾盼遗光采。”

〔16〕流视、扬清：眼波流动。《诗经·郑风·野有蔓草》：“有美一人，清扬婉兮。”“有美一人，婉如清扬。”宋玉《神女赋》：“望余帷而延视兮，若流波之将澜。”

〔17〕李：指汉武帝宠妃李夫人。《汉书·外戚传·孝武李夫人传》：“延年侍上起舞，歌曰：‘北方有佳人，绝世而独立。一顾倾人城，再顾倾人国。宁不知倾城与倾国，佳人难再得！’”

〔18〕杨：指唐玄宗宠妃杨玉环。白居易《长恨歌》：“回眸一笑百媚生，六宫粉黛无颜色。”

〔19〕曼睩：目光明媚。楚臣：指屈原。《楚辞·招魂》：“蛾眉曼睩，目腾光些。”

〔20〕《诗经·卫风·硕人》：“巧笑倩兮，美目盼兮。”

〔21〕的：鲜明。绛：赤色，火红。殷：暗红。宋玉《神女赋》：“朱唇的其若丹。”

〔22〕曹植《洛神赋》：“丹唇外朗，皓齿内鲜。”

〔23〕神女之赋：指宋玉《神女赋》。宋玉《神女赋》：“陈嘉辞而云对兮，吐芬芳其若兰。”曹植《洛神赋》：“含辞未吐，气若幽兰。”

〔24〕捣素之文：指班婕妤《捣素赋》。班婕妤《捣素赋》：“调铅无以玉其貌，凝朱不能异其唇。”

〔25〕茁：植物才生长出来的样子。四句写手之白嫩。《诗经·卫风·硕人》：“手如柔荑。”班婕妤《怨歌行》：“新裂齐纨素，皎洁如霜雪。”《古诗为焦仲卿妻作》：“指如削葱根。”

〔26〕四句写采桑、织锦之手。曹植《美女篇》：“美女妖且闲，采桑歧路间。……攘袖见素手，皓腕约金环。”《古诗十九首》之《迢迢牵牛星》：“纤纤擢素手，札札弄机杼。”

〔27〕参差：长短不齐貌。四句写抚琴按管之手。元稹《春六十韵》：“弹丝动

削葱。”曾觌《壶中天慢》:“玉手瑶笙,一时同色,小按霓裳叠。”

〔28〕四句写舞腰。傅毅《舞赋》:“顾形影,自整装,顺微风,挥若芳。”“罗衣从风,长袖交横。”皎然《诗式》卷三引何逊《赠鱼司马》:“舞腰疑欲折。”

〔29〕江女:指刘向《列仙传》中的“江妃二女”。庾肩吾《南苑还看人》:“细腰宜窄衣。”杜甫《丽人行》:“珠压腰衱稳称身。”

〔30〕两句写王昭君去国远嫁匈奴,人瘦而腰带长。

〔31〕楚殿:指楚灵王宫殿。巫峡:指巫峡神女。《韩非子·二柄》:“楚灵王好细腰,而国中多饿人。”

〔32〕昭阳:昭阳舍,汉成帝昭仪赵合德所居。据《赵飞燕外传》,赵飞燕“长而纤便轻细”,腰肢极细。

〔33〕《南史·齐废帝东昏侯纪》:“又凿金为莲华以帖地,令潘妃行其上,曰:‘此步步生莲华也。’”

〔34〕《六十种曲·西厢记》写崔莺莺“小脚儿”:“若不是衬残红芳径软,怎显得步香尘底样儿浅。”

〔35〕琼钩:指月。周密《浩然斋雅谈》卷中引《道山新闻》云:“李后主宫嫔窅娘,才丽善舞,后主作金莲,高六尺,饰以宝物,组带缨络,莲中作五色瑞云,令窅娘以帛绕脚,令纤小屈上,作新月状,素袜舞云中曲,有凌云之态。”

〔36〕马嵬:马嵬坡,杨贵妃缢死的地方,在今陕西兴平西。明皇:唐玄宗。伊世珍《琅嬛记》卷中引“姚鹭尺牍”:“马嵬老媪拾得太真袜以致富。其女名玉飞,得雀头履一只,真珠饰口,以薄檀为苴,长仅三寸。玉飞奉为异宝,不轻示人。”

〔37〕子建:曹植字。曹植《洛神赋》:“凌波微步,罗袜生尘。”

〔38〕四句言人比图画更美,比春花更芬芳,以至于使波惊春讶。萧纲(一说萧统)《林下妓》:“炎光向夕敛,促宴临前池。泉将影相得,花与面相宜。”

〔39〕铅华:化妆用的铅粉。粉泽:粉黛脂泽,均为化妆用品。四句言其美得自天然,非装饰所成。陆机《日出东南隅行》:“鲜肤一何润,秀色若可餐。”或用西施典。西施病而生颦,颦而益美。

〔40〕蓉晕:红晕。颐:脸颊。媚靥(yè):妩媚的酒窝。白居易《长恨歌》:“回眸一笑百媚生。”元稹《春六十韵》:“醉圆双媚靥。”

〔41〕五出:五瓣,此处指梅花。含章:南朝宋宫殿名。《太平御览》卷三十引《杂五行书》:“宋武帝女寿阳公主人日卧于含章殿檐下,梅花落公主额上,成五出

花,拂之不去。皇后留之,看得几时,经三日,洗之乃落。宫女奇其异,竞效之,今梅花妆是也。”

【评析】

此篇《拟连珠》分别咏及女性的发、眉、唇、目、手、腰、足、全身,这既是叶小鸾对中国古代文学作品中吟咏女性身体美的总结,也是她对女性美的个人理解,其中最大的特点就是赞美自然美人:头发“光可鉴人”但“非兰膏所泽”,“髻余绕匝,岂由膏沐而然”;眉也要“簇黛由来自美”;唇是自然颜色,“菡萏生华,无烦的绛;樱桃比艳,岂待加殷”;全身也是“非铅华之可饰”“岂粉泽之能妆”,是不尚装饰的。叶小鸾本人也是天生丽质,沈宜修《季女琼章传》描写女儿:“鬒发素额,修眉玉颊,丹唇皓齿,端鼻媚靥,明眸善睐,秀色可餐,无妖艳之态,无脂粉之气……实是逸韵风生。”她回忆一日晓起,女儿“立余床前,面酥未洗,宿发未梳”,粗服乱头地站在那儿,却觉“风神韵致,亭亭无比”,而女儿动起来更是惊艳,所谓“笑笑生芳,步步移妍,我见犹怜”,显示出母亲对女儿容貌、神态、风仪的欣赏。

古人对身体美是敏感的,其审美标准多自《诗经·卫风·硕人》、《诗经·郑风·野有蔓草》、宋玉《神女赋》、曹植《洛神赋》等中来,比如肤色尚白,以细腻、柔滑、润泽为美,眉弯长,眼睛要清亮灵动,发要长、乌黑有光泽,酒窝盈盈、嘴唇红润,手以柔嫩修长为美。此外是细腰。显示出相当稳定的身体和外貌审美。文中写“足”,用南朝、唐、南唐、宋元文学典故,以小、尖、新月形以及轻盈为美,是明代流行的缠足审美,实违背了自然原则。

临江仙　端午[1]

团扇新裁明月影[2],珠帘半上琼钩[3]。榴花红到玉钗头[4]。彩丝宜续命[5],绿砌绕忘忧[6]。　　酒泛菖蒲香玉碎[7],嫩红双靥横秋[8]。画船何处闹歌楼[9]。萧萧烟雨外,还锁楚江愁。

【注释】

〔1〕选自叶小鸾《返生香》。

〔2〕此句写新裁团扇如明月。班婕妤《怨诗》:“裁为合欢扇,团团似明月。”

〔3〕此句写卷帘见如玉钩的月亮。庾信《灯赋》:“琼钩半上。”

〔4〕此句写端午簪榴花,如榴花开到了玉钗上。《〔淳熙〕三山志》卷四十“土俗类·端午”下有“簪榴花”习俗,“妇女竞插花,榴花为多,亦喜梧桐”。

〔5〕此句写端午系彩色续命丝。《〔淳熙〕三山志》卷四十“土俗类·端午”下有“系五色丝线”,曰:“旧传三闾大夫语人:五色丝,蛟龙所畏。故是日长幼悉以五色丝系臂。一名长命缕,一名续命缕。父老相传可以辟蛇,至七夕始解弃之。”

〔6〕忘忧:忘忧草,萱草。此句云台阶被绿色忘忧草环绕。

〔7〕此句形容端午菖蒲酒带着香味如飞珠碎玉一般。《〔淳熙〕三山志》卷四十“土俗类·端午”下有“饮菖蒲”习俗。

〔8〕横秋:形容眼横秋波。此句写饮菖蒲酒后,双颊嫩红,眼神如秋波流转。

〔9〕此句谓画船、歌楼都在欢度端午。

【评析】

这是一首节令词,写出端午时民情风俗,充满喜庆色彩。全词不直说端午,而用团扇新裁、半上琼钩点出时节;不说习俗“簪榴花”,也不说人簪榴花,而说“榴花红到玉钗头”,语意皆新。除端午习俗以及普天同庆外,此词以节日饮酒后双颊绯红和眼波流转以见闺中女儿的活泼灵动。叶小鸾自“四岁,能诵《离骚》,不数遍即能了了”(《季女琼章传》),对端午由来自然了然于心,故在词上、下阕的最后,都逗露古意。“绿砌绕忘忧”,仿佛端午喜庆实为“忘忧”;而“萧萧烟雨外”,“楚江愁”被暂时“锁”住,并没有消失。使全词在节令风情之外又多了一层婉曲和深意。

吴　山

吴山，字文如，金陵（今江苏南京）人。在沈宜修编《伊人思》时，尚未见刻集，沈宜修云吴山诗“见藏本”。

月夜访孙夫人，夫人善诗，呼我为得意友〔1〕

新入忘年社〔2〕，轻舟过竹扉。无心茶正熟〔3〕，得意友方依〔4〕。快句医诗瘦〔5〕，亲灯笑影肥〔6〕。羡君池上月，送我一船归。

【注释】

〔1〕选自沈宜修辑《伊人思》。

〔2〕忘年社：不拘年龄、行辈等以才德相交的社团，此处指诗社。《文士传》：“祢衡有逸才，与孔融作尔汝交时，衡年二十余，融已年五十，敬衡秀才而忘年也。”

〔3〕无心：指无成心执念，自然而然。陶渊明《归去来兮辞》：“云无心而出岫。”

〔4〕得意：旨趣相通。王智深《宋纪》：“孔淳之隐居剡山，尝遇桑门释法崇于三山，披衿领契，自以为得意之交。”

〔5〕快句：有锋颖的诗句或快速成句。医：医治。诗瘦：指诗歌清峭瘦硬的风格或诗人因苦吟而瘦。孟郊《劝善吟醉会中赠郭行余》：“天疾难自医，诗僻将何攻。”王庭珪《次韵李昌龄以诗督景贤堂诗》：“欲医诗病了无方，怅望黄州旧雪堂。”

〔6〕此句说人靠近灯，挡住光线后，投射出的人影变得庞大。

【评析】

这是女诗人所写参加诗社活动的诗，由此可见女性的创作活动、女性诗社的结社标准、女诗人间的相互激励以及诗社对其心理、文化身份建立的意义等。女诗人首次参加这一诗社，这是一个忘年社，不是以年龄等世俗的标准,而是以兴趣爱好的投契建立起来的。诗人乘舟而来,月下乘舟而去,写出了江南水乡的风貌。活动处以竹为扉,活动包括煮茶、依友、创作等,诗人特别提出"无心茶""得意友",这是这一女性诗社的集会旨趣,虽然聚会是有意为之,但强调其无功利的自然而然,强调彼此得意、合契的会心。"快句医诗瘦",有两层含义。既然集会吟诗,就有比赛的性质,所以捷手就比苦吟者占先,所谓"快句"医为"诗"而瘦者。就一首诗而言,有锋颖之句,可"立片言而居要,乃一篇之警策"(陆机《文赋》),可以使"诗瘦"改观。若后者,则女诗人可能并不喜爱"郊寒岛瘦"的诗风。"亲灯笑影肥"不仅与"快句医诗瘦"形成完美的对句,而且写出了集会轻松愉快的氛围。女诗人善于观察生活,并能在寻常所见中感受到趣味和快乐,写出新颖灵动的佳句。最后两句,诗人说羡慕孙夫人池上之月,因为它可长伴孙夫人,自己则因聚会散而不能不归。所可幸者,伴孙夫人之月,也送诗人小船归来,以抒发诗人对孙夫人以及集会的留恋,也表达了同一明月下后会有期的心愿。细腻婉曲,极具特色。

自 遣〔1〕

一自知春不喜春〔2〕,因春一味媚无伦〔3〕。天生侠骨从来傲〔4〕,耻听人间称美人。

【注释】

〔1〕选自沈宜修辑《伊人思》。

〔2〕一自:自从。知春:指少女性觉醒。春,指性觉醒少女的各种表现,如爱照镜子,开始对异性感兴趣等。联系下文,此指社会引导下的女性表现。

〔3〕一味:单纯地。媚:娇媚。无伦:无比。

〔4〕侠骨:指英武刚强的气质。傲:孤傲,此处是与"媚"相反的气质。

【评析】

在晚明江南开明家庭中,少女性意识觉醒并不是一个禁忌话题。如沈宜修、叶小鸾母女曾观察少年婢女随春的娇羞,娇羞中带着的性感,她们同题共作,书写随春因怀春而呈现出的美:轻盈而不胜力的体态、娇羞含情的眼神、微红的脸色、含嗔带愁、娇语莺莺等。此诗则更进一步,女诗人讨论自己的性觉醒以及性觉醒与人格建立的关系,内容十分丰富。这应该是沈宜修《伊人思》选录此诗的原因。

女诗人意识到自己的性觉醒,进而察觉到社会引导的女性性意识一味地向娇媚方向发展,她认为这违背了她的天性和个性,于是她选择发展自己的个性和人格,拒绝别人用“美人”称呼她、定义她。女诗人的思想锋芒表现在:一、她认同少女的性觉醒,但不认同以媚引导、定义女性的社会惯例。二、在性别特征与个性特征之间,她否定刻板的性别特征,而强调个性保持和发扬。三、她将个性特征与人格、境界发展联系起来。女诗人认识到娇媚并非女性必然的特征,而是社会引导、强化的结果,“美人”是社会给予女性的角色诱惑和圈套而已。这是具有人文主义色彩的女性观念。

王 氏

王氏(1586—1645),昆山人,顾炎武(1613—1682)嗣母。未婚夫顾同吉死,王氏来顾家赴吊,遂不归家,留顾家守节,后过继堂兄顾同应次子顾炎武为嗣。崇祯九年(1636)受朝廷旌表。明亡,绝食而死。

弥留书〔1〕

呜呼武儿,余与尔将永诀矣,不得不临别赠言。昨梦尔父同吉携余行于沙漠之地,此大不祥也。然国事至此,死且嫌迟,死又何惜!〔2〕惟余惓惓于尔者,不在言而在行,不在学而在品。〔3〕尔固明之遗民也,则亦心乎明而已矣。〔4〕余尝苛论古人,谓夷齐叩马而谏是也,谏既不从,胡弗殉国,乃登首阳,采薇蕨何为乎?〔5〕噫嘻,夷齐误矣!甲子以后〔6〕,首阳尚得为商之山乎?薇蕨尚得为商之食乎?噫嘻,夷齐误矣!一时侪辈,莫不訾余持论之偏,独黎洲心韪之,则其怀抱可想。〔7〕且余观尔友中,亦惟黎洲品诣敦笃,尔虽师事之可也。〔8〕惟尔之子若孙,嘱其为耕读中人,勿为科名中人,则尔方不愧余家肖子也。〔9〕呜呼武儿,余与尔永诀矣!无月日时〔10〕,母氏嘱。

【注释】

〔1〕选自王秀琴编《历代名媛书简》卷一,引自《闺墨萃珍》。弥留:病重将死。

〔2〕《世说新语·贤媛》:"桓宣武平蜀,以李势妹为妾,甚有宠,常着斋后。主始不知,既闻,与数十婢拔白刃袭之。正值李梳头,发委藉地,肤色玉曜,不为动容,徐曰:'国破家亡,无心至此,今日若能见杀,乃是本怀。'主惭而退。"

〔3〕惓惓：念念不忘。学：指知识。品：德行、品质。《论语·里仁》："君子欲讷于言而敏于行。"姚舜牧《来恩堂草·家训》："要做天下第一等人，在品格；要成天下第一品格，在学问；要学问成立于世间，在勤修。书曰：'唯逊志务时敏'，'学有缉熙于光明'。"黄裳《演山集》卷二十五《状元及第谢君》："富贵在德，而不在乎物。此德所以立。读书万卷，岂学蠹鱼之死生；食禄千钟，亦同箪食之得失。"

〔4〕遗民：亡国之民。心乎明：一心于明朝，又有明心明伦之意。蒋信《道林先生文粹》卷四《绥宁县学改建明伦堂记》："其明伦乎？明伦有要；其明心乎？明心斯明伦矣。何为明心之为要也？天下父子君臣兄弟夫妇朋友之伦，非人一身元首股肱耳目口鼻类乎！"

〔5〕苛论：过分严格的议论。夷齐：伯夷、叔齐。胡弗：胡不，何不。首阳：首阳山，位于河南洛阳偃师。薇：野豌豆。《史记·伯夷列传》："（武王）东伐纣，伯夷、叔齐叩马而谏……武王已平殷乱，天下宗周，而伯夷、叔齐耻之，义不食周粟，隐于首阳山，采薇而食之。"《史记正义》："陆玑《毛诗草木疏》云：薇，山菜也。茎叶皆似小豆，蔓生，其味亦如小豆藿，可作羹，亦可生食也。"《索隐》："薇，蕨也。"

〔6〕甲子：周武王克商纣王之日。《尚书·周书·牧誓》："时甲子昧爽，王朝至于商郊牧野。"《孔传》："是克纣之月，甲子之日，二月四日。"

〔7〕噫嘻：叹词。侪辈：同辈，朋辈。訾：诋毁，指责。持论：立论。偏：偏激，偏颇。黎洲：指黄宗羲（1610—1695），别号黎洲。韪（wěi）之：以我所论为是。

〔8〕品诣：品行。敦笃：敦厚、笃实。师事：以师礼相待。

〔9〕耕读：耕种、读书。科名：科举而获功名。意谓子孙皆不仕于异代。肖子，似父母之子。

〔10〕无月日时：《历代名媛书简》此下按语："'月''日'合一'明'字，'无月日时'，是'无明之时'也。"

【评析】

题作《弥留书》，但王氏死并非久病弥留，而是主动选择绝食。全祖望《亭林先生神道表》载："乙酉（1645）之夏，太安人六十，避兵常熟之郊，谓先生曰：'我虽妇人哉，然受国恩矣，果有大故，我则死之。'于是先生方应昆山令杨永言之辟，与嘉定诸生吴其沆及归庄共起兵，奉故郧抚王永祚以从夏文忠公于吴，江东授公兵部司务。事既不克，永言行遁去，其沆死之，先生与庄幸得脱。而太安人遂不食卒,遗言后人莫事二姓。”按,夏文忠公指夏允彝。此文即是王氏的“莫事二姓”的“遗言”。

王氏因受明廷旌表,所以她对儿子说:“我虽妇人哉,然受国恩矣。”认为在国家“果有大故”时,就当殉国(“我则死之”)。在母亲感召下,明亡后,顾炎武接受南明弘光帝授官,跟随杨永言守昆山城,又与吴其沆等参与曾任郧阳巡抚的昆山人王永祚领导的义军,起兵抗清,可惜兵败。于是王氏绝食。王氏反省自己过去有关伯夷叔齐“胡弗殉国”的言论,对自己,她坚持受国恩则当殉国的标准;对子孙,她重视他们的生命,提出“为耕读中人,勿为科名中人”。“耕”为人衣食之需,“读”为明明德,保证一己德行,为天地立心,为传承文化,则节义在其中。而“科名”则要进入或依附于政权,故“勿为科名中人”,可保大节不亏。这是王氏的遗民孝子标准。

王 微

王微（约1600—1647），字修微，小字王冠，自号草衣道人，又有观微、纤若、纤郎等名号。七岁丧父，流落北里，为扬州妓。先归茅元仪，后归许誉卿。性爱山水，曾扁舟游江楚，与名士汪汝谦（然明）、潘之恒、钟惺、谭元春、陈继儒等交往。其诗有豪侠之气。著有《宛在篇》《闲草》《远游篇》《期山草》《樾馆诗选》等。编有《名山记》《名山记选》。明清诗文集大量收录其作品，如《列朝诗集》收其诗55首，《名媛诗归》收98首。

《名山记选》小引[1]

山之至者不必以名，山之名者不必以文。[2]余性耽山水，尝浮江入楚，礼佛寥山、九华之间，登黄鹤、晴川，江山胜概，至今在目。[3]已入匡庐观瀑布，雪花万丈，潆绕襟带，思结室其下。[4]病归湖上，西泠片水，复自依依。草野之性，长同鸿雁，诚不意有今日也。[5]近居城南，长松白石，修竹疏梅，引人入静，海棠一本垂条，下荫吟啸，幽然自知，回念旧游，恍焉如梦。[6]偶翻《名山记》，间为评骘，欲效昔贤卧游而已。[7]嗟乎！踵山川之胜事，发笔墨之光华，古今作者，项背相接，故入乔岳则吐雄伟奇杰之观，溯邃岑则极缥缈沉峭之致，莫不因时触事，切境抒情，鬼神供其驱役，蛟龙况其伏起，文章之道，变化存焉。然则记名山者，又未必其能游名山也。[8]矧如余者，扫除一室之中，妄弄觚椠之末，不令獐皮、槲叶之仙笑人天外乎？余卧矣，余不能复游矣。[9]草衣道人撰。

【注释】

〔1〕选自《名山记选》卷首。《名山记选》,二十卷,题王微编选。卷首尚有汤显祖《序》。

〔2〕至:尽,与“名”相对,指最内在、最本质的存在。两句意谓山自有其质,不因其有名字,也不因有记山之文。《老子》:“名可名,非常名。”刘禹锡《陋室铭》:“山不在高,有仙则名。”

〔3〕耽:迷恋。江:长江。楚:指古楚国所辖之地。礼佛:拜佛。参(cēn)山:即武当山,位于湖北十堰市,为道教名山。九华:九华山,位于安徽池州,为佛教名山。黄鹤:指武汉黄鹤楼。晴川:指汉江。胜概:美好的景象。李吉甫《元和郡县图志》卷二十一“山南道二·均州·武当”:“武当山,一名参山,一名太和山。”崔颢《黄鹤楼》:“……此地空余黄鹤楼。……晴川历历汉阳树,芳草萋萋鹦鹉洲。”王微《远游篇》有《江上望九华晴雪》《鹦鹉洲候月》《阳台山晚步》《青羊涧》等诗。“青羊涧”是武当山中一涧。

〔4〕匡庐:即今江西庐山。萦绕:水流环绕。襟带:山如襟,川如带,比喻山川屏障环绕。李白《望庐山瀑布》:“……遥看瀑布挂前川。飞流直下三千尺……”白居易《草堂记》:“匡庐奇秀甲天下山。”

〔5〕湖:指杭州西湖。西泠:西湖边一处风景,在今西泠桥附近。片水:不大的水域。依依:依恋不舍的样子。草野之性:不受拘束的优游之性。几句意谓,病后,回到西湖,西泠片水也自恋恋不舍,自己不受拘束的性情,如同大雁一般不能安处,确实没想到会有今日。《南齐书·高逸传·宗测传》收宗测《答豫章王书》:“性同鳞羽,爱止山壑,眷恋松筠,轻迷人路,纵宕岩流,有若狂者,忽不知老至。”

〔6〕长松:高松。一本:一株。几句写城南近居的风景引人入静,自己在海棠下吟啸自在,回念旧游,恍然如梦。孙绰《游天台山赋》:“藉萋萋之纤草,荫落落之长松。”

〔7〕《名山记》:书名。《宋史·艺文志》著录沈立“《名山记》一百卷”,明代有何镗编《古今游名山记》二十卷。评骘(zhì):评定。昔贤:指南朝宋宗炳。卧游:不出门而以想象或阅读等方式游观山水。《宋书·隐逸传·宗炳传》:“好山水,爱远游,西陟荆巫,南登衡岳,因而结宇衡山,欲怀尚平之志。有疾,还江陵,叹曰:‘老疾俱至,名山恐难遍睹,唯当澄怀观道,卧以游之。’凡所游履,皆图之于室,谓人曰:‘抚琴动操,欲令众山皆响。’”

〔8〕踵山川之胜事：指游名山。发笔墨之光华：指写游记。项背相接：相继。乔岳：指大山。溯：逆流而上。邃岑：指深山。因时触事：根据当下事情引发。切境抒情：密合情境抒发情感。驱役：驱使。况：比方。几句说，《名山记》所载作者前后相继，入高山则写雄伟奇杰之景，入深山则表达缥缈沉峭之韵致，无不由当下游览引发，贴近情境抒发情感，鬼神都可供作者驱使，文章起伏可用蛟龙加以比况，文章之道，变化存乎其中。如果这样，那么作名山记者，未必能游名山。

〔9〕矧：何况。扫除一室之中：关门不出，处于室内。弄觚椠之末：执木简之末，此指编著《名山记》。獐皮：指獐皮处士。五代宋初隐于山水间，与陈抟等游。槲叶之仙：东吴时着槲叶的仙人。几句自嘲说，何况我杜门不出，编著《名山记》，这不让天外的獐皮处士、槲叶仙人笑话吗？我停下了，我不能再远游了。张栞《赞崇禧丈室二仙图》："鹿皮槲叶，容颜枯槁。青衿白袍，飘然气貌。"徐象梅《两浙名贤录·外录》卷一"三国吴·槲衣仙"："槲衣仙，龙泉人，不知姓氏。无寒暑，皆缘槲叶为衣，人遂以是名之。结庵于凤山之巅，持守雌总一之道，童颜鹤发，不御饮食。人或问其年几何，但答曰八十岁也。赤乌中，坐庵前槐树上，俄祥云四合，仙乐鸣空，遂飞升去。至今庵址尚存，每月黑之夜，恒有紫气烛天，或曰有遗丹瘗其下也。"

【评析】

此文是王微为自己编著的《名山记选》所作的引文。文章以山、名山、游、名山记、编著名山记逐次展开。首先提出山自有其本质和存在价值，不是因为人类为山命名，也不是因为人为山作记。这是王微对自然山水的基本看法，是其"性耽山水"的原因，她也由此确定山水对于一己生命的意义，这是她要旅行的原因。接着王微叙述自己的旅游经历、山水情缘，渐渐将之纳入记忆中收藏，于是转向不出家门的卧游书写。她翻阅名山记，以自己的经验为之评定，并随之卧游。作为阅读和评骘的展现，王微对名山记与山的关系作了一番思考。她指出写作名山记的要素，一是游览，二是写作，名山记有足够多的作家和作品可资探寻，于是她揭示形成名山记风格的因素，一是山本身的特色，二是写作者受时事和游览情境的感发，三是作者的表现力。所以名山记固然与山有关，但更与作者有关，所以记名山者，"又未必其能游名山"。她回到了文章开头"山之至者"的主题。王微赋予山水超越性和感发性，于是对于旅行者，山水就有了永不终结的可能性，因此，旅行也就永不会停止。

古人对山水意义有很多阐发。如“仁者乐山,智者乐水”(《论语·雍也》)。上引刘禹锡《陋室铭》“山不在高,有仙则名”,湛若水《朱明洞书院记》这样阐释:“夫天下之山,岂可以其高卑大小而品第之,而亦岂能一一以较量为哉!故山不在高,水不在深,人不在大,必有所以自异者。……是故舜以历山显,伊尹以莘野显,孔子以尼山显,尼、莘、历山,岂足以比高洁,大于天下之山哉!”山“必有所以自异”与王微“山之至”有相通之处,但落实到人对于名山的意义,又与王微不同。吕光洵《皆可园记》阐释“山不在高”曰:“吾闻君子之取于物也,惟其适,不惟其异,故曰:山不在高,水不在深。一丘一壑,可以徜徉。苟惟其异,则物蔽于前,情移于内,虽临广漠而凌崆峒,犹未慊也,安能随寓而优游耶。”其以观赏山水者的心理自适来解释“山不在高”,一定意义上消解了山水的意义。相较而言,王微之论更有思辨力和新意。

起 步〔1〕

江湖互为势〔2〕,暮色不可分。人行丹黄径,鸟下牛羊群。〔3〕绝众获一高,探手及曾云。〔4〕所见各自领,得意遥相闻。〔5〕

【注释】

〔1〕选自《兰咳集》卷二《王修微远游篇选》。

〔2〕互为势:互为依因、互借势力。

〔3〕丹黄径:有红黄落叶的小路。《诗经·王风·君子于役》:“日之夕矣,羊牛下来。”

〔4〕一高:最高的山峰。探手:伸手。及:达到。曾云:指积聚着的云气。两句说超群出众得登最高峰,层云伸手可及。杜甫《望岳》:“荡胸生层云。”

〔5〕两句说登山者各自领会己之所见,得意处则可以遥相呼应。苏轼《题西林壁》:“横看成岭侧成峰,远近高低各不同。”《庄子·列御寇》“明者唯为之使,神者征之,夫明之不胜神也久矣”,郭象注:“夫执其所见,受使多矣,安能使物哉。……明之所及,不过于形骸也,至顺,则无远近幽深,皆各自得。”

【评析】

这是一首五言律诗。起句,写景甚大,江与湖皆在一望中,且能感受到江湖之间彼此不同而又相互依存、互为势力的内在张力,颇具哲思。接着用暮色涂抹在江、湖之上,"暮色不可分",既交代了时间,也动态地展示了暮色越来越浓重,同时"江湖互为势"也与暮色动态关联。颔联写近景,"丹黄径",可见落叶缤纷;牛羊成群,还有人行、鸟下,可是众多的动物、植物、人却毫不费力地包含在简淡的诗句中,且静中有动,动中有静,故《名媛诗归》评此联"静观自妙"。颈联写及登山众人,而突出自己超群出众、勇攀最高峰,并获得"探手及曾云"的独特体验。尾联引入对登山/旅行所见所得的思考,旅行所见不同,个人所领不同,因此旅行所见是每个人个性的一种表达和实现,但得旅行之意,则可遥相对话、遥相诉说。《庄子·列御寇》曰:"明者唯为之使,神者征之,夫明之不胜神也久矣。"在"明"与"神"之间分高下,王微利用《庄子》"明"("所见")与"神"("得意")之间的区分,但剔除其高下判断,既认同"所见"之差异性,又看重旅行之于每个个体"得意"的共同性,对"游"的理解深刻妥帖。此诗景中有思,静中有动,少中有多,简而实繁,似浅实深,张力十足,显示出深厚的才情和笔力,是诗中妙品。

寒夜送夏夫人从楚入洛〔1〕

我游楚二岳,蔗味还在口。〔2〕但恨少室花,一枝难入手。〔3〕襄邓接中原,战镞古来有。〔4〕君过南阳庐,抱膝人存否?〔5〕

【注释】

〔1〕选自《列朝诗集》闰集卷四。

〔2〕楚二岳:南岳衡山、玄岳武当山或楚地其他任何二山。蔗味:甜味,余味,回味。二句云我曾游楚二岳,回味无穷,意犹未尽。据王微《兰咳集》卷二《远游篇选》等,其万历四十四年(1616)江楚之游,曾游大别山、九华山、阳台山、武当山。龚黄《六岳登临志》,六岳指东岳泰山、南岳衡山、中岳嵩山、西岳华山、北岳恒山、玄岳武当山。

〔3〕少室：少室山。嵩山西峰，位于河南登封。二句说遗憾未能登少室山。武则天《夏日游石淙诗序》："瞻少室兮若莲。"

〔4〕襄邓：指襄阳（今属湖北）、邓州（今属河南）。中原：指以河洛为中心的黄河中下游地区。此指洛阳。镞：箭头。两句说襄阳、邓州与中原相接，有许多战争遗迹和遗物。王世贞《过长平作长平行》："耕农往往夸遗迹，战镞千年土花碧。"

〔5〕南阳庐：指诸葛亮隐居处。抱膝人：指诸葛亮。《三国志·蜀书·诸葛亮传》"亮躬耕陇亩，好为《梁父吟》"下裴松之注引《汉晋春秋》："亮家于南阳之邓县，在襄阳城西二十里，号曰隆中。"同书裴松之注引《魏略》云建安初，诸葛亮"每晨夜从容，常抱膝长啸"。

【评析】

此诗除表现王微性耽旅行外，还可见明代女性的交往、她们的知识范围和感兴趣的话题。诗围绕"从楚入洛"展开。前四句云其曾在楚旅行，遗憾未能入洛。五、六句写古今以来一直沿用的楚洛通道遗迹甚多，由此引出尾联，想象夏夫人凭吊沿途的诸葛亮南阳庐，由此遥应首联的"游"字，弥补颔联自己不能"游"少室的遗憾。想象中的"游"，又是颈联所及遗迹的具体化。在凭吊遗迹后，诗人提出"抱膝人存否"的疑问，抒发了"千古江山，英雄无觅"，"风流总被雨打风吹去"的感慨。以送别诗怀古、抒情，可见王微的"性耽山水"，并不仅仅只游赏自然山水，也包括其对历史遗迹等文化景观的重视。

舟居拈得风字[1]

人情各有寄，我独如秋风。[2]耽诗偶成癖，聊以闲自攻。[3]薄游来吴会，寒轻不知冬。[4]樽酒见窗月，仄径幽怀通。[5]村烟辨遥林，夜气齐群峰。[6]人忘舟亦静，水木各为容。恍惚书所对，残灯焰微红。[7]

【注释】

〔1〕选自《列朝诗集》闰集卷四。

〔2〕二句说,他人情各有寄,我独如秋风,无所系累。《宋书·后妃传·孝武文穆王皇后传》所录临川公主上表曰:“情寄所钟,唯在一子。”

〔3〕自攻:自我攻击,指诗人苦吟或反复推敲用字等。《南史·梁简文帝纪》:“雅好赋诗。其自序云:七岁有诗癖,长而不倦。”贯休《思匡山贾匡》:“山兄诗癖甚,寒夜更何为。觅句唯顽坐,严霜打不知。石膏黏木屐,崖蜜落冰池。近见禅僧说,生涯胜往时。”《鉴诫录》卷八云贾岛作诗:“往往独语,傍若无人。或闹市高吟,或长衢啸傲。忽一日,于驴上吟得‘鸟宿池中树,僧敲月下门’,初欲着‘推’字,或欲着‘敲’字,炼之未定,遂于驴上作‘推’字手势,又作‘敲’字手势,不觉行半坊,观者讶之,岛似不见。”

〔4〕薄游:漫游。吴会:吴地、会稽。《列朝诗集》闰集“草衣道人王微”:“扁舟载书,往来吴、会间。”李宜之《〈秣陵春〉序》:“与草衣道人往来吴越间。”

〔5〕樽酒:杯酒。仄径:狭窄的小路。幽怀:幽微的情怀。两句写在舟中持酒,杯中酒映照窗外月光,岸上狭窄的小径通往幽微的诗情。张孝祥《丙戌七夕入衡阳境,独游岸傍小寺》:“系船苍石根,人影散晚沙。上岸是修竹,仄径如行蛇。”

〔6〕村烟:村中炊烟。辨:区分。遥林:远处的树林。夜气齐群峰:夜晚的昏暗使高低不同的群峰变得整齐划一。

〔7〕人忘:忘人,忘记自我,与自然融为一体。水木各为容:水、木各具其容色意态。恍惚:迷离。书:写。四句写诗人忘却自我,已经感觉不到小船波动,自然界的山水树木各具其态地呈现在心镜之中,我只是写下我心灵中所面对的一切,(然后意识恢复)眼前是残灯微红的火焰。《文心雕龙·物色》:“岁有其物,物有其容。情以物迁,辞以情发。……是以诗人感物,联类不穷,流连万象之际,沉吟视听之区。写气图貌,既随物以宛转;属采附声,亦与心而徘徊。”

【评析】

这是一首诗人自证性耽山水和诗的诗,也就是说诗人是寄情于山水和诗的,但诗却从“我独如秋风”无寄开始,可见诗人的“人情各有寄”之寄是世俗的富贵、儿女之寄。诗人承认自己沉溺于诗达到了诗癖的程度,其表现就是“聊以闲自攻”。诗人以战争术语来形容文学创作中的激烈争斗和创新,如“白战体”,于艰难中见出奇丽,“聊以闲自攻”的动力和目的也是如此,而“聊以闲自攻”之句就是奇丽生新之句。冬夜舟居应该是寒冷入骨的,而诗人对漫游、山水以及诗的热爱使得诗歌澄澈而浑成、博大而幽微、轻寒而温暖。诗中景在夜色笼罩之下,整体是晦暗的,但晦暗中的轮廓,元气贯注。夜景中有两点光亮,一是洒在酒杯中的月光,一是残灯微红的光焰,但更大的澄澈和光亮是诗人的心灵,它映照万物,万物在其中投射自己的丰容,这就是陶渊明所言的"纵浪大化中"、朱子"万物一体"的境界吧。

邵 氏

邵氏(1593—1649),常熟人。祖父邵鏊(1552—?),万历十四年(1586)进士,官至南京兵部武库司郎中。父名字不详,人称楚浮公,太学生。邵氏十七岁,嫁同郡瞿式耜(1590—1651)。南明弘光元年(1645)四月,瞿式耜为广西巡抚,邵氏随宦,尝捐簪珥助军饷,永历三年(1649)五月二十八日卒于桂林城外三十里大墟舟中。

论兵机书〔1〕

粤西形胜在桂林,桂林险要在文昌,贼与我必争者也。〔2〕乃闻敌之大队,转趋而西,此必声东击西之计,稍知兵者即能辨之,而欲愚我耳目,岂非可笑。但相公为国守土,昕夕焦劳,筹饷筹兵,置已躬于弗恤,此固臣子义所应然,惟亦须稍惜精神,从而调摄之。〔3〕昔诸葛忠武食少事繁,自知不久,而五丈原之星遂殒。〔4〕妾为此言,非劝相公自爱,实欲相公爱此身以报国也。家事一切皆遵相公指嘱,已部署清晰矣,此一条肠可割断。〔5〕军旅之事,未尝学问,妾何敢妄肆喋喋,然有一得之见,贡诸相公之前,尚乞俯察。〔6〕敌之擅长在骑射,而孔有德又百战之劲,自岳、常长驱而下,其势虽胜,其志已骄,若我与之交绥,俟其结阵已定,然后搏战,则兵士或亘一强弱众寡之形于胸中,难免不先气馁。〔7〕以妾愚论,南宁矫健无伦,冲锋陷阵,实足令万人辟易,不若于敌阵未结之先,令率锐骑,先陷其中坚,而以胡一清殿南宁之后,相公再以正兵分为二大翼,左右包抄,使敌人入我算中,必无噍类。〔8〕趁势逐北,连州诸郡,不难恢复矣,乞相公裁酌行之。〔9〕

【注释】

〔1〕选自王秀琴编集《历代名媛书简》卷一，引自《闺墨萃珍》。

〔2〕粤西：指明代广西。形胜：地势险要处。文昌：桂林城南边东面的城门名，在今存古南门之东。贼：指清兵。据瞿共美《东明闻见录》，永历元年八月留守瞿式耜疏请永历帝，极言粤西之山川形胜、兵马人情，俱有可恃。

〔3〕昕夕：朝暮，即终日。己躬：自己身体。弗恤：不顾惜。调摄：调养，保养。

〔4〕诸葛忠武：诸葛亮，谥忠武。五丈原：位于陕西宝鸡岐山境内，为秦岭北麓黄土台原的一部分。殒：落，此处指诸葛亮去世。诸葛亮《与步骘书》云五丈原："在武功西十里。"诸葛亮《后出师表》："臣受命之日，寝不安席，食不甘味，思惟北征宜先入南，故五月渡泸，深入不毛，并日而食。臣非不自惜也，顾王业不得偏全于蜀都。"吴澄《跋杨颙谏诸葛武侯之辞后》："罚二十以上皆亲览，食少事繁，至为敌国所窥，而庆幸其不久，孔明岂不知爱重其身哉？"诸葛亮《临终遗表》："臣赋性拙直，遭时艰难，兴师北伐，未获全功。何期病在膏肓，命垂旦夕。"《晋书·宣帝纪》："（诸葛亮）还于五丈原，会有长星坠亮之垒，帝知其必败。"

〔5〕指嘱：指导、嘱咐。此一条肠可割断：这方面可不花精力。《来瞿唐先生年谱》载来知德曰："做圣贤，不要命，无论富贵贫贱皆可能之，割断了科目一条肠，孔孟由我做去。"

〔6〕妄肆：狂妄放肆。喋喋：唠叨。一得之见：谦语，对某个问题有想法。贡：进献。尚乞俯察：敬辞，还请下察。

〔7〕孔有德（？—1652）：字瑞图，辽东人。原为毛文龙旧部，毛文龙被杀，其愤愤不平，后背明投清。此人骁勇善斗，顺治三年（1646），以平南大将军进攻永历政权。三年回京。六年五月，改封定南王，复来南方。七年十一月，俘虏永历重臣张同敞、瞿式耜，次月处死瞿式耜。九年，明军围桂林，自刎于桂林。劲：强健、有力。岳、常：指湖南岳阳、常德。交绥：交战。俟：等待。结阵已定：摆成阵势。最后两句，是说兵士胸中始终有敌强我弱、敌众我寡的对比，就难免不先气馁。

〔8〕南宁：指南宁侯张光翠，均州（今湖北丹江口）人，原为李自成旧部，自成亡，归顺南明，授总兵。辟易：退避。锐骑：精锐骑兵。中坚：军队中最精锐的部分。胡一清：一作胡一青，南明开国公赵印选表弟，弘光元年（1645），赵印选应募从军，胡一清任其裨将。后归何腾蛟，授副总兵，屯永州。永历帝至武冈，率军入卫，赐号御滇营，授总兵官都督同知。以援桂林功封兴宁伯，后晋爵卫国公。算：筹划。瞧

(jiào)类：活着的人。

〔9〕逐北：追击败兵。连州：广东连州。裁酌：裁量斟酌。顾炎武《天下郡国利病书》卷一百三《广东》七："连州，北连荆湖，西通临贺。"

【评析】

据《东明闻见录》，永历三年(1649)正月清师破湖南，执何腾蛟，赵印选、王永祚、胡一清收残卒，得万余人，宵走桂林。而邵氏此年五月二十八日骤逝，可见此书应作于永历三年正月至五月间。而据其子玄锡《行实》，邵夫人随宦时，特别是永历二、三年，或遇"资饷告缺"，邵氏"悉簪珥应之，故军士爱戴之不减府君"。

此书有二义：一是规劝丈夫顾惜身体，调摄精神，"爱此身以报国"。她规劝丈夫的说辞，亦见于同年七月瞿式耜给永历帝的《报臣孙入粤疏》语："臣历年拮据，血竭心枯，食少事繁，奄奄一息。"邵氏引诸葛亮典，亦可见邵氏心目中瞿式耜之于永历朝以及辅佐永历帝的孤臣孽子之心。二是向丈夫表达她对孔有德带领的清军不攻打文昌、趋而向西的战略意图的理解，并提出要抓住敌军立足未稳的时机迅速行动。她对清兵以及敌我双方将领的优势的认识，显示出其军事方面的兴趣和才能。这可能出自家学，邵氏曾祖邵圭洁与瞿式耜祖父瞿景淳交好，邵圭洁留心经济，著有《经济录》。嘉靖三十四年(1555)倭乱，常熟令王铁造庐问计，圭洁上筑城策，城赖以全。(参邵圭洁《筑城议》、《邑父母苍野王侯筑城铭辞》、《苍野王令公诔词》、《吴郡名贤图传赞》卷九)其祖父亦曾任职兵部。也可能是她随宦的历练。

董 白

董白(1624—1651),字小宛,又字青莲,别号青莲女史,金陵(今江苏南京)乐籍。崇祯十五年(1642)脱籍为冒襄(1611—1693)妾。能诗善画,精曲,长于女红、美食。佐冒襄著书,亦自编《奁艳》。后为躲避清兵,在冒襄病中,勉力支撑家计,积劳成疾而逝。冒襄称其:"入吾门,智慧才识,种种始露。……传其慧心隐行。闻者叹者莫不谓文人义士难与争俦也。"

秋闺词〔1〕(选二)

其一

幽草凄凄绿尚柔,桂花狼藉闭深楼。〔2〕银光不足供吟赏,书破芭蕉几叶秋。〔3〕

其十

满畦寒水稻初黄,细鸟归飞集野棠。〔4〕正是好怀秋八九,桂花枝下饮清香。〔5〕

【注释】

〔1〕录自董白所题扇面。共十一首,此为第一、十首。"其一""其十"为选者所加。诗末署:"右《秋闺词》十一首,崇祯庚辰中秋日。"下有印两方,分别是"青莲""董白"。此扇现藏吉林省博物院。

〔2〕幽草:幽僻处生长的草,或指幽兰。凄凄:同"萋萋",茂盛貌。尚:尚且。狼藉:散乱堆积。韦应物《滁州西涧》:"独怜幽草涧边生。"汤恢《祝英台近·中秋》:"月如冰,天似水,冷浸画栏湿。桂树风前,醲香半狼藉。"

〔3〕银光：月光。两句写秋月不够亮，不能对景吟赏，只能在秋闺中尽情书写秋天。皎然《赠融上人》："常爱西林寺，池中月出时。芭蕉一片叶，书取寄吾师。"窦巩《寻道者所隐不遇》："欲题名字知相访，又恐芭蕉不奈秋。"

〔4〕畦：田埂分成的一块块田地。细鸟：小鸟飞过显得细瘦。野棠：即棠梨树。寇准《忆樊川》："稻穗初黄柿叶红。"萨都剌《和经历杨子承晓发山馆》："鹧鸪飞上野棠花。"

〔5〕好怀：好心情。秋八九：秋八月、九月。陶渊明《饮酒二十首》其九："清晨闻叩门，倒裳往自开。问子为谁欤？田父有好怀。"《左传·隐公二年》："秋八月庚辰，公及戎盟于唐。九月，纪裂繻来逆女。"

【评析】

这组诗共十一首，此选第一、第十首。诗后题署"崇祯庚辰"，即公元1640年，知诗是董小宛十七岁或十七岁之前之作。

董小宛有细腻活泼的生活观察能力，诗歌有巧思，用字生动。如观察幽草深绿之色的晕染效果，而有"幽草凄凄绿尚柔"之句；桂花落时，零乱堆积，确为秋日美景之一，本来桂花狼藉与深楼闭门是两回事，但"桂花狼藉闭深楼"的诗句组织，给两者之间建立了耐人寻味的关联，是桂花狼藉"闭"了"深楼"，是深楼中人不忍践踏桂花而闭门，还是其他原因？"银光不足供吟赏"，提示我们已有了光线充足时的白日吟赏，但诗人月夜依然有对花吟赏的冲动，才会有此牢骚之语，才会有"书破芭蕉几叶秋"的激情。写作，而云"书破芭蕉几叶秋"，用秋天有特点的自然物代替纸，既表明写作材料的美和应景，更表明激情写作之意，又有力透纸背之势，更写出了深闺秋情的丰沛饱满。

第十首诗，诗人将眼光从桂花枝下投射到田野中去，"满畦寒水稻初黄"写出了江南秋天之农事和秋景。傍晚，众鸟归林，落在棠梨树上，细细瘦瘦的剪影，故以"细鸟"形容，可见用字锤炼之功。由归鸟转向写人，写出人鸟的各得其所和各得其乐。人的好心情以及在桂花枝下醉闻清香，如同饮茶饮酒，"饮"字用得很妙，最妙的是"秋八九"，看似自然语，但经典蕴藏其中。

冒襄《影梅庵忆语》记载董白如何以身心感受自然和诗句，他说："李长吉诗云'月漉漉，波烟玉'。姬每诵此三字，则反覆回环，日月之精神、气韵、光景,尽于斯矣。人以身入‘波’‘烟’‘玉’世界之下,眼如横波,气如湘烟,体如白玉,人如月矣,月复似人,是一是二,觉贾长江‘倚影为三’之语尚赘,至‘淫耽’‘无厌’‘化蟾’之句,则得玩月三昧矣。”其《秋闺词》,也写出了江南秋天以及诗人的精神、气韵和光景。

柳如是

柳如是(1618—1664),原姓杨,名爱,字影怜;后改姓柳,名隐,又名是,字如是,又字蘼芜,号我闻居士,又称河东君。幼年被诱拐,卖入娼家,其鸨母为浙江名妓徐佛,故得学习诗文书画,并养成不凡志趣。十四岁,为返乡宰相周道登强索为妾,遭群妾所忌,复卖为娼。以"相府下堂妾"身份"扁舟一叶,放浪湖山间,与高才名辈相游处",尤与宋征舆、陈子龙、李雯过从甚密,诗词唱和,纵论天下事。崇祯十三年(1640),幅巾弓鞋,着男装,于半野堂初访钱谦益(1582—1664),次年两人以正室礼结婚,缙绅大哗,然二人在绛云楼中览群书、吟诗赋,日夕晤对。甲申之变后,钱谦益入南明弘光政权,柳如是随仕,清人攻占南京,柳如是投水,被救,钱谦益率群臣降清。后与钱谦益参与瞿式耜、郑成功的反清复明活动。康熙三年(1664),钱谦益病逝,被钱氏族人索逼钱财,自缢死。近代史学大家陈寅恪感慨柳如是传奇一生,或为同时作者"有意讳饰诋诬",或为后代人"虚妄揣测",为之作《柳如是别传》。其诗"闲情淡致,风度天然",其文"含咀英华,有六朝江、鲍遗风"。著有《戊寅草》《湖上草》《柳如是尺牍》等,编《列朝诗集》闰集部分。

男洛神赋〔1〕

友人感神沧溟,役思妍丽,称以辨服群智,约术芳鉴,非止过于所为,盖虑求其至者也。〔2〕偶来寒溆,苍茫微堕,出水窈然,殆将惑其流逸,会其妙散。〔3〕因思古人征端于虚无空洞者,未必有若斯之真也。引属其事,渝失者或非矣。况重其请,遂为之赋。〔4〕

格日景之轶绎,荡回风之濴远。〔5〕縡渿然而变匿,意纷讹而鳞衡。〔6〕望姬娟以熠耀,粲黝绮于疏陈。横上下而仄隐,实澹流之感纯。〔7〕识清显之所处，俾上客其逶轮。[8] 水潗潗而高衍，舟冥冥以伏深。[9] 虽藻纨之可思，竟隆杰而飞文。[10] 骋孝绰之早辩，服阳夏之妍声。[11] 于是征合神契，典泽婉引。[12] 揽愉乐之韬映，撷凝幎而难捐。四寂漻以不返，惟玄旨之系搴。[13]

听坠危之落叶，既萍浮而无涯。[14] 临汜藏之萌蘯，多潨滴于肆掩。[15] 况乎浩觞之猗靡，初无伤于吾道。羊吾之吟咏，更奚病其曼连。[16] 善憀栗之近心，吹寒帷之过降。乃瞻星汉，溯河梁。云駇嵾而不敷，波穃杂以并烺。[17] 凄思内旷，摵理妙观。[18] 消矆崒于戾疾，承辉嫭之微芳。[19] 伊苍傃之莫记，惟隽朗之忽忘。[20]

惊淑美之轻堕，怅肃川之混茫。因四顾之速援，始嫚嫚之近旁。[21] 何熿耀之绝殊，更妙鄢之去俗。[22] 匪褕袘之嬛柔，具灵矫之烂眇。[23] 水气酷而上芳，严威沆以窈窕。尚《结风》之栖冶，刻丹楹之纤笑。[24] 纵鸿削而难加，纷琬琰其无睹。[25] 凫雁感而上腾，潾灦回而争就。[26] 方的砾而齐弛，遽襶矆以私纵。[27]

尔乃色愉神授，和体饰芬。[28] 启奋迅之逸姿，信婉嘉之特立。群妩媚而悉举，无幽丽而勿臻。[29] 懭乎缈兮，斯因不得而夷者也。[30] 至其浑摅自然之涂，恋怀俯仰之内。景容与以不息，质奇焕以相依。庶纷郁之可登，建艳蓥之非易。[31]

愧翠羽之炫宣，乏琅玕而迭委。即濯妙之相进，亦速流之诡词。[32] 欲乘时以极泓，聿鼓琴而意垂。[33] 播江皋之灵润，何瑰异之可欺！[34] 协玄响于湘娥，匹匏瓜于织女。[35] 斯盘桓以丧忧，凋疏而取志。微扬蛾之为慭，案长眉之〔瞴色〕。非仿佛者之所尽，岂漠通者〔之〕可测。[36]

自鲜〔缭〕绕之才，足以穷此焰溔之态〔矣〕。[37]

【注释】

〔1〕选自柳如是《戊寅草》，〔 〕内文字，据陈寅恪《柳如是别传》自潘景郑藏《戊

寅草》钞本录。

〔2〕神：神灵。沧溟：苍天。役思：用心思考。辨：明辨。约术：简约之法。芳鉴：美好的镜鉴。止过：防止过失。其：指神灵。数句说友人感神于天，用心作文，文称得上明辨超众，简约之法堪称楷模。（其感神和作文）不是为了防止过失，而是希望神灵出现。陈寅恪《柳如是别传》以为此文写作当与陈子龙（1608—1647）所作《湘娥赋》有关。《湘娥赋》假托宋玉，写被放洞庭、湘江的屈原，“极情蔓延，介以巫觋，陈辞绻缱”，又能“恃中诚之款款”“恃窈窕之秉信”，最终“神感诚素，翻然一见”，与“非止过于所为，盖虑求其至者”吻合。

〔3〕寒溆：寒冷的江边。微堕：指月微落之时。出水窈然：指男洛神从水中幽然出现。殆：几乎。流逸：流动飘逸。会：会合。妙散：细散。几句写偶尔来寒江边，月色苍茫，在月微落之时，见男洛神自水中幽然出现，自己既感其流动飘逸，又能会合其细散而得神之形。

〔4〕征：根据。端：端倪，指事物的开头或起因。引属：援引、写作。渝失：改变、丢弃。重其请：再请。之：指友人。数句说因想古人从虚无空洞中寻求事物的端倪，还不如我所见真切，写作此事，改变和删削或许都是不对的，何况朋友一再请求，于是为他写作此赋。陆机《文赋》：“课虚无以责有，叩寂寞而求音。”

〔5〕格：推究。日景：日光。轶：散布。绎：连续不断。荡：纵。回风：回旋的风。濙（yíng）：细小的水。赋从格物写起。两句寻求日、风等自然之理，推究日光的普照和连续不断，纵观回风的水气飘扬。扬雄《甘泉赋》：“梁弱水之濎濙。”

〔6〕縡（zài）：事。漴（zhuàng）然：水冲击貌。变匿：变化藏匿。纷讹：纷乱讹误。鳞衡：如鱼鳞般均衡。两句推求事理，说事情经过冲击发生变化藏匿，意思由纷乱错讹变得条理清晰。扬雄《甘泉赋》：“上天之縡。”《广韵》卷四：“漴，水所冲也。”

〔7〕嫓（pián）娟：回环曲折貌。熠耀：光辉明亮貌。粲：发光。黝：青黑色。疏陈：稀疏地排列。仄隐：倾斜隐藏。澹流：静流。四句一韵，以“望”字领起，推求纺织之理。四句说，回字纹熠熠生辉，发光的青黑色绮罗陈列在织机上，织梭上上下下，织线经纬倾斜隐藏，确实有“澄江静如练”之感。谢朓《晚登三山还望京邑》：“余霞散成绮，澄江静如练。”

〔8〕清显：清要显达之人。俾：使。上客：尊客。逶轮：陈寅恪疑即“委输”，聚集，汇聚。两句推求人事，说知道清显之人所居，使尊客得以集聚。木华《海赋》：

“于廓灵海，长为委输。”

〔9〕濈(jí)濈：形容水流声。高衍：此处形容水高而平。冥冥：昏暗貌。伏深：藏深。两句推求行舟之理。说浪起水高而平时，舟处于晦暗深邃的波谷中。

〔10〕藻纨：华美文藻和美质。隆杰：雄杰。飞文：文采闪耀。两句推究作文，说为文虽要考虑华藻和美质，但也要有雄杰的结构，从而风格闪耀。韩愈《记梦》：“隆楼杰阁磊嵬高。”蔡邕《释诲》：“曾不能拔萃出群，扬芳飞文。”陆机《文赋》：“游文章之林府，嘉丽藻之彬彬。”“理扶质以立干，文垂条而结繁。”“粲风飞而猋竖，郁云起乎翰林。”

〔11〕孝绰：指刘孝绰。阳夏：指陈郡阳夏(今河南太康)谢家子弟。两句推求人才，说尽情展现刘孝绰这样的神童，佩服谢家子弟的美名。《梁书·刘孝绰传》：“孝绰幼聪敏，七岁能属文，……号曰神童。”《宋书·谢灵运传》：“谢灵运，陈郡阳夏人也。……幼便颖悟。……文章之美，江左莫逮。”

〔12〕征：外在迹象。神：内在精神。契：合。典泽：掌管山泽。婉引：婉转引出。两句写上下求索后推求规律的方法：将外在表征与内在精神结合，从整体中曲折引出。扬雄《羽猎赋》：“乃诏虞人典泽。”

〔13〕揽：聚拢。韬映：掩藏的光芒。凝幎(mì)：凝结隐晦。难捐：不弃。寂漻：无声貌。玄旨：玄妙的义理。系搴：系取、摘取。四句一韵，写如何“婉引”：聚拢被愉乐所掩藏的光芒，撷取凝结隐藏的，四处死寂，也不放弃，惟在其中寻找义理之所系。谢庄《月赋》：“列宿掩缛，长河韬映。”司马相如《上林赋》：“寂漻无声。”

〔14〕坠危：从高处坠落。萍浮：浮萍。自此句开始，采取各种行为，并调动各种感官情绪以求神。两句写听落叶之声，观一望无际的浮萍的漂浮。江淹《恨赋》：“或有孤臣危涕，孽子坠心。”陆机《文赋》：“悲落叶于劲秋。”木华《海赋》：“浮天无岸。”“或乃萍流而浮转。”

〔15〕汜(sì)藏：水沟被浮萍覆盖，如汜被藏，故云。萌：萌芽。濭(kài)：搁浅。潨溶(sǒng yì)：迅疾摇动。肆：恣意。掩：覆盖。两句近观浮萍：浮萍覆盖汜渎，繁衍生长以至于汜岸，叶叶交加，在水中飘荡。《广韵》卷四：“濭，船著沙。”《文选》扬雄《甘泉赋》“风潨潨而扶辖”注：“潨潨，疾貌也。”《文选》宋玉《高唐赋》“洪波淫淫之溶滴”注：“溶滴，犹荡动也。”枚乘《七发》：“掩蘋肆若，为牧人席。”

〔16〕浩觞：巨觞。猗(yī)靡：相随。羊吾：歌曲的衬词。奚病：何伤，无害。

曼连：连续不断。四句写酒席与歌乐。司马相如《子虚赋》："扶舆猗靡。"《乐府诗集》："诸调曲皆有辞有声，……辞者，其歌诗也。声者，若羊吾、夷伊、那何之类也。"

〔17〕憀栗：感伤貌。降：河流名，见《尚书》。星汉：银河。河梁：银河上的桥梁。駊（sà）：駊沓，多貌。嵃（yǎn）：高峻貌。敷：平。嶆（cháo）：幽深貌。烺：明朗。六句一韵，写为解忧而远游，或游于地，或游于天。宋玉《九辩》："憭栗兮若在远行。"《尚书·禹贡》："北过降水，至于大陆。"陆机《文赋》："纷葳蕤以駊遝。"张衡《西京赋》："栈齴巉崄。"王延寿《鲁灵光殿赋》"隐阴夏以中处，霐寥嶆以峥嵘"，李善注："霐寥、嶆、峥嵘，皆幽深之貌。"

〔18〕旷：开朗。摵理：至理。两句写解忧后，人不受情感左右，至理妙观出现。《一切经音义》卷九十九："摵，至也。"

〔19〕矆（huò）：畏惧。崒：疑通"瘁"。戾：乖戾。嫭（hù）：美好。微芳：细微的香气。两句说消除来自人性乖戾以及疾病所产生的畏惧和心力交瘁，感觉到了光辉美好的细微香气。左思《魏都赋》："先生之言未卒，吴蜀二客矆焉相顾。"古注："矆：惧也。"谢惠连《雪赋》："玉颜掩嫭。"陆机《塘上行》："江蓠生幽渚，微芳不足宣。"

〔20〕苍傣：苍素，与下文"隽朗"相对。隽朗：俊秀明悟。两句说苍素、俊朗皆忘。此为得见男洛神所做的工夫。《庄子·知北游》："疏瀹而心，澡雪而精神，掊击而知。"

〔21〕淑美：贤淑美丽。轻堕：轻轻落下。肃川：寒川。援：以手牵引。嫚嫚：柔美的样子。一韵四句，写男洛神出现在苍茫的寒江边。《洛神赋》："余情悦其淑美兮，心振荡而不怡。"江淹《望荆山》："云霞肃川涨。"司马相如《上林赋》："柔桡嫚嫚，妩媚纤弱。"

〔22〕熿（huǎng）：光耀。绝殊：殊绝，超绝。妙鄢：陈寅恪疑即"妙嫣"，美好。两句写男洛神美好光耀，超俗殊绝。扬雄《甘泉赋》："东烛沧海，西耀流沙。北熿幽都，南炀丹崖。"

〔23〕褕（yú）袣（yì）：即褕绁，指短衣的袖子。嬛（xuān）柔：轻柔美丽。灵娇：指仙人。烂眇：光辉灿烂并高远。两句说男洛神不仅衣服轻柔美丽，而且具有仙人的光辉灿烂。司马相如《上林赋》"曳独茧之褕绁"，张揖曰："褕，襜褕也。绁，袖也。"郭璞《江赋》："琴高之所灵娇。"

〔24〕酷：香气浓烈。严威：代秋霜。《结风》：曲名。冶：冶城，城名。丹楹：朱漆楹柱。纤笑：微笑。四句写江中水气芬芳酷烈而升腾，秋霜也徐徐流动，男洛神也随着《结风》之曲栖息冶城之上，在宫楹上留下微笑。左思《蜀都赋》："芬芳酷烈。"潘岳《西征赋》："弛秋霜之严威。"司马相如《上林赋》"滂濞沆溉"，司马彪曰："沆溉，徐流。"司马相如《上林赋》："鄢郢缤纷，《激楚》《结风》。"《左传·庄公二十四年》："二十有四年，春，王三月，刻桓宫桷。"《正义》曰："刻桓宫桷，丹桓宫楹……将逆夫人，故为盛饰。"

〔25〕鸿：大。削：指刻刀。琬琰（wǎn yǎn）：指美玉。两句接上刻丹楹，写男洛神所至室中有刻刀、美玉等。《尚书·周书·顾命》："赤刀、大训、弘璧、琬琰，在西序。"《楚辞·远游》："吸飞泉之微液兮，怀琬琰之华英。"

〔26〕潾：水清貌。灦（xiǎn）：深而清貌。两句写江中水以及水中凫雁都亲近男洛神。郭璞《江赋》："泓汯洞瀑，涒邻圌潾。混浣灦涣，流映扬焆。"《尚书·虞书·舜典》："帝曰：'夔，命汝典乐……神人以和。'夔曰：'……百兽率舞。'"

〔27〕方：正在。的砾：鲜明貌。遽：忽然。襳（xiān）：衣上有毛羽。暧（ài）：不明。两句写男洛神明暗变化。司马相如《上林赋》："皓齿粲烂，宜笑的皪。"张衡《西京赋》："洪涯立而指麾，被毛羽之襳襹。"薛综注："襳衣，毛形也。"

〔28〕色愉神授：眉目传情，心意投合。和体：身体安和。饰芬：佩饰芬芳。两句写与男洛神传情合意。司马相如《上林赋》："色授魂与，心愉于侧。"《离骚》："扈江离与辟芷兮，纫秋兰以为佩。"

〔29〕奋迅：迅疾。婉嘉：燕婉嘉会，指两相合好。臻：至。四句写两相燕好，妩媚、幽丽之事无不至。王逸《九思》："起奋迅兮奔走。"

〔30〕懭（kuǎng）：怅惘。缈：缥缈。夷：犹豫。两句与《湘君》《湘夫人》对照，云湘君、湘夫人之缥缈的怅惘，是因为水神犹豫而不得相见。宋玉《九辩》："怆怳懭悢兮，去故而就新。"《九歌·湘君》："君不行兮夷犹。"

〔31〕浑摅（shū）：质朴地说出。自然之涂：指《湘君》《湘夫人》中迎神之路。如《湘君》："驾飞龙兮北征，邅吾道兮洞庭。……望涔阳兮极浦，横大江兮扬灵。"《湘夫人》："朝驰余马兮江皋，夕济兮西澨。闻佳人兮召予，将腾驾兮偕逝。"恋怀俯仰之内：指《湘君》《湘夫人》中人神爱恋之情。如《湘君》："扬灵兮未极，女婵媛兮为余太息。横流涕兮潺湲，隐思君兮陫侧。"《湘夫人》："帝子降兮北渚，目眇眇兮愁予。"景：指外在。容与：徘徊犹豫。质：指内在。相依：相互依存。庶：或

许。纷郁：指远接。艳蔤：指男女好合。蔤，荷的根茎没入泥的部分。六句说《湘君》《湘夫人》中神、人恋爱，迎神之路清晰，爱恋情感分明，表面上犹豫不决，实际上奇妙相依，或许可以做到远接，但建立亲密关系不易。《离骚》："忽吾行此流沙兮，遵赤水而容与。"《楚辞·九章》："纷郁郁其远承兮，满内而外扬。"《尔雅·释草》："荷，芙渠。其茎茄，其叶蕸，其本蔤，其华菡萏，其实莲，其根藕，其中的，的中薏。"

〔32〕炫宣：炫耀外露。琅玕：如珠的美石。迭委：屡聚。濩（huò）妙：众妙。速流：去速流尽，迅速用完。诡词：诈词，搪塞的话。四句乃自谦之语：惭愧自己如翠羽过于炫耀外露，缺乏足够的内在美，即使将自己所有的美质献出，也很快江郎才尽。王延寿《鲁灵光殿赋》"濩濩磷乱"，李善注曰："采色众多。"

〔33〕泓：水域。意垂：垂意。两句说，（虽然如此，我还是）想乘时极意，直接说出我的心意。郭璞《江赋》："极泓量而海运，状滔天以淼茫。"《楚辞·远游》："使湘灵鼓瑟。"

〔34〕江皋：江边。灵润：指珠佩。两句对男洛神言，播撒在江边的珠佩，如此地瑰丽奇异，绝不可欺！《列仙传》"江妃二女"："江妃二女者，不知何所人也，出游于江汉之湄，逢郑交甫，见而悦之，不知其神人也。谓其仆曰：'我欲下请其佩。'……遂手解佩与交甫。交甫悦，受而怀之中当心。趋去数十步，视佩，空怀无佩。顾二女，忽然不见。"

〔35〕协：合，和。匹：匹配。匏瓜：指单身无偶的男子。两句说你我神人得谐佳偶。郭璞《江赋》："乃协灵爽于湘娥。"曹植《洛神赋》"叹匏瓜之无匹兮，咏牵牛之独处"，《文选》注引阮瑀《止欲赋》："伤匏瓜之无偶，悲织女之独勤。"

〔36〕盘桓：徘徊。丧忧：解忧。凋疏：冷落稀疏。取志：立志。微：少。扬蛾：扬眉。愆：过错。案：抑。瞴（wǔ）色：妩媚之色。仿佛：形似。漠通：莫通。六句说我们徘徊解忧，立纯粹誓约，从此愿得一心人。这不是一般人所能充分理解，更不是漠通者所能拟测。曹植《洛神赋》："怅盘桓而不能去。"吴与弼《麟经轩记》："刊落浮华，一味道真。"张协《杂诗》："取志于陵子。"钟嵘《诗品》："女有扬娥入宠，再盼倾国。"

〔37〕鲜：少。缭绕：回环旋转。焰（yàn）：耀。溔（yǎo）：浩大。两句说，自己才力不够，不能尽写这一求神遇神以及男洛神的光辉浩大。潘岳《射雉赋》："周环回复，缭绕磐辟。"司马相如《上林赋》："澋溔潢漾。"

【评析】

先民多为有神论者，一般人又不能与神沟通，于是就有了巫祝这类神职人员。将巫祝求神、娱神、降神等宗教活动进行文学书写并成为文学传统，要数屈原《九歌》，《离骚》的“求女”、宋玉《神女赋》也可归入此类。受《神女赋》影响，曹植作《洛神赋》，写其向在洛水边偶遇的艳姿绰态的洛神求爱而不果的浪漫奇遇。柳如是此赋，题从曹植《洛神赋》而来，因自己的女作家身份，故转化性别角色，以“男洛神”为题，写一女子求索男神并终成情好，在古代社会以及文学传统中，都堪称新颖独特。

陈寅恪先生对柳如是之作用功甚深，其在《柳如是别传》中对此赋下过这样的判语：“今日综合河东君作品之遗存者观之，其中最可注意，而有趣味者，莫如《男洛神赋》一篇。”他推测此赋作于崇祯七年(1634)秋冬之时，又疑此赋“乃酬答卧子(指陈子龙)《湘娥赋》之作”。陈先生谦称“俭腹，无以探作者选学之渊深”，但提出赋中“字句之可疑者”两处：疑“逶轮”当为“委输”，“妙鄢”当作“妙嫣”，对“骋孝绰之早辩，服阳夏之妍声”“听坠危之落叶，既萍浮而无涯”“协玄响于湘娥，匹匏瓜于织女”作了解释，以上注释对之有所采用。后来孙康宜《陈子龙柳如是诗词情缘》对此赋作了解读，她认为赋序“明陈她对既敬且爱的青年男子的仰慕衷肠”，我的看法与之不同，已详上注。孙先生指出此赋与曹植《洛神赋》不同，《洛神赋》是“乍见神女”，“柳如是不然，她视自己为求爱者，一意追寻‘洛神’”，而且“这位‘男洛神’要自己去追寻，才能访求得到”。然后她因此赋开头的12句(开头至“自冥冥以伏深”)，认为“一开头就是一场追逐景”。接着引第43—52句(“惊淑美之轻堕”至“严威沆以窈窕”)，云“‘他’几乎就是那位洛水女神的化身”，而柳如是“首开先例，由外而内细写情郎的丰美”，揭出此赋的性别意义。

此赋乍看，用词生僻，用意隐晦，所以我从每一字的字义、字源着手进行笺注，反复融通后，我以为柳如是的用字秘密主要有：一、以字为单位，形成密集的诗意，又无一字无来历。如“临汜藏之萌滥，多淤滳于肆掩”写沟中浮萍溢满之景，她不正面写，而说“汜藏”(沟被藏起来了)，“汜藏”又代“浮萍”，从而与“萌滥”相联，“萌”是始生，“滥”是生长到了汜岸边，如船搁浅。“滥”又用了比喻义。“汜藏”与“萌滥”构成比喻义上的回环。“漇漪”是两个字义相近的生僻字组合,写水中浮萍的动态。“肆掩”解释成“肆意掩”,前者修饰后者,也可通,但考虑到柳如是的用典习惯,我觉得枚乘《七发》“掩薠肆若,为牧人席”才是其真正出处。一来《七发》也是在写“萍”,二来“掩”“肆”同义,正好与“漇”“漪”形成对应,因而两句之间也构成平衡。二、用典,往往作缩略歧变,造成隐晦多义。如“望嫂娟以熠耀,粲黝绮于疏陈。横上下而仄隐,实澹流之感纯”四句,与织品、纺织有关,可是如何与“澹流”“感纯”关联?后悟到其用谢朓“澄江静如练”意,又将“澄江”变作“澹流”,将“练”变作“纯”。

陈寅恪先生以为此赋或酬答陈子龙《湘娥赋》,孙康宜则由此赋想到陈子龙《采莲赋》,我以为,就辞赋内容而言,很难在三者间建构起直接的关联,但作为有关联的诗人以及辞赋体和题材的相通性,确实可以连贯思考。如果就内容所及,此赋与《九歌》《湘君》《湘夫人》《洛神赋》有直接关联,已见上注。之前的求神,包括《离骚》“求女”都未能成功,《男洛神赋》则结局圆满。此赋求神分成两段书写,第一段,求神如求道,而道无所不在,故其用格物法,遍求于宇宙自然、社会人事以及纺织、行舟、为文、为学等具体之事,最终于方法论上推求,颇见理学家的功夫。第二段,回归自我身心的探寻。通过观赏、歌饮、游仙来体察自己的情绪、情感,再超越情感和意志,达到澄明之境。从思想方法上看,颇似于庄子,也近于王阳明致良知之路。从辞赋传统上看,似是《七发》《二京赋》等的“劝百”的缩成,“讽一”则被放大。这一切都是求神成功的条件。从这一意义上讲,此赋根植于《文选》“情色”赋传统,但以《楚辞》、汉大赋等作为主要的文字来源,作理学家、心学家格物致知功夫,最终修成正果。此赋可视为柳如是的形象象征,一位“婉娈倚门之少女”“绸缪鼓瑟之小妇”,是她某一阶段的性别身份,而其始终做着理学家、心学家的功夫,致力于精神修炼和人格培养,故儒者、义士、侠客等都是其某种情境下的一种身份角色而已。

与汪汝谦尺牍[1]（选三）

四

接教并诸台贶[2]，始知昨宵春去矣。天涯荡子，关心殊甚。[3]紫燕香泥，落花犹重，[4]未知尚有殷勤启金屋者否？感甚！感甚！[5]刘晋翁云霄之谊，使人一往情深，应是江郎所谓神交者耳。[6]某翁愿作交甫，正恐弟仍是濯缨人耳。[7]一笑！

五

嵇叔夜有言："人之相知，贵济其天性。"[8]弟读此语，未尝不再三叹也。今以观先生之于弟，得无其信然乎？[9]浮谈谤谣之迹，适所以为累，非以鸣得志也。[10]然所谓飘飘远游之士，未加六翮，是尤在乎鉴其机要者耳。[11]今弟所汲汲者，止过于避迹一事。望先生速图一静地为进退。最切！最感！余晤悉。[12]

廿一

蜩燕之翔，枋榆而止，兼之荒散，体气未遒，方惧识者见嗤。[13]乃尔推誉溢量，得之意表，宁不自恧。[14]至若高引百言，开人云雾，盘彝古异，钟吕洪荡，近代文人所难梦见。[15]此岂渺末能承，词笔可叹也。[16]缕缕之绪，俟对以悉。[17]

【注释】

〔1〕选自柳如是《柳如是尺牍》。《尺牍》收柳如是给汪汝谦尺牍三十一通，此选第四、五、廿一三通，题为选者所加。汪汝谦（1577—1655），字然明，号松溪道人、湖山主人，安徽歙县人，寓居杭州。贾而好儒，为人豪爽有侠气。

〔2〕教：教言，指来信。诸台：各位的敬称。此处指与对方有关的人。贶（kuàng）：赠物。

〔3〕昨宵春去：指今日立夏。又隐喻青春已去，此时，柳如是年过二十。荡子：游子。关心殊甚：（对春去）尤为敏感。

〔4〕紫燕香泥：指燕巢，又喻指自己归宿。此时柳如是正寻找归宿。落花犹重：指落花易飘落，又喻自身命运。《南史·范云传》附《范缜传》，范缜对萧子良说："人生如树花同发，随风而堕，自有拂帘幌，坠于茵席之上；自有关篱墙，落于粪溷之中。坠茵席者，殿下是也；落粪溷者，下官是也。"纽琇《觚剩·河东君》："丙子春，娄东张西铭以庶常在假，过吴江，泊垂虹亭下，易小舟访之。佛他适。其弟子曰杨爱，色美于徐，绮谈雅什，亦复过之。西铭一见倾意，携至垂虹，缱绻而别。爱于是心喜自负，谓：'我生不辰，堕兹埃壒，然非良耦，不以委身。今三吴之间，簪缨云集，膏粱纨绔，形同木偶，而帖括咿唔，幸窃科第者，皆伧父耳。唯博学好古，旷代逸才，我乃从之。所谓天下有一人知己，死且无憾。矧盛泽固驵侩之薮也，能郁郁久此土乎？'"

〔5〕启金屋者：指娶自己的人。感甚：十分感谢。汪汝谦正热心为柳如是物色结婚对象，此句问汪汝谦是否有热切的求婚者。《汉武故事》载武帝少时，长公主"指其女：'阿娇好否？'笑对曰：'好。若得阿娇作妇，当作金屋贮之。'长主大悦，乃苦要上，遂成婚焉。"

〔6〕刘晋翁：刘同升（1587—1646），字晋卿，江西吉水人。崇祯十年（1637）状元。云霄之谊：即云天之谊，形容友谊深厚。江郎：指江淹（444—505）。神交：精神上的心意投合。汤显祖《牡丹亭记》题词："天下女子有情，宁有如杜丽娘者乎？……情不知所起，一往而深。"江淹《伤友人赋》："仆之神交者，尝有陈郡之袁炳焉。有逸才，有妙赏，博学多闻，明敏而识奇异，仆以为天下绝伦。""余既好于斯友，乃神交于一顾。邈畴年之缱绻，窈生平之游遇。"

〔7〕某翁：陈寅恪《柳如是别传》推测是谢三宾。谢三宾（1593—1672），字象三，号寒翁，浙江鄞县（今属浙江宁波）人。崇祯八年（1635）丁父忧归，结庐西湖。交甫：郑交甫，悦江妃者，已见前。弟：柳如是自指。濯缨人：洗濯冠缨者，指高洁隐逸者。《楚辞·渔父》："渔父莞尔而笑，鼓枻而去。乃歌曰：'沧浪之水清兮，可以濯吾缨；沧浪之水浊兮，可以濯吾足。'遂去，不复与言。"陈寅恪《柳如是别传》引宋杭州营妓龙靓送周韶落籍诗作为此尺牍用典出处，其诗曰："桃花流水本无尘，一落人间几度春。解佩暂酬交甫意，濯缨还作武陵人。"

〔8〕嵇叔夜：嵇康，字叔夜，竹林七贤之一。济：成就。此语出嵇康《与山巨源绝交书》。"济"，《文选》《嵇中散集》作"识"。天性：先天具有的品质或性情。

〔9〕再三：反复。叹：赞叹。得无其信然乎：大概真是这样的。

〔10〕浮谈：空谈。谤谣：诽谤谣言。迹：事。适：恰好，正好。累：牵连，拖累。鸣得志：自鸣得志。三句说空谈、诽谤、谣言之事，正因此被拖累，而不是自鸣得志。上引纽琇《河东君》中所记柳如是自言适人的话，可自谦为"空谈"，话中对三吴的簪缨、膏粱以及科举成功者的评价，可称之为"谤谣"。

〔11〕飘飘：漂泊貌。六翮（hé）：鸟之双翼。尤在乎：尤在于。鉴：观察。机要：关键。几句说然而漂泊远游之人，在时机未成熟前，尤其要明察事情的关键。赵至《与嵇茂齐书》："飘飖远游之士，托身无人之乡。"孙毓《成败志》："密者，天地之际会，成败之机要。"

〔12〕汲汲：急切貌。止过于：《柳如是别传》作"亡过于"，是。避迹：避藏行迹，隐匿。图：谋取。静地：清静之地。进退：权衡、选择。余：其余的。晤：见面。悉：知悉。赵至《与嵇茂齐书》："进无所依，退无所据。"陈寅恪《柳如是别传》云："河东君此时声名广播，外间闻风而来者，必多为河东君所不欲觌面之人。纵有愿与觌面并相酬酢者，但其人究非理想，而又豪霸痴黠纠缠不止，难于抗拒，如谢象三之例。故更请然明别择一避迹之静地。"

〔13〕蜩（tiáo）：蝉。枋榆：枋树、榆树。荒散：形容精神迷乱散漫。体气：体质、气血。遒：强健。见嗤：被……嗤笑。《庄子·逍遥游》："蜩与学鸠笑之曰：'我决起而飞，抢榆枋，时则不至而控于地而已矣。奚以之九万里而南为？'"《史记·陈涉世家》："陈涉太息曰：嗟乎！燕雀安知鸿鹄之志哉？"曹丕《与吴质书》："公干有逸气，但未遒耳。……仲宣独自善于辞赋，惜其体弱，不足起其文。"

〔14〕推誉：推奖称誉。溢量：过度。意表：意料之外。自恧（nǜ）：自惭。

〔15〕高引百言：指汪汝谦所赠作品。几句赞汪汝谦所作，传道解惑，如青铜盘彝般古异，如黄钟大吕般洪荡，是近代文人无论如何也作不出的。

〔16〕渺末：微小，微末，自谦语。承：指和答汪作。估计汪汝谦来信有赠词并索和，柳如是谦称未能。

〔17〕两句说，有许多事和情，等见面时说。

【评析】

陈寅恪在《柳如是别传》中说："综观此尺牍全部，不仅辞旨精妙，可供赏玩。其中所言，足以间接证知当日社会情状者，亦复不少。"陈先生多次指出柳如是在信中自称“弟”的现象,进而指出:“夫‘知己’之成立,往往发生于两方相互之关系。由此言之,然明固是河东君之知己,而谓河东君非然明之知己,亦不可也。‘名流’虽指男性士大夫言,然河东君感慨激昂,……其与诸名士往来书札,皆自称弟。……然则河东君实可与男性名流同科也。”

此处所选三通尺牍,第四、五通呈现了年过二十后的柳如是重新选择生活道路时的情状,第二十一通呈现了不是作为黄衫客而是作为同侪的汪汝谦与柳如是的相处情形。柳如是清晰地规划自己的人生道路,落落大方地询问汪汝谦是否有合适的结婚人选,并对人选作独立抉择,“某翁愿作交甫,正恐弟仍是濯缨人耳。一笑”,个性十足,又俏皮可爱。对于帮助她的汪汝谦,柳如是勇于提出自己的请求,希望对方为她找一清净地,可以相对从容地作决定,这是将命运掌握在自己手中的努力,由此才可理解陈寅恪先生在柳如是身上所看到的,因而希望表彰的“我民族独立之精神,自由之思想”。“独立之精神,自由之思想”也表现在柳如是处理家国等事情中。

尺牍第二十一通,柳如是说自己的志/智力有限,反省自己的思想意志、体力、气血等各方面,虽是自谦,亦可见其对人的评判标准以及反省能力。对他人的赞誉,她保持感激而清醒的成熟态度。可见柳如是之识见。她与汪汝谦的交往,就是文人儒士之间的交往,诗歌酬答、品评以及相互激发。由此可见独立女性之风姿。

初夏感怀四首〔1〕(选一)

海桐花发最高枝〔2〕,碧宇霏微芳树迟〔3〕。汾水止应多寂莫〔4〕,蓝田却记最葳蕤〔5〕。城荒弧角晴无事〔6〕,天外搀抢落亦知〔7〕。总有家园归未得〔8〕,嵩阳剑器莫平夷〔9〕。

【注释】

〔1〕选自柳如是《戊寅草》,此为第一首。

〔2〕海桐:即海梧。嵇含《南方草木状》:“海梧子树,似梧桐,色白,叶似青桐,有子如大栗,肥甘可食。出林邑。”《山海经·北山经》:“其下多桐、椐。”郭璞

注："桐，梧桐也。"张窈窕《春思》："井上梧桐是妾移，夜来花发最高枝。"李雯《归家园作》："海桐富繁英，深阴暝梧楸。"陈子龙《诵舒章归家园诗遥和》："海桐花若浮。"

〔3〕霏微：雾气弥漫貌。芳树：花木。迟：晚。

〔4〕汾水：汾河，黄河第二大支流，流经山西。此句云汾水止应和着丧其天下的寂寞帝心。《庄子·逍遥游》："尧治天下之民，平海内之政，往见四子藐姑射之山、汾水之阳，窅然丧其天下焉。"陈子龙《苑中》二首之一："灵沼登周雅，汾水知尧心。"

〔5〕蓝田：地名，属陕西西安，以产玉著名。葳蕤：瑞草纷披。此句意谓王者继起。《瑞应图》云："葳蕤，瑞草，王者礼备至则生。"《隋书·隐逸传·崔廓传》附《崔赜传》："大业四年，从驾汾阳宫，次河阳镇，蓝田令王昙于蓝田山得一玉人，长三尺四寸，着大领衣、冠帻。奏之。诏问群臣，莫有识者。赜答曰：'谨按汉文已前，未有冠帻，即是文帝以来所制作也。臣见魏大司农卢元明撰《嵩高山庙记》云，有神人以玉为形，像长数寸，或出或隐，出则令世延长。伏惟陛下应天顺民，定鼎嵩、洛，岳神自见，臣敢称庆。'因再拜，百官毕贺。天子大悦。"李商隐《锦瑟》："蓝田日暖玉生烟。"

〔6〕弧：指弓。角：指号角。此句写城荒无防。岑参《轮台歌奉送封大夫出师西征》："轮台城头夜吹角。"

〔7〕搀抢：彗星，此指女真。此句意云关外女真可平定。刘禹锡《平齐行》："牙门大将有刘生，夜半射落欃枪星。帐中虏血流满地，门外三军舞连臂。"

〔8〕《史记·卫将军骠骑列传》："天子为治第，令骠骑视之，对曰：'匈奴未灭，无以家为也。'"司空图《狂题十八首》其十八："曾闻劫火到蓬壶，缩尽鳌头海亦枯。今日家山同此恨，人归未得鹤归无。"

〔9〕嵩阳剑器：据说在嵩山为王子晋立庙时，挖掘出许多宝剑，当指此。平夷：平和。武则天《升仙太子碑》："方依福地，肇启仙居。开庙后之新基，获藏中之古剑。昆吾挺质，巨阙标名。白虹将紫电争锋，飞景共流星竞彩。"柳如是《剑术行》："未闻马上言龙骧，已见门前悬弓戟。拂衣欲走青珊瑚，澒洞不言言剑术。须臾树杪雷电生，玄猿赤豹侵空冥。寒锋倒景不可识，阴崖落木风悲吟。吁嗟变化须异人，时危剑器摧石骨。"

【评析】

据陈寅恪《柳如是别传》考证，崇祯五年(1632)除夕，陈子龙、李雯等人已参与柳如是在内的花丛欢宴。柳如是与陈子龙、李雯等交往甚多，崇祯八年(1635)春与陈子龙同居。崇祯六、七年，陈子龙作《杂感》四首，从诗意上看，柳如是《初夏感怀》对之有所应和。如《杂感》第四首“掩书愧读《英雄记》，秉烛惟看《神异经》”，柳如是《初夏感怀四首》其二反其意而言之：“愧读《神经》并异注，愁来不觉有悲歌。”柳如是此首应和陈子龙《杂感》其三“欲寻渔猎为真隐，学剑嵩阳辟草堂”，柳如是激励其“总有家园归未得，嵩阳剑器莫平夷”。陈子龙愤激地想要归隐，柳如是则倡言悲歌学剑，杀敌守边。

柳如是此诗借鉴杜甫《秋兴八首》之体，首联以初夏景色烘托气氛，高大的海桐树，盛开的海桐花，繁华而明媚，然后写霏微的雾气笼罩花木，以景物变化感发兴起历史和时事的风云变幻。颔联上句以尧帝寂寞暗示明帝寂寞，下句写其他势力如蓝田日暖玉生烟，氤氲生起。颈联上句写明荒城无备，下句写关外女真如彗星腾空。因国家衰败，危难四起，人民流离，有家难归，更呼唤英雄无以家为，射落“搀抢”，学剑守边。全诗富有悲郁英武之气。

赠友人〔1〕

霏微杂雾吹在野，朗月清灵飞不下。流觞曲沼层波青，金塘白苎苍凉夜。〔2〕矜严之气通英词，神锋高涌涛声时。〔3〕与君突兀论情愫，四座靓默皆凝思。〔4〕君言磊落无寻常，顾盼纵横人不知。〔5〕当年颇是英雄才，至今猛气犹如斯。〔6〕我闻起舞更叹息，江湖之色皆奔驰。〔7〕即今天下多纷纷，天子非常待颜驷。〔8〕丈夫会遇讵易能，长戈大戟非难为。一朝拔起若龙骧，身帅幽并扶风儿。大羽插腰箭在手，功高跃马称精奇。〔9〕偶然蠖落在榛莽，亦当结客长杨湄。甘泉五柞马虽下，蓝田柳市人多推。〔10〕千秋以是垂令名，四海因之争心期。〔11〕嗟哉凤凰今满野，有时不识如山鹏。〔12〕君家北海饶异略，屠肆知为非常姿。一旦匿之心胆绝,三年天下无猜疑。〔13〕君今负义亦如此,得非石室山人无。〔14〕揽君萧壮徒扼腕,城头击鼓乌夜呼。〔15〕伟人豪士不易得,伟人豪士不易得,得之何患非吾徒。〔16〕

【注释】

〔1〕选自柳如是《戊寅草》。

〔2〕清灵:指天。流觞:在水上流动的酒杯。沼:水池。层波青:碧波荡漾貌。金塘:坚固的石塘。白苎:白色的苎麻。四句描绘月夜饮酒之景。萧绎《谢敕送齐王瑞像还启》:“甘雨霏微,犹藏宿雾。”刘向《九叹·远逝》:“游清灵之飒戾兮,服云衣之披披。”王羲之《兰亭集序》:“引以为流觞曲水,列坐其次。虽无丝竹管弦之盛,一觞一咏,亦足以畅叙幽情。”《诗经·召南·采蘩》:“于以采蘩,于沼于沚。”刘桢《公宴诗》“芙蓉散其华,菡萏溢金塘”,《文选》注:“金塘,犹金堤也。”

〔3〕矜严:端庄严肃。英词:壮美的言辞。神锋:奥妙机锋。二句赞友人气度与言谈,其壮美言辞和神妙机锋如海涛声势兼具。东方朔《非有先生论》:“将俨然作矜严之色,深言直谏。”刘孝绰《昭明太子集序》:“壮思英词随岁月而增广。”

〔4〕君:即题中友人,据陈寅恪《柳如是别传》考证,疑其为孙临。突兀:突然。情愫:真情实意。靓默:静默。陈子龙《赠孙克咸》,《陈忠裕公全集》题下注引王士禛《肄雅堂诗集序》:“孙先生讳临,字克咸,更字武公。少司马晋季弟。少读书任侠,与里中方密之、周农父、钱饮光齐名。所为歌诗、古文词,流传大江南北。崇祯末,流贼蹂楚豫,阑入蕲黄英蓼间,皆为战场,皖当其冲。先生渡江走金陵,益散家财,结纳奇材剑客,与云间陈大樽、夏瑗公、徐复庵三君厚善。”按,方密之即方以智,周农父即周歧,钱饮光即钱澄之,陈大樽即陈子龙,夏瑗公即夏允彝,徐复庵即徐孚远。

〔5〕磊落:光明正大。无寻常:不寻常。顾盻(xì)纵横:形容言谈或左或右,纵横捭阖。二句赞友人言谈不寻常,非一般人所能知。高适《东平留赠狄司马》:“激昂丹墀下,顾盻青云端。谁谓纵横策,翻为权势干。”

〔6〕张耒《读中兴颂碑》:“郭公凛凛英雄才。”陶渊明《咏荆轲》:“猛气冲长缨。”

〔7〕二句写为友人妙论所感,为之起舞,为之叹息,江湖风尘之色为之消散。

〔8〕颜驷:西汉人,历文帝、景帝、武帝三朝为郎,后被武帝拔擢为都尉。二句说

今天下大乱,友人会像西汉颜驷一样,被天子拔擢。《史记·陈丞相世家》:"汉王谓陈平曰:'天下纷纷,何时定乎?'"高适《燕歌行》:"天子非常赐颜色。"张衡《思玄赋》"尉龙眉而郎潜兮,逮三叶而遘武",李善注引《汉武故事》:"颜驷,不知何许人。汉文帝时为郎,至武帝,尝辇过郎署,见驷龙眉皓发,上问曰:'叟何时为郎?何其老也!'答曰:'臣文帝时为郎,文帝好文而臣好武,至景帝好美而臣貌丑,陛下即位,好少而臣已老。是以三世不遇,故老于郎署。'上感其言,擢为会稽都尉也。"

〔9〕会遇:际遇,遭际。讵:岂。易能:容易得到。若龙骧:如龙腾跃。幽并扶风:今河北、山西、陕西的一部分,古代这些地方的居民勇侠善战。大羽:超过一般规格的箭。精奇:精彩奇妙。六句说大丈夫际遇不易得,但拿起武器不难做到,故一旦被拔擢就如蛟龙飞举,亲率英勇的战士,弯弓搭箭,跨上战马,建立奇勋。曹植《白马篇》:"借问谁家子,幽并游侠儿。"文秉《烈皇小识》卷四:"初,杨嗣昌以左良玉跋扈难制,而贺人龙所将关西兵骁勇善战,屡杀贼有功,请以人龙代良玉佩将军印。"杜甫《丹青引》"猛将腰间大羽箭",王洙注:"太宗常自制长弓大羽箭,皆倍常制。"《世说新语·文学》:"何平叔注《老子》始成,诣王辅嗣,见王注精奇,乃神伏曰:'若斯人,可与论天人之际矣。'因以所注为道、德二《论》。"陈子龙《赠孙克咸》:"何不拂君大羽箭,仰天一射天山空。第五之名比骠骑,指挥万里平诸戎。"

〔10〕蠖(huò)落:龙蠖零落,指人生处于失意或以曲求伸阶段。榛莽:杂乱丛生的草木,比喻艰危。结客:结交宾客侠士。长杨涓:长杨宫旁。长杨,秦汉宫殿名。甘泉、五柞(zuò):秦汉宫殿名。蓝田:西汉窦婴隐居之地。柳市:汉长安九市之一,汉游侠萬章所居之地。四句说,偶然暂居于草野,亦当在京师结交豪杰,虽然在朝中没有地位,但在市中、野外则为人推重。《史记·秦始皇本纪》"殿屋复道,周阁相属"下《正义》引《庙记》云:"北至九嵕、甘泉,南至长杨、五柞,东至河,西至汧渭之交,东西八百里,离宫别馆相望属也。"《史记·魏其武安侯列传》:"孝景四年,立栗太子,使魏其侯为太子傅。孝景七年,栗太子废,魏其数争不能得,魏其谢病屏居蓝田南山之下数月。"《汉书·游侠传·萬章传》:"萬章,字子夏,长安人也。长安炽盛,街闾各有豪侠,章在城西柳市,号曰'城西萬子夏'。为京兆尹门下督,从至殿中,侍中、诸侯、贵人争欲揖章,莫与京兆尹言者。章逡循甚惧,其后京兆不复从也。与中书令石显相善,亦得显权力,门车常接毂。"陈子龙《长安杂诗》十首之八:"风尘绕绕五都前,豪侠株盘有岁年。石显上宾居柳市,窦婴别

业在蓝田。”

〔11〕心期：心中相许。两句说美名流传千年，四海之人争着以心相许。

〔12〕山鶈（qī）：小雁之类。二句说今凤凰满野，但被看作小雁或鸺鹠等凡鸟。刘昼《刘子·审名》“楚之凤凰，乃是山鸡”，袁孝政注：“楚人担山雉者，路人问何鸟也，曰：‘凤凰也。’路人弗惜千金贩之，欲献楚王，经宿而死。”此反其意而用之。陈子龙《行路难十八首》其九：“忆昔长安同舍子，盛年慷慨相为雄。日日联骑燕台下，有时嬉翔韦曲中。一朝对策献天子，步趋宛转明光宫。我独不堪而罢归，意气犹令江南空。世人笑汝计淹拙，虽有才调难为工。不知英雄各如此，那能戚戚甘蒿蓬。”其十：“君不见九关虎豹方啮人，东邻贵人衣绣黼。又不见扶桑高照霜雪消，东邻贵人盛歌舞。征姬燕代乐胡羌，秦筝羯鼓谐笙簧。行乐不知身秽贱，日持蜥蜴点名倡。闻云老翁何太愚，日月逝矣犹皇皇。一朝送汝北邙去，大都我辈俱徜徉。”

〔13〕君家北海：你家北海孙嵩。四句写孙嵩侠义，能识人，并密藏赵岐数年。《后汉书·赵岐传》：“岐遂逃难四方，江淮海岱靡所不历，自匿姓名，卖饼北海市中。时安丘孙嵩年二十余，游市见岐，察非常人，停车呼与共载。岐惧失色，嵩乃下帷，令骑屏行人，密问岐曰：‘视子非卖饼者。又相问而色动，不有重怨，即亡命乎？我北海孙宾石，阖门百口，势能相济。’岐素闻嵩名，即以实告之，遂以俱归。嵩先入白母曰：‘出行，乃得死友。’迎入上堂，飨之极欢。藏岐复壁中数年。……因赦乃出。”陈子龙《避地示胜时》：“局蹐三年内，萧条一概中。刺船排急难，赠策想雄风。北海孙宾石，东吴皋伯通。比来还寂寞，此义有谁同。”

〔14〕负义：仗义。石室山人：指黄石公、少室山人等。二句说友人今日也像当年孙嵩一样仗义，其兵法应得自黄石公、少室山人。华岳《翠微北征录·治安药石》：“臣岳闻兵法起于黄帝、风后、玄女，授受于鬼谷子、黄石公、少室山人，而富国强兵之事尤详于《阴符》一经。”陈子龙《赠孙克咸》：“孙郎历落天下才，龙文手握双玫瑰。自言三卷授黄石，谈兵说剑如风雷。”

〔15〕萧壮：洒脱悲壮。城头击鼓鸟夜呼：指从军为将让人胆寒。二句说友人洒脱悲壮让其扼腕赞叹，从军必能让敌胆寒。王昌龄《出塞》：“骝马新跨白玉鞍，战罢沙场月色寒。城头铁鼓声犹振，匣里金刀血未干。”《孙子·行军篇》：“鸟集者虚也，夜呼者恐也。”

〔16〕患：担心。三句感叹伟人豪士不易得，然一旦得到，就不用担心其不成为自己的同类。

【评析】

陈寅恪《柳如是别传》考证此诗之“友人”为桐城人孙临。将此诗与陈子龙系名诗《酬皖城孙生》《赠孙克咸》对读，指出两者同称对方为“英雄”，言其“结客”，随身带有“大羽箭”，喜谈兵说剑，说兵法等。“友人”为孙临，当为不易之论。

这是一首七言古诗。诗从月夜把酒写起，在酒酣胸胆开张之际，友人陈说整治乱世的奇谋异略，其英雄才略，勇猛之气，令诗人为之起舞赞叹，并将其视为肝胆相照的知己，引为同道，并希望能结交更多的伟人豪士。诗歌还为乱世中人设想了各种英雄出路：在朝，天子非常赐颜色，则“身帅幽并扶风儿”，建立奇功；在野，则结客长杨，在蓝田柳市获人推举，建立民间力量。柳如是、陈子龙心目中的英雄有谋略，有胆气，陈子龙《赠孙克咸》诗也说：“数行能折虎牙将，一言叱咤龙额侯。叹息我谋适不用，归来仍典骕骦裘。钱塘八月与君遇，慷慨犹存肝胆露。”“君”“我”“友人”都是英雄同道。

诗人不以性别设限，只是以自己内在的性情和力量，与英雄志趣投合，肝胆相照，同频共振。全诗慷慨激昂，有涛涌龙腾之势，十分具有感染力。

金明池　咏寒柳〔1〕

有恨寒潮，无情残照，正是萧萧南浦。〔2〕更吹起、霜条孤影，还记得、旧时飞絮。〔3〕况晚来、烟浪迷离，见行客、特地瘦腰如舞。〔4〕总一种凄凉，十分憔悴，尚有燕台佳句。〔5〕　春日酿成秋日雨。念畴昔风流，暗伤如许。〔6〕纵饶有、绕堤画舫，冷落尽、水云犹故。〔7〕念从前、一点春风，几隔着重帘，眉儿愁苦。〔8〕待约个梅魂，黄昏月淡，与伊深怜低语。〔9〕

【注释】

〔1〕选自谷辉之辑《柳如是诗文集》“附编二”《柳如是诗文补辑》，并参陈寅恪《柳如是别传》所录。金明池：词牌。为秦观首创。柳如是此首与秦观《金明池》同韵。

〔2〕萧萧：风声。南浦：地名。三句写秋夕南浦送别之景、之情，“柳”音“留”，古代有折柳送别习俗，此不言柳而柳在其中。萧纲《和萧侍中子显春别四首》其一：“别观蒲萄带实垂，江南豆蔻生连枝。无情无意犹如此，有心有恨徒自知。”释保暹《重登文兆师水阁》：“高树下残照，寒潮平远山。”江淹《别赋》：“是以行子肠断，百感凄恻。风萧萧而异响，云漫漫而奇色。”“春草碧色，春水渌波。送君南浦，伤如之何。”

〔3〕霜条孤影：经霜柳条孤独瘦影。四句写寒柳回忆春日柳絮事。刘禹锡《杨柳枝词》：“春尽絮飞留不得，随风好去落谁家。”

〔4〕烟浪：烟波。迷离：迷蒙。几句写秋柳特地舞动瘦腰。吴文英《绛都春》：“春来雁渚。弄艳冶、又入垂杨如许。困舞瘦腰，啼湿宫黄池塘雨。”

〔5〕燕台：李商隐《燕台》诗。几句云寒柳憔悴、凄凉，所幸能成就佳句。李商隐《柳枝》诗序云洛中里娘名柳枝，好其《燕台》诗而爱诗人；《燕台》诗中亦有“絮乱丝繁天亦迷”“空城罢舞腰支在”等咏柳佳句。

〔6〕畴昔：从前。暗伤：暗地伤心。如许：如此。几句写寒柳追思前因，感慨春柳秋柳境遇、情感落差之大。柳永《曲玉管》：“暗想当初，有多少、幽欢佳会，岂知聚散难期，翻成雨恨云愁。”辛弃疾《满江红·暮春》：“昼永暖翻红杏雨，风晴扶起垂杨力。……湘浦岸，南塘驿。恨不尽，愁如织。……便恁归来能几许，风流早已非畴昔。凭画栏，一线数飞鸿，沉空碧。”

〔7〕纵饶：纵令，即使。四句说即使有绕堤画舫，也没有我们当初的词赋客，只有水云依旧。王洧《湖山十景·苏堤春晓》：“画舫参差柳岸风。”周邦彦《红林檎近》：“冷落词赋客，萧索水云乡。”

〔8〕点：蘸。几句写柳春风中摇曳点蘸春水，现在看来，如隔着多重帘幕，让人愁苦。李商隐《楚宫》：“月姊曾逢下彩蟾，倾城消息隔重帘。已闻佩响知腰细，更辨弦声觉指纤。”

〔9〕伊：它，指梅魂。几句意谓前春往事既不可追，则不如与今冬梅花相约，在黄昏淡月下与之深怜低语。苏轼《六年正月二十日复出东门仍用前韵》：“长与东风约今日，暗香先返玉梅魂。”汤显祖《牡丹亭》第二出《九回肠·解三酲》：“有一日春光暗度黄金柳，雪意冲开白玉梅。”《董西厢》【耍孩儿】：“黄昏后，风清月澹，竹瘦梅疏。”柳永《倾杯乐》：“向道我别来，为伊牵系，度岁经年，偷眼觑，也不忍觑花柳。可惜恁、好景良宵，未曾略展双眉暂开口。问甚时与你，深怜痛惜还依旧。”

柳永《两同心》:"锦帐里,低语偏浓,银烛下,细看俱好。那人人,昨夜分明,许伊偕老。"

【评析】

这是柳如是最著名的一首词,借咏"寒柳"来叙述自身境遇并抒发衷肠。陈寅恪《柳如是别传》用很大篇幅来讨论柳如是、钱谦益、陈子龙等诗词中镶嵌柳如是的名字,孙康宜《陈子龙柳如是诗词情缘》一书亦指出,"'象征'(寒柳)与'被象征的人'(即词人本人)之间的联系,乃建立在'名字象征法'之上"。词中"柳"可以是"姓","是"作为词人的名字之一也在词中现身,"柳絮"喻歌伎生涯的倏忽不定,柳如是与陈子龙的情感以悲剧收场,就如春柳沦落为秋柳,所以词中之"柳"就是柳如是的最佳象征。陈、孙两先生有所不同的是,陈先生推论此词作于崇祯十二、十三年间,此时河东君二十二三岁,在河东君的时代,已有"美人迟暮"之感。而"约个梅魂"指属意于钱谦益,故以此词"为陈杨关系及钱柳因缘转捩点";陈先生还通过此词用苏轼诗典,提出柳如是已与鄙薄宋诗的陈子龙大异其趣,或"渐受钱(谦益)程(嘉燧)一派之薰染",则此词亦可见河东君"学问嬗蜕"。孙先生不将"梅魂"与钱谦益作牵连,而将之解读为"情的意义","永恒的真情,是可以解脱人类悲剧的力量"。

这是一首咏物词,题为"寒柳",故上文注释皆由此寻找出典,其中注释3、5、9借鉴了陈寅恪先生《柳如是别传》,因为其解读确实精到。其他出典自六朝到唐宋,既用诗赋,也用词曲,袭用前人语句,皆能化用。句句有柳,却绝不出柳字,又句句写人,叙事、抒情、议论皆十分自然有韵味。堪称好词。

顾　眉

顾眉(1619—1664),初名媚,字眉生,号横波,上元(今江苏南京)人,初隶秦淮乐籍,为"秦淮八艳"之一,通音律,诗词书画兼能,尤工画兰竹。后为龚鼎孳亚妻,改姓徐。清时龚鼎孳官为尚书,原配童氏以己已受前明封为由让封顾眉,为一品夫人。有《柳花阁集》。

千秋岁　送远山李夫人南归[1]

几般离索,只有今番恶。[2]塞柳凄,宫槐落。[3]月明芳草路,人去真珠阁。[4]问何日、衣香钗影同绡幕。[5]　曾寻寒食约,每共花前酌。[6]事已休,情如昨。半船红烛冷,一棹青山泊。凭任取、长安裘马争轻薄。[7]

【注释】

〔1〕选自《众香词》"书集"。远山李夫人:指朱中楣,字远山,南昌人,明宗室议汶女,夫吉水李元鼎。元鼎,天启二年(1622)进士,明时官至光禄寺少卿,入清后,应诏出,中楣阻之不得,赠诗曰:"妾身自是裙钗女,羞把蛾眉别画人。"愿独处山中课子,不果。元鼎拜少司马,中楣虽诰封为夫人,然荆布素衣,惟朝夕吟咏自娱。著有《石园随草》《文江唱和集》《镜阁新声》。南归:自京师归江西吉水。

〔2〕几般:几回,几种。离索:离别萧索。今番:这次。陆游《钗头凤》:"东风恶,欢情薄。一怀愁绪,几年离索。"

〔3〕塞柳:塞上柳树。宫槐:宫中槐树。《周礼·秋官·朝士》:"面三槐,三公位焉。"白居易《翰林院中感秋怀王质夫》:"宫槐有秋意。"

〔4〕萧纲《和萧侍中子显春别四首》其二:"芳草结叶当行路。"杨万里《和张功

父梅花十绝句》其四:“真珠楼阁水精乡。”

〔5〕萧绎《登颜园故阁》:“衣香知步近。”刘孝绰《咏姬人未肯出》:“帷开见钗影。”

〔6〕寒食:节日名,清明前一二日。刘攽《春寒》:“花前一酌心熏然,敢道朱颜非少年。”

〔7〕凭任:任凭,不管。长安:指京城。裘马争轻薄:追逐富贵的浮薄。杜甫《秋兴八首》之三:“同学少年多不贱,五陵衣马自轻肥。”

【评析】

朱中楣是明宗室女,入清后不得已随丈夫入京,与顾眉、徐灿成为好友,“恒有故国之思”是她们的共同心曲。此词应是李元鼎在清朝获罪,举家归吉水,顾眉赠别朱中楣之作,朱中楣亦有同词牌词,题作“别横波龚年嫂南归”。

词化用陆游《钗头凤》“几年离索”开头,将这次离别放在自己经历的所有离别中,确定此次离别的伤感程度,以《钗头凤》韵,奠定笼罩全词的“恶”的低抑情怀。接着四句,用景叙事、抒情,点明送别的时间是秋天,地点是京师,而行人离开真珠阁,经由月明芳草路,走向凄凄塞柳。诗人送别时追问和感慨的是何日能重逢,而以“衣香钗影同绡幕”出之,显出女性词的细腻温婉的美。下阕追忆过去欢会,寒食相约,花前酌酒,感慨此事难续,但情感如昨。然后想象行人路途中的情形,“红烛冷”“一棹青山”,一派清冷之景,然后用“凭任取、长安裘马争轻薄”来对照,长安热闹的轻薄浮躁,反衬出“青山”的清冷、“红烛”的纯净和艳丽,一种疏离的温暖方始显出。因自己被丢弃在“裘马争轻薄”的长安,词人的“只有今番恶”才得到进一步的解释。这一冷热的书写和反转,情景交融,低回深沉,很有韵致。

寇 湄

寇湄,字白门,隶秦淮乐籍,为"秦淮八艳"之一。娟娟静美,跌宕风流,能度曲,善画兰。十八九岁时,为抚宁侯朱国弼妾。南明时,朱国弼以定策功,加保国公,清兵逼近南京,迎降。朱尽室入燕都,卖歌妓自给。寇湄自赎南归,为女侠,筑园亭,结宾客,日与文人骚客往来。钱谦益、吴伟业等皆为之作诗。

蝶恋花〔1〕

眉淡衫轻春思乱〔2〕,不怪无情,翻受多情绊。〔3〕怕上层楼凝望眼,落花飞絮终朝见。〔4〕 钗凤暗敲双股断。〔5〕划损雕阑,一一相思遍。〔6〕香袅兽炉空作篆,荼蘼开谢闲庭院。〔7〕

【注释】

〔1〕选自《众香词》"书集"。

〔2〕衫轻:衣衫薄透。元稹《叙诗寄乐天书》:"近世妇人,晕淡眉目,绾约头鬟,衣服修广之度及匹配色泽尤剧怪艳,因为艳诗百余首。"李商隐《垂柳》:"愁眉淡远峰。"萧纲《和湘东王名士悦倾城》:"衫轻见跳脱。"鲍照《采菱歌七首》其三:"春思乱如麻。"

〔3〕翻:反。绊:牵绊。两句说,不怪对方无情,反因对方多情而受到牵绊。杜牧《赠别》:"多情却似总无情。"苏轼《蝶恋花》:"多情却被无情恼。"

〔4〕层楼:高楼。两句说,怕上高楼凝望,因为整日只能见到落花飞絮。辛弃疾《祝英台近》:"怕上层楼,十日九风雨。"杨景《婆罗门引》:"凝望眼,立尽西风。"张泌《江城子》:"飞絮落花时节,近清明。"

〔5〕钗凤:钗端作凤形的发饰,钗为双股。李清照《蝶恋花》:"枕损钗头凤。"

蒋捷《贺新郎》:“羽调六幺弹遍了,花底灵犀暗度。奈敲断,玉钗纤股。”

〔6〕划损:划坏。辛弃疾《水龙吟》:“江南游子。把吴钩看了,栏杆拍遍,无人会,登临意。”黄机《丑奴儿》:“绮窗拨断琵琶索,一一相思。一一相思。无限柔情说似谁。”

〔7〕兽炉:兽形香炉。篆:香的烟缕形如篆字。荼蘼:花名。晚春开放,古诗有“开到荼蘼花事了”之句。王维《辛夷坞》:“木末芙蓉花,山中发红萼。涧户寂无人,纷纷开且落。”

【评析】

这是一首以女子口吻抒发多情相思的词。词一开始就直言一位妆容服饰时新的女子处于春思缭乱中,以“不怪无情,翻受多情绊”交代春思缭乱的原因。过去诗歌中,已有“多情”“无情”的辩证,如“多情却似总无情”,以无情掩饰多情;又如“多情却被无情恼”,言双方感情投入的不对等。此词另辟新意,云对方多情惹起的一己深情想念,因相思的沉重,倒觉得无情可能更容易承受些。以下描绘相思的种种表现。首先理性地指出怕上高楼长久凝望,因为知道对方此日不可能归来,眼中所见唯有春天翻飞的落花柳絮,只能徒增伤感而已。但从“终朝见”来看,她还是不自觉地整日高楼凝望。其次,是手中不自觉地敲双股凤钗表达相思,以至于凤钗敲断,栏杆划坏,栏杆敲遍。最后,女子终于下得楼来,回到室中,然而香炉中袅袅飘荡出来的香烟,在她眼中,也徒然地在篆写连绵不断的相思之字。最后以荼蘼花开且落,既写一春已了,又写闲庭院中相思无尽。此词表现沉浸在浓烈相思之中的人的状态,直白深挚,又婉转悠长。

吴　绡

吴绡(1613？—1671),字素公,一字片霞,号冰仙,长洲(今江苏苏州)人。出身望族,幼从父宦游闽中。十七岁嫁常熟许瑶(1611—1664)。夫顺治九年(1652)中进士,后官于邯郸、鄜州、新安等地,绡从宦。康熙六、七年(1667、1668)曾寓居南京,与当时名人、高道、画家、闺阁诗人等唱和。精诗文,善书法,冯班甚推许。其余弹琴作画,品竹调丝,无不尽妙。有《啸雪庵诗集》《啸雪庵题咏》《啸雪庵题咏二集》《啸雪庵新集》行世,钱谦益为其诗作序。

梅花赋〔1〕

季冬之月,浮云曚曈。〔2〕日惨淡兮,难分于远近;风凄戚兮,莫辨其雌雄。〔3〕俄而春回天外,阳生地中;岭梅先觉,末上椒红。〔4〕

熹微早光,轻含晓霜。〔5〕盈盈兮绽玉,拂拂兮生香。〔6〕青陵之贞妇,衣飘蝴蝶;〔7〕卓家之寡女,裘裁鹔鹴。〔8〕皎皎兮重染秦宫之粉,盈盈兮如登宋玉之墙。〔9〕

冰封檀节,珠迸苔痕;〔10〕寒生瘦骨,梦锁愁魂。〔11〕水侧纷纷,遥迷于曲渚;篱边点点,远认于烟村。〔12〕对流风而欲舞,望彩月而将奔。〔13〕绝胜春兰,芬芳不绝;何如秾李,愍默无言。〔14〕

乃有寿阳贵主,妖妍自许。矜红妆之冉冉,笑逐花生;映明镜之团团,人来月里。麝靥鳞圆,蛾眉翠妩。厌香钿之拂额,采琼花于瑶圃。〔15〕

乃为《早梅之歌》曰:春禽已惊晓,春信未全开。高处云犹冷,阴根雪尚埋〔16〕。明晨应更好,结伴试重来。

又为《落梅之曲》曰：寄来凭越使，辛苦犯红尘。[17]不分箫中落，空看鬓里新。[18]共爱梅花得春早，先期飘瞥更愁人。[19]

【注释】

〔1〕选自吴绡《啸雪庵新集》。

〔2〕季冬之月：冬季的第三个月，农历十二月。曚曈（méng tóng）：又作曈曚，日初升。梅尧臣《历阳过杜挺之遂约同入汴》："山日曈曚雾始开。"

〔3〕四句形容冬阳暗淡无热气，冬风不论大小都凄冽。何瑭《阴阳管见后语》："春夏日近，火气盛；……秋冬日远，火气微。"宋玉《风赋》："其风中人状，直憯凄惏栗，清凉增欷。清清泠泠，愈病析酲，发明耳目，宁体便人。此所谓大王之雄风也。""其风中人状，直憞溷郁邑，殴温致湿，中心惨怛，生病造热。中唇为胗，得目为蔑，啖齰嗽获，死生不卒。此所谓庶人之雌风也。"

〔4〕岭梅：大庾岭上的梅花，因处南方，故先开。末上：指梅梢头。椒红：形容梅花如椒之红。杜甫《秋日荆南述怀三十韵》："秋水漫湘竹，阴风过岭梅。"

〔5〕熹微：形容光线淡弱。晓霜：早晨的霜。陶渊明《归去来兮辞》："恨晨光之熹微。"

〔6〕盈盈：清澈、晶莹。绽：绽放。拂拂：形容梅香飘动。两句写白梅绽放飘香。

〔7〕青陵：指郓城县之青陵台。贞妇：指韩凭妻。《太平寰宇记》卷十四"河南道·郓城县·青陵台"引《郡国志》："宋王纳韩凭之妻，使凭连土筑青陵台。至今台迹依然。"又"韩凭冢"下引《搜神记》："宋大夫韩凭娶妻美，宋康王夺之，凭怒王，自杀。妻阴腐其衣，与王登台，自投台下，左右揽之，着手化为蝶。"李商隐《青陵台》："青陵台畔日光斜，万古贞魂倚暮霞。莫许韩凭为蛱蝶，等闲飞上别枝花。"

〔8〕卓家之寡女：指卓文君。鹔鹴（sù shuāng）：古代神话传说中的西方神鸟。《西京杂记》卷上："司马相如初与卓文君还成都，居贫愁懑，以所着鹔鹴裘就市人阳昌贳酒，与文君为欢。……（文君）十七而寡。"

〔9〕两句写初绽梅花的白净酥腻。杜牧《阿房宫赋》："渭流涨腻，弃脂水也。"宋玉《登徒子好色赋》："天下之佳人莫若楚国，楚国之丽者莫若臣里，臣里之美者莫若臣东家之子。东家之子……着粉则太白，施朱则太赤。眉如翠羽，肌如白雪。……此女登墙窥臣三年，至今未许也。"

〔10〕檀节：指梅香。珠：形容梅苞。苔痕：长有苔藓的梅枝，又形容古梅虬枝。两句说梅花的香气被冰封，苔枝上的梅苞突然爆开。萧绎《金楼子》卷五："扶南国，今众香皆共一木：根是旃檀，节是沉香，花是鸡舌，叶是藿香，胶是薰陆。"姜夔《疏影》："苔枝缀玉。"

〔11〕两句写梅骨寒瘦、梅魂幽愁。赵蕃《感梅属周文显二首》其一："严冬今日更天风，我与梅花瘦骨同。我纵寒生犹附火，尔能孤立乱山中。"姜夔《疏影》："昭君不惯胡沙远，但暗忆、江南江北。想佩环、月夜归来，化作此花幽独。"

〔12〕四句描绘水边之梅和村落篱边之梅。李纲《铜陵阻风》："春色到江渚，梅花正断魂。"邓深《梅方开一花》："烟村清浅白沙溪，篱落槎牙老树枝。一朵梅开如许早，几多人过不曾知。"

〔13〕两句以铜雀妓和嫦娥写风中梅和月下梅。张正见《铜爵台》："云惨当歌日，松吟欲舞风。"陆游《芳华楼赏梅》："素娥窃药不奔月，化作江梅寄幽绝。……一春花信二十四，纵有此香无此格。"

〔14〕秾李：艳丽的李花。愍默：因悲悯而沉默不语。四句将梅与春兰、秾李比较。刘向《九叹·远逝》："怀兰茝之芬芳。"《诗经·召南·何彼襛矣》："何彼襛矣，华如桃李。"白居易《不能忘情吟》序："予闻(樊)素言，亦愍默不能对。"《史记·李将军列传》："余睹李将军，悛悛如鄙人，口不能道辞。及死之日，天下知与不知，皆为尽哀。彼其忠实心诚信于士大夫也。谚曰：'桃李不言，下自成蹊。'"

〔15〕寿阳贵主：寿阳公主。妖妍：艳丽。自许：自夸。冉冉：柔媚美好。麝靥(shè yè)鳞圆：形容酒窝香而圆。蛾眉翠妩：形容眉色青黛而妩媚。钿：贴于额前的首饰。琼花：此处指梅花。瑶圃：产玉的园圃，指仙境。此段写寿阳公主的梅妆。冒襄《影梅庵忆语》："其人澹而韵，盈盈冉冉。"元稹《春六十韵》："醉圆双媚靥，波溢两明瞳。"宋玉《登徒子好色赋》"眉如翠羽"，《文选》吕向注："眉色如翡翠之羽。"

〔16〕阴根：阳光照不到的梅树根部。

〔17〕越使：指越使诸发。犯红尘：指一枝梅从越国被千里迢迢地带到梁国。《说苑·奉使》："越使诸发执一枝梅遗梁王，梁王之臣曰韩子，顾谓左右曰：'恶有以一枝梅以遗列国之君者乎？请为二三子惭之。'"

〔18〕不分：不忍。箫中落：指箫曲《梅花落》。江总《梅花落》："横笛短箫凄复切。"萧绎《龟兆名诗》："折梅还插鬓。"

〔19〕飘瞥：迅速飘落。杨万里《东宫讲堂》："资善堂前得春早，宫梅一朵掠觚棱。"《世说新语·言语》道壹道人形容吴中雪："郊邑正自飘瞥，林岫便已皓然。"

【评析】

在吴绡前，《梅花赋》创作颇多，今存最早的是梁元帝萧绎之作，屡被提及的是唐宋璟之作，因宋璟有"铁石心肠"之称却将《梅花赋》写得风流艳冶。宋人重梅花之标格清高，如李纲《梅花赋》；李处权云梅花"类忘言之贞士兮，肖独洁之君子"。宋人希望改变梅花赋的女性特质，楼钥《跋陈昌年梅花赋》说陈作"形容清致，故又多取名胜高人以极其变"；姜特立说陈作以人比梅花，乃"伯夷首阳之下，屈子湘水之傍"，赞美陈作"取类于奇男伟士，可谓知梅花者矣"（《跋陈宰梅花赋》）。

此赋接续上述《梅花赋》，比如突出梅花"得春早"；写梅苞之白净酥腻；写月下与风中之梅；与春兰、秾李比较；突出梅花的无言或忘言等。此赋也有不少新异之处，如用典奇特。越使一枝梅之典出现甚早，虽然黄庭坚、晁补之在诗中偶有一用，但不算广泛。又如用韩凭妻衣化为蝶典，既写出梅花飞舞之美，也写出了梅花的贞白精神。"梦锁愁魂"，暗用姜夔《疏影》以昭君之魂"化作此花幽独"来写梅花标格，含蓄隽永。吴绡不以宋人《梅花赋》排斥女性为然，打破"远近""雌雄""男女"之别，不对"卓家之寡女，裘裁鹔鹴""盈盈乎如登宋玉之墙"作礼教、道德审判，对寿阳公主为何喜爱梅花妆作了想象性重建，亦新奇有趣。

画卷自叙〔1〕

每谓吟事之与绘事，皆所以摹写物之情状而穷其变者也。〔2〕余自髫龀，嗜斯二者不去于手，长而益笃于绘事也。〔3〕一卉之微，一虫之琐琐，必购其生者而熟察之，然后与之传神，或有欲自失笑者。〔4〕非直为绘事，正以诗人当识于鸟兽多草木，然后可以追风雅于前人也。〔5〕曩者岁在壬午，自夏徂秋，蕉窗寂历，研丹和粉，绘斯数十幅者毕。〔6〕事后置之庋阁尘坌中久矣〔7〕。遘闵以来，旧居不守，播迁之余，一展寓目，潸焉出涕。[8]呜呼！此固少时清心晦日所为作也，思之如昨，不啻弹指间事。[9]乃计数日月，二十五年沧桑变更，都非往素[10]。悲哉！

【注释】

〔1〕选自《啸雪庵题咏二集》。

〔2〕吟事：吟咏之事，指作诗词。绘事：指绘画。摹写：描摹。穷：尽。

〔3〕髫龀（tiáo chèn）：幼年。嗜：爱好。笃：忠实专一。

〔4〕卉：花。琐琐：细小。与之传神：将之生动传神地画出来。失笑：忍不住发笑。《世说新语·巧艺》："顾长康画人，或数年不点目精，人问其故，顾曰：'四体妍蚩，本无关于妙处，传神写照，正在阿堵中。'"

〔5〕直：只。识：认得。风雅：《诗经》有十五《国风》、《大雅》、《小雅》等部分，此指经典文学传统。《论语·阳货》："子曰：'小子何莫学夫《诗》？《诗》可以兴，可以观，可以群，可以怨。迩之事父，远之事君；多识于鸟兽草木之名。'"

〔6〕曩者：从前。岁在壬午：指明崇祯十五年（1642）。蕉窗：窗下种芭蕉，窗与芭蕉相互掩映，故称蕉窗。寂历：寂静、冷清。研丹和粉：研磨丹砂、调和铅粉，准备绘画颜料。

〔7〕庋（guǐ）阁：搁置器物的架子。尘坌（bèn）：灰尘。

〔8〕遘闵：又作"遘愍"，遭遇忧患或丧事，此处或指明清易代。播迁：流离，迁徙。一展寓目：打开观看。潸焉：流泪的样子。《诗经·小雅·大东》："眷言顾之，眷焉出涕。"

〔9〕清心：无忧无虑。晦日：每月的最后一天。不啻（chì）：如同。弹指：形容时间极短。司空图《偶书五首》："平生多少事，弹指一时休。"

〔10〕往素：往常，往昔。

【评析】

此文作于康熙六年（1667），画家观看自己二十五年前所作的几十幅画，当时的绘画情形历历在目，而二十五年所遭遇的沧桑巨变也一起涌到心头：国破、夫丧、旧居不守、播迁等，诗人用"都非往素""悲哉"六字紧紧包藏。

叙文表达了吴绡对诗歌和绘画本质的理解，并详细交代了自己的作画之法：观察、写生。吴绡一生保持着对世界万事万物的好奇心和热爱，善于发现和表现生活中的美。如她为自己幼时所养的相思鸟作画、写诗,其《相思鸟》诗前小序曰:“相思鸟,出自闽中,人不多见。余幼从家君远宦,睹其五色灿如,飞必连翅,宿必交颈,意即所谓比翼鸟也。喜而携归,偶为鼠所伤其一,存匹悲鸣,不食而死。余甚异之,因图其并形。以次记题焉。”与《画卷自叙》同一年所作的《雪狮行》也妙趣横生。此年冬天,南京大雪,她为自塑的雪狮子作诗,诗前小序交代道:“丁未冬,客寓桃叶渡头,大雪经旬,琼堆玉积,虽羁愁岑寂中,亦可谓之巨观也。戏令小嬛扫之,呵冻手塑狻猊,爪牙生动,鳞甲晶莹可爱。赏玩信宿,忽为阳乌促去,中心感焉,因作歌以伤之云尔。”这年,吴绡五十五六岁。

娄江朱公晓以东涧先生序示之,亦效颦书赠,求写《挥弦图》[1]

吴中往哲多善绘事。沈石田隐君,一代高人,笔墨点染,三百年无对,于南北诸家靡所不学,山水、人物、花木、鸟兽靡所不精,真所谓上配昔贤。[2]近来新画熳烂,六法不具,古人踪迹,于今扫地矣。[3]娄江一派,实出以元人为法,尽祛吴侬客气,观者目境一新,然所见惟山水。[4]朱君公晓,娄之名士也。甲辰春,橐笔游姑苏,余寓止百花庵,留寓居者旬日,其人愔愔君子,温雅自好,略无迩时习态,所学皆别开门户,仙仙风韵,另成一家。[5]虽徐王之花鸟,顾陆之人物,荆关之山水,兼通博识,其间灵气自化,下笔欲飞,更上古人一乘也。[6]妙在乎阿睹中,若逢迎宛转,流动生波,夺江郎之梦笔,驾僧繇之点龙,腕内有神,岂可以尘世名家较量哉。[7]余何幸而遇之,不以蠢鄙,辱点湘素,昔顾长康画幼舆于丘壑间,又与殷中军写真。[8]盖非名士,不足发名家兴致、挥洒神妙也。宇内名公骚客,或赋赠言盈箧,五岳或歌起于方寸,云梦吞吐于胸中,一丘一壑,直寓之以写其所韫耳。[9]画,非高人韵士不知也,沈石田先生家传画学,论者谓有所本;公晓尊人六如有大名,远振四方,公晓继之,宜其超绝矣。[10]东涧先生作以赠公晓，唯称其善山水，东涧之识公晓序由于王奉常、吴司成，两公皆山水名家，故尔以此称之，实未尽其所长也。[11]恨无才如杜拾遗，作长歌快赏。谨序微词，聊补东涧之所未既云。[12]

【注释】

〔1〕选自《啸雪庵题咏二集》。朱公晓：人物不详。东涧先生：指钱谦益，其晚号东涧老人。效颦：指模仿。《挥弦图》：出自嵇康《兄秀才公穆入军赠诗十九首》其十五："目送归鸿，手挥五弦。"《世说新语·巧艺》："顾长康道：'画手挥五弦易，目送归鸿难。'"

〔2〕吴中：指苏州。往哲：前贤。沈石田：即沈周（1427—1509），号石田，长洲（今江苏苏州）人，吴门画派创始人。隐君：不应科举征聘的人。笔墨点染：指绘画。点、染指绘画时点缀景物和着色。无对：无敌。南北诸家：沈周、唐寅之后的董其昌在《画禅室随笔》中模拟禅家南北宗而提出的画家南北宗概念。他认为禅宗自唐分南北，画家亦自唐分南北。南宗为文人画，南宗之始为王维，五代至宋有董源、巨然、李成、范宽等。北宗之祖是李思训、李昭道父子，宋有李唐、刘松年、马远、夏圭等。靡：无。焦竑《国朝献征录》卷一百十五《艺苑》张时彻《沈孝廉周传》："吴有隐君子曰沈周氏，字启南，长洲相城里人也，别号石田。人因称石田先生，亦曰沈孝廉云。……或游于丹青以自适，追踪晋唐名家，宋元以下弗论也。"

〔3〕熳烂：艳丽鲜明。六法：南齐谢赫提出的品评画的标准。扫地：丢尽。张彦远《历代名画记》卷一："昔谢赫云：'画有六法：一曰气韵生动；二曰骨法用笔；三曰应物象形；四曰随类赋彩；五曰经营位置；六曰传模移写。自古画人罕能兼之。'"

〔4〕娄江一派：指娄东画派。以元人为法：指学元代黄公望、吴镇、倪瓒、王蒙画法。袪：去除。吴侬客气：吴地虚夸浮泛的画风。目境：眼界。何良俊《四友斋丛说》卷二十九"画"："石田学黄大痴、吴仲圭、王叔明，皆逼真，往往过之，独学云林不甚似。余有石田画一小卷，是学云林者，后跋尾云：'此卷仿云林笔意为之，然云林以简，余以繁。夫笔简而意尽，此其所以难到也。'此卷画法稍繁，然自是佳品，但比云林觉太行耳。"毕沅《久不晤王子存素愫，春暮过访山中，以画见贻，诗以酬之》："丹青能事敌鬼斧，神妙欲争化工补。娄东王氏多画师，南宗嫡派堪步武。奉常司农并廉州，笔力直与倪王侔。弥孙存素亦妙手，江湖契阔隔几秋。"按，"奉常"

指王时敏，“司农”指王原祁，“廉州”指王鉴。

〔5〕甲辰：指康熙三年(1664)。橐(tuó)笔：持橐簪笔，手持口袋，簪笔于头。百花庵：位于苏州中街路西侧百花巷内，百花巷因百花庵而得名。愔(yīn)愔：安静和悦的样子。迩时：近时。习态：习气、俗态。仙仙：飘逸貌。数句称赞朱公晓的性情风度。

〔6〕徐王：南唐徐熙、唐王维。顾陆：东晋顾恺之、南朝宋陆探微。荆关：五代后梁荆浩、关仝。自化：自然化成。更上古人一乘：比古人境界更高。乘，佛教教义。数句称赞朱公晓兼善众画。

〔7〕妙在乎阿睹中：妙在有点睛之笔。阿睹，眼睛。有神：有神助。尘世：俗世。数句称赞朱公晓的画技。《世说新语·巧艺》：“顾长康画人，或数年不点目精，人问其故，顾曰：‘四体妍蚩，本无关于妙处，传神写照，正在阿堵中。’”钟嵘《诗品·卷中·齐光禄江淹诗》：“淹罢宣城郡，遂宿冶亭。梦一美丈夫，自称郭璞，谓淹曰：‘吾有笔在卿处多年矣，可以见还。’淹探怀中，得五色笔以授之。尔后为诗，不复成语。故世传江淹才尽。”《历代名画记》卷七“张僧繇”：“金陵安乐寺四白龙，不点眼睛，每云：‘点睛即飞去。’人以为妄诞，固请点之。须臾，雷电破壁，两龙乘云腾去上天，二龙未点眼者见在。”

〔8〕蠢鄙：愚笨浅陋。点湘素：指画画。湘素，即缃素，浅黄色的绢帛。顾长康：顾恺之字长康。幼舆：谢鲲字。殷中军：东晋殷浩，曾官中军将军，故称殷中军。数句写朱公晓为之画《挥弦图》。《世说新语·巧艺》：“顾长康画谢幼舆在岩石里，人问其所以，顾曰：‘谢云：一丘一壑自谓过之。此子宜置丘壑中。’”又：“顾长康好写起人形，欲图殷荆州，殷曰：‘我形恶，不烦耳。’顾曰：‘明府正为眼尔。但明点童子，飞白拂其上，使如轻云之蔽日。’”

〔9〕宇内：天下。骚客：文人。五岳：五大名山，分别指中岳嵩山、东岳泰山、西岳华山、南岳衡山、北岳恒山。方寸：指心。云梦：云梦泽，湖北江汉平原上的古代湖泊群。一丘一壑：一山一水。所韫：所画山水中所蕴藏的作者的深意、骨气。几句称赞众人为朱公晓画所作的题跋赠言。

〔10〕尊人：对他人父母或长辈的尊称。六如：唐寅(1470—1523)，号六如居士。几句说朱公晓画学得自沈周、唐寅，故超群绝伦。《历代名画记》卷一“论画六法”：“自古善画者，莫匪衣冠、贵胄、逸士、高人，振妙一时，传芳千祀，非闾阎鄙贱之所能为也。”

〔11〕识：记。王奉常：王时敏，王锡爵孙，王衡子，曾官太常寺少卿，太常寺少卿别称少奉常，故称。娄东画派创始人。吴司成：吴伟业，曾官国子监祭酒，祭酒别称司成，故称。几句说钱谦益赠朱公晓序，只称道朱公晓善画山水，钱谦益作序因王时敏、吴伟业引荐，两位皆为山水名家，所以以山水称道之，其实未能尽公晓所长。

〔12〕杜拾遗：杜甫，因其曾官左拾遗，故称。长歌：指杜甫《丹青引》《画鹘行》之类为画所作长诗。快赏：快意赏玩。未既：未完结、未提及的部分。

【评析】

此序保存了娄东画派早期画家朱公晓的材料，并借评朱公晓展现了吴绡的画论。朱公晓，生平资料不详。文中提到钱谦益为之作序，但钱谦益诗文中未见。文中提到王时敏、吴伟业向钱谦益引荐朱公晓，但王时敏《王烟客先生集》中未见相关信息。吴伟业外家太仓朱姓，其集中提到不少朱姓人，以古人名与字相应原则视之，“朱君宣”与“朱公晓”关联度最高。其《过朱君宣百草堂观剧》诗曰：“肯将游侠误躬耕，爱客村居不入城。亭占绿畴朝置酒，船移红烛夜鸣筝。金齑斫鲙霜螯美，玉粒呼鹰雪爪轻。主人好猎。却话少年逢社饮，季心然诺是平生。”未及其能画。吴绡对这一名不见经传的画家评价甚高，可见娄东画派成立的文化基础和历史氛围。

从吴绡画论来看，其不似董其昌等为推崇文人画而排斥画工画，而是南北宗兼收并蓄。其对沈周以及娄东画派渊源流变的概括相当精准。从文中用典，可见吴绡画论颇受《世说新语·巧艺》、张彦远《历代名画记》的影响。其论画能结合画家的师承、性情，创作题材以及技法诸方面，有章法和内涵。此文显示了吴绡对当时名公、画家的熟悉，其与诸家交往，呈现了女画家的生活和当时的文化生态。

甲辰仲秋祭外〔1〕

维年月日，未亡人绡，敬以清酌庶羞之奠，祭于先夫兰陵公之灵曰：〔2〕呜呼哀哉！〔3〕福善无征，昊天降酷。〔4〕温温君子，不穷百禄。茕茕未亡,罗兹冤毒。[5]

呜呼哀哉!让王遗胄,高阳鼎族。[6]二姓判合,琴瑟孔睦。嗈嗈具礼,锵锵协卜。[7]华如桃李,芬犹兰菊。[8]鹿车共贫,牛衣相勖。[9]鹏运垂天,莺迁幽谷。[10]载拥隼旟,荣推华毂。[11]三已无愠,远人止足。[12]爰赋归田,抽簪返服。[13]历历高门,崇崇润屋。方期难老,受尺之谷。[14]火燎紫芝,霜摧乔木。百年始半,鬼伯相促。吁我哲人,幽灵永伏。一去无还,百身何赎。[15]礼无从死,哀唯昼哭。[16]

呜呼哀哉!盛极而衰,福兮祸伏。[17]妖狐号出,黄裳掩绿。如何深源,一旦为陆。[18]念切毁巢,悲深舐犊。[19]同穴有期,我生何蹙。[20]酎酒灵前,崩心血目。[21]呜呼!尚飨![22]

【注释】

〔1〕选自《啸雪庵题咏二集》。甲辰:康熙三年(1664)。仲秋:秋天第二个月,农历八月。外:古代妻子称丈夫为外子,简称外。

〔2〕维:在。年月日:某年某月某日。未亡人:旧时寡妇的自称。清酌:古人祭祀用的清酒。庶羞:多种美味。奠:置祭。先夫:古代妻子称已故丈夫。兰陵:许瑶号。公:敬辞。灵:魂灵。韩愈《祭柳子厚文》:"维年月日,韩愈谨以清酌庶羞之奠,祭于亡友柳子厚之灵。"

〔3〕呜呼:叹词。哀:悲哀。哉:语气助词。《左传·哀公十六年》:"呜呼哀哉,尼父!无自律!"

〔4〕福善:为善则天降福。征:证验。昊天:上天。酷:灾难。《尚书·商书·汤诰》:"天道福善祸淫,降灾于夏,以彰厥罪。"《诗经·小雅·节南山》:"昊天不惠,降此大戾。"

〔5〕温温:和悦貌。穷:尽。百禄:多福。茕(qióng)茕:孤独无依貌。罗:招来。冤毒:冤屈。指遭受姬妾冒犯之事,详下。《诗经·大雅·抑》:"温温恭人,惟德之基。"《焦氏易林》卷三"离"卦:"新田宜粟,上农得谷。君子怀德,以干百禄。"《诗经·小雅·正月》:"忧心茕茕,念我无禄。"

〔6〕让王:指周文王伯父太伯。遗胄:后代。吴绡说自己是吴太伯后人。高阳

鼎族：说丈夫许瑶是高阳大族后代。高阳，今属河北保定。鼎族，高门大族。《史记·周本纪》："古公有长子曰太伯，次曰虞仲，太姜生少子季历，……古公曰：'我世当有兴者，其在昌乎？'长子太伯、虞仲知古公欲立季历以传昌，乃二人亡如荆蛮，文身断发，以让季历。"《史记正义》曰："太伯奔吴。"《元和姓纂》卷六"许"："姜姓，炎帝四岳之后，周武王封其裔孙文叔于许，后为楚所灭。子孙分散，以国为氏。"其中"高阳"许氏，人物最盛。

〔7〕判合：两半相合。琴瑟：喻指夫妻。孔：很，非常。睦：和睦。噰（yōng）噰：和谐貌。具礼：安排礼仪。锵锵：美好貌。协卜：合于占卜。四句云两人婚姻合于天意人事。

〔8〕两句云新婚时，夫妻同芳并美。《诗经·周南·桃夭》："桃之夭夭，灼灼其华。"《白孔六帖》卷四十三引陈崇业曰："兰菊异芬。"

〔9〕两句写夫妻同心相勉励。《汉书·王章传》："初，章为诸生学长安，独与妻居。章疾病，无被，卧牛衣中，与妻决，涕泣。其妻呵怒之曰：'仲卿，京师尊贵在朝廷人，谁逾仲卿者？今疾病困厄，不自激卬，乃反涕泣。何鄙也！'"

〔10〕运：转。垂天：挂在天边。两句说丈夫科举成功，社会地位提升。《庄子·逍遥游》："鹏之背，不知其几千里也，怒而飞，其翼若垂天之云。是鸟也，海运则将徙于南冥。"《诗经·小雅·伐木》："伐木丁丁，鸟鸣嘤嘤。出自幽谷，迁于乔木。"

〔11〕载：乘具。拥：有。隼旟（yú）：画有隼鸟的旗帜，古代为州郡长官所建。华毂（gǔ）：华丽的车子。两句写丈夫官至知府等。

〔12〕三已：多次罢官。无愠：不怨恨。远人止足：德来远人。《论语·公冶长》："子张问曰：'令尹子文三仕为令尹，无喜色；三已之，无愠色。旧令尹之政，必以告新令尹。何如？'子曰：'忠矣。'"又《季氏》："远人不服，则修文德以来之。"

〔13〕爰：于是。赋归田：赋闲归田。抽簪：散发，表示退隐。返服：返初服，指辞官归田。钟会《遗荣赋》："散发抽簪，永纵一壑。"李白《宣州谢朓楼饯别校书叔云》："明朝散发弄扁舟。"《离骚》："退将复修吾初服。"

〔14〕历历：排列成行。崇崇：连绵高大。难老：长寿。受尺之谷：受尺布斗谷。《礼记·大学》："富润屋，德润身。"《诗经·鲁颂·泮水》："既饮旨酒，永锡难老。"

〔15〕百身何赎：愿意死一百次来换取死者复生。八句伤丈夫贤智，五十即逝。《淮南子·俶真训》："巫山之上，顺风纵火，膏夏紫芝与萧艾俱死。"高诱注："膏夏、

紫芝，皆喻贤智。”柳宗元《梦归赋》：“原田芜秽兮，峥嵘榛棘；乔木摧解兮，垣庐不饰。”《古今注》卷中“薤露蒿里”引《蒿里歌》：“蒿里谁家地，聚敛魂魄无贤愚。鬼伯一何相催促，人命不得少踟蹰。”《诗经·秦风·黄鸟》：“彼苍者天，歼我良人。如可赎兮，人百其身。”

〔16〕两句说我不能从你而去，但日日为你哭泣。《后汉书·皇后纪·和熹邓皇后》载邓皇后曰：“妇人虽无从死之义，然周公身请武王之命，越姬心誓必死之分。”《礼记·檀弓》：“穆伯之丧，敬姜昼哭；文伯之丧，昼夜哭。孔子曰：‘知礼矣。’”郑玄注：“丧夫不夜哭，嫌思情性也。”

〔17〕《管子·重令》：“天道之数，至则反，盛则衰。”《老子》：“祸兮福之所倚，福兮祸之所伏。”

〔18〕黄裳掩绿：黄裳掩绿衣。四句写家中姬妾犯嫡，自己被妾冒犯。《诗经·邶风·绿衣》：“绿兮衣兮，绿衣黄裳。”郑《笺》：“妇人之服，不殊衣裳，上下同色。今衣黑而裳黄，喻乱嫡妾之礼。”

〔19〕毁巢：败家。舐犊（shì dú）：对子女的疼爱。两句写此事令人无法释怀，因其关乎败家；令人悲伤，因其深于子女之情。

〔20〕同穴：合葬。蹙：困顿。两句说我死后与你同穴的日子不远，但我活着是多么地艰辛。《诗经·王风·大车》：“谷则异室，死则同穴。谓予不信，有如皦日。”

〔21〕酎：当作“酹”，以酒浇地，表示祭奠。崩心：心碎。血目：哭得眼睛出血，形容极端悲伤。

〔22〕尚飨：祭文结语，意谓请享用祭品。韩愈《祭十二郎文》：“呜呼哀哉！尚飨！”

【评析】

这是一篇祭文，同时是一篇倾诉文，更是一篇借助神灵证明身份、获得力量从而处理生活中的矛盾的文字。吴绡自称让王之后，身份高贵，而吴、许联姻，符合天意，且仪式周备。婚后夫妇同心，相互勉励，吴绡陪伴丈夫自微时一直官至高位，即使丈夫免官，也相偕归田。她以丈夫去世作为人生的分界线，所谓“盛极而衰，福兮祸伏”。丈夫去世后，竟然遭遇“妖狐号出，黄裳掩绿”之事，她说自己顾念家庭、考虑舐犊之情，所以格外痛苦。可见其家庭矛盾与丈夫姬妾有关，而姬妾亦有儿女，吴绡作为主母，是不得不顾及的，一方面可见吴绡视姬妾子女如己出，另一方面也可看到古代妻妾成群的家庭可能存在的复杂矛盾。

百泉杂题

啸台〔1〕

魏晋已如梦，荒台今独存。龙蛇正交斗，鸾凤自高骞。〔2〕避俗惟长啸，逢人常不言。〔3〕始知真隐意，不必入桃源。〔4〕

【注释】

〔1〕选自《啸雪庵新集》。百泉：位于河南辉县苏门山南麓，因湖底泉眼无数而得名。啸台：孙登啸台，位于苏门山山崖上。

〔2〕高骞：高飞。四句说魏晋争斗，高士远避。杜甫《奉酬薛十二丈判官见赠》："龙蛇尚格斗，洒血暗郊垌。"《楚辞·惜誓》："独不见夫鸾凤之高翔兮，乃集大皇之野。"《晋书·隐逸·孙登传》："或谓登以魏晋去就，易生嫌疑，故或嘿者也，竟不知所终。"《晋书·阮籍传》："籍本有济世志，属魏晋之际，天下多故，名士少有全者，籍由是不与世事，遂酣饮为常。"

〔3〕《晋书·阮籍传》："籍尝于苏门山遇孙登，与商略终古及栖神导气之术，登皆不应，籍因长啸而退。至半岭，闻有声若鸾凤之音，响乎岩谷，乃登之啸也。"李充《吊嵇中散》："凌晨风而长啸，托归流而咏吟。"《晋书·隐逸·孙登传》："尝住宜阳山，有作炭人见之，知非常人，与语，登亦不应。文帝闻之，使阮籍往观，既见，与语，亦不应。嵇康又从之游三年，问其所图，终不答。"

〔4〕真隐：真正的隐士。桃源：典出陶渊明《桃花源记》，指与世隔绝的平静和谐的社会。两句说始知真正的隐士不必一定要进入桃花源。陶渊明《饮酒二十首》其五："结庐在人境，而无车马喧。问君何能尔，心远地自偏。……此中有真意，欲辨已忘言。"苏轼《定风波》："试问岭南应不好，却道：此心安处是吾乡。"

【评析】

吴绡随丈夫仕宦，游览百泉，作《春游百泉》《百泉游》《又春游百泉》《百泉寒眺次李水部韵》《百泉杂题》等诗，《百泉杂题》是一组五律诗，共四首，分别是《啸台》《嵇中散》《阮步兵》《安乐窝》。“啸台”有二，一在苏门山，一在尉氏县，后者又称“阮籍啸台”，此诗为苏门山孙登啸台而作。

起句颇高古，将漫长的历史虚无化为一场梦，并将之与独存的啸台相对，以时间对空间，以虚对实，而“独存”“荒台”又越发映衬出历史的虚无。颔联回到魏晋历史现场，以“龙蛇”“交斗”写出魏晋之交的曹、马酣斗，然既云“龙”“蛇”，则以曹为正统，然而正如《韩非子·难势》引慎子之言曰：“飞龙乘云，腾蛇游雾，云罢雾霁，而龙蛇与蚓蚁同矣，则失其所乘也。”苟有所乘，则蛇可化为龙。但鸾凤不屑于参与交斗，故高骞而去。诚如李商隐在《安定城楼》所写：“永忆江湖归白发，欲回天地入扁舟。不知腐鼠成滋味，猜意鹓雏竟未休。”颈联用“长啸”（出声）与“不言”（沉默）相反相对，写出了高士在乱世避祸的同时，表达愤激的不自然的发声方式，含义深长。末联议论，苏门山相对桃源，离政治中心很近，啸台与桃源，一虚一实，诗人最后透过远近和虚实，直击真隐本意，使假隐无处可逃。此诗入选《清诗别裁集》。

联律十二首〔1〕（选一）

国学〔2〕

庠序承平尚古风，笄年从宦寓南雍。〔3〕春秋礼物罗笾豆，晨夕衣冠听鼓钟。〔4〕司成晨衙鸣钟。高殿觚棱余绿草〔5〕，断碑螭首半苔封〔6〕。重来曲沼寻荒径，无复池莲照眼红〔7〕。

【注释】

〔1〕选自《啸雪庵题咏二集》。本诗原题为“先司成自詹事移南雍，兰陵以贵游子弟有文誉于一时，余年始二十余，从良人于公署。司成私宅有红莲碧沼，夏日清晏，阒然无尘，笔墨相赏，亦不辜当年风月也。沼中莲开并头，客以为余夫妇之瑞，作百韵诗为贺。瞬目三十年，恍如一梦。高门鬼瞰，藐然孤身，梗泛萍流，复来此土，追寻往迹，步步恨惜。自赤乌开国，江马南迁，李唐纳土，讫于有明，兴亡之感，可叹者多矣。余一女子，盖不足云也，联成数律，读者其知吾志”，因文字较长，改为现题。

先司成：指已故舅许士柔。据卢上铭《辟雍纪事》卷十五，许士柔于崇祯九年（1636）十二月由右庶子为南京国子监祭酒。詹事：詹事府官职。南雍：南京国子监。良人：妻子对丈夫的称呼。指许瑶（兰陵）。公署：指南京国子监。司成私宅：或指南京国子监中的祭酒宅园。沼：池。据《南雍志》卷八“规制考”下“祭酒宅”：“建自洪熙元年，即观讲堂也。坐北面南，门在其西，自北迤而入。旧正堂三间，左右二间，共五间。内堂三间，寝室三间，后有平台，杂植花木，正堂前有竹，堵外有池，东有小亭，曰澄心，面有小池，常涸。其前小屋三重，各三间，近清复小屋六间。总度之，其阔七丈，其深二十五丈七尺。”清晏：清静安宁。阒（qù）然无尘：寂静无声，无尘嚣。莲开并头：并蒂莲开。瑞：祥瑞。高门鬼瞰：鬼神窥探显达富贵人家，指满遭损。扬雄《解嘲》：“高明之家，鬼瞰其室。”《汉书》颜师古注引李奇曰：“鬼神害盈而福谦也。”藐然：弱小，被轻视。梗泛萍流：断梗、浮萍在水中漂流，形容漂泊流离。恨惜：遗憾痛惜。赤乌开国：指东吴建都于建业。赤乌（238 — 250），东吴孙权年号。江马南迁：指司马睿建都建康。《晋书·元帝纪》：“太安之际，童谣云：‘五马浮渡江，一马化为龙。’”西晋末，中原扰乱，司马氏五王南渡江，一马化为龙，即元帝。李唐纳土：南唐后主李煜归附大宋。纳土，归顺。讫于有明：一直到明代。

〔2〕国学：国子监，此指南京国子监。

〔3〕庠序：学校，此指教育。承平：太平。尚：推崇。古风：古人之风，质朴淳古的风尚。寓：寓居。《孟子·梁惠王上》：“谨庠序之教，申之以孝悌之义。”赵岐注：“庠序者，教化之宫也。殷曰序，周曰庠。”

〔4〕春秋礼物：指国子学春秋祭之祭品。罗：罗列、陈列。笾（biān）豆：祭祀常用的两种礼器。竹制为笾，木制为豆。衣冠：指衣冠子弟，此代太学生。《南雍志》卷一《事纪》载洪武元年定国子学祭祀制度：“以仲春、仲秋二上丁日，降香遣官祀于国学，以丞相初献，翰林学士亚献，国子祭酒终献。”杨守阯《初摄祭酒诗》：“彝伦堂上鼓钟声，三舍先将教牒呈。涉笔佥书小冢宰，摄官承乏大司成。”

〔5〕高殿：指圣庙大成殿等。觚棱（gū léng）：指宫阙上转角处的瓦脊呈方角棱瓣之形。余：残留。《南雍志》卷七“规制考”上：“洪武十四年，钦定文庙之制：大成殿三间两掖，台高一丈二尺九寸，阔一十丈一尺六寸；东西斜廊各五间；前露台高九尺四寸七分，阔七丈一尺二寸，上有石栏杆，前有石阶级。十五年正月，庙始落成。”

〔6〕碑：据《南雍志》，南监大成殿前有“太学碑”，监门前有“进士题名碑”等。螭首：此指碑额上的螭龙头像。螭，传说中的无角龙。

〔7〕无复：不再。照眼：耀眼。

【评析】

吴绡的公公许士柔崇祯九年(1636)年末任南京国子监祭酒，诗题谈及南监祭酒宅园夏景，则最早已是崇祯十年(1637)，吴绡自称已年二十余，依诗题语境，作者可能往小处说自己的年龄，若二十刚出头，很可能说年才二十，故推测二十余为二十五六岁，姑且定吴绡生年为1613年。题云"瞬目三十年"，则此诗约作于康熙六、七年，这两年吴绡确曾再次寓居南京。

长题下共有十二首诗，《国学》是第一首，其次是《钟山》《石头城》《清溪》《鸡笼山》《乌衣巷》《秦淮河》《玄武湖》《栖霞寺》《桃叶渡》《东山》《凤凰台》，都是明代南京的著名景点。如果将"国学"换成"夫子庙"，以上各处也是当下南京的著名景点。诗题回顾了年轻时夫妻俩寓居国学祭酒官邸时清静安宁、风雅甜蜜的生活。黄佐在《南雍志》中特别提到祭酒宅中"小池，常涸"，还说"每盛夏，蒸烦不可以度"，但在吴绡的生活和记忆中，这里"夏日清晏，阒然无尘"，小池中竟然"莲开并头"，他人甚至认为是这对年轻夫妻的幸福感动池中莲花。真是神话般的幸福，而隔着三十年的再次回眸，幸福更如同神话。诗人在叙述了自己个人的"藐然孤身，梗泛萍流"、家庭的"高门鬼瞰"后，着力于"有明"的"兴亡之感"，是诗人想要"读者"所知之"志"。其更将一代兴衰延展到定都南京的历史长河中，自"赤乌开国"(兴而亡)，到"江马南迁"(亡而中兴)，从"李唐纳土"(亡)到"有明"建立(兴)，则家国之悲更为深切。诗人善于用物象来表达历史兴衰和一己臧否。明代文教通过笾豆中陈列的春秋祭圣物品来表现，人才的教育与养成用晨夕的钟鼓声响来表现。按道理，新朝也要传承文化，也要养育人才，诗人则用大成殿屋脊绿草和苔封的断碑螭首来写当下学校的荒芜，用高低的惨绿来对照心目中的明代国学的照眼莲红，颇示遗民情结。

吴中有唱和百声绝句者,命题恨于未雅,然已烦翰墨,不欲弃之,聊存其廿首〔1〕(选二)

骂裙

八幅湘波见似空〔2〕,双钩开处触微风。低头带笑轻轻唾〔3〕,掩敛纤腰面发红。

饲狸〔4〕

最说江妃嗜鲫鱼〔5〕,深宫长日午餐余。狸奴走去难寻觅,教叩铜盘试唤渠。〔6〕

【注释】

〔1〕选自《啸雪庵诗集》。唱和百声绝句:用一百种声音来书写生活的绝句。已烦翰墨:指已成诗。廿首:二十首。

〔2〕八幅:八幅绸缎做成的大摆裙。幅,绸缎的宽度。湘波:形容裙上的图案,又形容绸缎的光泽。见似空:形容图案似天空,又形容质地轻。《〔正德〕姑苏志》卷十四"土产·帛之属·绢":"《左传》杜预注:'吴地贵绢……'今郡中多织生绢,四方皆尚之花纹者名花绢。又有白生丝织成缜密如蝉翼,幅广有至四尺余者,名画绢。又有罗底绢,稍厚而密。"

〔3〕双钩:形容如钩小脚。触:触动,产生。唾:唾骂。

〔4〕饲狸:养猫、喂猫。

〔5〕江妃:梁临川静惠王萧宏宠妃江无畏。《南史·梁宗室·临川静惠王宏传》:"后庭数百千人,皆极天下之选。所幸江无畏,服玩侔于齐东昏潘妃,宝屧直千万,好食鲫鱼头,常日进三百,其它珍膳盈溢,后房食之不尽,弃诸道路。江本吴氏女也,世有国色,亲从子女遍游王侯后宫。"徐应秋《玉芝堂谈荟》卷九"食量之弘":"齐王好食鸡跖,日进鸡七十;临江王妃江无畏好食鱼头,日进鲫鱼三百对。"

〔6〕狸奴:猫之别称。渠:它,指猫。

【评析】

由诗题可知,当时吴中有所谓“唱和百声绝句”者,颇似吴中竹枝,但内容又不局限于吴中。令人想起陈铎《滑稽余韵》,在追求诙谐的同时,描写了各种生活场景,包含了丰富的社会生活内容。此组诗共存二十首,其中与女性生活相关的,除所选《骂裙》外,还有《拜月》《弄珠》《熏炉》《觅钗》《卜蟢》《睡鞋》;与劳动生活相关的,除所选《饲狸》外,尚有《戛釜》《汲绠》《剥芡》;与文学艺术生活相关的,有《展画》《捉麈》《鸣鞭》《击剑》《倚瑟》《曲句》;与游戏相关的,有《走雨》《诅莺》《语燕》。《骂裙》,写女子所着大摆裙,大摆裙飘逸,很衬女性的腰身,使身材显得婀娜多姿,但飘逸的裙子易被风掀起,使穿者尴尬。《骂裙》写出了女性独特的生活经验,令人莞尔。“低头带笑轻轻唾,掩敛纤腰面发红”,描绘了女子一系列细腻动作和尴尬、害羞以及掩饰的神态,非常传神。《饲狸》,用典精到,江妃是吴人,故与“吴中唱和百声”相关;沿江的地理位置使江妃嗜鱼爱好更有地域基础。诗人抛弃了江妃嗜鱼典故中的奢靡和批判色彩,转向对江妃食余的利用,使江妃与猫在“嗜鱼”这一点上产生连接,十分诙谐。而在独特的情境中,食余之鱼还为找猫提供了便利。“教叩铜盘试唤渠”的声响,是古代人与动物间最本质、最愉快、最亲切的交流,亲切有趣。

陈结璘

陈结璘(1612—约1691),又名陈璘,字宝月,又字兰修,别号松昙内史,江苏常熟人。祖父陈国华,万历二年(1574)进士,曾任广州知府。父陈汉东,太学生。陈结璘天启七年(1627)嫁瞿式耜长子玄锡。有林下风,宏览博物。善诗词,其诗"谱事细,锻语工"。亦工画,所绘山水苍厚秀拔,"轶追宋元,出入四大家",惜流传极少。有诗词集《绣香居存稿》存世。

雨 过[1]

雨过深庭草压扉,霜苞初拆翠梢肥[2]。莺喉咽晓圆犹滑[3],蝶翅翻晴堕又飞。应怯露凉添素縠,最宜花气润金徽。[4]朝来麦陇看新浪,小妇溪头叫浣衣。[5]

【注释】

〔1〕选自王端淑《名媛诗纬初编》卷十三。

〔2〕霜苞初拆:竹笋刚从笋衣中露出头。霜苞,笋衣。翠梢肥:春笋很快长成翠竹。

〔3〕莺:叫声好听的小鸟,又名仓庚、黄莺等。《格物总论》:"莺,三四月鸣,音声圆滑。"

〔4〕素縠(hú):指白色外披。花气:花的香气。金徽:琴,此处指琴声。

〔5〕麦陇:麦田。小妇:妯娌中最小者。乐府诗《相逢狭路间》:"大妇织罗绮,中妇织流黄。小妇无所作,挟瑟上高堂。"

【评析】

这是一首以赋法描写春末夏初雨过天晴早晨的诗。起句写院中草木疯长,原来庭院深处的草忽然蔓延到门庭,甚至有遮挡门扉的趋势。竹笋穿破笋衣,迅速长成新竹,新竹连竹梢都很肥美。黄莺咽喉似乎格外圆滑,早晨的歌声尤其优美。蝴蝶翅膀翻飞,在晴空中飞上飞下。晨出的娇弱女性担心凉露,加上了洁白的外披。好闻的花香滋润着美妙的琴声。也有女性一早来麦田欣赏麦浪,她的妯娌则在溪头呼唤她过来洗衣。

自然界动植飞动,尽情地发散生命的活力。性情与生存状态不同的女性,也与春末夏初雨过天晴的早晨温情与共,或触摸其温度加减衣裳,或以花香滋润琴声,或观赏麦浪滚滚,何等愉悦,而诗歌在小妇呼唤声中结束,在自然界鸟啭和诗意的润泽琴声中增添了日常生活的声响,意在构筑极具包容性的世界。"谱事细,锻语工",可谓的评。

叠前韵寄文儿〔1〕

谁信愁涯侣海涯,任教佳节斗繁华。〔2〕莱衣有梦难添线〔3〕,班笔先春竞吐花〔4〕。浩志岂忧鹏路远,离怀空叹雁书赊。〔5〕门庭冷落无灯火,笑杀当年富贵家〔6〕。

【注释】

〔1〕选自《绣香居存稿·诗》。前韵:指《己丑元日忆远》。文儿:指陈结璘长子瞿昌文,瞿昌文此时远赴广西省祖父母。

〔2〕愁涯:愁海。侣:伴,伴随。海涯:海边。任教:听凭,听任。斗:争。两句说,谁信我愁如海,我的愁伴你远到海边,所以任凭(别家)竞相热闹地欢度佳节。

〔3〕莱衣:老莱子娱亲的彩衣。此句说,梦到你莱衣娱亲,但我已不能为你添线缝衣。《艺文类聚》卷二十"人部·孝"引《列女传》:"老莱子孝养二亲,行年七十,婴儿自娱,着五色采衣。"孟郊《游子吟》:"慈母手中线,游子身上衣。"

〔4〕班笔:班超笔。先春:此处指春节前。此句说,我春节前收到了你的好文章。《后汉书·班超传》:"(班超)家贫,常为官佣书以供养,久劳苦,尝辍业投笔叹

曰：‘大丈夫无他志略，犹当效傅介子、张骞立功异域，以取封侯，安能久事笔研间乎？’”《开元天宝遗事》卷下“天宝”下：“李太白少时，梦所用之笔，头上生花，后天才赡逸，名闻天下。”

〔5〕浩志：高远的志向。雁书赊：书信少。两句说，你有远大志向，我不担心你鹏路遥远，只是一腔离别感伤，徒然叹息书信稀少。《庄子·逍遥游》：“鹏之徙于南冥也，水击三千里，抟扶摇而上者九万里。”瞿昌文《粤行纪事》云寻祖途中，于永历二年（1648）十二月二十日与三年三月初十日两次接得父母手谕，而父母“绝无责恚，但恐孱躯弱龄，长途崄巇，不能遂代父寻亲之志，反为倚门忧耳”。

〔6〕笑杀：可笑到极点。两句感叹富贵不常。瞿玄锡《行实》：“受查察之祸，薄产罄如，草堂易主，城南新址，已属他姓。”赵翼《瓯北诗话》卷九以为顺治七年（1650）时，其东皋草堂，未尝易主。

【评析】

明弘光元年（顺治二年，1645）四月，瞿式耜赴粤西巡抚之任，后清兵下江南，七月，入常熟。隆武二年九月二十日，瞿式耜致信其子玄锡，希望儿子能至南方探望：“果然孝子，即扮一行乞，装一行脚，亦可从人一问爷娘消息。”据玄锡长子昌文《粤行纪事》，瞿昌文“虑粤西远在岭表，王父母年俱半百以上，膝下无人”，而其父又不得不“操家柄，势不得不伏处柴桑”，故决定至桂省祖。清军持续南下，“两粤之势日蹙”，但其“省祖之志愈坚且亟”，于十二月不告而别，永历三年（顺治六年，1649）六月十九日到达桂林，与祖父相见，可惜祖母二十几天前已去世。又据《粤行纪事》记载：永历三年“九月十九日……接父母手谕，而母氏别有诗篇录寄：《遥和王父己丑元旦之作》一首、《遥祝王父寿》一首、《忆文》二首、《悲笳篇》一首。王父览诸诗，叹赞良久，遂作长歌，凡一千字”。“《忆文》二首”即《己丑元日忆远》与此首。以《己丑元日忆远》为坐标，此首当作于1649年春节或元宵节（“门庭冷落无灯火”）。此时瞿昌文尚在省祖途中。

此诗首句形容自己愁思如海，并随着儿子的脚步一直扩大边界，蔓延至姑舅所在的海角天涯，用愁思的蔓延性以及如海的深度和广度渲染了家国之愁的深沉和无所不在。因此，佳节的热闹就是别人家的了，这也将自家与“佳节斗繁华”的人群划开了距离，以见易代之际的不同选择、节义之家的坚守以及艰难。陈结璘很善于交织使用典故。“莱衣有梦难添线”,首先用老莱子娱亲之典赞美儿子昌文的孝心,而当下昌文的孝心是通过代父母行孝的方式呈现的,其身体是远离父母而指向祖父,故只能梦中娱亲。“难添线”则用孟郊《游子吟》“慈母手中线,游子身上衣”意,写自己对儿子的支持,因为儿子不告而别,“添线”难以做到,但精神的支持是无限的。“班笔先春竟吐花”句,交织使用班超、李白典故。班超笔的典故,本是指班超渴望立功异域,不满自己久事笔研间,此处则夸赞儿子桂林之行所表现出来的远大志向和可预期的未来,隐然有期望瞿昌文操笔立功永历朝意。从时间上算,诗人所接到“先春”好文章,应是儿子不告而别后给父母的来书。由此诗可见母亲毫无责怪、愤怒之情,而是充分尊重、信赖儿子的选择(“浩志岂忧鹏路远”),但让儿子记住自己的爱和牵挂(“离怀空叹雁书赊”),于是母爱成为儿子前进的动力。

春日田园杂兴〔1〕

新晴缓屐过村西,菜麦回青水拍堤。〔2〕放鸭船归香雪满,听莺桥断曲尘迷。〔3〕沧桑任老花三径,烽火难更雨一犁。〔4〕何处芳菲堪挂眼,十年魂梦武陵溪。〔5〕

【注释】

〔1〕选自《绣香居存稿·诗》。

〔2〕缓屐:缓步。屐,木底鞋。菜:油菜。麦:小麦。

〔3〕香雪:又香又白的花,可指白菊、白梅等,此或指梅。听莺桥:桥名。许多地方有此桥名。曲尘:酒曲上所生菌,其色淡黄如尘,像桑叶、柳叶始生。此或指柳。陆游《幽居》:“泥补桥西放鸭船。”

〔4〕三径:隐士隐居处。更:变。范成大《刈麦行》:“犁田待雨插晚稻。”陈亚《蓝溪闲居》:“露侵僧履兰三径,春入农歌雨一犁。”杜甫《春望》:“国破山河在,城春草木深。感时花溅泪,恨别鸟惊心。烽火连三月,家书抵万金。白头搔更短,浑欲不胜簪。”

〔5〕堪：值得。挂眼：留意，重视。武陵溪：指桃花源。陶渊明《桃花源记》："晋太元中，武陵人捕鱼为业。缘溪行，忘路之远近。忽逢桃花林，夹岸数百步，中无杂树，芳华鲜美，落英缤纷。"

【评析】

此诗接续元初月泉吟社宋遗民所作《春日田园杂兴》传统。月泉吟社"春日田园杂兴"，"借题于石湖"，用范成大的"四时田园杂兴"之题，宗杜甫《秋兴八首》"兴之入律"之意法，写作五七言律诗，其中七律尤多。吴渭解释"春日田园题意"，要"就'春日田园'上做出'杂兴'，却不是要将'杂兴'二字体贴"。他举例说陶渊明《归去来兮辞》，"其中'木欣欣以向荣，泉涓涓而始流。善万物之得时，感吾生之行休'四句，正属兴"(《月泉吟社诗》)。

此诗写春日田园间景物：油菜、小麦、梅、柳、春水拍堤，又及人事：缓屐过村、听莺、放鸭、雨中犁田。在"木欣欣以向荣"中，在"国破山河在，城春草木深"中，"感吾生之行休"，主动选择"沧桑任老花三径"的生存方式。诗最后以自问自答说出心灵归宿："何处芳菲堪挂眼，十年魂梦武陵溪。""十年"，或许是诗人作为遗民存在的时间，倘如此，则此诗作于康熙年间。可追问的是，既然魂牵梦绕，为什么十年不归？因为世已无桃源，故只能永远"魂梦"之之。透露出遗民心曲。

此诗有新意的是，诗人提出了易代之际"烽火难更雨一犁"，即政治上的易代，既不能改变自然界的欣欣向荣，也改变不了人类的春种秋收，生存还要继续，但要将道义节操永存心底。此诗意旨婉微，词气澹远，放之《月泉吟社诗》集中，或不当在第五名山南隐逸之后。

满庭芳　丁巳端阳过春晖园述怀〔1〕

红绽葵榴，翠添榆柳，〔2〕佳节喜遇新晴。清幽池馆，一棹小舟轻。坐看新荷泛水，蓦忽地、娇啭流莺。间关舌，醒人心目，欲去又迟行。〔3〕　喧声来隔浦，龙舟竞渡，锦夺红争。〔4〕看时妆艳丽，画舫鲜明。追想当年此景,西子湖、泣荐离觞。[5] 伤心事,沉湘殉粤,今古恨难平。[6]

【注释】

〔1〕选自《绣香居存稿·诗余》。丁巳:康熙十六年(1677)。端阳:端午。春晖园:瞿家在常熟的园林。瞿式耜、邵氏夫妇应归葬于此。陈结璘有《清明日过春晖园祭奠先翁姑即事感怀漫成长句》诗。瞿式耜《春晖园次前韵》:"烟霭湖光几榻前,……十里山塘过画船。……又见田田水面钱。""池通活水屋为船。"

〔2〕葵:蜀葵,又称端午花,有红、白等多种颜色。榴:石榴。榆:榆树。柳:柳树。吴自牧《梦粱录》卷三"五月重午附":"杭都风俗,自初一日至端午日,家家买桃、柳、葵、榴、蒲叶。……其日正是葵榴斗艳,栀艾争香,角黍包金,菖蒲切玉,以酬佳景,不特富家巨室为然,虽贫乏之人,亦且对时行乐也。"洪咨夔《次虞宪日近即事》:"梅桃结子绿阴浓,饶与葵榴自在红。"陶渊明《归园田居》:"榆柳荫后檐。"

〔3〕蓦忽地:忽然。间关:鸟婉转的叫声。白居易《琵琶行》:"间关莺语花底滑。"杜甫《漫兴》:"眼见客愁愁不醒,无赖春色到江亭。即遣花开深造次,便觉莺语太丁宁。"

〔4〕高斯得《西湖竞渡游人有蹂践之厄》:"龙舟竞渡数千艘,红旗绿棹纷相戛。"柳永《破阵乐》:"两两轻舠飞画楫,竞夺锦标霞烂。"

〔5〕当年:指弘光元年(1645)。荐:进献。离觞:离别酒。觞,酒具。三句追想弘光元年端午,在西湖上哭着向即将赴粤西的舅姑进酒。瞿玄锡《行实》:"四月初二日,束装启行……十五日次杭州,……浙抚张公秉贞语府君曰:'公行宜稍缓,且俟留都消息,以决进止。'府君一惟君命为重,于二十二日次钱塘江,寓书大司空何公应瑞、少司徒何公楷,谓:'封疆外吏,去天日远,诸君近在辇毂,有通家子陈生煌图,待诏金马,凡军国大事、邸报秘密者,希附一函,介陈生附家报来,庶慰远人忧国之思。'此外无他嘱也。"

〔6〕沉湘:指屈原沉湘江。殉粤:指瞿式耜殉国于桂林。今:指瞿式耜。古:指屈原。《明史·瞿式耜传》载:永历四年(1650)十一月初五日,瞿式耜与张同敞"秉烛危坐。黎明,数骑至,式耜曰:'吾两人待死久矣。'遂与偕行"。闰十一月十七日被杀。

【评析】

此词作于康熙十六年(1677),陈结璘已年过花甲,舅瞿式耜已殉国二十七年,距离其杭州送别姑嫜已三十二年,那也是词人与姑嫜的永诀。

词屡述今年端午的美好:蜀葵、石榴适时绽放,榆柳更添绿意,又赶上晴天丽日。在自家池馆中泛舟,看田田新荷在水中摇曳。然而这份岁月静好是脆弱的,一声莺啭,"醒人心目",原来所谓的岁月静好只是自己的一阵迷糊,但是词人显然是喜爱这痛苦人生中的一点点美好的,所以"欲去又迟行"。如果从文学传统的角度看,此段诗意与技法又与杜甫《漫兴》相关。杜甫诗云"眼见客愁愁不醒",故遣"无赖春色到江亭",有春花招惹,还有叮咛的莺语。这是造化对人的爱怜,是大自然对人的抚慰,更是杜甫仁心和哀而不伤的中和心性所致。此词上阕集中呈现端午自然万物、家中林池以及抚慰人心的节令习俗。下阕通过"喧声"回归"愁""恨"。词人以旁观者来写"隔浦",那儿正在赛龙舟,争夺锦标,时妆艳丽、画舫明丽,呈现出盛世的繁华。与之相反,诗人痛苦地追想着三十二年前与姑嫜共度的最后一个端午、姑嫜殉国的伤心事,这份伤心与屈原的"离骚""哀郢""怀沙"的伤心事同频共振——"今古恨难平"。构建了盛世繁华下的遗民心曲和尊崇节义的文化基底。

钱敬淑

钱敬淑(1666 年在世),字师令,江宁(今江苏南京)人。夫丹徒(今属江苏镇江)文学谈允谦(1596—1666)。明亡后,谈允谦漫游各地,与遗民诗人相往还,后夫妇偕隐丹徒城西小九华山之阳,日相唱和。

泊浦子口[1]

残年孤棹泊,近浦验归程。[2]雪圃芹牙白[3],江醪竹叶清[4]。夕阳新别路,衰草古离情。隔岸寒山色,含凄望旧京。[5]

【注释】

〔1〕选自《明诗综》卷八十六。浦子口:位于今南京浦口区。明洪武四年(1371)筑城,后属江浦县,城内有屯田察院、户部分司、江淮驿等,是明代长江北岸拱卫京师的最后防线。

〔2〕残年:岁暮。验:预计、计算。

〔3〕雪圃:白雪覆盖的菜园。芹牙:即水芹,水生宿根草本植物,茎杆为圆形,中空,细长白嫩。春节时可食用。

〔4〕江醪(láo):江米酿造的酒。竹叶清:酒名,又有如竹叶般洁净之义。黄庭坚《次韵师厚食蟹》:"海馔糖蟹肥,江醪白蚁醇。"吴龙翰《饯王广文》:"宦居三载满,严驾出山城。诗担梅花白,离杯竹叶清。"

〔5〕隔岸:指长江对岸。寒山:冷落寂寞的冬天的山。旧京:指明南京。

【评析】

此诗写明遗民岁暮泊舟江北浦子口,凄凉凝望旧京,并抒发故国之思。首句描写岁暮之时,孤舟停泊,格外孤凄。近浦子口时,旅人开始计算到家之日，或有了近乡情怯之感。第二联描写在浦子口享受的节令特产。从雪中菜园里拔取的芹牙白嫩无比，而江米酿造的酒如竹叶般纯净。这两句亦用比兴之法，以清白之物兴清白之人。第三联即是清白之人的情愫和感慨。夕阳下，将要告别浦子口，发现路已经有了新的名字。比如《〔万历〕江宁县志》称此地为"浦子口"，《〔嘉庆〕江宁府志》已称"浦口"。不过旅人心就像是经冬的衰草，涌起的是对故国、故地的留念之情，所以这里的"衰草"，也是兴体，引出最后一联"隔岸寒山色，含凄望旧京"之意。麦秀黍离之情溢于言表。

钱敬淑夫妇，明亡后以遗民自居，谈允谦诗入卓尔堪《遗民诗》。谈允谦友桐城方文（1612—1669）称谈允谦为逸民。如《元日偕谈长益处士宿吴岱观孝廉寓中限春寒二字》曰："相访期元日，偕行有逸民。盘中细生菜，不异故园春。""长益"，即谈允谦字。又《路灌沟喜遇谈长益话旧》有"不知多少泪，沾洒旧陵丘"句。"旧陵丘"指的是北京明陵。方文《京口访谈长益》曰："阶庭喜见婴儿长，乡里争推大妇贤。""大妇"，或即指钱敬淑。方文诗作于康熙五年（1666）。

纪映淮

纪映淮(1617—1672后),字冒绿,小字阿男,上元(今江苏南京)人。父纪青(?—1638)。兄纪映钟(1609—1680),复社成员,明亡后,自称钟山遗老。纪映淮少有诗名,后嫁山东莒州杜氏,崇祯壬午(1642)之变,夫遇难,映淮携姑与幼子避深谷中得免。后养姑并幼子,守节三十余年,五十余因节孝被旌表。有《真冷堂词》,佚。

绝　句[1]

李花一孤村,流水数间屋。夕阳不见人,牯牛麦中宿[2]。

【注释】

〔1〕选自王士禛《池北偶谈》卷十一,无诗题。题从朱彝尊《明诗综》卷八十六。

〔2〕牯(gǔ)牛:公牛。

【评析】

此诗如连环画。首句以李花标识孤村,以流水绕屋推进至村中,然后以夕阳笼罩整个画面,给画面温暖的色彩,以“不见人”提示村庄田野中人存在的可能性,最后是牯牛眠于麦田间的特写。这些画面共同营造出清新、恬静、温暖而淡逸的春日农村风景图。

秦淮竹枝[1]

栖鸦流水点秋光[2],爱此萧疏树几行。[3]不与行人绾离别[4],赋成谢女雪飞香[5]。

【注释】

〔1〕选自王士禛《池北偶谈》卷十一。秦淮：指秦淮河，南京最大的区域性河流，此处代指南京。竹枝：即竹枝词。

〔2〕点：透露，点缀。此句说，柳可栖乌，柳临流水，柳透露秋天的到来，柳点缀秋光。黄彦平《宿坡书事》："拟裁垂柳待栖乌，招买风光计已疏。"戴叔伦《送友人东归》："万里杨柳色，……轻烟拂流水。"王维《休假还旧业便使》："衰柳日萧条，秋光清邑里。"陈亮《天仙子》："一夜秋光先着柳。"

〔3〕萧疏：稀疏。孟郊《洛桥晚望》："榆柳萧疏楼阁闲。"

〔4〕绾（wǎn）：系。张乔《寄维扬故人》："离别河边绾柳条，千山万水玉人遥。"

〔5〕赋成：写成。谢女：指东晋谢道韫。雪飞：指柳絮飘飞。《世说新语·言语》记载，谢道韫有咏雪句"未若柳絮因风起"。

【评析】

此为纪映淮年少之作，最可见其不与人同的少年心性。文学传统中，春柳写得多，浓密的柳写得多，诗人则反其意，写秋柳，写萧疏的柳，而摆脱浓密树叶的萧疏柳条，也自有其飘逸、洒脱的韵味，非常符合苏东坡所说的"诗以奇趣为宗，反常合道为趣"的诗歌精神。折柳赠别的习俗，是想用柳（"留"）以及柳条之长系住行人，诗人说她笔下的柳不承担此责，她要用柳写成谢道韫那样隽永的诗歌。此诗字字句句咏柳，又不用一个"柳"字，写出白门柳独特的神韵。纪映淮也因此诗成为晚明金陵的文化风景。顺治十八年（1661），王士禛任扬州推官，至金陵，赋《秦淮杂诗》二十首，其中有"十里清淮水蔚蓝，板桥斜日柳毵毵。栖鸦流水空萧瑟，不见题诗纪阿男"一首，以纪映淮与此诗入诗，感慨易代后的物是人非。王士禛作诗时，纪映淮已为白头孀妇，守节北方。

小重山 端午[1]

闲窗独坐病余身，惊闻画鼓闹，在河津。[2]始知节届佩符辰[3]。彩丝系，输与少年人。[4] 一岁一番新，年光催短鬓[5]，暗伤神。感时怀古欲沾巾。湘江渺，何处吊灵均。[6]

【注释】

〔1〕选自徐乃昌辑《闺秀词钞》卷一。

〔2〕画鼓：有彩绘的鼓。河津：河渡口。两句写端午赛龙舟喧闹的鼓声。

〔3〕届：到。辰：日子。葛洪《抱朴子·杂应》"或问辟五兵之道"，曰："或以五月五日作赤灵符著心前。"

〔4〕两句说，虽系续命彩丝，但不如少年人好看。李清照《永遇乐》："中州盛日……簇带争济楚。如今憔悴，风鬟霜鬓。"陈傅良《寒食早起围炉中戏和林宗易韵》："甘心输与少年人。"

〔5〕年光：岁月。催短鬓：指鬓发变白。白居易《因沐感发寄朗上人二首》其一："短鬓经霜蓬，老面辞春木。"

〔6〕湘江：湖南省最大的河流。灵均：指屈原。《离骚》："名余曰正则兮，字余曰灵均。"《史记·屈原贾生列传》："自屈原沉汨罗后百有余年，汉有贾生，为长沙王太傅，过湘水，投书以吊屈原。"顾况《酬唐起居前后见寄二首》其二："何处吊灵均。"

【评析】

词中人自称病余身，虽然有闲窗独坐的余裕，却全然忘记了节候，只有在听到河津画鼓声时，才恍然惊觉此日是端午节。这就比谢灵运《登池上楼》所云的"衾枕昧节候"还要更显内心的与世隔绝。在惊觉此日是端午节后，其亦想做应景之事，如佩符、系丝之类，但又立刻用"输与少年人"加以否定。下阕进一步叙事抒情，感慨年岁翻新，但新年光只是催白短鬓，让人暗自神伤。除了自身年龄、身体、心理的暗淡化和感时怀古，此日最大的郁结，是凭吊屈原，可是湘江渺远，无处可以凭吊。词中人堆结郁塞，虽试作排解，但终究排解无果，就这样转转折折，又愈结愈深，构成深婉的词心词意。

顾贞立

顾贞立(1624—1689后),原名文婉,字碧汾,号避秦人,无锡人。曾祖顾宪成(1550—1612),弟顾贞观(1637—1714)。顾贞立及笄嫁同邑诸生侯晋。子麟勋,康熙十八年(1679)进士,官吏部主事,因封安人。少娴文史,顾贞观有诗曰:“有姊有姊号能文,长者曹昭次左芬。”“长者”即指贞立。与中表姊妹以及王彦泓女王朗唱和较多。顾光旭《梁溪诗钞》卷五十一收其诗一〇七首,又有《栖香阁词》二卷行世。

除夕〔1〕并序(选一)

入城未几,除夜解维东还,扁舟风露,回望满城灯火,不能无穷途之感。时年三十有五。〔2〕

啼珠压袖不堪量〔3〕,一片轻帆载断肠。漂泊行踪如作客,凄凉面目称居乡〔4〕。疗饥难煮簪花格,遣病聊裁问影章。〔5〕此夕是谁惆怅甚?梁鸿愁望正彷徨〔6〕。

【注释】

〔1〕选自顾光旭辑《梁溪诗钞》卷五十一。共二首,此为第二首。

〔2〕未几:不久。解维:解开缆索,指开船。穷途:末路,形容处境艰危。

〔3〕啼珠:眼泪。压袖:戴在手臂上用以束袖的臂饰,以金银或珠玉等贵重物品制成。不堪:不能。《金瓶梅词话》第二十回,西门庆帮闲应伯爵等要见李瓶儿,李瓶儿出现时:“身穿大红五彩通袖罗袍儿,下着金枝线叶沙绿百花裙,腰里束着碧玉女带,腕上笼着金压袖。”王彦泓《又和》:“啼珠压袖不堪张。”

〔4〕称(chèn):符合,相配。

〔5〕疗饥：充饥。簪花格：娟秀工整的书法。遣病：去病，治病。裁：剪裁，写作。问影章：用《庄子·齐物论》典，即齐生死意。王彦泓《即事》："含毫爱学簪花格，展画惭看出浴图。"《庄子·齐物论》："罔两问景曰：'曩子行，今子止；曩子坐，今子起，何其无特操与？'景曰：'吾有待而然者邪？吾所待又有待而然者邪？吾待蛇蚹蜩翼邪？恶识所以然，恶识所以不然。'"

〔6〕梁鸿：东汉隐士，娶同县貌丑而贤的孟光，共入霸陵山中，以耕织为业，咏诗书弹琴以自娱。此处代指丈夫侯晋。

【评析】

顾贞立自制曲《桃丝》序云："壬子九月二十一夜梦两仙子。"词中有"问此会何时。四十九年偿慧业，归迟"句。"壬子"为康熙十一年(1672)，顾贞立四十九岁，据此可推其生于天启四年(1624)。其在《踏莎行》序中说："予未出阁时，每至春月，诸姑归宁，大父母携表姊妹数人流连宴笑，自戊寅、己卯各各三星入户、蕡实宜家，不相聚首，惟寄情于暮云春树耳。""戊寅""己卯"是崇祯十一、十二年(1638、1639)，可见顾贞立约及笄之年出嫁。此诗作于顺治十五年(1658)，顾贞立三十五岁时，其已结婚二十年，膝下已儿女成群，其丈夫侯晋诸生身份未变，应该一直在赴考与短暂寻差事的路上，顾贞立虽出身名门，生活亦颇不易。此诗以伤感又不失诙谐的调子来抒写生活。

首联虚实结合。"压袖"用金银或珠玉制成，套在袖衣上，作为实物，可以度量尺寸，而如珠玉的眼泪，落在袖上，或以袖拂拭后，因泪水太多，使袖子沉重，也可称"压袖"，但此时眼泪已无实形，因此形成无形的"压袖"，故"不可量"。其除夕夜不得不乘船从城里赶回村居，为"一片轻帆"所"载"，因其有穷途末路之感，可称"断肠人"，而"断肠"本身也有重量，在当下情境中，"断肠"似成了"断肠人"本身，所以"一片轻帆载断肠"也有虚实之义。中间两联感慨自己的生活状态。如果说人生如寄，则生命本身就是一段作客之旅，再加上"漂泊行踪"，"除夕"夜也在船上，城居、乡居皆如作客。联想到自己凄凉的容颜，故自嘲居于乡中才更相称。明末清初的江南女性已有一定的城乡观念，城中时新、热闹有活力，生活费用更高，居住不易。所以贫穷、凄凉如己，是不配住城里的。接着感慨百无一用是书生，诙谐地说虽然自己簪花格字十分娟秀，但不能拿来煮饭填饱肚子。如果生病了，可以写齐生死之类的文章来治病，这种精神疗法，或许有点疗效。诗前此都在写自己的感伤，末联却问“此夕是谁惆怅甚”，看来最惆怅者另有其人，最后推出“梁鸿”——自己的丈夫，他正在乡居中徘徊愁望，翘首等待自己携儿女归来过年。她的丈夫或许也在等待“孟光”为之“举案”吧。又一次隐约地写出贫穷。诗歌写出了读书人的生活漂泊和艰难，在伤感中诙谐，在抱怨中戏谑，故能哀而不伤，有中和风雅之气。

寒宵课读口占〔1〕（选一）

难免熊丸自课儿〔2〕，剪刀声伴夜深时。灯前制得罗襦就，换取村醪饷塾师。〔3〕

【注释】

〔1〕选自顾光旭辑《梁溪诗钞》卷五十一。共三首，此为第一首。课读：教授或督促读书。

〔2〕熊丸：以熊胆制成的药丸，用于咀嚼吞咽来提神。《新唐书·柳仲郢传》：“母韩，即皋女也。善训子，故仲郢幼嗜学，尝和熊胆丸，使夜咀咽以助勤。”

〔3〕罗襦：绸质短衣。就：完成。村醪：浊酒。饷：款待。塾师：旧时私塾老师。

【评析】

为了有更多的时间读书，古人发明了不少与身体疲劳作斗争的方法，如头悬梁、锥刺股。这是通过外在疼痛让人保持清醒。“熊丸”是柳仲郢母韩氏发明的口含醒脑丸，大概是用熊胆的苦刺激孩子不瞌睡。这些方法当然有令人担忧之处，比如锥刺股如果造成感染，会不会耽误更多学习时间；睡眠太少会不会更没有学习效率，所以读这些故事，我们要得鱼忘筌，了解其旨在劝人勤学即可。

在中国古代，母亲是家庭教育的主要承担者，母亲教授、陪伴或督促孩子读书是母教的重要内容和形式。古代众多男性文人以诗文及画呈现母亲课读(参徐雁平《课读图与文学传承中的母教》,《古典文献研究》第十一辑)。此首为母亲自作,与男性课读众作相比,相同的是,二者皆选择寒宵、夜深、灯下、儿读书母劳作兼课读。不同的是,男性之作中读书声与纺车声相和,此诗选择剪刀声(男性诗偶有及"刀尺")。相比而言,纺车声音较大且持续不断,剪刀声细且断续较多,剪刀声不易从远处听到,这是作者身份以及在课读图中位置决定的。此诗中的母亲课读中所制为罗襦,更具江南水乡色彩,经济价值也更高。罗襦不是作为束脩,而是换成浊酒作为对塾师的额外款待,可见家庭经济实力更有余裕。此诗在不经意中呈现了课读图中的经济差异,也呈现出塾师的收入等差。

满江红　楚黄署中闻警〔1〕

仆本恨人,那禁得、悲哉秋气。恰又是,将归送别,登山临水。〔2〕一派角声烟霭外〔3〕,数行雁字波光里。试凭高、觅取旧妆楼,谁同倚。　乡梦远,书迢递。人半载,辞家矣。〔4〕叹吴头、楚尾翛然孤寄。〔5〕江上空怜商女曲,闺中漫洒神州泪。〔6〕算缟綦、何必让男儿,天应忌。〔7〕

【注释】

〔1〕选自顾贞立《栖香阁词》卷上。楚黄:黄州,今属湖北。署:官署。警:指战事警报。

〔2〕仆:谦称。恨人:失意抱恨之人。禁得:承受得起。江淹《恨赋》:"仆本恨人,心惊不已。"宋玉《九辩》:"悲哉,秋之为气也!……登山临水兮送将归。"

〔3〕一派:一片。角声:画角之声,古代军中吹角为号。烟霭:云雾。

〔4〕书:书信。迢递:遥远难到。半载:半年。

〔5〕吴头、楚尾:吴头楚尾,一般指江西。此分指无锡、黄州。翛(xiāo)然:无系貌。孤寄:孤独寄居。释惠洪《南昌重会汪彦章》:"嗟予生计等飞鸟,翩翩吴头复楚尾。"张孝祥《念奴娇·欲雪呈朱漕元顺》:"家在楚尾吴头。"

〔6〕空怜:徒然怜惜。商女:歌女。漫:满,遍。杜牧《泊秦淮》:"商女不知亡

国恨，隔江犹唱后庭花。”刘克庄《贺新郎·九日》：“白发书生神州泪，尽凄凉、不向牛山滴。”

〔7〕算：料想。缟綦（gǎo qí）：缟衣綦由，白色上衣，浅绿色围裙，代指女性。让：退让。《诗经·郑风·出其东门》：“缟衣綦巾，聊乐我员。”

【评析】

顾贞立在《满庭芳·乙丑元旦立春》词后自注曰：“庚辰新岁，大雪经旬，时在楚黄署中，裁冰弄雪，分韵题笺。四十余年，恍如梦中矣。”“乙丑”，康熙二十四年（1685），“庚辰”是崇祯十三年（1640）。据万斯同《明史·庄烈皇帝纪》，崇祯十三年八月壬戌，“官军追惠登相至新宁西关，大破之，登相奔达州。刘元斌以禁军逐贼于霍山，贼走陷麻城、黄梅”。与词题“楚黄署中闻警”、词中“悲哉秋气”等颇合。倘如此，则此词作于崇祯十三年秋，是时顾贞立十七岁。

出嫁不久的顾贞立随为佐吏的丈夫至黄州，远离富足欢快的大家庭以及表姑姊妹们；国家正处在风雨飘摇之中，而黄州周边也有刘元斌领禁军与张献忠、罗汝才等起义军激战。在这多事之秋，词人流离之思与家国之恨纷涌。起句“仆本恨人”，用江淹《恨赋》成句，也有意“僭越”性别壁垒，呈现强烈的英豪之气。之后再在“恨人”之上增加悲秋、登山临水、送别等恨事。接着写登山临水所见之景，而“烟霭外”的“一派角声”又暗写不远处的战事，波光中的数行雁字，隐藏着诗人对远方消息的期盼。所以接写凭高向家乡方向凝望，期望找到“旧妆楼”，想象旧妆楼上有哪些人同倚，从而映衬自己登高凝望的孤凄。如果说“觅取旧妆楼，谁同倚”，是白日登高的想象，夜晚借“梦”远归故乡，与梦相对的则是现实中的“书迢递”，是自己半年来的辞家，与家乡一在吴头，一在楚尾。而处在“楚尾”的自己如飘蓬孤独寄居他乡。杜牧《泊秦淮》中批评“商女不知亡国恨，隔江犹唱后庭花”，词人不批评商女，因为亡国与之无关，而叹息商女曲中透露的亡国征兆，然而也只能徒唤奈何，只能“闺中漫洒神州泪”。因“漫洒神州泪”，词人联想到如《列女传·仁智传·鲁漆室女》中一般人对女性关心政治的质疑：“此乃鲁大夫之忧，妇人何与焉？”词人充满不解地问：“算缟綦、何必让男儿？”接着回答道：“天应忌。”女性是被上天下了禁忌的人群，抑或女性是被人忌惮的人群吗？其中的不解、愤懑和控诉十分强烈。此词“语带风云，气含骚雅”（郭麐《灵芬馆词话》卷二），雄健而沉郁。

清平乐[1]

元宵前二日，重过东皋，见残雪未消，梅花欲绽，遂赋此阕。[2]

闲愁未扫，拟向梅花告。[3]傲骨自来贫亦好，丘壑尽供潦倒。[4] 离魂不用人招，此生拚老渔樵。多谢天公有意，留将一地琼瑶。[5]

【注释】

〔1〕选自顾贞立《栖香阁词》卷上。

〔2〕东皋：地名。据顾贞立《七夕前三日，过东皋杂记》十五首七律，东皋当为其婚后住地，即上引《除夕》诗中的乡居地。

〔3〕闲愁：无端的忧愁。张碧《惜花三首》其一：“一窖闲愁驱不去，殷勤对尔酌金杯。”陆游《自嘲》：“宿疾闲愁俱扫尽。”释法贝诗：“半生客里无穷恨，告诉梅花说到明。”

〔4〕傲骨：比喻高傲自尊的性格。自来：生来。丘壑：山丘巨壑，也指思虑深远。潦倒：颓丧，失意。范凤翼《赠冒伯麐》：“末俗才名能诲妒，半生傲骨雅宜贫。”黄庭坚《题子瞻枯木》：“胸中元自有丘壑，故作老木蟠风霜。”

〔5〕离魂：魂离形体。招：指招魂。此处指招生魂。拚（pàn）：豁出去。渔樵：渔夫樵夫，指隐居。将：助词。琼瑶：美玉，此指雪。《楚辞·招魂》：“帝告巫阳曰：‘有人在下，我欲辅之。魂魄离散，汝筮予之。’……乃下招曰：‘魂兮归来……’”杜甫《乾元中寓居同谷县作歌七首》其五：“魂招不来归故乡。”

【评析】

这是诗人再回东皋的言志之作。在《除夕》诗中，东皋，对三十五岁的诗人来说，是贫穷的乡居之地，但在之后的《七夕前三日，过东皋杂记》十五首中，它却承载了诗人或苦或甜的回忆，成为诗人“我欲乘风归去来”的所在。此词与“七夕”诗基调颇同。

词人带着满腹闲愁来东皋向梅花倾诉。她认识到自己是生来傲骨，认为不能随顺流俗的傲骨注定带来生活的贫穷，词人作了“贫亦好”的选择。同样，她认为人胸有“丘壑”与生活潦倒也有因果关系。诗人的选择是清晰的、决绝的，“拚老渔樵”的极端表现是魂魄已经离开身体率先来到了渔樵之地，并且声明绝不接受招魂。词人还拉天公为自己的归志背书，因为东皋未消的残雪——“一地琼瑶”，在诗人看来，就是天公有意留下的。词人选择“梅”“雪”“东皋”言志，以见高洁品格和归隐追求。这在清初，应该是有政治寓意的。

徐 灿

徐灿(1612—1698),字湘蘋,一字明霞,号深明、紫管,吴县(今江苏苏州)人。徐媛侄孙女。幼颖悟,长通书史,工诗文,才锋遒丽,其中词最受称道,陈维崧云“南宋以来,闺房之秀,一人而已”。父徐桴,任职光禄寺。徐灿崇祯初为陈之遴(1605—1666)继室,居苏州拙政园。崇祯十年(1637),夫榜眼及第,授翰林院编修。次年,夫因其父陈祖苞入狱后饮鸩自尽受牵连,被禁永不叙用。顺治二年(1645),夫投效清朝,任秘书院侍读学士,官至礼部尚书兼弘文院大学士,十五年(1658),因贿内官罪,免死革职,父母兄弟妻子流放尚阳堡,徐灿随夫流放。康熙五年(1666),夫死于戍所,三子相继卒。康熙十年(1671),上书吁请归葬夫、子,获许。回江南后,与林以宁、柴静仪、朱柔则、钱云仪等女子结“蕉园诗社”。有《拙政园诗集》《拙政园诗余》行世。

咏史〔1〕(选一)

二

乱世鲜志士,明哲在闺阁。〔2〕美姿善洞箫,汉祚已中落。在庭混薰莸,况乃察帷薄。〔3〕班姬辞辇时,已识主情博。〔4〕双燕玉房飞,秋风扫珠幕。炎凉飒纨扇,寄物审所作。〔5〕引身奉慈帏,谗口罢吹索。数语白怨诅,词正理亦约。〔6〕传语笄黛流,不学欲安托。〔7〕

【注释】

〔1〕选自徐灿《拙政园诗集》卷上。共六首,此为第二首。

〔2〕鲜:少。志士:有志向与节操的人。明哲:明智睿哲的人。《论语·卫灵

公》:“子曰:志士仁人,无求生以害仁,有杀身以成仁。”《论语·子罕》“子曰:岁寒,然后知松柏之后凋也”,何晏注:“喻凡人处治世,亦能自修整,与君子同。在浊世,然后知君子之正,不苟容也。”

〔3〕汉祚(zuò):汉朝皇权和国统。中落:衰落。薰莸(yóu):香和臭。帷薄:帷幕、帘子,指家内,此指后宫。四句写汉成帝有美姿,善吹箫。因其任用外戚,导致之后王莽代汉建新。朝臣既良莠混杂,如何能明察后宫善恶。善吹箫者,为元帝,徐灿或误记。《汉书·成帝纪》赞曰:“臣之姑充后宫为婕妤,父子昆弟侍帷幄,数为臣言成帝善修容仪,升车正立,不内顾,不疾言,不亲指,临朝渊嘿,尊严若神,可谓穆穆天子之容者矣!”又《元帝纪》赞曰:“臣外祖兄弟为元帝侍中,语臣曰:元帝多材艺,善史书,鼓琴瑟,吹洞箫,自度曲,被歌声,分刌节度,穷极幼眇。”《汉书·外戚传·孝成许皇后传》:“是时,大将军凤用事,威权尤盛。其后,比三年日蚀,言事者颇归咎于凤矣。而谷永等遂著之许氏,许氏自知为凤所不佑。”

〔4〕班姬:指班婕妤。辞辇:指班婕妤不与成帝同乘。主:指成帝。情博:多新宠。《汉书·外戚传·孝成班倢伃传》:“成帝游于后庭,尝欲与倢伃同辇载。倢伃辞曰:‘观古图画,贤圣之君皆有名臣在侧,三代末主乃有嬖女。今欲同辇,得无近似之乎?’上善其言而止。太后闻之喜曰:‘古有樊姬,今有班倢伃。’”《汉书·外戚传·孝成许皇后传》:“久之,皇后宠亦益衰,而后宫多新爱。”

〔5〕双燕:指赵飞燕、赵合德姊妹。珠幕:以所居代指许皇后以及后宫其他人。所作:指班婕妤《怨歌行》“新制齐纨素……常恐秋节至,凉风夺炎热”。四句说赵飞燕姊妹在后宫,如秋风扫荡珠幕。纨扇夏天有用,秋天无用,所以寄托纨扇作诗。《汉书·外戚传·孝成许皇后传》:“自鸿嘉后,上稍隆于内宠。……其后,赵飞燕姊弟亦从自微贱兴,逾越礼制,浸盛于前。班倢伃及许皇后皆失宠,稀复进见。”

〔6〕引:退、避。慈帏:指成帝母王太后。吹索:吹毛索瘢,故意找茬。白:说明,解释清楚。怨诅:指怨恨祝咒的指控。《汉书·外戚传·班倢伃传》:“鸿嘉三年,赵飞燕谮告许皇后、班倢伃挟媚道,祝诅后宫,詈及主上。许皇后坐废。考问班倢伃,倢伃对曰:‘妾闻“死生有命,富贵在天”。修正尚未蒙福,为邪欲以何望?使鬼神有知,不受不臣之诉;如其无知,诉之何益?故不为也。’上善其对,怜悯之,赐黄金百斤。赵氏姊弟骄妒,倢伃恐久见危,求共养太后长信宫,上许焉。”

〔7〕传语:传话。笄黛流:用笄施黛之人,指女性。两句倡导女性学习班婕妤的行正、词正。

【评析】

徐灿有《咏史》诗六首,皆吟咏女性,这是第二首,咏班婕妤。班婕妤,《汉书》有传,入《古今列女传》,又有《怨歌行》《自悼赋》留存。钟嵘《诗品》评其“《团扇》短章,辞旨清捷,怨深文绮,得匹妇之致”,云“从李都尉讫班婕妤,将百年间,有妇人焉,一人而已”。也就是说,班婕妤既为道德楷模,又为文学楷模。徐灿倡导女性要学习班婕妤,固然与其道德文章有关,但更看重其在乱世中有独立的判断(“明哲”)和体面的选择。有独立的判断和体面的选择,人才能保持操守,成就道德文章。

她认为班婕妤看到了汉成帝朝中薰莸混杂,也就对其宫中的善恶分明不敢有期待,班婕妤之所以不与成帝同辇,是因为她实际上已经认识到成帝多内宠,她不想争宠,更不想成为争宠者的攻击目标,因为人生的意义应不止于此。她以侍奉太后之由,离开了是非之地,既承担了侍奉长者之职,更堵住了悠悠谗口的吹毛索瘢,是通过疏离而保存自我的最好方法。她面对“挟媚道,祝诅后宫,詈及主上”的指控,回答道:“妾闻‘死生有命,富贵在天’。修正尚未蒙福,为邪欲以何望?使鬼神有知,不受不臣之诉;如其无知,诉之何益?故不为也。”自己有“死生有命,富贵在天”的认知,故不贪求,所以不会祝诅。一个人走正道,未必有福佑,但做坏事,肯定没好报,祝诅是做坏事,所以自己不会祝诅。假如鬼神有判断,就不会接受大逆不道的诉求;假如其无知,向鬼神祈求又有何益?所以,自己无论如何,也不会做这种事。其回答周密,逻辑清晰,自己、鬼神双方面都考虑到了,又显示出严正的是非标准,真是滴水不漏。徐灿评价为“词正”“理约”。徐灿不提“辞旨清捷,怨深文绮”,因为“捷”“怨”“绮”都是表面的,徐灿看重更本质的女性智慧,所以敢于说“乱世鲜志士,明哲在闺阁”。

秋日漫兴[1](选一)

二

帝苑芳春风吹谐,看花曾遍洛阳街。[2]行吟缓控青丝辔,击节频抽白玉钗。[3]共挽鹿车归旧隐,几浮渔艇散秋怀。[4]霜风扫尽烟霞况,愁

见龙城叶满阶。〔5〕

【注释】

〔1〕选自徐灿《拙政园诗集》卷上。共八首,此为第二首。

〔2〕帝苑:皇家禁苑,又指帝都。凤吹:指笙箫等细乐器,此处指各种乐器。谐:声律和谐。洛阳:此处代指京都。两句写在帝京听乐看花,也可理解为在京师进士及第后的得意。丘迟《侍宴乐游苑送张徐州应诏诗》"驰道闻凤吹",《文选》注:"《吕氏春秋》曰:伶伦制十二筒,听凤鸟之鸣,以别十二律。蔡邕《月令章句》曰:吹者,所以通气也。管、箫、竽、笙、埙、篪,皆以鸣吹者也。"秦夔《寄王希曾》:"知君年少擅才华,官样文章属大家。待得春来消息好,马蹄看遍洛阳花。"孟郊《登科后》:"春风得意马蹄疾,一日看尽长安花。"

〔3〕行吟:边走边吟咏。控:操纵。辔:缰绳。击节:打拍子。吕岩《七言》:"何时再控青丝辔,又掉金鞭入紫微。"司空图《歌者十二首》其一:"追逐翻嫌傍管弦,金钗击节自当筵。"

〔4〕共挽鹿车:指夫妻同心,安贫乐道。渔艇:小型轻快的渔船。《后汉书·列女传·鲍宣妻传》:"勃海鲍宣妻者,桓氏之女也,字少君。……着短布裳,与宣共挽鹿车归乡里。拜姑礼毕,提瓮出汲。"陆游《行饭至湖桑堰东小市》:"饱食无营是处游,偶然来到埭东头。芒鞋也似双凫快,渔艇真如一叶浮。"

〔5〕烟霞:指山林。况:境况。龙城:或指沈阳,或指尚阳堡附近的黄龙冈。萧统《锦带书十二月启·夹钟二月》:"敬想足下,优游泉石,放旷烟霞。"《〔乾隆〕盛京通志》卷二十八"古山川附考·黄龙冈":"按唐置黄龙府于此,今谓之黄龙冈。在开原城北。"

【评析】

这是徐灿《秋日漫兴》八首的第二首,当作于奉天流放地。诗歌以时空为序,呈现了夫妻的三种生活状态。题名《秋日漫兴》,但首先从春风得意的京师生活写起。前四句有两解,一是回忆明末陈之遴榜眼及第为翰林编修,夫妻在京师的生活。二是顺治二年至十三年间夫妻在京师的生活。从用典的使用看,我颇倾向于前者,如果这样,则此诗不仅呈现了个人生活的变化,更包含了时代巨变。又或许在与当下生活的对比中,两段京师生活叠加在一起,难以分辨。其次是夫妻归隐生活。徐灿、陈之遴明清时各有一段吴中归隐经历。最后是当下流放地生活。诗人不再写人,而用霜风扫尽山林烟霞,用愁眼注视着塞外寒城满阶的落叶,这些落叶就是他们当下生活的象征。帝京生活的热闹,吴中隐居的萧散,当下的飘零,形成鲜明的对照。此诗是对杜甫《秋兴八首》的应和之作,但在杜甫京师、夔州的两地对比中,增加了第三时地,由此连缀一生经历。吴骞《拜经楼诗话》也引此诗,赞"湘蘋则尽洗铅华,独标清韵,又多历患难,忧愁拂郁之思,时时流露楮墨间"(卷四)。

踏莎行　初春[1]

芳草才芽,梨花未雨[2]。春魂已作天涯絮[3]。晶帘宛转为谁垂[4],金衣飞上樱桃树[5]。　　故国茫茫,扁舟何许。[6]夕阳一片江流去[7]。碧云犹叠旧河山,月痕休到深深处。[8]

【注释】

〔1〕选自徐灿《拙政园诗余》卷上。

〔2〕梨花未雨:梨花未落。李贺《将进酒》:"桃花乱落如红雨。"

〔3〕春魂:拟人,春天的魂魄。此句说春魂已化作柳絮飞遍天涯。雍裕之《宫人斜》:"应有春魂化为燕,年来飞入未央栖。"

〔4〕晶帘:用线串水晶成条,许多条垂直悬挂而成的帘幕。宛转:水晶碰撞发出的好听的声音。此句意在盼望燕子归来。李白《玉阶怨》:"却下水晶帘,玲珑望秋月。"欧阳澥《咏燕上主司郑愚》:"长向春秋社前后,为谁归去为谁来。"

〔5〕金衣:黄莺。《开元天宝遗事·天宝》"金衣公子":"明皇每于禁苑中见黄莺,常呼之为金衣公子。"陈之遴《蝶恋花·次前韵》:"碧杨枝上金衣坐。"《风流子·和湘蘋旧邸感赋》:"叹有鸟花间,金衣还到。"元稹《同醉吕子元、庾及之、杜归和同隐客泛韦氏池》:"柏树台中推事人,杏花坛上炼形真。心源一种闲如水,同醉樱桃树下春。"

〔6〕故国:指故乡,亦指已覆亡的前朝。何许:何处。李煜《虞美人》:"故国不堪回首月明中。"《吴越春秋》卷六云范蠡"乃乘扁舟,出三江,入五湖,人莫知其

所适”。

〔7〕汪元量《湖州歌》:“北望燕云不尽头,大江东去水悠悠。夕阳一片寒鸦外,目断东西四百州。”窦巩《南游感兴》:“伤心欲问前朝事,唯见江流去不回。日暮东风春草绿,鹧鸪飞上越王台。”

〔8〕两句云碧云犹且知道重叠遮蔽旧河山,月痕千万不要照到河山深处。意谓不忍见旧河山。吴芾《又登碧云亭感怀三十首》其五:“使君要见红妆面,莫放碧云重叠遮。”晏殊《踏莎行·春景》:“斜阳却照深深院。”

【评析】

此词上阕写景,下阕抒情,而景中有情,如“晶帘宛转为谁垂”,表面是“晶帘”,实是主人对“旧时燕子”的期盼。用景抒情,如下阕先言“故国茫茫”,则故国不知所在;“扁舟何许”,则寻找无由;“夕阳一片江流去”,用景来表达故国风流已去;最后两句将孤臣孽子之情投射于碧云、月痕,写出即使旧山河可见也不忍见、不敢见的心曲。词思婉转,情感深郁。陈廷焯《白雨斋词话》评最后两句:“既超诣,又和雅,笔意在五代、北宋之间。”确为的评。钱仲联选注《清词三百首》云:“这首词,写于早春时节,于念旧伤离之中,寄沧桑变革之叹,故谭献《箧中词》评云:‘兴亡之感,相国愧之。’”“春魂已作天涯絮”“晶帘宛转为谁垂”等,即“念旧伤离”,下阕为“沧桑变革之叹”,其评亦堪称允当。徐灿《踏莎行·梦江南》最后两句:“杜鹃啼断夕阳枝,月明又到花深处。”是“月痕休到深深处”的又一种表述,即明月有情,故来相照,此首则是明月临照,其情何堪,都婉转表达浓郁的易代之悲和故国之思。

青玉案　吊古〔1〕

伤心误到芜城路〔2〕,携血泪,无挥处。半月模黏霜几树。紫箫低远,翠翘明灭,〔3〕隐隐羊车度〔4〕。　　鲸波碧浸横江锁〔5〕,故垒萧萧芦荻浦。烟水不知人事错。〔6〕戈船千里,降帆一片,〔7〕莫怨莲花步〔8〕。

【注释】

〔1〕选自徐灿《拙政园诗余》卷中。

〔2〕芜城：指广陵城。西汉吴王刘濞所筑。南朝宋竟陵王刘诞据广陵城叛，孝武帝派军讨平并屠城，鲍照为之作《芜城赋》，广陵城因此有芜城之名。又指荒芜的都城。

〔3〕紫箫：紫竹或紫玉制成的箫。翠翘：妇女头饰，似翠鸟尾之长毛，故名。明灭：忽明忽暗。《太平御览》卷五百八十一"乐部·箫"下引《凉州记》曰："吕纂，咸宁二年，有盗发张骏墓，得白玉樽、玉笛、紫玉箫。"张元干《感皇恩·寿》："舞袖风前翠翘颤。"白居易《长恨歌》："花钿委地无人收，翠翘金雀玉搔头。"温庭筠《菩萨蛮》："小山重叠金明灭。"

〔4〕羊车：宫中用羊牵引的小车。《晋书·后妃·胡贵嫔传》："（晋武帝）掖庭殆将万人，而并宠者甚众，帝莫知所适，常乘羊车，恣其所之，至便宴寝。宫人乃取竹叶插户，以盐汁洒地，而引帝车。"

〔5〕鲸波：巨浪。横江锁：三国时吴人在长江险要处安装的横截长江的铁锁。杜甫《短歌行赠王郎司直》"鲸鱼跋浪沧溟开"，《九家集注杜诗》引崔豹《古今注》："鲸，海鱼也。大者长数十里，小者千丈，常以五六月生子就岸边，至七八月导其子还大海中，鼓浪成雷，濆沫成雨，水族惊畏逃匿。"《晋书·王濬传》："太康元年正月，濬发自成都……吴人于江险碛要害之处，并以铁锁横截之，又作铁锥长丈余，暗置江中，以逆距船。先是，羊祜获吴间谍，具知情状。濬乃作大筏数十，亦方百余步，缚草为人，被甲持杖，令善水者以筏先行，筏遇铁锥，锥辄著筏去。又作火炬长十余丈，大数十围，灌以麻油，在船前，遇锁，然炬烧之，须臾，融液断绝，于是船无所碍。"

〔6〕故垒：指吴头楚尾的西塞山，在湖北黄石东部长江南岸。吴人曾在此安装横江铁锁。两句说，西塞山古战场只有芦荻萧萧，自然烟水哪知人事对错。刘禹锡《西塞山怀古》："西晋楼船下益州，金陵王气漠然收。千寻铁锁沉江底，一片降幡出石头。人世几回伤往事，山形依旧枕寒流。今逢四海为家日，故垒萧萧芦荻秋。"

〔7〕戈船：古代的一种战船，船上载干戈。《晋书·王濬传》："濬自发蜀，兵不血刃，攻无坚城，夏口、武昌，无相支抗。于是顺流鼓棹，径造三山。皓遣游击将军张象率舟军万人御濬，象军望旗而降。皓闻濬军旌旗器甲，属天满江，威势甚盛，莫不破胆。用光禄勋薛莹、中书令胡冲计，送降文于濬。"

〔8〕莲花步：指齐东昏侯潘妃。《南史·齐废帝东昏侯纪》："凿金为莲华以帖

地,令潘妃行其上,曰:'此步步生莲华也。'"

【评析】

当年竟陵王据广陵城叛,被宋孝武帝派军讨平并屠城,后鲍照来到广陵,见血迹尚在,创痕犹新,感慨万千,写下了《芜城赋》。徐灿词接续《芜城赋》而来。因为误到芜城,没有心理准备,更觉城中之惨,整座城已为血泪填噎,所以自己的血泪已无处承载,所谓"携血泪,无挥处"。透过模糊的半月与朦胧的霜树,词人进入了看似繁华而实则君恬臣嬉的历史,仿佛听到悠远的紫箫声,看到宫女发上翠翘闪烁不定的光芒。这里的用典隐秘而多意,"紫箫"既是乐器,也是晋咸宁年间发掘出的墓中之物;"翠翘"既是张元干《感皇恩》词中宫中舞人的饰物,也是"花钿委地无人收,翠翘金雀玉搔头"的悲剧的残留物。还有隐隐约约的晋武帝羊车在后宫恣意所行的声音。以此追索芜城惨剧的由来,因而下文的"戈船千里,降帆一片"也就成了历史必然。下阕从王濬楼船东下掀起的巨浪淹没东吴横江铁锁写起,孙皓锁江的千寻铁锁,在王濬楼船下益州之后,永沉江底,毫无用处,只能作为历史的见证经历又一次的戈船千里,另一次的降帆一片。词人的思绪沿长江上溯西塞山,她引入刘禹锡《西塞山怀古》,描绘了西塞山故垒的萧萧芦荻,发黍离之悲的同时,感慨烟水有不介入人事废兴的超然,而人则不能不追寻历史的兴废得失。中国古代有将政治、历史兴亡归罪于女性的传统。如《左传·昭公二十八年》载叔向欲娶申公巫臣氏,其母阻止,指出:"三代之亡,共子之废,皆是物也。女何以为哉?夫有尤物,足以移人。苟非德义,则必有祸。"杜预注曰:"夏以妹喜,殷以妲己,周以褒姒,三代所由亡也。共子,晋申生,以骊姬废。"词人不同意这一说法。她引入花蕊夫人《国亡》诗:"君王城上竖降旗,妾在深宫那得知。四十万人齐解甲,更无一个是男儿。"指出不要将家国破碎归罪于女子、归罪于红颜祸水!词人将政治兴亡的教训归因于政治执行者,还是请当政者负起真正的政治、历史的责任吧。词批判"红颜祸水"的历史书写,具有强烈的女性意识。

千秋岁　感怀[1]

帘前竹外。明月光相碍。[2] 檐影照，霜横带。[3] 不知青岁减，只说朱颜改。[4] 君不见，河山几叠谁为买。[5]　　底事频频耐。[6] 留得惺惺在。[7] 天有恨，花长害。[8] 柳烟春带结，燕语春心碎。[9] 消得也，一番春色当眉黛。[10]

【注释】

〔1〕选自徐灿《拙政园诗余》卷中。

〔2〕碍：妨碍。两句说月照帘前、竹外梅花，月光下梅色暗淡。陈霆《夏日杂兴》："相便最是帘前月，陪伴胡床到夜深。"苏轼《和秦太虚梅花》："多情立马待黄昏，残雪消迟月出早。江头千树春欲暗，竹外一枝斜更好。"洪咨夔《和黄几叔墨梅》："月暗云迷竹外枝，寒香未动便能奇。面如坡老南归后，骨似温公独乐时。"

〔3〕两句写月斜时的梅影如霜横带。杜甫《遣意二首》其二："檐影微微落。"林逋《山园小梅二首》其一："疏影横斜水清浅。"

〔4〕青岁：指青春年少。朱颜：女子秀美的容颜。杜甫《昔游》："隔河忆长眺，青岁已摧颓。不及少年日，无复故人杯。"李煜《虞美人》："雕栏玉砌应犹在，只是朱颜改。"

〔5〕两句问重叠的河山谁能买。葛立方《满庭芳》："宽阑外，青山几叠。"

〔6〕底事：何事。频频：屡屡。耐，原缺字，据《今词苑》补。白居易《放言五首》其一："朝真暮伪何人辨，古往今来底事无。"马珏《金鸡叫·化李仲达》："耐羞耐耻频频告，谨劝贤家，早悟我金鸡叫。"

〔7〕惺惺：清醒。《朱子语类》卷十七"问上蔡说敬者"，朱子曰："未有外面整齐严肃而内不惺惺者。如人一时间外面整齐严肃，便一时惺惺；一时放宽了，便昏怠也。"

〔8〕后一句，《众香词》作"诗逋酒债"。诗逋（bū）：诗债。两句以天有恨、花长害反衬人之多情和易感。李贺《金铜仙人辞汉歌》："衰兰送客咸阳道，天若有情天亦老。"苏轼《和秦太虚梅花》："为爱君诗被花恼。"

〔9〕两句说杨柳结成的春带，意欲系住春天，以燕语表达破碎的春心。

〔10〕“消得”,《众香词》作“消瘦”。两句云春色的归宿在眉黛,即愁上眉头。《西厢记》第一折《赚煞尾》:“春意透酥胸,春色横眉黛。”

【评析】

这是徐灿词中思想情感最为含蓄隐晦的一首词。首先是写景含蓄。起句“帘前竹外”,应是写梅,但不出梅字,写出月光下梅的朦胧暗淡,营造神秘气氛。用“檐影照”透露月落,以见时间流逝,而“帘前”表达人处室内,“竹外”则人至室外,“檐影照”,人又至室内,又见空间的转移,所以,在朦胧的月色和暗淡的梅影中,人也飘荡其中,更显气氛神秘。然后用“不知青岁减,只说朱颜改”,引出深夜不寐者的感慨。“只说朱颜改”比较好理解,可为什么“不知青岁减”?是忘却年龄了吗?词人没有交代,而骤然转向“君不见,河山几叠谁为买”,是青春不再而寻求归宿,是老而归隐?……刘仙伦《赠岳周伯庾使二首》:“已买湖山卜莫居。”过去的文学书写还可以提供不少有关买湖山、谁为买的意义走向。如杜甫《春望》:“国破山河在,城春草木深。”强调河山的永恒性,虽朝代更迭,但重叠的河山谁也不能永远占有。苏轼《赤壁赋》:“惟江上之清风,与山间之明月,耳得之而为声,目遇之而成色,取之无禁,用之不竭,是造物者之无尽藏也。而吾与子之所共适。”强调湖山的公共性,故不用买。施枢《和菊潭韵题秋潭买山图后》:“身世如萍漫浪休,机心谁遣误沙鸥。从来风月惊人句,即是湖山买屋谋。”诗人游览山河,以文学描绘湖山,故湖山为文学所拥有,则诗人为买湖山。但词人就是不明言。下阕“底事频频”,其挑起问题,却避而不答,只给出“留得惺惺在”的状态,但对什么清醒呢,也只字不提,但用“天有恨,花长害”来表达自己的多恨多愁。最后用柳、燕、春色来抒发留春、惜春和春愁。然而春愁又绝非只是为春发愁。

此词欲说还休,吞吐隐忍,感慨极深,令人寻味。陈之遴有《千秋岁·吊古》同韵词,或有助于理解此词。词曰:“古青今黛。几点寒山在。离黍地,知何代。娇春花影断,泣夜江声怪。吾老矣,情怀每为登临坏。　多少莺花债。难向天公贷。抬倦眼,黄尘碍。人凭斜月槛,雁度残星塞。君不见,山河几把英雄卖。”

季　娴

季娴(1614—1683),字静姎,一字扆月,号元衣女子,泰兴人。父季寓庸,天启二年(1622)进士。大弟开生(1627—1659),顺治六年(1649)进士;三弟振宜(1630—1673),顺治四年(1647)进士,编辑《全唐诗》。其家以盐商致富,置女优,藏书极富。夫兴化李长昂,子李为霖,皆仕宦。编《闺秀集初编》。有《近存集》《百吟篇》等,顺治中刻《雨泉龛诗选》,后刻《雨泉龛合刻》。

河中之水歌〔1〕

河中之水〔2〕,滔滔疾流。汩我田苗,啮彼高丘。河鱼大上,万民以愁。〔3〕我谓河伯,伊谁之羞。〔4〕苕苕佚女,抱持箜篌。哀声入云,长歌未休。〔5〕何辜今人,瘨疢曷瘳。〔6〕

【注释】

〔1〕选自《雨泉龛合刻·诗集·乐府变》。

〔2〕萧衍《河中之水歌》:"河中之水向东流,洛阳女儿名莫愁。"

〔3〕汩(gǔ):淹没。田苗:田里的禾苗。啮:侵蚀。高丘:高山。河鱼大上:河中鱼至天上,形容洪水滔天。《尚书·虞书·尧典》:"咨!四岳,汤汤洪水方割,荡荡怀山襄陵,浩浩滔天。"

〔4〕河伯:河神。伊谁:何人。羞:羞耻。《水经注》卷十五"洛水·又东北流入于河"引《竹书纪年》:"洛伯用与河伯冯夷斗。"《诗经·小雅·何人斯》:"伊谁云从,维暴之云。"

〔5〕苕(tiáo)苕:遥远貌。佚女:美女,指朝鲜津卒霍里子高妻丽玉。四句说,遥远的古朝鲜丽玉作《箜篌引》,为堕河而死的狂夫夫妻高歌不停,哀声动天。《离

骚》："见有娀之佚女。"王逸章句："佚，美也。"崔豹《古今注》卷中"箜篌引"："朝鲜津卒霍里子高妻丽玉所作也。子高晨起，刺船而棹。有一白首狂夫，被发提壶，乱流而渡，其妻随呼，止之不及，遂堕河水死。于是援箜篌而鼓之，作《公无渡河》之歌，声甚凄怆，曲终，自投河而死。霍里子高还，以其声语妻丽玉。玉伤之，乃引箜篌而写其声，闻者莫不堕泪饮泣焉。丽玉以其声传邻女丽容，名曰《箜篌引》焉。"

〔6〕何辜：何罪。疢疢（chèn）：疾病，指洪灾中人经受的痛苦。曷：何时，如何。瘳（chōu）：消除。

【评析】

在季娴生活的时代，其所处的江淮地区，灾害频发，不论是发生的几率，还是给社会生活造成的破坏性影响，水患无疑居首。与季娴同时代的江都人汪懋麟说及江淮之间洪水为灾的惨状："冲堤防，坏城郭，没田舍，民饥饿漂转以死者，道路相枕。"（《百尺梧桐阁集·文集》卷一《与曹峨眉论白乌书》）季娴则用四言诗进行表达。

《河中之水歌》原是乐府旧题，与萧衍写莫愁女不同，此诗在"河中之水"本意上展开，痛陈河水"汩我田苗，啮彼高丘。河鱼天上，万民以愁"。她不忍心直言淹死者，而用《箜篌引》之典婉转点出，用丽玉让人堕泪饮泣的箜篌声表达自己对受灾者的悲悯，又质问河伯，表达对灾情发生的痛切和消除灾情的急切，具有仁者心性和精神。

此诗用乐府旧题，实是新乐府。白居易《新乐府序》说其乐府："其辞质而径，……其言直而切，……其事核而实，……其体顺而肆，……总而言之，为君、为臣、为民、为物、为事而作，不为文而作也。"此诗是白居易新乐府的异代回响。

月中行　晚步树园〔1〕

园林好景夕阳西〔2〕，花压画桥低〔3〕。争泥双燕受风攲〔4〕。点缀暮春时。　　寂寂长廊无客到，楼台倒影漾方池〔5〕。无端小婢促归迟。细细点游丝。〔6〕

【注释】

〔1〕引自《众香词》“礼集”。树园：疑即嘉树园。季娴本家的著名园林。

〔2〕姜宸英《嘉树园记》记嘉树园中好景：“吏部季公用文章取高第，家食优游者垂三十年，故得以其间治园于其邑之东偏，日累月积，而维扬嘉树之园遂甲于天下。园广袤三里许，凿石以为山，疏流以为池。高有台，下有亭，回有曲廊；暑有临风之榭，寒有负暄之室；开广之基，辟以为堂。其亭、台、廊、榭、堂、室之属之可名者，恒百十处，皆依山临水，以相萦带。凡位于山水之侧者，皆如其自然者焉。佳木灵草之蒙茸而森蔚，芙蕖菱荇之芬郁而延蔓，凡托乎山水以生且植者，亦皆如其自然者焉。青帘白舫，红栏绿竹，与夫风鸳雨燕、啼莺乳鹊之间关而上下于烟霭寥廓之间，可以倒山简之接䍦，折谢公之屐齿。及其岩洞窈窕、水流汩汩、清风之飒然，则阮籍、孙登所以长啸而不返，而凤鸾鸣而虎豹嗥者也。然而远望极目，则长江明灭其外，江南诸山恍若可睹，而予顾有不能尽述者。”

〔3〕此句形容树上繁花压枝遮挡桥面造成桥变低矮的视觉感受。杜甫《江畔独步寻花七绝句》其六：“黄四娘家花满蹊，千朵万朵压枝低。”王沂《镜槛诗拟李义山体》：“花压画栏桥。”袁桷《次韵马御史题汉州喻氏多胜亭》：“花压金桥重，春风第一州。”

〔4〕攲（qī）：倾斜。周邦彦《望江南·咏伎》：“宝髻玲珑攲玉燕。”

〔5〕此句写方池中楼台的倒影随水波荡漾。高骈《山亭夏日》：“楼台倒影入池塘。”何逊《望廨前水竹答崔录事》：“萧萧丛竹映，澹澹平湖净。叶倒涟漪文，水漾檀栾影。”

〔6〕无端：没来由。游丝：漂浮在空中的蛛丝。《牡丹亭·游园》：“袅晴丝吹落闲庭院，摇漾春如线。”

【评析】

这是一首活泼的小词。写女子携小婢游自家园林，一路闲逛，一路观赏风景。词从园林整体写起，赞叹“园林好景”，“夕阳西”既交代游园时间，又使整个园林在夕阳映照之下。然后描绘局部景观，水边繁花压枝，花枝密集，遮挡画桥，桥面与水面的距离变小，仿佛春日繁花将画桥压低。写景颇妙。接着是更细微的观察和动态描写。争泥双燕因体积小、重量轻，所以被春风吹得有点失控而倾斜。“燕攲”之态，文学作品中较常见的是簪钗头燕子装饰因各种原因而攲侧，"争泥双燕受风攲"无疑更细腻灵动。下阕"楼台倒影漾方池"，也描写细腻。苏轼《泛颍》诗写道："画船俯明镜，笑问汝为谁。忽然生鳞甲，乱我须与眉。散为百东坡，顷刻复在兹。此岂水薄相，与我相娱嬉。"他与自己水中的倒影开玩笑，看着水中自己的脸被水波荡漾开而变形，水平静后脸部倒影依旧。"楼台倒影漾方池"，也透露出生趣和欢喜。当游兴被小婢催归打扰时，女子还是意犹未尽，在归去的路上，仍不住地"细细点游丝"。这里的"游丝"似乎还有隐喻意，是春天与游园者的双向牵绊和流连。

如果将此词与汤显祖《牡丹亭·游园》做一对比，《牡丹亭》的"春天"更多是作为少女"春情"的比兴，季娴的春天就是自然的春天，春天的繁花、燕子、楼台、绿波、游丝本身就让人兴致勃勃、游之不尽呢。

宫婉兰

宫婉兰(1644?—?),海陵(今江苏泰州)人,父宫伟镠(1611—1680),崇祯十六年(1643)进士,官翰林院检讨,明亡后,不仕。夫如皋诸生冒褒(1644—1726),冒襄庶弟。顺治三年(1646)订婚,十六年(1659)仲春结婚,次年夫补博士弟子员。夫妻曲室酬唱,才情朗畅。尤工画,善墨梅、雪叶、风枝,翛然出尘。其剪彩之屏,极工巧,时人争购,成如皋特产。著有《梅花楼集》。

元宵喜晤十六侄如冈〔1〕

汝来恰值传柑节,我老惊看两鬓银。〔2〕回首弟兄多隔别〔3〕,相逢子侄独情亲〔4〕。梅残正好迎新月,柳放何堪又暮春。带水家乡原不远〔5〕,衰年惟有泪沾巾。

【注释】

〔1〕选自《江苏诗征》卷一六二,又见《淮海英灵续集·辛集》卷一。

〔2〕传柑节:上元节,元宵节。银:指白发。苏轼《戏答王都尉传柑》"侍史传柑玉座傍",《施注苏诗》引《诗话》:"唐上元夜,宫人以黄罗包柑遗近臣,谓之传柑宴。"

〔3〕弟兄:宫婉兰兄弟众多,其兄宫梦仁(1623—1713),康熙九年(1670)进士,官至福建巡抚。弟宫鸿历(1656—1718),字友鹿,康熙四十五年(1706)进士,翰林院编修。沈默《宫友鹿传》:"宫友鹿,一字槱麓,号恕堂。其名一字犯御名,上一字亦犯嫌名。紫阳先生伟镠第八子也。"

〔4〕子侄:有宫懋言(1673—1732)、宫之望等。两人同为康熙三十五年(1696)举人。懋言,鸿历子,康熙四十二年(1703)进士。之望,从古人名与字相关性看,有

可能即诗题中的如冈。

〔5〕带水家乡：如皋与泰州相距不远，故云。

【评析】

这是出嫁女在婆家见到来访的自家侄儿而写的一首诗。兄弟姐妹在父母羽翼下成长，关系亲密，年长后成家，承担着各自家庭的重任，即使居住不远，也难得相聚。这就是生活。

这年元宵节，宫婉兰见到了兄弟之子——第十六侄如冈。由注释可知：宫家科举非常成功；宫婉兰婆家离娘家不远；她至少有八个兄弟，还不算姐妹；从“十六侄”之称谓看，其子侄辈众多；侄子元宵节能来姑姑家，可见关系亲密，走动自然。总之，宫婉兰与娘家人见面的几率要远超一般女性。然而这并不能改变人对幼年起建立的亲密关系的思念。诗题作“喜晤”，但通篇“喜”“悲”参半，以悲作结。一喜侄子元宵来访，但悲自己两鬓白发，“惊看”，是从侄子眼中看的，显示了上次见面与这次见面的时间距离和身体变化。二悲兄弟多隔别，但喜“相逢子侄独情亲”。三悲“梅残”，但喜“新月”。四喜“柳放”，但悲“暮春”。五喜离家不远，却悲“衰年”，故“有泪沾巾”。

诗歌不以惊人之事、意、句取胜，而以自然质朴的生活和情感，写出了深沉的人生况味。

龚静照

龚静照，字冰轮，号鹃红，无锡人。父龚廷祥（？—1645），崇祯十六年（1643）进士，南明弘光朝中书舍人，清兵破南京，自沉秦淮河殉国。夫同邑陈生，夫妻不睦。静照工诗，善画，娴剑术。与女诗人周宝镫、吴琪有唱和。著有《永愁人集》（一曰《鹃红稿》《鹃红集》）、《梅花百咏》等。

清　明〔1〕

桃花春水漾愁红，作意新苔绕画栊。〔2〕酒觉多情偏入梦，花怜有劫尚随风。〔3〕难消蠹癖依千帙，未了蚕丝结一丛。〔4〕几念先人青冢路，纸钱飞蝶隔墙东。〔5〕

【注释】

〔1〕选自《名媛诗话》卷一。

〔2〕愁红：《梁溪诗钞》卷五十一作“零红”，经风雨摧残的花，此处指落花。作意：特意，刻意。画栊：有彩画的窗棂。储光羲《答王十三维》：“落花满春水，疏柳映新塘。”张协《杂诗》：“青苔依空墙。”

〔3〕劫：劫难，灾难。韦庄《与东吴生相遇》：“老去不知花有态，乱来唯觉酒多情。”刘禹锡《春有情篇》：“花含欲语意。”

〔4〕蠹癖：爱书成癖。《梁溪诗钞》卷五一作“蠹僻”。蠹，此处指书虫。千帙：千册。了：懂得。蚕丝：形容人生。两句说自己书癖未除，人生纷乱。陆游《书叹》：“人生如春蚕，作茧自缠裹。一朝眉羽成，钻破亦在我。”

〔5〕几念：无数次念。先人：指其父。青冢：指坟墓。《法苑珠林》卷八《千佛篇》引《菩萨处胎经》：“（佛）问弥勒：‘心有所念，几念几相识耶？’弥勒言：‘举手

弹指之顷，三十二亿百千念，念念成形，形皆有识。'"《〔乾隆〕江南通志》卷三十九《舆地志》："中书龚廷祥墓在无锡县。"《荆钗记》第三十五出【沽美酒】："纸钱飘，蝴蝶儿飞，血泪染，都做了杜鹃啼。"

【评析】

这是一首清明节哀悼父亲并感慨人生的诗，抒发了无所不在的、无时不在的无法排解的深悲永痛。诗歌从清明时节桃花流水写起，然而在诗人眼里，桃花为"愁红"，春水仿佛是为"漾""愁红"而流动；"新苔"也特意绕着原本有彩画的窗栊生长。绿水与红花、苔绿与画栊撞色强烈，但在诗人情感的笼罩下显出愁红惨绿的忧郁。接下来两句写酒、花与自己的交流，堪称警句，杨芳灿《题〈永愁人集〉后》直沿用之。"何以解忧，唯有杜康"，所以"酒觉多情"，也就是"觉""酒多情"，然而忧伤如此深邃无边，即便酒醉入睡，忧伤也弥漫在梦里。虽然春花怜我有劫，故开花慰我，却又随风飘散。极写蚀骨忧痛而无法开解的心理。第三联书写自己的生活。自称"蠹癖"，知自己已成爱书欲望的俘虏，诗人虽云"消"解，却又安于"难消"，而与"千帙"相依；自省不能看透人生而使人生纷乱如麻。末联点明思念父亲，无数次想念父亲青冢而今日扫墓祭父的清明主题，诗人以"念"之"路"以及"隔墙"飞舞的"纸钱""飞蝶"来写，颇为蕴藉。诗人善于表达情感并能张弛有度，如写丧父的蚀骨伤痛，却反王禹偁《清明》"无花无酒过清明"，写出花与酒的慰藉；写自己当下生活"结一丛"，然而保有"蠹癖"并有"千帙"可依。诗歌善用物象构建审美意象，"桃花""春水""新苔""画栊""蠹""蚕丝""纸钱""飞蝶"，营造出清明时节的美丽而忧伤、飞舞与纠缠的自然、人事以及情感的氛围。

满庭芳　山窗春雨[1]

春雨淹淹，春愁脉脉，娇黄媚紫都非。[2]韶华几许，九十半成违。[3]风暖水纹如皱，凭阑处、漫浸芳菲。[4]醒残梦，多情未减，忘处转依依[5]。　　追思曾玩赏，旧时情事，珠泪频挥。渐看看成病，减却香围。

客里清明过也，空赢得、绿惨红稀。[6]如萍燕，东西飘泊，不解认人归。[7]

【注释】

〔1〕选自蒋景祁编《瑶华集》。

〔2〕淹淹：昏沉貌。脉脉：连绵貌。娇黄媚紫：娇嫩的黄色、妩媚的紫色，代指春天的百花。林季仲《中秋不见月》："淹淹一夜雨，脉脉万方情。"

〔3〕韶华：春光。几许：多少。九十：春季三月，九十天。违：离开。

〔4〕皱：皱纹。芳菲：芳花香草。冯延巳《谒金门》："风乍起，吹皱一池春水。"

〔5〕依依：依稀，隐约。

〔6〕看看：渐渐。减却：消减。香围：香肌腰围。绿惨红稀：既指花草凋零，又指人憔悴，愁思满怀。张孝祥《减字木兰花》："惨绿愁红，憔悴都因一夜风。"《村乐堂》第四折【步步娇】："往常孩儿，杨柳腰枝多丰韵，脸似桃般嫩。今日可怎生憔悴损。我则见绿惨红愁，减了精神。为何因，背地里将啼痕来搵。"

〔7〕萍燕：浮萍、燕子。不解：不懂。认人：识人，指看清人的内在品质等。归：既指归来，又指嫁人。

【评析】

此词与《清明》诗所写时节相近，意象上有叠合，情感有共同处，而又另有侧重，对比阅读，有相互生发之妙。起句点题，写出"春雨"昏沉，引起"春愁"，春雨也恰如"春愁"连绵，在这样的情境下，春天的"娇黄媚紫"都失去了原来的艳丽，所谓"都非"。这与《清明》诗首联内在思路一致，但表现得更明晰。之后写春日易逝，春雨不断。"醒残梦"三句，可与《清明》诗"酒觉多情偏入梦"参看。"多情未减"是酒，"醒残梦"的也是"酒"，酒使平日里自己都以为忘了的事情和情感以梦的方式隐约出现。此句出人意表，叙事、抒情、思理兼得。过片三句，追思往日，以"珠泪频挥"绾结当下，然后进一步描写自己当下的身体和精神状态并作反省。时人云龚静照"所适非偶"，杨芳灿《题〈永愁人集〉后》也说："鸾歌凤吹娇鬟媵，画堂误受红丝聘。可怜文采污浮尘，为有才华宜薄命。……悔同谢女擅风标，讵意王郎在天壤。拍碎珠徽玉轸琴，此生拚不遇知音。"词中"如萍燕，东西飘泊，不解认人归"似有所呼应。此词将自身时刻与春天绾合，增加了词句的容量和韵味。

浦映渌

浦映渌(1623—1685),字湘青,无锡人。父浦尔澄,母郑氏,有兄弟七人,姊妹一人。夫武进黄永,与陈维崧、邹祇谟、董以宁并称“毗陵四子”,顺治十二年(1655)进士,官刑部员外郎。夫妻甚相得。第三子亮可,康熙十五年(1676)进士。有《绣香小集》《绣香阁新诗》等。

读《牡丹亭》信笔〔1〕

情生情死亦寻常,最是无端杜丽娘。〔2〕亏杀临川点缀好,阿翁古怪婿荒唐。〔3〕

【注释】

〔1〕选自周之标编选《女中七才子・兰咳二集》卷二《绣香小集》。《牡丹亭》:汤显祖传奇名。信笔:随手书写。

〔2〕情生情死:为情,生者可以死,死者可以生。寻常:平常。无端:没有来由。汤显祖《牡丹亭》题词:“天下女子有情,宁有如杜丽娘者乎?梦其人即病,病即弥连,至手画形容传于世而后死,死三年矣,复能溟莫中求得其所梦者而生。如丽娘者,乃可谓之有情人耳!情不知所起,一往而深,生者可以死,死可以生。生而不可与死,死而不可复生者,皆非情之至也。”

〔3〕亏杀:幸亏。临川:指汤显祖,汤显祖为临川人。点缀:此指文笔。阿翁:指《牡丹记》中杜丽娘的父亲杜宝、塾师陈最良等。婿:指柳梦梅。

【评析】

汤显祖《牡丹亭》是晚明“家传户诵”(沈德符《万历野获编》语)的传奇。青春萌动的杜丽娘在梦中与情人体验情爱,现实中相思抑郁,自画写真留世后而逝,后梦中情人得画像,与杜丽娘鬼魂相会,杜丽娘得以复生。杜丽娘成为晚明"有情人"的代表。《牡丹亭》很受明末清初的女性读者喜爱,浦映渌亦是读者之一。此诗肯定汤显祖通过杜丽娘所建立起来的"情"观:"情不知所起,一往而深,生者可以死,死可以生",所以说"情生情死亦寻常",而杜丽娘的"最是无端",表现在"梦其人即病,病即弥连,……而后死"的"至情"。诗人赞扬汤显祖文笔好,在杜丽娘之外,还写出了陈最良、杜宝的"古怪"(前者的迂腐、后者的固执等)和柳梦梅的"荒唐"。《兰咳二集》评此诗"巧心独绝,谑语生妍,阅此如阅《牡丹》全部"。

弈　棋〔1〕

初开棋局画屏隈,半幅潇湘挂绿苔。〔2〕莫遣笑声窗外去,鹦哥初报小姑来。〔3〕

【注释】

〔1〕选自周之标编选《女中七才子·兰咳二集》卷二《绣香小集》。

〔2〕画屏:有画饰的屏风。隈(wēi):转角的地方。半幅潇湘:尺寸不大的画。赵希鹄《洞天清禄集》:"郭忠恕、石恪、厉归真、范不泯辈皆异人,人家多设绢素笔砚以俟其来而求画,然将成,必碎之,间有得之者,不过一幅、半幅耳。李营丘、范宽皆士夫,遇其适兴则留数笔,岂能有对轴哉?今人或以孤轴为嫌,不足与之言画矣。"《仪礼·士丧礼》"亡则以缁,长半幅",郑玄注:"半幅,一尺。"

〔3〕鹦哥:即鹦鹉。

【评析】

这是一首写闺中生活趣事的诗。末句"鹦哥初报小姑来",可见下棋的两位或是夫妻,或是妯娌。他/她们在房间屏风后开棋局逐对厮杀,屏风上"挂绿苔"的画,似乎不好理解,或许画中有长满绿苔的片石或山峰,在棋局中的仓促抬眼人看来,可不就是绿苔如挂?这时她们听到鹦鹉叫小姑的声音,于是一人提示对家不要笑得太大声,以免被小姑发现他/她们在下棋。或者小姑也好弈，或小姑爱捣乱，她一来，两人刚开的棋局就无法完成。一方面写出小姑的娇憨，一方面写出正下棋两位的贪玩。既然云“莫遣笑声窗外去”，则原先下棋时落子、争子、说话等都很大声，游戏气氛热烈，而现在轻轻落子、偷笑，则下棋者的顽皮表现无疑。诗歌书写一件小事，描绘一个场景，表现一个生活片段，表现了家中雍穆欢快的气氛和闺中琴棋书画的雅趣。《兰咳二集》评此诗：“韵人韵事，令人羡杀。”诚为的评。

第三子生，名曰亮可，和云孙韵〔1〕

何妨陶氏旧家声，六七雍端尚未名。〔2〕记得眉山诗句好，不将愚鲁换聪明。〔3〕

【注释】

〔1〕选自周之标编选《女中七才子・兰咳二集》卷二《绣香阁新诗》。云孙：丈夫黄永字。

〔2〕陶氏：陶姓，此指陶渊明家族。旧家声：世家令名。雍端：陶渊明两个儿子的小名。尚：尚且，还。未名：不认得，说不出。两句说，即便陶渊明这样的世家令族，他的两个儿子雍、端十三岁还不认得六和七。陶渊明《命子》：“悠悠我祖，爰自陶唐。邈为虞宾，历世重光。御龙勤夏，豕韦翼商。穆穆司徒，厥族以昌。……天集有汉，眷余愍侯。于赫愍侯，运当攀龙。抚剑风迈，显兹武功。书誓河山，启土开封。亹亹丞相，允迪前踪。浑浑长源，郁郁洪柯。群川载导，众条载罗。……在我中晋，业融长沙。桓桓长沙，伊勋伊德。天子畴我，专征南国。功遂辞归，临宠不忒。”按，此文中“愍侯”指陶舍，“丞相”指陶青，“长沙”指陶侃。又《责子》：“雍端年十三，不识六与七。”题下注曰：“舒俨、宣俟、雍份、端佚、通佟，凡五人。舒、宣、雍、端、通，皆小名。”

〔3〕眉山：指苏轼，苏轼为眉山人。苏轼《洗儿》：“人皆养子望聪明，我被聪明误一生。惟愿孩儿愚且鲁，无灾无难到公卿。”

【评析】

中国古代为新生儿作诗，分为贺他人之作和贺自家孩子之作。贺他人之作一般会用世俗吉祥语，如“秋水为神玉为骨”之类，隐含富贵、长寿之祝愿。贺自家孩儿之作，父母的情感会更复杂。如上引苏轼诗，因为自己的人生经历，苏轼感悟到，某种意义上可以说“人生识字忧患始”（《石苍舒醉墨堂》），所以“惟愿孩儿愚且鲁”。希望孩子能过上简单真淳的、快乐而富足的生活，所谓“无灾无难到公卿”。浦映渌为第三子亮可出生时所作诗，接续苏轼《洗儿》诗书写。黄永是风流才子型文人，观黄永《姗姗传》可知。黄永少年时通过乡试，但会试四次方得捷，浦映渌曾作诗安慰。浦映渌也是敏感多情的诗人，对丈夫东奔西走的应考，也有很多感慨。如其《除夕》诗曰：“闻昔秦淮醉管弦，今朝行李又徂燕。从今怕听泥金信，恐说京华又隔年。”父母出于对自己生活状态的反省，希望孩子比自己过得容易、过得顺遂，所以才有这一反常态的祝愿，其中隐藏着父母隐秘、真淳、深厚的情感。套用现在的话说：“别人都在意你飞得高不高，只有父母在意你飞得累不累。”不过黄亮可跟其父母一样聪明，比其父亲科举考试更顺利，至少他会试一战得捷（参《〔乾隆〕江南通志·选举志》）。

堵　霞

堵霞(约1648—?),字岩如,号绮斋,又号蓉湖女士,无锡人。父堵廷棻,顺治二年(1645)举人,四年(1647)进士,十年在满城(今属河北保定)知县任上,十一年,为山东历城知县。时堵霞随宦,已记事并学诗词。嫁同邑庠生吴元音,鹿车共挽,眉案联吟。博通经史,善画,没骨画臻于化境,为闺塾师,兼卖画卖诗,冒襄称堵霞夫妇"可谓固穷真隐"。有《三到堂稿》,已佚,今存《含烟阁诗词合集》诗词各一卷。

金缕曲　题《西子思归图》,即代西子自叹〔1〕

争奈秋将暮。遍深宫,秋容惨淡,秋声凄楚。〔2〕堤畔芙蓉娇欲语。月浅烟深争妒〔3〕。那似我,随风飘举。〔4〕遥望若耶何日返〔5〕,怎苍天、独待红颜苦。无限恨,凭谁诉。　　溪沙一缕成虚度〔6〕。没来由,娇丝脆竹,清歌艳舞。〔7〕尽道吞吴无上策,武将谋臣如许。〔8〕偏用着、温柔乡女〔9〕。他日香凋粉瘦也,瘗荒郊、莫把标题误。〔10〕夫夫室、夷光墓〔11〕。

【注释】

〔1〕选自《含烟阁词》(清抄本)。

〔2〕争:怎。秋容惨淡:秋色凄凉。秋声凄楚:秋风凄凉悲哀。蔡伸《虞美人》:"飞梁石径关山路,秋容惨淡暮。"

〔3〕月浅烟深争妒:既写荷花月下、烟中的颜色变化和争奇斗艳,又比喻宫中美人明里暗里争相妒忌。

〔4〕此句以荷叶自比,写其与众不同。周邦彦《苏幕遮》:"叶上初阳干宿雨。水面清圆,一一风荷举。"

〔5〕若耶：溪名，又名五云溪，是绍兴著名的溪流，据说西施浣纱于此。李白《子夜吴歌四首》其二："镜湖三百里，菡萏发荷花。五月西施采，人看隘若耶。回舟不待月，归去越王家。"

〔6〕此句写西施曾在越溪浣纱。李白《送祝八之江东赋得浣纱石》："西施越溪女，明艳光云海。未入吴王宫殿时，浣纱古石今犹在。……昔时红粉照流水，今日青苔覆落花。"

〔7〕娇丝脆竹：指管弦乐器。李白《南都行》："清歌遏流云，艳舞有余闲。"

〔8〕吞吴：吞并吴国。上策：高明的计策。武将谋臣：文臣武将。如许：这么多。蔡邕《刘镇南碑》："谋臣武将，合策明计。"

〔9〕温柔乡女：既可理解为温柔的乡女，亦指以女性使帝王沉湎于温柔乡。《赵飞燕外传》："成帝呼合德为温柔乡，曰：'吾老是乡矣，不能效武帝求白云乡也。'"

〔10〕香凋粉瘦：指死亡。瘗（yì）：埋葬。标题：标识于碑志上的题名。《太霞新奏》卷五收王骥德"中吕曲"《吊方姬》套曲中《渔家傲》："又谁知粉谢香消已七八春。"

〔11〕夫夫室：丈夫夫差室人。夷光：西施别名。《太平广记》卷二七二引王子年《拾遗记》："又有美女，一名夷光，二名修明，以贡于吴。吴处于椒花之房，贯细珠以为帘幌。朝，下以蔽景；夕，卷以待月。二人当轩并坐，理镜靓妆于珠幌之内，窃窥者莫不动心惊魂，谓之神人。吴王夫差目之，若双鸾之在轻雾，沚水之漾秋蕖，妖惑既深，怠于国政。及越兵入国，乃抱二人以逃吴苑。越军既入，见二人在竹树下，皆言神女，望而不侵。"

【评析】

词为题《西子思归图》而作，以西施的口吻，首先吟咏秋暮，吴宫中秋色凄凉，秋风凄楚，唯独堤畔芙蓉娇媚欲语，在月光下、晚烟中争奇斗艳，引发西施对宫中生态的联想和厌弃，自己不屑于争妒，宁愿作随风飘举的荷叶。她思念故乡，盼望回到若耶溪，她质问苍天，为什么给美丽女子如此多的折磨，然而无限的怨恨却无人倾诉。她怀念年少的浣纱生活，却不得不改变生活方式，整日拨弦吹管，清歌艳舞。她批评那么多文臣武将全没有计策，却想着要吞并吴国，让一个女人魅惑吴王的意志，令其沉溺于温柔乡中。自己作为越国人，成为越国政治的棋子；一旦进入吴宫，又变成吴王的妻室，可作为吴王的妻室，却要成为消磨丈夫意志的存在。西施愤怒于这些所谓的“武将谋臣”让自己陷入这样的家国身份冲突中，更让自己成为自己痛恨的作为“尤物”的存在，所以她提出在其身后，希望作为自己（“夷光”）、作为丈夫夫差室人被标识题名。此词表达了女性的自我追求、对命运不能自主的愤慨。

有关西施，后世增衍了不少其与范蠡的绮丽故事。如《吴地记》说嘉兴县南一百里有“语儿亭”，说当年勾践令范蠡取西施以献夫差，而西施于路途中就与范蠡潜通，两人生一子，至此亭时，孩子一岁已能说话，故名“语儿亭”，两人三年才到吴宫。又引《越绝书》说：西施在亡吴国后，“复归范蠡，同泛五湖而去”。词云“标题”作“夫夫室、夷光墓”，就是否定以上诸如此类的传说，显示出堵霞这些士女对名节的看重。

徐素蘅

徐素蘅，字香草，江都人。诗名流传颇广，乾隆二十几年，诗人陶元藻曾作诗云“怪道江南惊纸贵，春风传到五羊城”。

四时闲咏[1]

袅袅炉烟结篆微，兰馨蕙馥腻罗衣。[2]护香欲放帘垂地，奈隔双双燕子飞。[3]

盈盈人在暮春初，欲起还眠柳不如。[4]何物深闺堪破懒，背郎诗句学郎书。[5]

【注释】

〔1〕选自《江苏诗征》卷一六二。又见《淮海英灵续集·辛集》卷二。

〔2〕两句说香炉中缭绕升腾的香烟丝丝缕缕细微四散，兰蕙馥郁的馨香熏得罗衣湿润滑腻。

〔3〕护香：防止香气飘到室外。奈：奈何。隔：阻隔。杜牧《十九兄郡楼有宴，病不赴》：“燕子嗔垂一行帘。”

〔4〕盈盈：仪态美好。柳不如：比柳还醒得晚。《古诗十九首》：“盈盈楼上女，皎皎当窗牖。”释慧洪《和人春日三首》：“揽衣欲起还眠，杜宇一声春晓。”宋伯仁《春半》：“春到已多时，游人替衲衣。柳眠莺唤醒，花瘦雨添肥。”孟浩然《春晓》：“春眠不觉晓，处处闻啼鸟。”

〔5〕堪：可以，能够。破懒：突破懒惰，克服懒散。背：背诵。书：指书法。

【评析】

这是两首描写闺中女儿生活并表达细腻情感的诗。第一首写闺中熏衣，香雾袅绕，芳香浓郁，为防止香气四溢，想要放下帘幕，又担心会阻隔双双燕子归家的通道。这一纠结，写出了闺中女儿与双燕的温情相处以及双双燕子所寄托的诗人对甜蜜生活的向往。第二首写出少女的春日慵懒，能克服这份慵懒、让其兴致勃勃的唯有爱情，而这份爱情则寄托在“背郎诗句学郎书”上。情郎的诗句、书法，未必是最好的，但因是情郎的，就是最亲爱的、最亲近的，让其感到甜蜜的，所以要背诵、临摹。这份小儿女的心思被书写得十分可爱和娇憨。

王　慧

王慧(1639—1708后),字兰韫,太仓人。父王发祥,字长源,一云登善,顺治十二年(1655)进士,十六年(1659)任湖北督学道。王慧早年在母亲督促下习礼明诗、览诵经史百家,与四弟二妹分题斗韵,互为师友。顺治十三年(1656)嫁常熟诸生朱云集。中年寡居,与兄弟诗歌酬答,尤与表姑张羽卿唱和最多,能作长篇大作。康熙戊子(1708),其弟为之刻《凝翠楼集》四卷,今存。

夜寐闻鹏有感〔1〕

微风动帘帏,明月穿窗纸。〔2〕凄其夜三更,万象寂于水。〔3〕墙头有栖鹏,长啸惨人耳。闻之心凛冽,百虑纷然起。〔4〕痛死肠暗摧,念仇发怒指。〔5〕因忆泉下人,卧病当秋始。〔6〕血枯夜不眠〔7〕,神虚听无主〔8〕。忽闻此鸟鸣,失惊向余语。恐是不祥音,悲哀念儿女。执手魂已消,相看泪如雨。回视壁间灯,青荧惟豆许。〔9〕哀哉念此境,又易两寒暑〔10〕。其中翻覆多,变幻难枚举。〔11〕鬼蜮肆欺凌,孤茕濒九死。〔12〕伶仃诸雏弱,何以御狐鼠。〔13〕愁攻与恨积,胸膈渐成痞。〔14〕恐复蹈覆车,谁可托遗累。〔15〕虽快仇家心,其如二三子。〔16〕勉欲事刀圭,参苓贵无比。粮粝尚艰辛,何力能致此。〔17〕微生任浮沉,得失凭天矣。〔18〕悠悠长夜客,可复念桑梓。〔19〕

【注释】

〔1〕选自《凝翠楼集》卷二。鹏:猫头鹰一类的鸟,旧传为不祥之鸟。贾谊《鹏

鸟赋》:“异物来萃兮,私怪其故。发书占之兮,谶言其度,曰:‘野鸟入室兮,主人将去。’”

〔2〕窗纸:糊在窗上的纸。嵇康《兄秀才公穆入军赠诗十九首》其十六:“闲夜肃清,朗月照轩。微风动袿,组帐高褰。”白居易《和自劝二首》其二:“微酣静坐未能眠,风霰萧萧打窗纸。”

〔3〕凄其:凄凉。其,助词。万象:宇宙间一切事物与景象。两句说凄凉三更夜,万籁无声。《诗经·邶风·绿衣》:“𫄨兮绤兮,凄其以风。”

〔4〕凛冽:形容心情紧张发冷。四句说听到鹏鸟啸声,心情紧张,思绪万千。

〔5〕痛死:痛念死者,指其丈夫。肠暗摧:肝肠暗自摧折。念仇:想起仇人。发怒指:怒发上指冠,形容极端愤怒。《庄子·盗跖》:“盗跖闻之大怒,目如明星,发上指冠。”

〔6〕泉下人:黄泉之下的人,指其丈夫。两句说因此回忆丈夫,那年秋天开始因病卧床。《世说新语·品藻》:“庾道季云:‘廉颇、蔺相如,虽千载上死人,懔懔恒如有生气;曹蜍、李志,虽见在,厌厌如九泉下人。’”

〔7〕血枯:中医病名,一般是妇科病症。此当指丈夫气血枯竭。《脉经》卷七“病不可下证”:“荣竭血尽,虚烦不眠。”

〔8〕神虚:精神昏散。无主:无主宰。《黄帝内经素问注证发微》卷七:“神有虚实为病者,皆当刺之,而复有刺邪之法也。神者,心之所藏也。”《黄帝内经·灵枢·本神篇》言:“心藏脉,脉舍神,心气虚则悲,实则笑不休。”

〔9〕失惊:吃惊。执手:握手。魂已消:灵魂离体。青荧:青光闪映貌。豆许:如豆般大小。八句回忆丈夫病中听鹏鸟叫声以及去世时的情景。《诗经·郑风·遵大路》:“遵大路兮,掺执子之手兮。”

〔10〕易两寒暑:变换两次冬夏,指过了两年。

〔11〕其中:其间。指两年间。翻覆:变化无常。两句说两年间发生了许多变幻无常之事。

〔12〕鬼蜮(yù):害人的鬼和怪物,比喻阴险的人。肆:肆意。孤茕:孤独、无依无靠者。濒:迫近。两句说自己遭受坏人肆意欺凌,孤独无依,多次差点死掉。《诗经·小雅·何人斯》:“为鬼为蜮,则不可得。”

〔13〕伶仃:瘦弱的样子。雏弱:孩子幼小柔弱。御:抵挡。狐鼠:城狐社鼠,指倚仗权势作恶、难以除去的小人。两句说自己带着幼小的孩子,如何能够抵抗倚

仗权势作恶的坏人。沈约《奏弹王源》,《文选》注引应璩诗:“城狐不可掘,社鼠不可熏。”又引《晏子春秋》:“景公问晏子曰:‘治国亦有常乎?’对曰:‘谗佞之人,隐在君侧,犹社鼠不熏也。去此乃治矣。’”

〔14〕胸膈:胸与横膈膜之间。痞:胸中懑闷结成硬块。两句说自己愁恨交加,胸中满是懑闷,以致结成硬块。

〔15〕蹈:踏。覆车:翻车。遗累:留下的拖累,指敬老抚幼等事。两句说如果自己重蹈丈夫覆辙,谁可以托付幼儿等家庭负担呢。

〔16〕快:指痛快地解决仇家。其如:怎奈。二三子:几个人,这里指孩子。

〔17〕事刀圭:指服药治病。参苓:人参、茯苓。糗粝(qiǔ lì):指粗粮。四句说自己勉力治病,但人参、茯苓等药材奇贵无比,活命的粗粮尚且要努力经营才能得到,如何能获得珍贵药材。

〔18〕微生:卑微的生命。凭天:顺应天命。白居易《咏怀》:“自从委顺任浮沉。”《论语·颜渊》:“死生有命,富贵在天。”

〔19〕长夜客:人死后埋于地下,永处黑暗之中,故云长夜客。此处指去世的丈夫。念桑梓:挂念家乡。

【评析】

这是一首五言古诗。诗人因闻鹏鸟叫声而陷入两年前丈夫临终的回忆中,并陈说两年来备尝的生活艰辛。诗人善于营造气氛。诗一开始写深夜不寐,三更夜,微风动帘,明月照窗,万籁俱寂,忽然传来墙头栖息的鹏鸟的惨叫声,想起丈夫的死也是在鹏鸟叫声中发生的。营造出一种不祥的气氛。又描绘丈夫去世时的气氛。濒死的丈夫血枯神虚,六神无主,忽然听得鹏鸟的叫声,诗人没说自己听到鹏鸟叫声,而说是丈夫听到的,丈夫悲哀地预感到自己大限已尽,悲念儿女,执手爱妻,夫妇相对泪流。诗人目击丈夫一点点失去生命意识,闪着青光的如豆灯火笼罩着这悲戚的场景。

诗人是以独立支撑家庭的寡妇身份来写这首诗的。与一般男性诗人想象的寡妇凄楚的生活不同,此诗呈现出独当一面的女性的强烈责任感以及生活的艰辛。丈夫愤懑而死,而丈夫两年前经受的欺凌和愤懑又由女诗人经受,丈夫之死的血海深仇也郁积于胸,但诗人不能像丈夫那样被压垮,也不能拼得一身与对方鱼死网破,因为丈夫托付孩子给自己,而自己要对孩子们负责。诗人写到自己疾病已成，写到自己勉力治病，但药材昂贵，还写到一般生活费用的捉襟见肘，这都是非常现实的、不得不面对解决的困难。大概这都是诗人难以成眠的原因吧。诗人说丈夫“血枯夜不眠，神虚听无主”，似乎也是在说当下的自己，最后云“悠悠长夜客，可复念桑梓”，或许是等待丈夫的一次回归，给予自己慰藉和支撑吧？

过钱园有感柬羽卿〔1〕

深秋见枫叶，即发游山志。忙忙岁将徂，此兴旋已置。〔2〕东风解河冰，烟光各呈媚。〔3〕始订同心人，踏青芳草地。胜游良多阻，春色巧于避。放舟恰送春，花飞已如委。〔4〕笙歌虽云歇，酒非醉翁意。〔5〕山峦似静女，不减双鬟翠。〔6〕波明带远峰，眉眼亦清丽。〔7〕缥缈金碧间，恍惚灵光峙。〔8〕缅惟东涧翁，千秋才命世。〔9〕诗老契松圆，美人携柳是。〔10〕云霞结文光，湖山腾墨气。〔11〕大雅今不作，风流有谁继。〔12〕秋水阁空留，耦耕堂已闭。〔13〕登临肆凭吊，俯仰发长喟。〔14〕每羡列朝集，闺阁咸附骥。嗟余生也晚，弗及邀品置。〔15〕愿觅咏絮才，少砭涂鸦技。一笑柬致君，有诗幸见示。〔16〕

【注释】

〔1〕选自《凝翠楼集》卷二。钱园：指钱谦益虞山下拂水山庄。羽卿：王慧表姑张羽卿，二人为诗友。

〔2〕志：心愿。岁将徂（cú）：岁暮。徂，去。此兴：指游山之兴。旋已置：很快已经搁置。

〔3〕解：融化。烟光：春天的风光。呈媚：展现美好娇媚。《吕氏春秋·孟春纪》：“东风解冻，蛰虫始振。”高诱注：“东风解冻，冰泮释地。”

〔4〕订：预先约定。胜游：快意游览。委：堆积。六句说与同心人相约踏青，然快意游览总是多有阻碍，春色似乎又善于躲避，所以等我放舟出游时，已是春尽，飞花满地堆积。

〔5〕笙歌：合笙之歌，此指游春踏青的热闹。两句说游春的热闹虽已消歇，但游春对我而言则是醉翁之意不在酒。欧阳修《醉翁亭记》："醉翁之意不在酒，在乎山水之间也。"

〔6〕山峦：指虞山山峦。静女：贞静娴雅的女子。《诗经·邶风·静女》："静女其娈，贻我彤管。彤管有炜，说怿女美。"白居易《和梦游春诗一百韵》："眉敛远山青，鬟低片云绿。"

〔7〕波：指尚湖。远峰：指虞山。杜甫《巴西驿亭观江涨呈窦十五使君二首》其一："宿雨南江涨，波涛乱远峰。"萧纲《赠丽人》："腰肢本犹绝，眉眼特惊人。"

〔8〕缥缈金碧：形容日光照耀下的楼台。灵光：神异之光。峙：耸立。苏辙《和子瞻金山》："潮平风静日浮海，缥缈楼台转金碧。"蔡邕《述行赋》："想宓妃之灵光兮，神幽隐以潜翳。"

〔9〕缅惟：遥想。东涧翁：指钱谦益。钱谦益晚年号东涧遗老。千秋：岁月久远。才命世：命世才，顺应天命而降世的人才。

〔10〕诗老：作诗老手。契：投合。松圆：程嘉燧号，又指代钱谦益拂水山庄的亭台楼阁。美人：指柳如是。柳是：既指柳如是，又指代拂水山庄的芳草林木。苏轼《凤翔八观·王维吴道子画》："摩诘本诗老，佩芷袭芳荪。"钱谦益《戏为拂水筑台歌赠嘉定夏生华甫》："人言夏生筑台好，生也俯躬但伛偻。指麾幸有松圆老，敢贪天功僭旗鼓。"

〔11〕云霞：彩云彩霞，绚丽的文采。文光：错杂的波光，绚烂的文采。腾：升腾。墨气：山岚湖烟，笔墨的气势、韵味。钱谦益《曾房仲诗叙》："余读其诗，风气警遒，兴寄婉惬，云霞风雨含吐于行墨之间。"

〔12〕大雅：高尚雅正的作品。李白《古风五十九首》其一："大雅久不作，吾衰竟谁陈。……希圣如有立，绝笔于获麟。"

〔13〕秋水阁、耦耕堂：拂水山庄的阁名、堂名。又《八月十二夜》诗注："时秋水阁初成，与孟阳缘梯登眺。"孟阳，程嘉燧字。钱谦益有《夏日偕朱子暇憩耦耕堂，次子暇访孟阳韵三首》诗。

〔14〕登临：登山临水。肆：肆意，尽情。凭吊：面对遗物感慨往事。俯仰：低头和抬头。长喟：长叹。

〔15〕列朝集：指钱谦益、柳如是所编《列朝诗集》。《列朝诗集》"闰编"卷四香奁上、中、下选录明代118位女性诗。附骥：附骥尾，谦称女性依附在诗集中而成名。

弗及：来不及。邀：希求，请求。品置：品评收录。

〔16〕咏絮才：谢道韫以“未若柳絮因风起”咏雪，后以咏絮才赞许能赋诗的女子。此处指张羽卿。砭：针砭，修改。涂鸦：随意涂抹的拙劣之作，对自己诗作的谦称。

【评析】

王慧是太仓人，嫁至常熟。虞山尚湖是常熟的著名风景区，诗人秋天就发愿游山观枫，生活的忙乱使游山之兴延宕到来年春天。初春时，已与同心人相约，但又屡屡受阻，诗人开玩笑说，春天也似乎不愿与之相见，等到她放舟出行，已经到了落英满地的暮春，只能是送春了。这段活泼的书写，写出了人生的劳碌和不得已，似乎也能为我们当下的生活代言，十分亲切。好在诗人是豁达的，她巧用欧阳修《醉翁亭记》“醉翁之意不在酒，在乎山水之间也”之句，说没赶上踏青的热闹也无所谓，自己只在乎“山水之间”。之后十二句十分巧妙，始终以人写山水，以山水写人与人文，以见山水、人物、人文皆为天地之气所钟之意。“山峦似静女，不减双鬟翠”，云虞山山峦如静女，两者共有青翠的双鬟。“波明带远峰，眉眼亦清丽”，云尚湖映现虞山的倒影，如美人清丽的眉眼。“缥缈金碧间，恍惚灵光峙”，说虞山尚湖间楼台，在日光映照下金碧辉煌，恍惚包藏着神异的灵光。“诗老契松圆，美人携柳是”“云霞结文光，湖山腾墨气”，“诗老”与“松”、“美人”与“柳”组合，“云霞”与“文光”、“湖山”与“墨气”彼此定义与彼此成就。其中的“大雅”“风流”，则是钱谦益、柳如是以及他们成就的大雅风流，这是诗人凭吊、感怀的重点。诗人感慨已生也晚，遗憾不能被编入钱谦益、柳如是的《列朝诗集》，表达对女性写作传统的关注。最后四句，呈现了同时代女性写作者之间的声气相求。

范贞仪

范贞仪(1687—1737),字芳筠,号一柏,如皋人。少时读书甚博,工诗词。十九岁嫁同里高佩兰,婚后九年内,其姑、夫、翁、庶姑、长子相继去世,皆为之营葬。惨淡经营其家,课三叔、二子,皆入庠登仕;使三姑、四姑有家归宁。与四姑唱和尤多。乾隆二年(1737)受旌表。后其子高椿为之刻《愁丛集》并附《诗余》行世。

对　镜〔1〕

匣里青铜久闭藏〔2〕,暂时相对转心伤。飞蓬欲化三秋草,瘦骨真成百炼钢。〔3〕香阁梦回山月冷,玉台人去鹤书荒。〔4〕薛媛欲写丹青寄,天上人间恨渺茫。〔5〕

【注释】

〔1〕选自《愁丛集》。

〔2〕青铜:借指镜子,古人用青铜磨制镜子。

〔3〕飞蓬:形容蓬乱的头发。三秋草:秋天的枯草。百炼钢:久经考验、意志坚强。《诗经·卫风·伯兮》:“自伯之东,首如飞蓬。岂无膏沐,谁适为容。”沈辽《题广严禅师房》:“愁来白发如秋草。”吴融《赠广利大师歌》:“坚如百炼钢,挺特不可屈。”李贺《马诗二十三首》其四:“向前敲瘦骨,犹自带铜声。”

〔4〕香阁:女子住处。梦回:梦醒。玉台人去:即“人去玉台”,指丈夫仙去。玉台,传说中的天帝居处。鹤书:皇帝征召之书。荒:荒废。王昌龄《送张四》:“别后冷山月,清猿无断时。”孔稚珪《北山移文》:“及其鸣驺入谷,鹤书赴陇。”

〔5〕薛媛:唐女诗人名,代指自己。丹青:画像,写真。《云溪友议》卷上:“濠梁人南楚材者旅游陈颍,岁久,颍守慕其仪范,将欲以子妻之。楚材家有妻,以受颍

牧之眷深，忽不思义，而辄已诺之，遂遣家仆归取琴书等，似无返旧之心也。或谓求道青城，访僧衡岳，不亲名宦，惟务玄虚。其妻薛媛善书画，妙属文，知楚材不念糟糠之情，别倚丝萝之势，对镜自图其形，并诗四韵以寄之。楚材得妻真及诗，怀惡，遽有隽不疑之让。夫妇遂偕老焉。里语曰：'当时妇弃夫，今日夫离妇。若不逞丹青，空房应独自。'薛媛《写真寄夫》诗曰：'欲下丹青笔，先拈宝镜端。已惊颜索寞，渐觉鬓凋残。泪眼描将易，愁肠写出难。恐君浑忘却，时展画图看。'”曹唐《玉女杜兰香下嫁于张硕》：“天上人间两渺茫。”

【评析】

诗人屡遭亲丧，慎终追远以及抚育幼叔幼子的重任都落在肩上，其伤痛以及劳碌可想而知。诗从诗人拿出久藏之镜写起，镜中自我的容色让诗人心伤，头发干枯如秋草，此又正好回应《诗经·卫风·伯兮》的“首如飞蓬”“谁适为容”意，透露出爱人逝去的悲伤。然而诗人的悲伤中又蕴藏着坚强的意志，诗以“瘦骨真成百炼钢”与“飞蓬欲化三秋草”强烈比对，“骨”虽“瘦”却坚硬。“飞蓬”“三秋草”，轻、脆、弱；“瘦骨”“百炼钢”，重、韧、强。“欲化”为虚，“真成”为实。女性外在的枯槁孱弱与内在的坚韧刚强形成巨大张力，显示出生命的巨大能量。诗人既悲午夜梦回的凄冷，更为丈夫壮志未酬而遗憾。最后由镜中人想到画影写真，唐代薛媛“对镜自图其形”寄夫而挽救婚姻之典被诗人顺手拈来，与之对照，薛媛尚有夫可寄，而自己与丈夫已是天上、人间之隔，即便“写丹青”，也渺茫难通。诗在无望和遗恨中结束。此诗以血泪凝成，动人心魄。

水龙吟　四姑远迁别墅，念其终风暴慢，兼以藜藿难充，江干送别，能不依依！口占一阕，以表未尽[1]

思量无计留君，临歧竟让君轻去。[2]别酒未斟，金樽先满，泪珠如雨。促别匆匆，欲行还止，无言空觑[3]。纵他年、依旧相逢欢聚，能遣此，愁千缕。　无奈斜阳烟树，送孤帆、最消魂路。[4]荒村寂寞，寒生四壁，总添凄楚。雾髻蓬飞，短衣泥溅，翠消眉妩。[5]任勤劳，井臼亲操，恐自少

人怜处。〔6〕

【注释】

〔1〕选自《愁丛集》。姑：丈夫的姊妹。终风暴慢：指妻子遭受丈夫身体上的暴力对待和精神上的侮辱怠慢。藜藿：两种植物，此指粗劣的饭菜。充：吃饱。江干：江边。口占：随口吟成。未尽：临行前言说的未尽之意。《诗经·邶风·终风》"小序"："《终风》，卫庄姜伤己也。遭州吁之暴，见侮慢而不能正也。"《晋书·忠义·韦忠传》："（韦忠）家贫，藜藿不充，人不堪其忧，而忠不改其乐。"

〔2〕思量：思索，忖度。临歧：临别。歧，岔路口。轻去：轻易离开。吕本中《追成旧作》："满江风月一船霜，无计留君只自狂。"

〔3〕觑（qù）：看。毛滂《惜分飞》："更无言语，空相觑。"柳永《雨霖铃》："执手相看泪眼，竟无语凝噎。"

〔4〕消魂：灵魂离开肉体。形容极度忧伤。周密《探芳信》："最消魂，一片斜阳恋柳。"

〔5〕雾髻：烟鬟雾髻，形容女性如云雾般蓬松的髻鬟。眉妩：眉形妩媚可爱。张籍《江村行》："短衣半染芦中泥。"《史记·刘敬叔孙通列传》叔孙通"服短衣"，《史记索隐》："孔文祥云：'短衣便事，非儒者衣服。'"

〔6〕井臼亲操：自己操持家务。井臼，汲水舂米，泛指操持家务。《后汉书·冯衍传》："儿女常自操井臼。"

【评析】

此词写出女性婚姻生活的困境，包括家暴、孤立无援和精神痛苦等。尽管范贞仪作为长嫂支撑着范家，使三姑、四姑有娘家可归宁，但按照古代社会制度和习俗，出嫁女当视夫家为自己的家，所以当四姑夫家来促归，娘家就没有什么理由可以留住四姑。尽管范贞仪知道四姑回去又会面临家暴和慢侮，但也不得不临歧送别，只能深责自己"竟让君轻去"。"竟""轻"二字既愤慨又痛心。接着写临别情状。"别酒未斟，金樽先满"，充满的是无尽的泪水；"促别匆匆，欲行还止"，用身体动作对四姑被催促而不欲归作了充分书写。最终只能"无言空觑"，姑嫂俩最后的眼神交流中有无限愁苦，即使未来还可相见也无法安慰。因为有四姑婆家人在场，这场告别压抑无比，然而一切尽在不言中。过片以别时情景烘托。然后想象四姑归去后的生活场景和生活状态。题中有“远迁别墅”,所以想象其生活是“荒村寂寞,寒生四壁,总添凄楚”。而四姑原本美丽的烟鬟雾髻如秋草干枯,眉眼失去光彩,身着便于干粗活的短衣,其上溅满泥点。其实古代妇女劳动也是生活常态,即便因人生境遇变化,从养尊处优者沦为劳动者,女性也视若寻常。如《后汉书·列女传》所载鲍宣妻桓少君,她为丈夫的人生理想,改“着短布裳”,与丈夫“共挽鹿车归乡里”,“提瓮出汲”。重要的是,妻子的人格有没有受到尊重。如果是折辱式的劳动,就是“终风且暴”。对此诗人提出“人怜”的标准,也就是说妻子在家庭中的付出有没有被看见、体恤和欣赏。这正是诗人为四姑感到痛苦的。此词题材新颖,开拓了表现女性生活的维度。

从诗词创作角度看,此词与陈维崧(1625—1682)《水龙吟·送春和云臣韵》渊源极深。陈词云:“春光不像曾来,如何又说春将去。一尊别酒,两行情泪,凄然无语。恰似明妃,红颜远嫁,玉关难驻。叹今年烽火、连天战鼓,都拦截,春归路。　偏是魂销此际,怕天涯、少人怜处。临岐低嘱,纵然去也,休忘尺素。忍见愁红,将飞更怯,乍扬旋住。想溪桥,来夜飘零,有恨与何人诉。”两词皆为《水龙吟》变体,同韵,陈词送春而及出嫁女。陈维崧与水绘园渊源极深,从范贞仪诗词之作看,范贞仪曾游吟水绘园。想来范贞仪可能非常熟悉陈维崧此词,故在送别四姑时口占而出。使送春主题有了更真切的生活内容,读来更令人感动,有点化之妙。

毛秀惠

毛秀惠(? —1767后),字山辉,太仓人。工诗善画。父毛张健,三为学博,好唐诗,著《杜诗谱释》等。夫同里王愫(1700—1767),诸生,王原祁侄,无意于科举;画得家传,以干笔皴擦画山水,不加渲染,得元人简澹法;工诗,受沈德潜欣赏。毛秀惠著有《女红余艺》。

戽水谣[1]

绿杨深沉塘水浅,轣辘车声满疆畎[2]。倒挽河流上陇飞,渴乌衔尾回环转。[3]今夏旱久农心劳,西风刮地黄尘高。原田迸裂龟兆坼,引水灌之如沃焦。[4]男妇足茧更流血,鞭牛日夜牛蹄脱。[5]田中黄秧料难活,村村尽呼力已竭。[6]

【注释】

〔1〕选自沈德潜《清诗别裁集》卷三十一。戽(hù)水:用戽斗或水车引水灌田。

〔2〕轣辘:水车的转动声。疆畎(quǎn):沟渠、水塘的边界。

〔3〕倒挽:下引。陇:田埂。渴乌:也是引水上行的一种工具,此处形容水车的刮板。衔尾:前后相接。两句形容水车将河流中的水运到高处田中以及水车大轮轴转动带动木链和木链上的刮板周而复始地翻转的情状。《后汉书·宦者列传·张让传》:"又作翻车、渴乌,施于桥西,用洒南北郊路,以省百姓洒道之费。"李贤注:"翻车,设机车以引水;渴乌,为曲筒,以气引水上也。"

〔4〕龟兆坼(chè):形容田地干裂得如龟甲受炙灼所呈现的坼裂之纹。坼,裂。沃焦:水沃焦釜,水浇在烧干水的热锅上。王安石《元丰行示德逢》:"四山翛翛映

赤日，田背坼如龟兆出。湖阴先生坐草室，看踏沟车望秋实。"《史记·田敬仲完世家》记秦攻赵："赵无食，请粟于齐，齐不听。周子曰：'不如听之，以退秦兵。不听，则秦兵不却，是秦之计中而齐楚之计过也。且赵之于齐楚，扞蔽也，犹齿之有唇也，唇亡则齿寒。今日亡赵，明日患及齐楚，且救赵之务，宜若奉漏瓮沃焦釜也。'"

〔5〕男妇：男子和妇女。足茧：因长期踩踏水车，脚上产生的硬皮。上、下句分写人工踩踏水车和牛转水车的辛劳。

〔6〕黄秧：刚插的秧苗因田中缺水而泛黄。竭：尽。

【评析】

此诗写出插秧季遭遇严重旱灾、农家日夜奋力抗旱的紧张状态。刚插的秧苗最需要水，"原田迸裂龟兆坼，引水灌之如沃焦"，干得出现裂缝的田地，引水入田，像以水浇在烧焦的锅上发出响声并冒烟，描绘干得冒烟的秧田，十分形象生动。尽管旱情严重，但农家不会放弃，还是竭力抗旱。虽然"塘水浅"，但依然支起水车，尽所有的人力、畜力，以致"男妇足茧更流血，鞭牛日夜牛蹄脱"。与王安石《元丰行示德逢》不同，王诗等到"雷蟠电掣云滔滔，夜半载雨输亭皋"，最终"旱禾秀发埋牛尻，豆死更苏肥荚毛"。此诗中农人尽管用尽全力，还是无力回天。诗人新造乐府诗题，"劳者歌其事"，写出抗旱失败的场景。沈德潜称赞此诗后几句换韵，"其声促，恰称此题"。他还提醒读者联系《诗经·大雅·云汉》来阅读此诗，指出此诗接续了《诗经》的风雅传统。

乙卯秋，外赴金陵省试不售，诗以慰之〔1〕（选二）

其一

新妆竞扫学轻盈，俗艳由来易目成〔2〕。谁识天寒倚修竹，亭亭日暮最孤清。〔3〕

其三

重阳风雨滞幽斋，失意人难作遣怀。〔4〕篱菊已花还觅醉，便须沽酒拔金钗。〔5〕

【注释】

〔1〕选自《清诗别裁集》卷三十一。“其一”等标题为选者所加。乙卯：雍正十三年(1735)。不售：考试不中。

〔2〕俗艳：色彩艳丽俗气。目成：眉目传情以结亲好。

〔3〕孤清：孤高而清净。杜甫《佳人》：“天寒翠袖薄，日暮倚修竹。”张九龄《感遇十二首》其二：“幽林归独卧，滞虚洗孤清。”

〔4〕重阳：重阳节。滞：滞留。幽斋：此指家中。作遣怀：作遣送愁闷之事。潘大临有“满城风雨近重阳”诗。陈与义《两绝句》：“西风吹日弄晴阴，酒罢三巡湖海深。岳阳楼上登高节，不负南来万里心。”

〔5〕刘长卿《过湖南羊处士别业》：“自有东篱菊，年年解作花。”王安石《和微之药名劝酒》：“莫惜觅醉衣淋浪，独醒至死诚可伤。”元稹《三遣悲怀》：“顾我无衣搜荩箧，泥他沽酒拔金钗。”

【评析】

据毛咏《王林屋先生传》，康熙五十九年(1720)，王愫弱冠，即补博士弟子员。但其不好帖括之学，好经史百家，喜欢默坐深思以意融贯，又喜欢家传画法，但为了“显其亲”，又不得不参加科举。雍正十三年(1735)，应该是王愫第六次参加乡试，又没有成功，其抑郁可想而知。毛秀惠为此作三首安慰诗，这里选了其一、其三。

毛秀惠用女子的妆容来比喻当下的帖括之风为“轻盈”“新妆”，然后定性时风为“俗艳”，因“俗艳”而易售，展开对社会风气的批判，因此从本质上肯定丈夫之学的深沉，所以丈夫科举不中，不是丈夫的无能，而是社会评价标准的肤浅。这一安慰确实温暖人心。她进而引用杜甫诗句，塑造一个“天寒”“日暮”“倚修竹”的佳人形象来肯定丈夫的孤高和清冷。全诗使用女性物象和意象来写失意举子，既符合君臣美人之喻的传统，又显出一种基于性别认同的惺惺相惜，很有创意。

秋试后不久恰逢重阳节，本可登高遣怀，不巧被风雨所阻，诗人体谅幽居家中丈夫的难以释怀，提醒丈夫“篱菊已花”，在家中也可以篱菊解闷，还可共菊大醉一场，自己则拔簪买酒保障酒食供应充足。与苏秦说秦王失败归家，“妻不下纴，嫂不为炊”不同，甚至不用像元稹央求妻子“沽酒拔金钗”，诗人已主动拔钗。沈德潜赞美三诗“慰夫不遇，喜无噍杀之音”（《清诗别裁集》），汤大奎云：“得此齐眉，便白首青衿，亦复何憾！”（《炙砚琐谈》卷下）尽管王愫一生未能通过乡试，但有妻子这一知己，一生在诗歌、书画方面颇有成就。

陈 䂾

陈䂾(jié,生卒年不详),字无垢,通州(今江苏南通)人。右都御史陈大科(1534—1601)孙女。父陈世祥,崇祯十二年(1639)举人,入清,为知县。陈䂾嫁同里孙安石,因无子,夫携妾婢另居。乃归母家,久之落发,居于祖父旧业鸿宝堂中修行,然不废吟咏。晚年贫病,隐忍不以告人,一日窗前覆水,失手坠楼而死,时人惜之。有《茹蕙集》行世。

菩萨蛮〔1〕

今生浪拟来生约,从今悔却从前错。〔2〕腰带细如丝,思君君不知。〔3〕　五更风又雨,两地侬和汝。着意待新欢,莫如侬一般。〔4〕

【注释】

〔1〕选自《众香词》“射集”。

〔2〕浪:轻易,随便。拟:拟定,定。来生:下辈子。悔却:后悔而放弃。《古本西厢记》卷四第四折:“夫人悔却前言,岂得不为失信乎?”

〔3〕《西厢记》卷四第四折:“清减了小腰围。”宋玉《九辩》:“专思君兮不可化,君不知兮可奈何。”

〔4〕五更:又作五鼓,黎明时分。侬和汝:我和你。着意:用心。周文璞《江南曲四首》其二:“郎与新欢浓,侬与旧欢熟。”揭傒斯《去妇词》:“浮萍难为托,一木无两附。弃旧属新欢,新欢渐成故。宁当中路析,莫被他人去。宁老阿母傍,不受他人妒。”

【评析】

在中国古代婚姻关系中,女性更被社会期待从一而终,因此“女也不爽,士贰其行”的可能性更大，所以女性有“愿得一心人，白头不相离”的迫切心愿。当遭遇婚姻不幸，《诗经·卫风·氓》中女子反省当初自己的恋爱说：“于嗟女兮，无与士耽。士之耽兮，犹可说也；女之耽兮，不可说也。”规劝女性不要沉湎于爱情。此首《菩萨蛮》中的女性也有反省，但反省的是“白首不相离”甚至是“来生”还做夫妻的爱情誓言，称这样的誓约是“浪拟”、是“错”。虽然有这份清醒的认识，但婚姻不幸的伤害是难免的，以致“腰带细如丝”。女子清醒地知道“思君君不知”，但依然忍不住“思君”。此词的巨大魅力是写出了情感与理智之间的极致拉扯的张力。听着黎明时的风雨，想着两地的你我，“侬”一夜无眠，风雨使寂寞加倍；“汝”与“新欢”相伴，营造出“侬”“汝”处境的强烈对比。强烈对比不是使诗人嫉妒或情感失控，而是让诗人的仁厚在末两句中得到最充分的体现：诗人由己及人，因自己遭遇的痛苦和伤害念及丈夫新欢的未来，故规劝丈夫“着意待新欢，莫如侬一般”。

华慧空

华慧空，字贞素，金匮（今江苏无锡）人。嫁同邑诸生杨逢春。有《环翠轩词草》，佚。

沁园春　病中诀别口占〔1〕

六十年来，弱草栖尘，春归梦醒。〔2〕似吐丝作茧，缠绵欲尽，采花酿蜜，辛苦垂成。〔3〕多病衮师，无家织素，弃置何烦属累卿。〔4〕今而后，把幻缘剪断，万劫冥冥。〔5〕　知卿影事萦情，料难禁、悲从腹里生。〔6〕怅芦帘纸阁，芸编历乱，〔7〕冰床雪被，兰炷青荧。〔8〕眼莫长开，肠休频转，留取禅心伴老僧。〔9〕来朝去，便《耆摩》一卷，送我西行。〔10〕

【注释】

〔1〕选自徐乃昌辑《闺秀词钞》卷四。

〔2〕弱草栖尘：指生命脆弱，人生无常。春归梦醒：人生如春、如梦，故春归、梦醒指生命终点。《三国志·魏书·何晏传》裴松之注引皇甫谧《列女传》记夏侯令女为曹爽从弟曹文叔守节，有人劝她说："人生世间，如轻尘栖弱草耳，何至辛苦乃尔！"

〔3〕缠绵：指紧紧缠住。欲尽：丝将尽。垂成：将要成功。四句说人生如蚕吐丝、如蜂酿蜜般纷扰、辛劳，此纷扰、辛劳的人生将尽。《楞伽经》卷三偈语："譬如彼蚕虫，结网而自缠。"李商隐《无题》："春蚕到死丝方尽。"释显万《元日不出》："避缴衔芦怜雁阵，采花酿蜜厌蜂衙。"

〔4〕衮师：此指儿孙。无家织素：指未出嫁或归宗的女儿、孙女。弃置：被抛下。何：多么。烦：烦劳。属累：托付。卿：据词意，当指其丈夫。几句说我抛下

儿女,将诸多烦劳都托付给你了。李商隐《骄儿诗》:“衮师我骄儿,美秀乃无匹。”《诗经·桧风·隰有苌楚》:“夭之沃沃,乐子之无家。”郑《笺》云:“无家,谓无夫妇室家之道。”《古诗》:“新人工织缣,故人工织素。”《妇病行》:“属累君两三孤子,莫我儿饥且寒。”《世说新语·惑溺》:“王安丰妇常卿安丰,安丰曰:‘妇人卿婿,于礼为不敬,后勿复尔。’妇曰‘亲卿爱卿,是以卿卿。我不卿卿,谁当卿卿。’遂恒听之。”

〔5〕幻缘:指人间世界。万劫冥冥:指万世昏暗的死亡之境。

〔6〕影事:往事。又指虚幻的事,佛教谓尘世间一切事皆虚幻如影。萦情:怀念,系念。悲从腹里生:悲从中来。

〔7〕怅:怅望,伤感地看。芦帘纸阁:以芦苇编的帘子,以纸糊墙壁的房间。芸编:指书籍。芸,香草,可避书蠹。历乱:杂乱。白居易《香炉峰下新卜山居草堂初成,偶题东壁》:“纸阁芦帘著孟光。”

〔8〕冰床:停尸床,下置冰。兰炷青荧:线香青光闪映。两句写葬前停尸。《仪礼·士丧礼》“士有冰,用夷盘可也”,李如圭《集释》曰:“设冰于床下,以寒尸也。”

〔9〕三句,请丈夫闭目、息虑、听僧念佛。

〔10〕来朝:明朝。去:指出殡。《鸯摩》:指《鸯崛摩经》。西行:指佛国。三句写送葬。圆照《贞元新定释教目录》卷三著录“《鸯崛摩经》一卷”,下注:“或云《指髻经》,或云《指鬘经》。”

【评析】

这是一首临终词,包含了词人对生命本质的通达理解。两宋之交的祁宽评价陶渊明《自祭文》《挽歌》诗“辞情俱达,尤为精丽,其于昼夜(即生死)之道,了然如此”。然后他梳理了自孔子、曾子到陶渊明通达生死的谱系:“古之圣贤,唯孔子、曾子能之,见于曳杖之歌、易箦之方。嗟哉!”并认为“斯人(陶渊明)没七百年,未闻有称赞及此者”(李公焕《笺注陶渊明集》卷四《拟挽歌辞三首》下),直到宋代,也未见能与之比美者。从这一意义上讲,此篇临终词延续了孔子、曾子、陶渊明这一谱系。

与强大的自然力(如狂风、暴雨、雷霆)相比,个人生命岂不正如“弱草”“栖尘”;与永恒的时间相比,人的一生短暂如一个春天、一场美梦,然而以“春归”“梦醒”形容离世,表达的是诗人对美好生命的礼赞。接着词人用春蚕吐丝、蜜蜂酿蜜来写人生的忙碌和热烈、创造与辛劳等多种况味，十分精到。词人牵挂儿女，用“多病”“无家”极其概括地表达了对他们从身体到境遇的全方位关怀。“弃置”之说，可见其虽年已六十，但作为母亲、祖母，永远视孩子为自己的责任，她带着歉意，郑重地将孩子托付给丈夫：“何烦属累卿。”因为这番责任移交，词人才可直面死亡，“今而后，把幻缘剪断，万劫冥冥”，进入另一个世界。下阕，词人努力想要将自己去世给丈夫造成的伤痛降至最低。她想象丈夫面对自己的遗物和遗体的反应，这既是生活，同时也可看出陶渊明《挽歌》《自祭文》以及潘岳、元稹悼亡诗的影响，词人让丈夫不去看这些，建议丈夫闭目、息虑、听僧念佛。最后交代后事：“《鸯摩》一卷，送我西行。”不愿意爱人、孩子为自己悲伤，既是仁爱，更是洒脱。

姚履敬

姚履敬，徐州人。江宁诸生余其模室，平越知县余璜母。在乡里有贤名。

寄子璜[1]

僰雨蛮烟寄一官，休图温饱自求安。[2]独居无愧时加慎，持法宜平略尚宽。[3]封鲊史传千古美，悬鱼人重一身端。[4]宦囊莫计轻如叶，清白吾家素本寒。[5]

【注释】

〔1〕选自徐世昌编选《晚晴簃诗汇》卷一八四。子璜：其子余璜，此时为平越令。

〔2〕僰（bó）、蛮：西南少数民族，此指西南少数民族聚居地。平越县后改为福泉市，现有苗、布依、侗、彝、水等三十几个少数民族。寄：托付。安：安逸。《明史·朱燮元传》引朱燮元论西南自然环境："水西地深险，多箐篁，蛮烟僰雨，莫辨昼夜。"《论语·学而》："子曰：君子食无求饱，居无求安。"《论语·先进》："（冉求）对曰：'方六七十，如五六十，求也为之，比及三年，可使足民。'"扬雄《益州牧箴》："丝麻条畅，有粳有稻。自京徂畛，民攸温饱。"

〔3〕独居：一人闲居。时：时常。持法：执法。平：公平。略：稍微。宽：宽仁。《礼记·中庸》："是故君子戒慎乎其所不睹，恐惧乎其所不闻，莫见乎隐，莫显乎微，故君子慎其独也。"《汉书·循吏传·黄霸传》："自武帝末用法深，……（霍光）遂遵武帝法度，以刑罚痛绳群下，由是俗吏尚严酷以为能，而霸独用宽和为名。会宣帝即位，在民间时知百姓苦吏急也，闻霸持法平，召以为廷尉正，数决疑狱，庭中称平。"《后汉书·郭躬传》："躬家世掌法，务在宽平，及典理官，决狱断刑，多依矜恕。"

〔4〕封鲊（zhǎ）：称颂贤母之词。史传：通过史书流传。悬鱼：指为官清廉。端：端直，正派。《晋书·列女·陶侃母湛氏传》："侃少为寻阳县吏，尝监鱼梁，以一坩鲊遗母，湛氏封鲊及书，责侃曰：'尔为吏，以官物遗我，非惟不能益吾，乃以增吾忧矣。'"《后汉书·羊续传》载续为南阳太守时，"府丞尝献其生鱼，续受而悬于庭。丞后又进之，续乃出前所悬者以杜其意"。

〔5〕宦囊：官员的钱袋子。《后汉书·羊续传》："续妻后与子秘俱诣郡舍，续闭门不内。妻自将秘行，其资藏唯有布衾、敝袛裯，盐、麦数斛而已。"颜真卿《朝议大夫守华州刺史上柱国赠秘书监颜君神道碑铭》："清白著于家风。"范质《戒儿侄八百字》："吾家本寒素。"《论语·卫灵公》："子曰：'君子固穷，小人穷斯滥矣。'"

【评析】

据《〔乾隆〕贵州通志》卷八《营建志》和《大清会典事例》卷六十三《吏部》所载，平越，康熙十一年（1672）由平越卫改为平越县，嘉庆三年（1798），由县改为州。《〔乾隆〕贵州通志》还记录了平越康熙年间十一任、雍正年间四任、乾隆年间一任知县，未见余璜之名，据姚履敬母子生活年代，余璜当在修志之后任职，但最可能在乾隆年间。姚履敬诗当作于其子为平越令时。

这是一首诫子诗。母亲不以任职偏远抱怨，而视之为重任，首联说朝廷将边远地区的地方官之职托付给你，你一定不能将之视为谋食求安之具，言下之意，是一定要有所作为。第二联从自省和为政两方面提出劝诫。自省为政是否无愧于心，即使无愧于心，也要不时提醒自己更加慎重；执法即使公平，也要牢记执法目的不是为了惩戒，所以要不忘宽仁。"时加慎""略尚宽"可称精警之对。第三联以历史书写和传在人口的两则廉政案例告诫儿子要为官清廉，只有这样，为母才能安心，从而将廉政上升到了忠孝两个维度。母亲最后为儿子解除为官是要提升家庭生活品质的思想负担，并从清白家风和君子固穷两个方面确立了宦囊羞涩的合理性。余母与孟母、陶母、岳母都是母仪传中的人物，堪称杰出的教育家。

庄德芬

庄德芬(1718—1774),字端人,其家武进望族,后迁吴县(今江苏苏州)。夫武进董僴(1717—1754),诸生。熟史事,娴吟咏。夫死时,女少,长子思駉(1746—1798)九岁,尚有巡、昌二子,早夭。德芬抚子女成立,思駉为乾隆五十四年(1789)进士,官至广西浔州知府;女适庄绳祖(1717—1791),颇能养母。有《晚翠轩遗稿》行世。

杂诗示儿〔1〕(选一)

吾闻燕国公,爨火照书策。〔2〕范相未遇时,帐中盈烟迹。〔3〕贵盛相门儿,贫贱无家客。青云与泥途,勤苦同一辙。〔4〕志学抱坚心,宁为境所易。〔5〕诵读知其人,尚友若咫尺。〔6〕流光驹过隙,分阴抵拱璧。〔7〕毋令寡母心,戚戚忧干没。〔8〕

【注释】

〔1〕选自《晚翠轩遗稿》。共二首,此为第二首。

〔2〕燕国公:待考。历史上封燕国公者颇多,与勤学有关者有张说、冯道、宋绶等,但未见“爨火照书策”之记载。爨(cuàn):灶,炊。书策:书册,书。《颜氏家训·勉学》:“梁世彭城刘绮,交州刺史勃之孙。早孤,家贫,灯烛难办,常买荻尺寸折之,然明夜读。孝元初出会稽,精选寮寀,绮以才华,为国常侍兼记室,殊蒙礼遇。终于金紫光禄。”

〔3〕范相:指范仲淹(989—1052),其曾拜参知政事,故称。盈:满。烟迹:灯焰留下的墨迹。陈仁锡辑《潜确居类书》卷六十“人伦部·耽学·帐中灯焰”:“范仲淹夜读书帐中,帐顶如墨色。及贵,夫人以示诸子曰:‘尔父少时勤学,灯焰之迹也。’”

〔4〕青云：指高官显爵出身。泥途：指卑贱出身。辙：道路。《颜氏家训·勉学》："自古明王圣帝犹须勤学，况凡庶乎？……夫所以读书学问，本欲开心明目利于行耳。"

〔5〕志学：有志于学。坚心：坚定的心志。境：境遇。易：改变。《论语·为政》："子曰：吾十有五而志于学。"孟郊《择友》："坚心如铁石。"

〔6〕诵读知其人：诵读古人书而知其人。尚友：与古人交朋友。咫尺：距离很近。《孟子·万章下》："孟子谓万章曰：'……以友天下之善士为未足，又尚论古之人。颂其诗，读其书，不知其人，可乎？是以论其世也，是尚友也。'"

〔7〕流光驹过隙：时间如白驹过隙，指时间流逝很快。分阴：日影移动一分的时间，指极短的时间。抵：抵得上，相当于。拱璧：大璧，珍宝。

〔8〕戚戚：忧心貌。干（gān）没：指随势浮沉或埋没不为人知。《史记·酷吏列传·张汤传》说汤"始为小吏，干没"，《史记集解》引"徐广曰：随势浮沉也"。苏鹗《苏氏演义》："干没之义，如陆沉之义。"

【评析】

这是一首诫子诗。首先选择出生于不同社会阶层的少年勤学之例，说明不论出身贵贱还是贫富，勤苦读书应是同样的人生选择。诗人以"燕国公"（显爵）、"范相"（高官）为例，也暗含读书与高官显爵社会地位之间的正相关。接着诗人从读书者角度提出志学之心当坚定不移，不要因为一次科考失败或者其他境遇改变而动摇，因为读书不仅是追求社会认可的成功，更是友于善人和亲近古贤的过程，必然积累自身的知识，养成自身的道德、人格。接着说明时光易逝故而十分可贵，希望孩子勤读，不要让寡母担忧。

此诗质朴醇厚，说理透彻，显示出社会制度不平等的中国古代社会中人们积极进取以实现自我和阶层跨越的努力，颇具生命力。

秋夜课读〔1〕（选一）

明时何用读《阴符》〔2〕，帷下三年见硕儒〔3〕。百代英华机上锦，六经精义颔边珠。〔4〕葛衣易警新秋节，兰佩须齐往哲模。〔5〕坐久玉衡回碧

汉，疏林啼断后栖乌。〔6〕

【注释】

〔1〕选自《晚翠轩遗稿》。共二首，此为第二首。

〔2〕明时：政治清明的时代。《阴符》：指《太公阴符》。《战国策·秦策》云苏秦："夜发书，陈箧数十，得太公《阴符》之谋，伏而诵之，简练以为揣摩。……期年揣摩成。曰：'此真可以说当世之君矣。'"

〔3〕帷下：指下帷专心读书。硕儒：大儒。《史记·儒林列传·董仲舒传》："董仲舒，广川人也。以治《春秋》，孝景时为博士。下帷讲诵，弟子传以久次相受业，或莫见其面，盖三年董仲舒不观于舍园，其精如此。"

〔4〕英华：文章精华。机：织机。六经：指《诗》《书》《礼》《乐》《易》《春秋》等儒家经典。精义：精深微妙的义理。颔边珠：骊龙颔边珠宝，喻难得的珍宝。韦展《日月如合璧赋》："猎英华于百代，漱芳润于六籍。"《庄子·天运》："孔子谓老聃曰：'丘治《诗》《书》《礼》《乐》《易》《春秋》六经。'"《庄子·列御寇》："夫千金之珠，必在九重之渊，而骊龙颔下。子能得珠者，必遭其睡也。使骊龙而寤，子尚奚微之有哉。"

〔5〕葛衣：葛布夏衣。警：惊，感觉敏锐。节：节气、节候。兰佩：以香兰为佩饰，意以善自约束。齐：同，一致。往哲：前贤。模：标准，规范。《史记·太史公自序》："夏日葛衣，冬日鹿裘。"白居易《秋暮郊居书怀》："……贫家愁早寒。葛衣秋未换……"《离骚》："纫秋兰以为佩。"王逸《章句》："纫索秋兰以为佩饰，博采众善以自约束也。"

〔6〕玉衡：北斗七星自斗柄数第三颗星，最亮。回碧汉：回银河，指天快亮了。啼断：停止啼叫。乌夜啼，啼断则天将明。

【注释】

庄德芬生活在康乾盛世，故首句赞美自己生活的时代，说当代读书人，不必如战国乱世的苏秦揣摩游说君王之学，只要像董仲舒一样下帷专心读儒家经典，成为儒生。这里有将清代暗比汉朝之意。第二联含义丰富，一层说儒生所学包括美丽的百代文章精华和珍贵的六经精义。同时"机上锦"暗写自己一边织锦一边课读，"颔边珠"用《庄子·列御寇》"子能得珠者，必遭其睡也”意,暗指孩子“夜读”,点明主题。第三联写“秋”。秋夜犹着“葛衣”,点出寒儒身份,“易警”在描写肤感的同时,提示时节的转换和易逝。下句以秋兰之佩引申到儒生要以前贤作为榜样,追求芬芳的品质和人格境界。最后用所见玉衡回碧汉、渐渐可见的疏林等远近景以及栖乌停止啼叫来写秋夜将尽。可见母亲课读、儿子读书之勤。

鲍之兰

鲍之兰(1751—1812),字畹芳,丹徒(今属江苏镇江)人。“京口三诗人”之一鲍皋(1708—1765)与女诗人陈蕊珠(1714—1778)之长女。及笄嫁同里太学生何澧。髫年即有“若非今夜月,虚度一年秋”之句,为名流王文治等传诵,诗才清丽。有《起云阁诗钞》行世,后重刊入《京江鲍氏三女史诗钞合刻》中。

春社辞[1](选二)

其二

纸钱风里鼓咚咚,老瓦盆盛浊酒浓。[2]白叟黄童都泥首,田家礼数也庸容。[3]

其三

村姬此日停针线,比户携筐看阿娘。[4]十里桑阴清似水,红裙绿褶出微行。[5]

【注释】

〔1〕选自鲍之兰《起云阁诗钞》卷一。共五首,此选第二、三首。“其二”“其三”为选者所加。春社:春天祭祀五土、五谷之神的日子。冯应京《月令广义》卷一“祀社”:“立春后五戊日为春社。”“凡春秋二社,有司祭社稷。”“民社从各乡居人自立,祭祀随俗。”

〔2〕纸钱:指祭社神时焚烧给社神当钱用的纸币。鼓:社鼓。咚咚:社鼓声。浊酒:糯米、黄米所酿的未经过滤的酒,较浑浊。《〔永乐〕政和县志》卷三:“里社六十四所,每所祭用羊一、豕一,酒果、香烛、纸钱随用。”并收《祝文》:“维某年月日

政和县某乡某里某人等致祭于五土之神、五谷之神曰：‘惟神博厚载物，播种资生，允我庶民，悉赖休德。时维仲春，东作方兴（仲秋，岁事有成），谨具牲醴，恭伸祈告（报祭），伏愿雨旸时若，五谷丰登，官赋是供，民食充裕。神其鉴知。尚飨。’”杜甫《少年行二首》其一：“莫笑田家老瓦盆。”陆游《春社》：“社肉如林社酒浓，乡邻罗拜祝年丰。太平气象吾能说，尽在冬冬社鼓中。”

〔3〕白叟黄童：白发老人和黄发幼儿。指老老少少。泥首：磕头至地的大礼。礼数：礼节。如社饮、揖让、扶犁、赛会等。雍容：仪态温雅大方。陆游《春社有感》：“穿仗两曾观揖逊，扶犁独幸返耕桑。耆年凋落还堪叹，社饮推排冠一乡。”

〔4〕村姬：村妇。比户：一户挨一户，家家户户。阿娘：社日占卜当年蚕事吉凶的年长妇女。张籍《吴楚歌词》：“今朝社日停针线，起向朱樱树下行。”陈尧道《春日田园杂兴》：“罢社翁分胙，占蚕媪得符。”

〔5〕红裙绿褶：红裙绿衣，代指采桑妇女。微行（háng）：小路。《诗经·豳风·七月》：“女执懿筐，遵彼微行，爰求柔桑。”

【评析】

春社是古代祭祀五土、五谷之神的活动，对应的是人类最基本的温饱需求，因而也成为最古老的节日之一。春社分官方祭祀和民间祭祀。冯应京《月令广义》说：“有司祭社稷”，“民社从各乡居人自立，祭祀随俗”。可见民祭更具地方特色。这两首诗应表现的是镇江一带春社的情形。

第一首先写祭祀社神，包括焚化纸钱，击社鼓，诗人写纸钱在风中飘扬，社鼓咚咚擂响，营造出浓烈的节日气氛。接着给出社酒特写：农家粗糙的瓦盆中满盛稠浓的浊酒。器皿的质朴和浊酒相得益彰。与张演《社日春居》写“家家扶得醉人归”不同，此诗写饮酒前，老人小孩一起磕头到地，虔诚而庄严，虽是田家，但礼数周全，仪态温雅大方。所写颇有新意。

第二首与张籍《吴楚歌词》“今朝社日停针线，起向朱樱树下行”有共通处，此诗进一步写何以要“停针线”，因为各家各户的女子都提筐来看阿娘的占蚕仪式。仪式结束后，女子们在清如水的桑阴下行走，似乎是采桑前的劳动预热，而十里桑阴，显出场景的阔大；红裙绿褶，以撞色呈现生命的活力和热烈的劳动气氛。两首诗将男女老少都纳入乡村社集活动中，大家各具其礼，各行其是，如生动的风俗画卷，清和婉丽。

五十感怀[1] 有序

予幼学操觚，中年荒落，流离颠沛，廿载清贫，翰墨之事，束之高阁。近来心境稍舒，勉承先业，惜居诸易逝，忽五十矣。精神衰惫，素志销沉，俯仰平生，不堪缅述。惟以遭逢不偶，阅历诸艰，一一志之，率成五十韵。[2]

百岁今过半，寻思每怅然。流光真迅速，身世太迍邅。[3]学愧三冬足，名惭四德全。蹉跎嗟往事，感慨忆当年。[4]总角翻书册，垂髫嗜简篇。承欢时问字，授几学安弦。[5]罢绣还搜句，停妆便展编。夜深耽讽咏，心静耐雕镌。灯暗蛾飞焰，炉熏鸭吐烟。绮窗蟾魄透，罗幕露珠溅。[6]荫喜椿萱茂，花欣棠棣连。天伦多乐事，闺阁结诗缘。妹笔如垂露，兄才若涌泉。衔杯同射覆，隔座递传笺。月下题分咏，花前句共联。[7]中秋拈韵后，早岁得名先。[8]骨肉情方挚，朱陈地忽迁。睽违慈母膝，依次小姑肩。[9]朝夕趋堂上，寒温侍席前。板舆春奉杖，华烛夜陪筵。浆酒筹供具，苹蘩荐豆笾。[10]梦回芳草畔，望断朔云边。时家慈同长兄、季妹北上。每盼音书到，难禁泣涕涟。[11]韶华怜荏苒，时命惧危颠。家道看中落，诗情忍弃捐。酸辛操井臼，转徙换居廛。浮寄身如客，频移屋似船。途穷难择里，巷陋况临渊。[12]欲效牛衣泣，常怀豹隐贤。十年宾幕久，千里母心悬。时外子客燕晋十稔，先姑太孺人垂老在堂。[13]綀绕供衣帛，敲冰佐击鲜。刀头劳梦想，斗米慰情牵。[14]智为贫谋减，胸多俗虑填。锱铢心不计，针黹手常胼。夏暑犹佣绣，秋深未着绵。可怜儿女累，又代父师权。[15]头角私心喜，诗书信口传。篝灯频讲贯，刀尺并纠缠。未计完婚嫁，先期习静便。[16]比邻求训迪，诸子谨周旋。敢效班姑业，居然贾氏田。抗颜开绛帐，拙计托青毡。[17]鹍鸩鸣还歇，蟾蜍缺又圆。白头愁里变，青眼望中穿。授室儿能立，于归女最怜。向平尘累毕，司马倦游还。[18]已过心翻怯，回思泪暗涓。齑盐堪送老，衰惫欲闲眠。岁暮诗初就，旬周病始痊。端忧多暇日，晚景学逃禅。[19]

【注释】

〔1〕选自鲍之兰《起云阁诗钞》卷三。

〔2〕操觚：指写作。觚，用于书写的木简。荒落：指家境衰落。翰墨：笔墨。居诸：日居月诸，指日月。衰惫：衰弱疲惫。素志：向来怀有的志向。俯仰：沉思默想。不堪：不能。缅述：备述。不偶：不合，命运不好。阅历：经历。诸艰：各种困难。一一：详尽。志：记录。率成：草率写成。谦辞。五十韵：两句一韵，共一百句。《诗经·邶风·柏舟》："日居月诸，胡迭而微。"

〔3〕寻思：思考。迍邅（zhūn zhān）：也作屯邅，艰难，困顿。《周易》"屯卦·六二"："屯如邅如。"

〔4〕三冬足：冬天读书就够用。四德：指孝悌忠信或妇女之德言容功。蹉跎：虚度光阴。嗟：嗟叹。据《汉书·东方朔传》，东方朔说自己"年十三学书，三冬文史足用"。如淳注："贫子冬日乃得学书。言文史之事，足可用也。"《孔子家语·弟子行》："孔子曰：孝，德之始也；悌，德之序也；信，德之厚也；忠，德之正也。（曾）参中夫四德者也。"《周礼·天官·九嫔》："九嫔，掌妇学之法，以教九御妇德、妇言、妇容、妇功。"

〔5〕总角：童年时期。垂髫：儿童。简篇：文字、文章。承欢：侍奉父母。授几：摆放几案。安弦：安于弦，指学琴。《诗经·大雅·行苇》："授几有缉御。"

〔6〕搜句：寻求佳句。展编：开卷，读书。讽咏：讽诵吟咏。雕镌：雕刻诗文。蟾魄：指月色。八句写自己日夜读书写作。

〔7〕荫：既指树荫，也指自己被父母庇护。椿萱：既指椿树萱草，也指父母。父为椿庭，母为萱堂。棠棣：既为花名，也指兄弟姐妹。天伦：此处指父母与子女的关系。闺阁：指姊妹关系。笔如垂露：笔如秋露垂而不落，赞妹妹书法有藏锋之笔势。才若涌泉：赞哥哥思维活跃。衔杯：口衔酒杯，指饮酒。射覆：一种游戏。将物品放在器物下让人猜。传笺：一种游戏。题分咏：同题共作。句共联：联句作诗。庾信《谢赵王示新诗启》："文异水而涌泉，笔非秋而垂露。"李商隐《无题二首》："隔座送钩春酒暖，分曹射覆蜡灯红。"鲍文逵《起云阁诗钞序》云鲍之兰："幼承海门征君之训，长与吾论山叔父、仲季两姑母相切劘。"

〔8〕拈韵：随意取用一韵作诗。两句指髫年中秋，作"若非今夜月，虚度一年秋"之句，为名流传诵。鲍之钟《起云阁诗钞序》："兰、蕙、芬三妹皆能诗，而兰妹之学尤先著。"

〔9〕朱陈：两姓联姻。此处指结婚。暌（kuí）违：别离。依次：依靠并列。白居易《朱陈村》："一村唯两姓，世世为婚姻。"

〔10〕板舆：老人所乘用人抬的代步工具。奉：恭敬地捧着。杖：老人所用的手杖。浆酒：指酒水。供具：陈设酒食的器具。苹蘩：两种可食用水草，古代用以祭祀。荐：献。《诗经·召南·采蘋》"小序"："大夫妻……可以承先祖，共祭祀矣。"郑《笺》："女子十年不出，姆教婉娩听从，执麻枲，治丝茧，织纴组紃，学女事以共衣服，观于祭祀，纳酒浆、笾豆、菹醢，礼相助奠。"

〔11〕芳草：美好的人和地。朔云边：此指母亲以及兄妹生活在北方。音书：音讯、书信。涟：泪流不断的样子。李煜《喜迁莺》："梦回芳草思依依，天远雁声稀。"

〔12〕荏苒：时光流逝。时命：命运。危颠：危险倾覆。看：渐渐。中落：中途衰落。忍：狠心。弃捐：抛弃、废置。转徙：辗转迁徙。居廛（chán）：此指居所。择里：选择有仁风的乡里。《论语·里仁》："里仁为美。择不处仁，焉得知？"鲍之兰《辛丑夏卜居千秋桥畔，遇蒋尺玉女史，率赋四首》诗序："予生不逢时，命途多蹇，屡罹家难，颠沛濒危，挈具携童，暂寄江千之陋室，倾攲卑湿，不可言矣。"鲍文逵《起云阁诗钞序》："方宜人之归何氏也，居柳溪之双梧馆，舅翁为素庵先生，有园亭竹树之胜。……既而家道中落，兄公季叔举其宅而鬻之，姑父桂桥先生复北游燕代，宜人挟子女五人流离转徙，僦屋三两楹，不蔽风雨，恃十指为存活计。其艰苦之状，……实有他人所不能堪者。"

〔13〕牛衣泣：王章夫妇因贫寒而伤心落泪。豹隐贤：藏身远害之贤。宾幕：幕僚。《列女传·贤明传·陶答子妻》："妾闻南山有玄豹，雾雨七日而不下食者，何也？欲以泽其毛而成文章也，故藏而远害。"

〔14〕絣纩（bì kuàng）：即洴澼絖。洴澼，漂洗。絖，丝棉絮。击鲜：宰杀活物作食物。刀头：刀头有环。环，谐音还。斗米：微薄的薪俸。《庄子·逍遥游》："宋人有善为不龟手之药者，世世以洴澼絖为事。"《搜神记》卷十一："（王祥继）母常欲生鱼，时天寒冰冻，祥解衣，将剖冰求之，冰忽自解，双鲤跃出，持之而归。"石介《入蜀至左绵，路次水轩暂憩》："几斗米牵归未得。"

〔15〕锱铢：很少的钱。针黹（zhǐ）：针线活。胼：手脚上的老茧。佣绣：受雇为人刺绣。着绵：穿棉衣。累：负担。代父师权：权且行使父亲和老师之职。

〔16〕头角：比喻青少年表现出的气魄或才华。信口：随口。讲贯：讲习、研习。刀尺并纠缠：指一边课读一边作针线。计：考虑，谋划。完婚嫁：完成儿女婚嫁之

事。静便：清静，安适。陈亮《祭蔡行之母太恭人文》："诸子稍稍自见头角，而为母为兄者亦庶几可以无负矣。"《国语·鲁语》："士朝受业，昼而讲贯，夕而习复。"

〔17〕比邻：邻居。训迪：教诲开导。周旋：交往。班姑业：班昭为后宫师。贾氏田：以贾为田，指自己越界为师。抗颜：态度严正。开绛帐：设帐授徒。拙计：不高明的谋生之法。青毡：青色毛毡，清寒者所用。《后汉书·马融列传》："常坐高堂，施绛纱帐，前授生徒，后列女乐，弟子以次相传，鲜有入其室者。"洪适《回教授状》："青毡对客，泰然一坐之寒；绛帐称师，发彼三隅之诲。"

〔18〕鶗鴂（tí jué）：即杜鹃鸟。蟾蜍（chán chú）：代指月亮，传说月亮中有三条腿的蟾蜍。青眼望中穿：殷切盼望丈夫归来。授室：把家事交给媳妇。指儿子娶妻。向平：东汉向长，字子平。这里代自己。尘累毕：指儿婚女嫁。司马：司马相如。此代丈夫。张衡《思玄赋》"鶗鴂鸣而不芳"，旧注曰："鶗鴂，鸟名也。以秋分鸣。"《礼记·郊特牲》："舅姑降自西阶，妇降自阼阶，授之室也。"郑注："明当为家事之主也。"《史记·司马相如列传》"长卿故倦游"，《史记集解》："郭璞曰：厌游宦也。"

〔19〕涓：流。齑盐：酱菜和盐。岁暮：喻年老。就：到。旬周：此处指六十日。端忧：闲愁。晚景：晚年光景。逃禅：遁世参禅。《管子·海王》"今吾非籍之诸君"，房玄龄注曰："诸君，谓老男老女也。六十已上为老男，五十已上为老女也。"《旧唐书·历志》："旬周，六十。六甲之终数为旬周。"谢庄《月赋》："陈王初丧应刘，端忧多暇。"

【评析】

这是鲍之兰五十岁时为自己所写的五十韵长诗，以此感怀自己五十年的人生。全诗分五部分，前八句写时光流逝和身世艰难；继以二十六句追念幼年至少年时的幸福生活，以结婚作为人生的转折点；继以十二句写自己生活内容和生活方式的改变；自夫家家道中落，诗人用四十四句写自己经历的生活艰难以及由此历练出的新身份和担当；最后十句给出未来的生活规划。

诗人自谦"学愧三冬足，名惭四德全"，不能像东方朔那样三冬（三月或者三年）就能文史足用，也不能如曾参孝悌忠信俱全，可见其以"学""德"为人生追求。她幼年至少年的回忆温馨、欢快，都围绕着"学"展开，自幼年起就浸泡在书册中，童年时发展成嗜好，在父母膝下承欢时问字、安弦，搜句吟咏是生活日常，幸运的是父母、兄弟姐妹皆是同好，所以与父母、兄弟姐妹间的天伦之乐也都充满着诗情快意。诗人的性情才智得到充分发展。结婚是女诗人生活的分水岭，尽管其“早岁得名先”，可她似已不再是诗人，生活也不再是诗，她成为长辈的侍奉者，是家庭事务的执行人，诗是她梦回的芳草地。不久，其父去世，母亲与二妹随兄鲍之钟至京师，这也是诗人伤心之事。既而夫家家道中落，诗人清醒地认识到要狠心地“弃捐”“诗情”了。她一个人带着五个儿女借居各地，诗人感慨“智为贫谋减，胸多俗虑填”，但早年学习养成的性情、见识可以让诗人在“针黹手常胼”时仍能“锱铢心不计”，在“欲效牛衣泣”时“常怀豹隐贤”，在饥寒交迫中而能意气自若，拥有内心的平静、自尊和自由。起先，她也像一般的劳动妇女那样，出卖自己的劳力或针黹绣品，她因丈夫入幕在外以及无钱为儿女求师时权且作父亲和老师，却因其教学实绩（“仲君远获游庠序，长君通季君遵相继殖业，皆贤能有局干”）和教育理念（“未计完婚嫁，先期习静便”）而获得邻里的看重，开始设帐授徒，开发了新职业，也支撑了家庭。尽管十数年来丈夫在外游幕，诗人对丈夫望眼欲穿（“刀头劳梦想”“青眼望中穿”），但也肯定其“斗米慰情牵”。不过在“向平尘累毕”“司马倦游还”这些诗句中，是否有些许抱怨呢？苏轼《定风波》说：“回首向来萧瑟处，归去，也无风雨也无晴。”诗人则反其意，“已过心翻怯”，回首过去，觉得后怕，也是经典之语。由此诗可见巾帼中有名儒。

鲍之蕙

鲍之蕙(1757—1810),字茝香,丹徒(今属江苏镇江)人。鲍皋、陈蕊珠次女。曾问学于王文治。及笄嫁同里张铉(1756—?,字翊和,号舸斋)。夫妇才调相匹,有秦嘉、徐淑之誉。与同时代袁枚、法式善、吴锡麒都有交往。屡编诗集,乾隆五十七年(1792)与丈夫合刻《清娱阁合刻》行世,嘉庆十六年(1811)四子为刻《清娱阁吟稿》行世。

将游行摄山晚泊金山寺登塔[1]

夕阳欲下江波紫,一棹沿江溯葭苇。舟人笑指摄山遥,咫尺鳌峰当面起[2]。峰根江底插半天,一枝灵塔摇秋烟。绝顶孤高碍飞鸟,金铃自语风当颠。[3]手携稚子忽冲举,江妃解佩冯夷鼓。[4]翱翔真欲到扶桑,指点犹能辨吴楚。[5]岷源万里下金陵,石城黯黯寒潮平。[6]紫金牛首总培塿,弥漫一抹苍烟横。[7]下方钟鱼晚相促,高吟且住凌云躅。[8]海霞入袂乱飘红,空翠碍眉轻扫绿。御风忽复下蓬莱,绀殿兰堂次第开。[9]临行更欲恣幽讨,青丝缆解孤帆催。[10]舟人打鼓乘潮去,淡月横江浑欲曙。推篷四顾但漫漫,塔在银涛最高处。[11]

【注释】

〔1〕选自鲍之蕙《清娱阁吟稿》卷四。摄山:南京栖霞山古称。金山寺:镇江金山寺。塔:应指金山之巅的慈寿塔。

〔2〕鳌峰:江中岛屿,此指金山。

〔3〕孤高:孤立高耸。碍:妨碍。颠:狂。苏轼《大风留金山两日》:“塔上一铃独自语,明日颠风当断渡。”

〔4〕冲举：指登塔，亦指想象的飞升成仙。江妃：《列仙传》中解佩与交甫的“江妃二女”。冯夷：传说中的黄河水神，即河伯。曹植《洛神赋》：“冯夷鸣鼓。”

〔5〕扶桑：古代传说中的地名。吴楚：吴地和楚地，分别位于长江下游和中游。《梁书·诸夷传》：“扶桑，在大汉国东二万余里，地在中国之东，其土多扶桑木，故以为名。”

〔6〕岷源：古人据《尚书·夏书·禹贡》，以岷山作为长江源头。石城：南京石头城。巀巀（yà yà）：参差不齐。《尚书·夏书·禹贡》：“岷山导江。”左思《吴都赋》“戎车盈于石城”，刘逵注：“石城，石头坞也。在建业西，临江。”萨都剌《登石头》：“六代兴亡在何处，石头依旧打寒潮。”

〔7〕紫金、牛首：南京山名。培塿（lóu）：小土丘。弥漫：连绵不断。一抹：一片。柳宗元《始得西山宴游记》：“然后知是山之特立，不与培塿为类。”

〔8〕钟鱼：寺院撞钟之木，因制成鲸鱼形，故称钟鱼。此处指金山寺钟声。促：催促。高吟：高声吟诵。住：停止。躅（zhuó）：足迹。

〔9〕袂：衣袖。空翠：青色的雾气。御风：乘风而行。蓬莱：古代神话传说中的神山。绀殿：佛寺。兰堂：厅堂。次第：一个接一个。《庄子·逍遥游》：“夫列子御风而行，泠然善也。”李白《流夜郎至江夏，陪长史叔及薛明府宴兴德寺南阁》：“绀殿横江上。”

〔10〕恣：恣意，放纵。幽讨：寻访幽雅胜境。

〔11〕潮：长江潮。古人利用长江潮汐由镇江上行南京。浑：浑似，简直像。篷：船篷。漫漫：长而无边的样子。银涛：银白色的波涛，此处指江流。汤宾尹《浮山僧赴五台附扬州舟行》：“邗沟日日长春潮，不尽官船打鼓骚。”

【评析】

这是诗人携子游南京栖霞山途经金山登慈寿塔的写景并游仙之作。诗人善于写景。夕阳下的江面，是大块的紫色涂抹（“江波紫”），月下的江面，则“淡月横江浑欲曙”。写金山，山在船沿着江边蒹葭、芦苇行驶时，蓦然出现，“咫尺鳌峰当面起”；山峰根部插在江底，上端插入“半天”。写山巅之塔，用“一枝”形容，因其孤高，想象其妨“碍”“飞鸟”飞行。诗人在船上，因船的波动，感觉慈寿塔在“秋烟”中“摇”摆。塔上的风铃响个不停，仿佛在自言自语。非常有趣。此诗最奇妙之处，是诗人登塔时，仿佛羽化登仙，与天地宇宙合为一体。翱翔至长江入海口更远的东方扶桑之国,再沿着长江西上,经过吴地、楚地,至于岷山江源,再东下万里,至于金陵。因其所居甚高,所以看金陵紫金山、牛首山都成了小土丘,弥漫在一抹苍烟之中。这时,诗人的脚步为下方的钟声打断,但意识仍处在半醒半梦之间。诗人与霞光、云气互动交流,“海霞入袂乱飘红,空翠碍眉轻扫绿”,衣袖被海霞染红而飘动,修眉被青色雾气扫绿,自己成了御风而行的仙人,飞下蓬莱,飞过绀殿兰堂。发船的催促再起,诗人结束游仙。长江潮起,船乘潮上行,诗人推开船篷,作别慈寿塔,“塔在银涛最高处”是最后的定格。

妹妹鲍之芬评价其姊诗曰:“栖霞诸作,真乃洗尽铅华,天然风趣。《登金山》一首,尤为超绝古人。”与苏轼等金山诗相比,此诗写出了游观带来的超然忘我的体验,非常独特。

鲍之芬

鲍之芬（1761—1808），字浣云，丹徒（今属江苏镇江）人。鲍皋、陈蕊珠季女。夫徐彬（字乔生，号秀亭），乾隆丁酉（1777）举人，以景州知府致仕，后主讲通州书院。夫妇皆能诗，时有唱和。有《三秀斋诗钞》行世。

容山道中[1]

三年重得整脂车[2]，骨肉离情喜暂舒。怀抱一般儿女累，诗书都为米盐疏。河鱼迢递来京洛，梁燕参差恋故居。[3]聚首匆匆刚一月，曰归送别意何如[4]。

晨驾骎骎莫暂留[5]，一声珍重忍回头。来时山色俱含笑，去路春光尽惹愁。嫁女比邻心独羡，谋生薄宦愿难酬[6]。两京踪迹浑相似，百里归宁动隔秋。[7]

【注释】

〔1〕选自鲍之芬《三秀斋诗抄》卷上。容山：或指句容山。

〔2〕脂车：以油脂涂车，使之运转更快。

〔3〕河鱼：古传河鱼能传递书信。迢递：连绵不绝貌。京洛：京城洛阳，此指南京。梁燕：梁间燕子，此指自己。参差：差池，燕羽长短不齐。《诗经·邶风·燕燕》："燕燕于飞，差池其羽。"

〔4〕《诗经·豳风·东山》："我东曰归，我心西悲。"

〔5〕骎骎（qīn qīn）：马急驰貌。《诗经·小雅·四牡》："驾彼四骆，载骤骎骎。"

〔6〕薄宦：卑微的官职。

〔7〕两京：指北京、南京。百里：指景州至京师、南京至丹徒皆百里左右。归宁：出嫁女回娘家。

【评析】

鲍之芬五岁丧父，与母亲一起跟随长兄至京师生活，后嫁同里徐彬，但徐彬寓居北通州，鲍之蕙《送浣云三妹入京》诗后注曰："妹于归同里孝廉彬，时寓北通州。"乾隆四十二年(1777)，丈夫中举，后做官各地，原想"嫁女比邻心独羡"，最终却"谋生薄宦愿难酬"，其四十八岁时逝于丈夫任职的靖江学署。《三秀斋诗钞》中有数篇言及归宁，一是丈夫为景州(今河北景县)知府时，其至京师兄长家中归宁。这两首写的是至镇江家中归宁，且姊妹同聚于故居。所以诗中说"怀抱一般儿女累，诗书都为米盐疏"，显示出女性结婚生子与诗书生涯之间难以调和的冲突。这种冲突不但是时间上的，更是心境的改变，即鲍之兰所说的"智为贫谋减，胸多俗虑填"。

两首诗写出了出嫁女归宁的种种不易。一是即使离得不远，也很难成行。诗中说"百里归宁动隔秋"。二是归宁后，屡遭婆家促归。诗中说"河鱼迢递来京洛"，自己虽然"梁燕参差恋故居"，也不得不"我东曰归，我心西悲"。这里暗用《诗经》中的《燕燕》《东山》之典，相当精妙。鲍之蕙《月夜同论山兄、畹芳姊、浣云妹话旧》曰："佳日尽多尘事扰，故巢虽近雁行单。"除了俗事干扰，还提到姊妹不在，一个人归宁形单影只，十分伤感。第二首诗还描绘出了归来和离去时的不同心境，"来时山色俱含笑，去路春光尽惹愁"，离别时"晨驾骎骎莫暂留"，不是为了赶路，而是为了掩饰离别的悲伤。这两首诗叙事、言情明白如话，却真切感人，确为展示女性生活、心境之作。

王贞仪

王贞仪(1768—1797),字德卿,天长(今属安徽)人,祖父时迁居江宁,各传称其为上元(今江苏南京)人,自称金陵女子。年十一,侍祖母出塞奔祖父丧,并学射于蒙古将军夫人。年十六回江南。又随祖母及父亲锡琛等自京师至关西,又出楚至粤,游历甚广。二十五岁嫁宣城詹枚,三十岁卒。博览群书,娴武艺,尤嗜天文学和数学,且知医卜,善诗文。钱大昕以为班昭之后,一人而已。2000年、2004年,国际天文学联合会分别将一颗小行星以及金星上的一个陨石坑命名为Wang Zhenyi(王贞仪)。入选2016年美国畅销书《勇往直前:50位杰出女科学家改变世界的故事》、2018年塔利西亚·威廉斯博士《数学的力量:数学中的叛逆女性》。著有《西洋筹算增删》《重订策算证讹》《象数窥余》《历算简存》《筹算易知》《星象图释》《德风亭二集》等。均佚。《德风亭初集》十四卷,因友人、女作家钱与龄庋藏而得存。

《历算简存》自序〔1〕

世之谈理者,至象数之学,则以为迂而无当于道、艰而不利于习而谈笑置之,〔2〕且交引“六合以外,存而勿论”之说以相辩〔3〕。夫象数而斤斤术艺也者,则谈笑置之也可;抑象数而果属妄诞也者,则存而勿论也,亦无不可。〔4〕象数之学,大而授时定历,正律审音,算量分秒,达微征显,用之若此其广,习之若此其切也,〔5〕如此而可谈笑置之、存而勿论?将古圣人四时之敬授,九章之需功,亦枯而不灵之器,凡所谓勾股测验,何为也者?而以迂且艰而疑之哉?〔6〕

历数,诸家至今而习服者颇盛,亦至今日而其法益精,有如中西各学研考维极，即宣城梅氏《历算》一书，推详至密，虽后起之贤，亦不能出其说而另存范位，然则已无烦复摭拾枝节于管窥之余矣。[7]况仪一闺阁中人，陋臆寡闻，竟敢有所论道耶？不知仪之录此者，固亦有为。[8]盖自幼龄习此，即知专心一志，中馈闲余，辄企及之。凡经目藏耳食者并诸编集所载之说，每笔之成帙，且偶得心解亦记存之，久久乃日积。[9]大抵历数算术之书，既不胜繁，而其理要非易获。[10]仪所笔者有如腋裘，引类而伸，皆撮其要，其义约而达，其理简而显，可相说以解焉，是犹述而不作之训。[11]或以历算之学非闺阁中所宜习，而且执其见迂与艰之心而罪且讥也，则仪亦何敢辞。[12]乾隆五十七年岁次壬子蹢营室[13]，金陵女子王贞仪德卿氏撰，时年二十有四。

【注释】

〔1〕选自王贞仪《德风亭初集》卷一。历算：历法和算术。

〔2〕理：古代指超出文字、符号、图像、文章等的言外、象外之义。象数：古代试图用符号、形状和数字等推测宇宙或人生变化的一种学说，此处主要指天象、数学。迂：不切实际。无当：不符合。道：主要指与人事相关的伦理道德等。艰：难。习：学习，主要指生活或道德实践。谈笑置之：当作说笑而放置一边。

〔3〕六合：上下与四方，指天地宇宙。存而勿论：保留问题，但不讨论。《庄子·齐物论》："六合之外，圣人存而不论；六合之内，圣人论而不议。"

〔4〕斤斤：指琐碎而无足轻重的事物。术艺：术数和技艺，此指占卜等方术类。妄诞：虚妄、荒诞。

〔5〕授时定历：记录天时以告民，颁行历书。正律审音：确定乐律体系中的主要音调，对声音进行仔细的辨别和判定。算量分秒：确定时间。达微征显：通晓精微，证明显性存在。用：运用。习：指生活实践。切：密切。《尚书·虞书·尧典》："历象日月星辰，敬授人时。"

〔6〕古圣人：指羲和、伏羲、尧、舜、周公等。九章：指九章算术。需功：此指上文"艰而不利于习"而成就之功。枯而不灵之器：指伏羲占卜、舜观测日月五星的龟壳、蓍草、美玉之器。勾股测验：用勾股定律测验。何为：做什么。疑：质疑。刘

徽《九章算术注序》："周公制礼而有九数，九数之流，则《九章》是矣。"《易经》"需卦"彖辞："需，须也。险在前也，刚健而不陷。"《汉书·郊祀志》"《虞书》曰：舜在璇玑玉衡，以齐七政"，师古注："在，察也。璇，美玉也。玑转而衡平。以玉为玑衡，谓浑天仪也。……言舜观察玑衡，以齐同日、月、五星之政，度合天意。"

〔7〕历数：指天文历法。习服：顺服，经常从事。研考：研究考求。维极：达到顶点。梅氏：指梅文鼎(1633—1721)，宣城人。《历算》一书：或指梅文鼎《历学全书》。推详：探究审查。密：严密。范位：范式、位置。无烦：不需烦劳，不用。复：再。摭(zhí)拾：采集。枝节：次要或琐碎的。管窥之余：管中所见之外的。

〔8〕陋臆寡闻：闻见不广、见识浅陋、流于猜测，为王贞仪自谦之辞。有为：有原因的。

〔9〕企及：希望达到更高水平。目藏耳食：所见所闻。成帙：渐渐成书。心解：心中领会，新见。

〔10〕不胜繁：数量太多。理：原理。要：总。

〔11〕腋裘：集腋成裘，指积少成多。引类而伸：从某一事物的原理引申推广到同类事物。撮(cuō)其要：摘取要点。义约而达：文义清通。理简而显：理论简明。相说以解：相互问答以解决问题。犹：如同。述而不作：阐述和传述前人的学说或者理论。《礼记·学记》："善问者，如攻坚木，先其易者，后其节目，及其久也，相说以解。"《论语·述而》："子曰：述而不作，信而好古，窃比于我老彭。"

〔12〕执：坚持。见：认为。罪且讥：怪罪并讥笑。

〔13〕躔营室：日躔营室，日星行经北斗营室星，指正月孟春之时。

【评析】

这是王贞仪为自己所著的《历算简存》五卷所写的自序。她首先指出长期以来人们对象数之学的轻慢态度，指出象数之学的正统性和重要性。《左传·僖公十五年》曰："龟，象也；筮，数也。"因而"象数之学"往往与占筮求卦之学等同，王贞仪称占筮求卦之学为"斤斤术艺"，其所言"象数"，则相当于天象和算数，接近于今日自然科学的范畴。王贞仪的"象数"概念接续明郑洪猷《〈几何要法〉序》中的"度数"而来并作变通。郑洪猷曰："世之执牛耳盟者幽言理，至度数之学，则以为迂而无当于道，而刍狗置之。夫度数而斤斤术艺也者，则刍狗置也可。度数之中，大而授时定历，正律审音，算量分秒不爽,水泉灌溉有资,与夫力小任重,营建机巧毕具,而兵家制胜,列营阵,揣形势,策攻守,所须乎此者尤亟。用之如斯其广且切也,此而可刍狗视之?将羲画虞璇,亦枯而不灵之器,而禹奏平成,可舍句股勿用,而姬公测验,必《周髀》是问,何为也?”王贞仪对“象数”之学的新定义和新理解,远而言之,来自于明末以来的畴人传统;近而言之,其最推崇同时代稍前的宣城学者梅文鼎。他们以西学的数学、天文理念重新认识古代思想文化中的天文学、音律学和数学。

在王贞仪生活的时代,作为闺阁中人而涉足天文、数学,显得十分奇怪,所以她不得不花笔墨解释,其解释策略值得分析。她首先给出个人性情的理由。从“幼龄习此,即知专心一志”,仿佛自己天生为此而生,用宿命为自己后天的行为辩护。与陶渊明《归园田居》“少无适俗韵,性本爱丘山”一个策略。其次,她指出其书本身的价值,其价值体现在三个方面:一是积累多且广;二是有自己的心解和引申;三是义理简明,便于读者使用。王贞仪将自己的著作归入孔子“述而不作”的范围,表面看来,“心解”和“引类而伸”的有所创造与“述而不作”似乎矛盾,然而如果将自然科学看作是对自然世界既有规律的发现,那么所有的发现也都可以看作是“述而不作”。也是《庄子·齐物论》“论而不议”之意。最后,王贞仪指出假如有人固守性别偏见和学术偏见,那就请批评好了,颇见骨鲠。此文还可见中国古代自然科学发展受到既有文化观念制约,更可见二十四岁女科学家的勇气和力量。

薇花记〔1〕

余生平最爱花木,年十七八与姊妹等读书家园之德风亭,凡园以内本有之木树花卉一一整理之〔2〕,其所无者,则买之市中而种蓄之,或植诸畦,或置之盎,莫不各因其性之所宜。〔3〕四时之交花者不少歇,香色互繁翳如也。〔4〕偶游邗江,复买得薇蔷一本,携归而种于藕花洲之东。〔5〕历三四岁,其蔓粗仅如大竹,循垣而下,罗络墙壁,枝干屈盘。〔6〕至花时,则红萼绿叶,流景池水,如障绣屏,如濯鲜锦,其香尤幽而恬,另具风致于秾李夭桃之外。[7] 余作词以咏之。凡金陵之名媛闺秀游于园者，莫不留连赏爱，或歌或诗，皆有题品，有女史李淑华书“薇香馆”三字以为之额。倘亦花之幸耶？[8] 自后余既长，各习女红事，经年至园不过数次。时有园丁巫老者，初涉理花务，适值冬季，众卉尽凋，蔷薇亦藤瘦叶脱，巫老疑其枯也，遂伐之，且劚其根，于是家姊妹咸以余词为之谶是咎。[9] 余曰：“不然。今蔷薇一花，虽艳冶可以娱人，终为不材之卉，以不材之卉而邀人之赏扬，是犹之妄邀福而幸致名也。妄邀幸致而材不足以称之，是取灾之由也，固宜其见伐矣。虽不幸，夫何尤乎！”[10] 后有闻余言者，喟然以叹，哑然以笑，而谓之曰：“彼之咎子之过也，子之立论矫也。薇非有知之物，虽不材，而宠之以品题，花不自知为荣；厄之以翦伐，花亦不自知为辱。今使当世士能淡然于世俗荣辱之遇，毅然自守其根本，不为杯棬以求媚于人，而有如薇花之默然无知以见伐，亦云可矣。曾是不若，顾徒以闺阁之鄙见，讥薇之不材而嗤其邀幸，其末也已矣。”[11] 余以其言有确理而不可以忽之也[12]，乃作薇花之记。

【注释】

〔1〕选自王贞仪《德风亭初集》卷三。

〔2〕本：原来。

〔3〕种蓄：栽种培养。畦：小块田地。盎：瓦盆。因：根据。性：花木的生长习性。宜：合适。

〔4〕四时之交：季节转化之时。不少歇：不停歇。香色互繁：花的香味与色彩之美相互激发，越发繁盛。翳如：茂盛貌。

〔5〕邗(hán)江：指扬州。薇蔷：即蔷薇。一本：一株。藕花洲：德风亭园中一景观名。

〔6〕仅(jìn)：将近。垣：墙。罗络：如网状地缠绕。屈盘：曲折盘绕。

〔7〕红萼：红花。流景：闪耀光彩。障：隔。绣屏：绣花屏风。濯：洗。鲜锦：鲜艳锦绣。秾李夭桃：华美的李花和鲜艳的桃花。

〔8〕题品：品评。女史：对知识女性的美称。额：横匾。倘：大概，或许。

〔9〕涉理：涉足管理。伐：砍。劚（zhú）：挖。咸：全。谶：谶语，后来应验的预言。咎：责备。

〔10〕艳冶：艳丽妖冶。不材：不成材。妄邀福：过分地谋求福气。幸致名：侥幸获得名声。材：资质。称：相当。见伐：被伐，指蔷薇被园丁误砍。何尤：尤何，怨恨谁。

〔11〕彼：指责怪自己的众姊妹。过：过分。矫：强词夺理。厄：厄难，伤害。不为杯棬（quān）：不改其性。杯棬，木制的杯子。曾是不若：竟不如这株被砍的蔷薇。顾：反而。徒：徒然。以：因。嗤：嗤笑。末：浅薄。《孟子·离娄下》"孟子曰：天下之言性也……"，赵岐注："若以杞柳为桮棬，非杞柳之性也。"

〔12〕确理：正确、实在的道理。忽：轻忽，无视。

【评析】

现在的南京四、五月，蔷薇花也极美，此文写出了两百多年前的金陵蔷薇花事。王贞仪说自己最爱花木，其寻求各种花木种子，并根据花木习性种植培育，所以德风亭园不仅四时花开，即便是春夏之交绿肥红瘦之时，或其他季节转换之际，也都能花事不歇。其中一株从扬州买回来的蔷薇成为故事主角。她经过三四年的生长，已蔓延成蔷薇墙，蔷薇墙又临池，所以花开时节，红花绿叶如绣屏，池中倒影如濯锦，摇曳生姿，艳冶迷人，金陵闺秀名媛为花香花色诱引，为这一美景吟诗作赋，涵咏品评，"薇香馆"成为金陵一大景观。王贞仪也为此花作词一首，词中应有感伤蔷薇凋零之句（此词不见于《德风亭初集》）。后王贞仪年岁渐长，始专注于女红之事，花园由新园丁巫老掌管，巫老竟然误砍这株蔷薇，姊妹们在痛惜爱物之余，不免追责起来。她们认为王贞仪当年的那首词一语成谶，她应该为这株蔷薇不幸的命运负责。王贞仪反击她们的归罪，认为是这株花材质与其声誉名实不符才导致其不幸命运。两方的归因都十分无稽但又非常符合我们的文化习俗和观念。比如一位年轻人不幸去世，有人会归罪于其名字取得不好，比如名"彩云"（易散）、"琉璃"（脆）之类。此文在双方争论之后出现了一位评论者，她/他否定了双方意见，称众姐妹之论为"鄙见"，"余"为"矫"论。并由蔷薇引申，指出蔷薇色香是其习性自然，众人褒扬之，其不以为荣，巫老砍伐之，亦不以为辱，也就是说蔷薇从未将荣辱存于心中，倒是我们人类太容易为荣辱牵绊，从而改变了我们的习性。所以浅薄的正是我们。王贞仪认同评论者意见，为此写下了这篇文章。

答方夫人第一书 浙江陈三辰观察室〔1〕

比承辱命作《心经》序，始固欣然下笔，既而思之，有不可轻于立言者。〔2〕盖文章一道，断不可无故而作，必借一事而发之，以稍见其胸中之所寄托，必有道以寓乎其中。〔3〕为文也，或忠烈，或节义，出吾生平学问见识以附之，使读之可歌可泣、起敬起畏，虽历久而不可磨灭，昭然在人口耳。〔4〕于是其所为之文章，亦遂附事而不朽，此所谓文以载道也。

若夫佛经者，叛道离理者也。其经始原于汉，流于晋，弥漫于宋魏齐梁隋唐宋元以下。〔5〕其言语荒唐，其词义空晦，以为添设，须教方广真诠，甚至一窥宝偈，三复幽宗，奉为不二之门、大千之法。〔6〕或又互相倡言，演缘法于摩谒陀国，肇寂灭于普光法堂。〔7〕而幽灵幻变之迹，遂足以撼王公而怖士庶，〔8〕于是儿女子之娓娓香火，野姑村妪之口口梵诵彼慈悲，膜拜祷祝，岂有他哉？惧祸之念深、危孽之懲多耳。〔9〕

嗟乎！大明三藏之内典，前写后译，私增暗减，其刊定诸经未必不伪之又伪，而况伪者又供行于世矣。〔10〕今一旦必欲拈出此部，装潢精录，序而藏之，以取重于后世，仪则以为所作非其文，所书非其事，则虽上下骋驰，尽乎空虚诡异之词，亦决不及传，传亦决不及于久远，而徒劳心费思于无益之笔墨，为无益之文章，是无病而呻吟也。其于载道之义何哉？〔11〕匆匆上达，语直且狂，无易由言，当与夫人共慎之也。〔12〕

【注释】

〔1〕选自王贞仪《德风亭初集》卷四。方夫人：陈三辰（1736—1812）继配。据姚鼐《中议大夫两广盐运使司盐运使萧山陈公墓志铭》，陈三辰虽为浙江萧山人，但其早年为安徽县丞，后为凤阳知县、亳州知州，其官安徽时，买宅江宁城内，谢官后

即归江宁,可见其家于江宁。

〔2〕比:近来。承:客套话,表示受到对方的好处。辱命:交付使命。《心经》:佛教经典,《般若波罗蜜多心经》之简称。轻于立言:轻易作文或著书立说。

〔3〕道:法则。断:绝对。其:指作者。其中:指文章中。

〔4〕附之:指附加在忠烈、节义之事中。昭然:明明白白地。在人口:传在人口,指好文章所写之事受到广泛传诵。

〔5〕叛道离理:指背离儒家思想。经始:指佛教在中国开始出现。原:开端。汉、晋、宋、魏:指汉、晋、南朝宋、北魏。流:流传。弥漫:蔓延、密布。

〔6〕荒唐:浮夸,没有根据。空晦:空洞晦涩。添设:增添偈颂、经文。方广:即大方广佛,《华严经》中的本尊佛。真诠:真谛。宝偈:对佛教偈颂的敬称。三复:反复诵读。幽宗:玄宗,佛教的深奥义理。不二之门:独一无二的方法。大千之法:大千世界、广阔无边的世界的方法。武则天《大周新译大方广佛华严经序》:"缅惟奥义,译在晋朝。时逾六代,年将四百。然一部之典,才获三万余言,唯启半珠,未窥全宝。朕闻其梵本,先在于阗国中,遣使奉迎,近方至此,既睹百千之妙颂,乃披十万之正文。……以圣历二年岁次己亥十月壬午朔八日己丑,缮写毕功。添性海之波澜,廓法界之疆域。大乘顿教,普被于无穷;方广真诠,遐该于有识。岂谓后五百岁,忽奉金口之言;娑婆界中,俄启珠函之秘。所冀阐扬沙界,宣畅尘区,并两曜而长悬,弥十方而永布。一窥宝偈,庆溢心灵;三复幽宗,喜盈身意。虽则无说无示,理符不二之门;然因言显言,方阐大千之意。"

〔7〕倡言:首先提出某种意见。演:推演,阐发。缘法:指十二因缘,是佛教重要基础理论之一。摩谒陀国:佛陀时代印度四大国之一,佛陀一生多半在此国。肇:创始。寂灭:佛教语。其体寂静,离一切之相,故云。普光法堂:即普光明殿,在熙连河边,佛陀说《华严经》第二会处。此会宣说如来名号、四谛、如来光明觉、菩萨明难、净行及贤首菩萨等六品。《长阿含经》卷十《大缘方便经》:"缘痴有行,缘行有识,缘识有名色,缘名色有六入,缘六入有触,缘触有受,缘受有爱,缘爱有取,缘取有有,缘有有生,缘生有老、死、忧、悲、苦、恼,大患所集,是为此大苦阴缘。"武则天《大周新译大方广佛华严经序》:"摩竭陀国,肇兴妙会之缘;普光法堂,爰敷寂灭之理。"

〔8〕幽灵:死者的灵魂以生前样貌现身世间。迹:显现。撼:动摇。怖:使……惧怕。如《幽明录》载信佛的康阿得案行地狱,"因见未事佛时亡伯伯母、亡叔叔

母，皆著杻械，衣裳破坏，身体脓血。复前行，见一城，其中有卧铁床上者，烧床正赤。凡见十狱，各有楚毒。狱名‘赤沙’‘黄沙’‘白沙’，如此七沙。有刀山剑树，抱赤铜柱。于是便还，复见七八十梁间瓦屋，挟道种槐，云名‘福舍’，诸佛弟子住中。福多者上生天，福少者住此舍。遥见大殿二十余梁，有二男子二妇人从殿上来下，是得事佛后亡伯、伯母，亡叔、叔母”。

〔9〕儿女子：妇女儿童之类。娓娓：连续不断。香火：礼佛所焚的香烛。野姑村妪：乡村女子以及老年妇女。口口：连声。梵诵：诵佛。膜拜：跪在地上举两手虔诚行礼。祷祝：祈祷祝愿。岂有他哉：并无其他。惧祸：害怕灾祸。危孽：害怕罪孽。㥮（zhòu）：烦恼、愁苦。

〔10〕大明三藏：指明代所刻的佛教经典。内典：佛法是心性内求的学问，故称佛教经典为内典。供行：供给刊行。

〔11〕拈：挑选。此部：指《心经》。非其文：非其所云载道之文。非其事：非其所云忠烈节义之事。上下骋驰：指在文中尽情发挥写作才能。诡异：反常、奇怪。决不及传：一定不会流传。劳心费思：用尽心思。

〔12〕直且狂：直率无拘束。无易由言：不轻易用言。《论语·泰伯》："子曰：狂而不直，……吾不知之矣。"孔安国注："狂者进取，宜直。"《诗经·小雅·小弁》："君子无易由言。"

【评析】

陈三辰之妻方夫人与王贞仪有同城之谊，应该也是文字交，方夫人信奉佛教，刻《心经》一部为功德，出于对王贞仪学识文才的看重，委托其作《心经序》，王贞仪不是写不出文章，就如她在《再答方夫人》书中所说："仪之一序，诚非固辞，亦非不能也，实不为也。仪以素日所征信诚奉者之不在是耳。"其出于对自己儒家信仰以及文章之道的坚守而拒绝作序。后来方夫人又用"报应""罪过"之说游说之，王贞仪作《再答》更进一言，批判佛老，批评信教者之惑溺，颇有韩愈《原道》、石介《怪说》之风。

此文表达了不轻于立言、不做无用之文的观点，并对文以载道作了自己的阐释。她认为文章合为"事"而作，而"事"当经由作者的学问、见识判定为有助于发扬"忠烈""节义"之事。她特别看重作者在文章中的作为，作者要将道以及心中的寄托贯注其中，写出的文章要能让读者"可歌可泣""起敬起畏”,具有感动人心、启迪性情的作用。在事(社会)、作者、文与读者之间构建文章写作的起点和意义。以之反观佛经佛教,她认为佛教初期尚有“利济儆俗之心,启吉逆凶”,然在实践中,激发的只是人的“惧祸之念深、危孽之懲多”,更有甚者,宗教让人惑溺,失去理性判断,她从儒佛对人性情的不同引导处,对佛教进行否定。这也是其不肯作序的原因。

王贞仪自认“直且狂”,其对作文的严肃态度,令人起敬起畏。

题《女中丈夫图》〔1〕

君不见,木兰女,娉婷弱质随军旅。代父从军十二年,英奇谁识闺中侣。〔2〕又不见,大小乔,《阴符》熟读谙钤韬。一十三篇同指授,不教夫婿称雄豪。〔3〕得毋记载真非果,谁把虚声让婀娜。当时女杰徒闻名,每恨古人不见我。〔4〕朅来忽睹倾城色,青娥冶貌凭调墨。〔5〕恍然惊诧女票姚,掷戟挥戈情自得。〔6〕梅肢柳领芙蓉面,裳系鸾环腰宝剑。莫邪为妇干将夫,霜花绣出龙班艳。〔7〕乍看疑是虞兮妆,对面犹疑聂隐娘。翩翩体态轻堪举,叱咤应生口舌香。〔8〕鸠缳凤履袜无尘,意气昂藏绝少伦。岂是彩旗出女帅,还猜锦伞来夫人。〔9〕冰盈犀甲寒凝铁,紫塞黄沙风惨烈。美人小队出郊原,笑指晴皋鹰集劣。〔10〕习武归来不挂弓,脸波愁腻粉光融。丁香双叩锦袜缬,羽衣未脱胭脂红。〔11〕因思画工大有意,偶假娥眉作游戏。不然拔舞岂无人,何须更仿公孙器。〔12〕时平将士老良材,徒使闺媛叹落埃。可怜学书不学剑,途穷斫地歌不哀。〔13〕我观此卷翻然失,百事不能较人一。伏雌缩猬徒自惭,壮情往复怀芳姞。〔14〕忆昔历游山海区,三江五岳快攀途。足行万里书万卷,尝拟雄心胜丈夫。〔15〕西出临潼东黑水,策马驱车幼年喜。亦曾习射复习骑,羞调粉黛逐骑靡。〔16〕归来换我襦衫轻,幼车重开亦有情。复尔贞吉事中馈,犹然佔毕如书生。〔17〕余年十一,侍先大母董太恭人之吉林〔18〕,遂偕白鹤仙、陈宛玉、吴小莲诸女士读书于卜太夫人之门,复习骑射于蒙古阿将军之夫人。十六回江南,又侍大母及家严等自都中至关西，又出楚之粤。十八归泗州天长旧居，十九复回金陵。二十五适外，盖于归宣城，迄今计又三年矣。满耳纷纷听扬播，未必名闺可虚座。秦姬赵女夸妍华，相逢大抵娇无那。〔19〕吁嗟乎！画图中人孰能同，丈夫之志才子胸。始信须眉等巾帼，谁言儿女不英雄。〔20〕

【注释】

〔1〕选自王贞仪《德风亭初集》卷十二。

〔2〕木兰：指《木兰诗》中的代父从军的女子花木兰。娉婷（pīng tíng）：女子姿态美好的样子。弱质：柔弱的体质。军旅：军队。英奇：英武神异。闺中侣：指女性。闺中，女子所居；侣，同伴。《木兰诗》："愿为市鞍马，从此替爷征。""同行十二年，不知木兰是女郎。"

〔3〕大小乔：指汉末乔公二女。阴符：指《阴符经》等兵书。钤韬（qián tāo）：指谋略。一十三篇：指《孙子兵法》。指授：指导传授。夫婿：指大小乔夫婿孙策、周瑜。雄豪：英雄豪杰。柳宗元《吕侍御恭墓志》"读从横书，理《阴符》《握机》《孙子》之术"，宋咸淳廖氏世彩堂本注："《周书》：《阴符》九篇。《握机》，亦兵书名。《孙子》十三篇。"高启《二乔观兵书图》："共凭花几倦新妆，玄女《阴符》读几行。"

〔4〕得毋：假如没有。真非果：真的不是这样的结果。虚声：指名声。婀娜：代女子。四句说假如没有木兰、大小乔记载，谁会将声誉给予女性呢？我们能听说古代女杰声名，每每遗憾她们见不到我（恨不能与女杰同时）。

〔5〕朅：何。倾城色：美丽的女子。青娥：黛眉。冶貌：艳丽的容貌。调墨：代指绘画。两句说忽然看到《女中丈夫图》。

〔6〕票姚：武官名号。戟、戈：两种兵器。以下写《女中丈夫图》内容。两句写惊诧图中女子如武将般挥动兵器。尤侗《秋夜令》："分明锦伞女嫖姚，侠气傲儿曹。"

〔7〕梅肢：四肢如梅般纤细。柳领：颈欣长。芙蓉面：面若芙蓉般红润细腻。裳：下裙。鸾环：鸾刀刀环。莫邪、干将：剑名，阳曰干将，阴曰莫邪。霜花：锋刃闪着寒光。绣出龙班艳：指剑上艳丽的龙形纹理。《吴越春秋》："干将者，吴人也，与欧冶子同师，俱能为剑。……莫耶，干将之妻也。……遂以成剑，阳曰干将，阴曰莫耶。阳作龟文，阴作漫理。"

〔8〕虞兮：指项羽美人虞姬。对面：面对面。聂隐娘：裴硎《传奇》中人物，女剑客。翩翩：指轻盈欲飞。堪举：能用手托起。叱咤：怒喝。口舌香：口中有香味。《史记·项羽本纪》："（项王）有美人名虞，常幸从；骏马名骓，常骑之，于是项王乃悲歌忼慨，自为诗曰：'力拔山兮气盖世，时不利兮骓不逝。骓不逝兮可奈何，虞兮虞兮奈若何。'"《红楼梦》第七十八回贾宝玉赋《姽婳词》："叱咤时闻口舌香，霜矛雪剑娇难举。丁香结子芙蓉绦，不系明珠系宝刀。"

〔9〕鸠缳（huán）：用鸠鸟羽做成的鞋子系绳。凤履：凤头鞋。意气：气概。昂藏：雄伟有气势。绝少伦：很少能与之相比。女帅：女统帅。锦伞：锦制的帷幕。夫人：指谯国夫人冼氏。《少室山房笔丛》卷二十二"锦伞夫人"："冯宝妻冼氏，封石龙夫人。战则锦伞宝幰，至老未尝败。年八十而终。智、勇、福三者全矣，古今女将第一人也。"

〔10〕犀甲：犀牛皮做的甲。铁：指铁铠。将士所着护身工具。紫塞：北方边塞。美人小队：美人带领的队伍。郊原：原野。皋：水边高地。《北史·周高祖纪》"保定元年""夏四月"："白兰遣使献犀甲铁铠。"崔豹《古今注》卷上："秦筑长城，土色皆紫，汉塞亦然，故称紫塞焉。"李益《石楼山见月》："紫塞连年戍，黄沙碛路穷。"《晋书·虞潭传》：王敦反，"（虞）潭即受命，义众云集，时有野鹰飞集屋梁，众咸惧，潭曰：'起大义，而刚鸷之鸟来集，破贼必矣'"。《宋史·叛臣·李全传》："（杨）安儿妹四娘子狡悍善骑射，刘全收溃卒，奉而统之，称曰姑姑。众尚万余，掠食至磨旗山，全以其众附。杨氏通焉，遂嫁之。……抵山谷，上有龙虎上将军者，贯银甲，挥长槊，盛兵以出，旁有绣旗女将驰枪突斗。会诸将至，拔全以出。……龙虎上将军者，东平副帅幹不搭；女将者，刘节使女也。"

〔11〕脸波：眼波。愁（jiū）：通"揫"，聚集。腻：浓。融：明亮。丁香双叩：即丁香双扣，像丁香花那样圆圆的小扣子。缬（xié）：染印彩帛。羽衣：轻盈的衣衫。

〔12〕有意：有意图，有寄托。假：借。娥眉：女子。游戏：游谈戏说。拔舞：拔剑起舞。公孙：指公孙大娘。四句说，因此知道画工别有用意，借女丈夫为谈资，难道没有其他人拔剑起舞吗，何必一定要摹写公孙大娘舞剑器？陈宪章《题山水小画寄姜知县》："解点无中含有意，世间除是画工深。"杜甫有《观公孙大娘弟子舞剑器行》。

〔13〕时平：世事承平。落埃：落下的尘埃。途穷：处境困窘。斫地：表达愤怒情绪。不哀：不必悲伤。陆游《早春对酒感怀》："书生岁恶甘藜苋，志士时平死草

莱。"《史记·项羽本纪》:"项籍少时学书不成,去。学剑,又不成。"杜甫《短歌行赠王郎司直》:"王郎酒酣拔剑斫地歌莫哀。"

〔14〕翻然:反而。失:迷失。一:一样,齐平。伏雌:雌伏,屈居下位。缩猬:猬缩,畏惧退缩。自惭:感到惭愧。壮情:豪壮的情怀。往复:反复。芳姞:郑文公妾燕姞,梦天与己兰后生贵子。《左传·宣公三年》:"吾闻姬姞耦,其子孙必蕃。姞,吉人也,后稷之元妃也。"

〔15〕三江五岳:泛指名山大川。拟:许,期望。《王直方诗话》:"信乎!不行一万里,不读万卷书,不可看老杜诗也。"

〔16〕临潼:今山西临潼。黑水:黑龙江。逐骑靡:追逐骑马,如风之行。《金史·世纪》:"生女直,地有混同江、长白山。混同江,亦号黑龙江,所谓'白山黑水'是也。"曹丕《黎阳作三首》其三:"千骑随风靡,万骑正龙骧。"

〔17〕襦(rú)衫:短衣、单衫。幼车:指幼时所用纺车。贞吉:吉利、幸福。中馈:家中供应膳食之事。犹然:舒和貌。佔毕:不晓经意,只会诵读其文,此指诵读。《周易》"家人"卦"六二":"在中馈。贞吉。"注:"职乎中馈,巽顺而已,是以贞吉也。"

〔18〕先大母:已故祖母。

〔19〕满耳:听到的都是。扬播:传扬、传播。虚座:虚位以待。妍华:美艳华丽。无那:无限,非常。四句说现在名声很大的女性,未必能称得上名闺,她们被夸美艳华丽,相见后确也十分娇艳。《红楼梦》第七十八回贾宝玉《姽婳词》:"……姽婳将军林四娘。号令秦姬驱赵女……"

〔20〕吁嗟:叹词。丈夫之志:指经营四方的远大志向。才子胸:指胸有豪气与奇文。须眉:代指男子。巾帼:头巾与头上饰物,指代女子。儿女:此指女儿。《礼记·内则》:"(男子生,)射人以桑弧蓬矢六,射天地四方。"陆云《答车茂安书》:"桑弧蓬矢,丈夫之志。经营四方,古人所叹。"周清原《西湖二集》卷一《吴越王再世索江山》:"看官,你道一个文人才子,胸中有三千丈豪气,笔下有数百卷奇书。"冯梦龙《喻世明言》第二十八卷《李秀卿义结黄贞女》卷首:"男子尽多慌错,妇人反有权奇。若还智量胜蛾眉,便带头巾何愧。""常言有智妇人赛过男子,古来妇人赛男子的也尽多。……再除却锦车夫人冯氏、浣花夫人任氏、锦伞夫人洗氏,和那军中娘子绣旗女将,这一班大智谋大勇略的奇人也不论……"

【评析】

此诗作于1795年，王贞仪二十八岁时。全诗七十一句，前两组、后一组五句一韵，余皆四句一韵。前五句以木兰替父从军事引出女中丈夫主题，一来此事流传最广，二来此事有文献依据。接着五句及大小乔事。早期大小乔因夫婿孙策、周瑜闻名，但元明以来，大小乔才略不输夫婿之说也通过图画、文学等形式广泛流传。如郭钰《双莲曲》曰："二乔卧读兵书倦。"王逢《题二乔图》曰："并看兵书白象床。"阙名杂剧《周公瑾得志娶小乔》借孙权之口说："闻知乔公所生二女，乃是大乔小乔，此二女子，皆有国色，善晓兵书战策，通达文理，美貌过人。"王贞仪以木兰、二乔开头，还想表明"得毋记载真非果，谁把虚声让婀娜"，正是得益于记载，女性也可能有名声，表达其对现实生活中女性名声不传的怨诽。由此进入对《女中丈夫图》（另一种记载方式）的书写。此图似乎为组图，或者是诗人对其中所画女性分别加以书写。第一幅是女将军掷戟挥戈图，第二幅是击剑图，第三幅是轻举叱咤图，第四幅是旗下女帅图，第五幅是美人小队出塞图，第六幅是女子习武归来图。观画后，诗人对画工之意加以体悟，也对杜甫诗写公孙大娘舞剑进行思考，其实引导读者对其写《女中丈夫图》进行推究。首先，王贞仪将女性与和平年代的将士作比，对女性缺乏有所作为的时空表达叹惋和愤懑。接着言及自我观图而产生的惭愧和失落。最后写自己自幼以来的壮志和作为，表明自己的惭愧和失落不该由自己负责，而应该由社会制度、舆论、文化期许等负责，她将当下传扬的名闺与图中女性对比，指出当下名闺"丈夫之志才子胸"的缺乏，而诗人坚信"须眉等巾帼，谁言儿女不英雄"。全诗描绘女性的身体的柔美与心志、作为的刚烈，建立刚柔并济之美并追求其间的极强张力，以此呈现"女中丈夫"的独特风致。

王贞仪的女性可以大有作为的认识并非特例，同时代的沈纕（字蕙孙）《题二乔观兵书图》诗曰："舳舻焚尽仗东风，应借奇谋闺阁中。曾把韬钤问夫婿，谁言儿女不英雄。《阴符》偷读妨描黛，绣帙双闲见唾绒。一十三篇劳指授，蟂矶余烈本吴宫。"（《名媛诗话》卷四）她虽然认为历史上东吴赤壁之战的胜利确因"东风"之便，但同时指出，如果东吴重视大小乔的奇谋，则没有东风之便也可取得胜利。此诗的遣词造意与王贞仪诗颇同。

金 逸

金逸(1770—1794),字纤纤,江苏长洲(今江苏苏州)人。丈夫陈基,诸生。夫妇志趣相投。师事袁枚,为随园女弟子。《随园诗话》称:"余女弟子虽二十余人,而如(严)蕊珠之博雅,金纤纤之领解,席佩兰之推尊本朝第一,皆闺中之三大知己也。"袁枚为之撰墓志铭。女词人李佩金(字纫兰)、陈雪兰、杨芸(字蕊渊)为之校刊《瘦吟楼诗稿》行世。

暮春偕竹士游塔影园〔1〕

依然溪水隔林扉,舣棹来寻旧钓矶。〔2〕幽赏恰宜三月尽,佯狂得似两人稀。〔3〕竹烟浮翠晴生坞,花雨吹红湿溅衣。〔4〕极阁危栏闲倚望,半天清语塔铃微。〔5〕

【注释】

〔1〕选自金逸《瘦吟楼诗稿》卷二。竹士:金逸丈夫陈基字。塔影园:明清苏州著名园林。位于虎丘山南,明时文徵明孙文肇祉所建。园中凿池而见虎丘塔影,因名。《姑苏繁华图》《康熙南巡图》皆画此园。乾隆年间,蒋重光在原址建蒋氏塔影园。从时间上看,金逸所游当为蒋氏塔影园。

〔2〕依然:依旧。林扉:山林中的屋舍。舣棹:停船靠岸。棹,此代船。钓矶:钓鱼时所坐岩石。沈德潜《塔影园记》:"园三面绕河,船自斟酌桥进。……山遥青而点黛,水绕白而曳练。"

〔3〕幽赏:清雅的赏玩。佯狂:假装癫狂。两人:指自己和丈夫。稀:少。白居易《三月三十日作》:"今朝三月尽,寂寞春事毕。"曹学佺有《三月晦日集塔影园

送春》诗。《楚辞·惜誓》:“比干忠谏而剖心兮,箕子被发而佯狂。”

〔4〕竹烟:竹林中的雾霭。浮翠:青绿的颜色浮动。坞:指园中竹旁的小建筑。花雨:落花如雨。

〔5〕极:最高。危栏:高栏。半天:既指时间长,又指半空中。清语:高雅不俗之谈。塔:指虎丘塔。微:细小,轻微。王世懋《初至弘法寺养疴四首》其二:“风软塔铃微。”

【评析】

此诗为金逸与丈夫陈基同游塔影园所作。据诗中“依然”“寻旧”等语,此非诗人初游。诗人爱此溪水、林扉、钓矶、竹坞,故而再游。他们选择春尽的三月末来寻幽,没有游人如织,没有繁花似锦,只有竹烟浮翠,花雨吹红,夫妻来此送春,感受两人共有的疏狂清逸的雅趣。他们在高阁危栏边长时间倚望,伴随着轻微的塔铃声长时间清谈,知心同趣的夫妇形象跃然纸上。

一悟斋与竹士夜话〔1〕

一帘细雨不成丝,挽婿灯前与论诗。〔2〕家近不归如梦远,花寒未放识秋迟。〔3〕心灰久病拈针懒,眉讳新愁只镜知。〔4〕约略听他双燕语,腰肢减瘦比来时。〔5〕

【注释】

〔1〕选自金逸《瘦吟楼诗稿》卷二。一悟斋:斋名。

〔2〕一帘细雨:细雨接连不断地落下,一条条地,如丝线做成的帘幕,故云。不成丝:雨,终究不是丝。丝,谐音思,指情绪不佳或写不出诗。挽:挽留。婿:指丈夫。论诗:谈诗。

〔3〕如梦远:如梦般缥缈、遥远。花寒:指寒花,菊花。放:开花。识:知道。

〔4〕心灰:心如死灰,消沉。拈针:做针线活。讳:忌讳,不愿意显露。

〔5〕约略:不经意。来时:双燕来时,指春天。

【评析】

这首七律写出了女诗人细腻的身体、生命、生活和情感状态。作者明言“久病”，又幽微地告知了从春天到秋天的病程以及身体的瘦损。“花寒未放识秋迟”，点出了秋天。“双燕语”“腰肢减瘦比来时”，通过燕子之口诉说了春天和当下诗人的身体状况。生病以及善感造成了诗人独特的情感体验：秋天的“一帘细雨”让诗人伤感并抱怨；不管是自己“家近”而不得归宁，还是丈夫居近而不能归，都使诗人感觉到“如梦远”那种遥不可及的虚无感，而“花寒未放”，又失却秋日寒花的慰藉。其生活状态倦怠而消沉：懒拈针线；虽然偶有与“婿灯前论诗”的乐趣，但着一“挽”字，则带有强求和不能尽兴之意；虽然有“眉讳新愁”的刻意，但独自对镜时，无论如何都藏不住，还是被“镜”窥见旧愁、新愁。诗人善于通过周遭的一切来书写自己的纤弱多病的身体，表达敏锐的哲思、易感的心灵，呈现多愁善感的精神状态和失落愁闷的生存状态，很有特色。

曹贞秀

曹贞秀(1760—1833以后),字墨琴,长洲(今江苏苏州)人。二十三岁嫁王芑孙(1755—1817)为继室。工诗文,尤善书,叶廷琯评其书:"气静神闲,娟秀在骨,应推本朝闺阁第一。"当时求书者众,有颇多书作留存。有诗文集《写韵轩小稿》行世。

跋自临《兰亭》[1](节选)

唐以后临池家[2],莫不仰宗右军,右军实受书于卫夫人[3],然则行楷法固自彤管中来也[4]。寒窗炙砚,细仿此帖,非学右军,亦私淑诸人之意尔。[5]

又

右军写《兰亭》,以无意得之;学者写《兰亭》,以有意失之。[6]然学一分自有一分之益。松雪所云,良不诬也。[7]

又

宋皇后所临《兰亭》系小字,赐潘贵妃本亦小册也。《兰亭》真面,不关肥瘦,又宁可以小大论耶?[8]

【注释】

〔1〕选自曹贞秀《写韵轩小稿》卷二。跋:文体的一种。附在正文后面,即后序。临:临帖。《兰亭》:指王羲之所书《兰亭集序》。

〔2〕临池：指习练书法。《三国志·魏书·韦诞传》裴松之注引卫恒《四体书势·序草书》："弘农张伯英者因而转精其巧。凡家之衣帛，必书而后练之。临池学书，池水尽墨。"

〔3〕仰宗：仰慕尊崇。右军：指东晋王羲之，因其曾任右军将军，故称。受书：接受教育。卫夫人：指书法家卫铄。张彦远《法书要录》卷一收王僧虔录"传授笔法人名"："蔡邕受于神人，而传之崔瑗及女文姬，文姬传之钟繇，钟繇传之卫夫人，卫夫人传之王羲之，王羲之传之王献之……"张怀瓘《书断》"妙品"下："卫夫人，名铄，字茂猗，廷尉展之女弟，恒之从女，汝阴太守李矩之妻也。隶书尤善规矩。钟公云：'碎玉壶之冰，烂瑶台之月。婉然芳树，穆若清风。'右军少常师之。永和五年卒。年七十八。"

〔4〕行楷：介于楷书与行书之间的字体。固：本来，原本。彤管：指女性文墨。

〔5〕炙砚：严寒天气用火烘烤砚台以防墨水凝固。私淑：未能亲受教益但尊之为师。诸人：指王羲之之后诸多临摹《兰亭集序》者。如神龙本、定武本，褚遂良、虞世南、米芾、赵孟頫等都有临本，曹贞秀对宋皇后摹本尤感兴趣。

〔6〕无意：指无意为之。得之：指书法自然天成。有意：有意模仿。

〔7〕松雪：指赵孟頫，号松雪道人。良：确实。不诬：不假，不妄。所引有意、无意语，不见于赵孟頫《松雪斋文集》，然与赵宧光之论颇近。倪涛《六艺之一录》卷三〇四《历朝书论·气韵》下引赵宧光语："不学唐字无法，不学晋字无韵。谓晋无法、唐无韵，不可也。晋法藏于韵，唐韵拘于法。薄唐趋晋，十九谬妄。晋人以无意得之，唐人以有意得之，宋、元诸人有意而时得时失。今之书家无意求，亦不知所得者何物。"

〔8〕宋皇后：指宋高宗吴皇后。所临《兰亭》：可见于保康军节度使吴益刊本。赐潘贵妃本：高宗赐潘贵妃本。小册：指装帧成一小册。真面：指神韵。肥瘦：形容字笔画之粗细。小大：指字形以及册页的规格。王世贞《宋拓兰亭帖》："此禊帖，所谓《兰亭叙》正本赐潘贵妃者。及秘殿图印，乃是作一小册子于绫面书记耳。是元初人装。"

【评析】

曹贞秀《跋自临兰亭》共十则，此选三则。第一则谈到唐以后书法家皆以王羲之为宗祖。此说法为明清书家之共识。如李日华曰："唐人书法，俱从右军《禊帖》中各自抽绎而成，如伯施得其朗润，信本得其缜栗，登善得其婉逸，公权得其雄迈，泰和得其超卓，陆柬之、赵模则又全体脱出而乏其神骏，其不践迹而天成者，颜平原、杨景度二人耳。”（《金石文考略》卷十《华岳题名》下引，按，伯施指虞世南，信本指欧阳询，登善指褚遂良，公权指柳公权，泰和指李邕，颜平原指颜真卿，杨景度指杨凝式。）第二则谈到王羲之所书《兰亭集序》无意为之而具有自然天成的神韵。董其昌《书品》亦云：“晋人书取韵，唐人书取法。”第三则谈到《兰亭集序》的神韵与字的大小、肥瘦无关。郭若虚云：“气韵本乎运心。”曹贞秀论书与之精神相通。虽然曹贞秀认为后世临摹《兰亭》有有意为之之失，但她同时认为只有通过“学一分”，才能获“一分之益”，最终得书法之神韵。

跋自临《砖塔铭》〔1〕（节选）

《集古录》以房璘妻高氏两碑为仅见〔2〕，又以周秦数千年中无女人能书，而疑好事者寓名以为奇。〔3〕夫书特一艺耳，此复与织纴组紃何异，〔4〕而难其事至此？岂欧阳公妻妾不慧，遂令乃公薄视千古钗裙之士耶？〔5〕

又

晋宋人书以风度胜，折旋俯仰都有酝酿。〔6〕此碑刻于显庆年中，所谓敬客者，虽不详出处，犹是欧、虞、褚一辈人，去古未远。〔7〕学书者从此问途，庶不失二王规格。〔8〕惜士大夫无宣扬此法者耳。

又

碑版书奚啻充栋，而女士簪花之格，寥寥无著于录者。〔9〕有唐高氏两碑，欧阳尚疑为好事者寓名。吾独怪李易安佐赵明诚作《金石录》，亦遂慭置如遗，〔10〕不复广为搜索。明诚不足深咎，易安号称彝雅，而忘诗人“问我诸姑，遂及伯姊”之义，其志荒矣。[11]

【注释】

〔1〕选自曹贞秀《写韵轩小稿》卷二。《砖塔铭》：指明末出土的唐人《大唐王居士砖塔之铭》。因其楷法精妙，风神挺秀，而为书家所重。毕沅《关中金石记》卷二“王居士砖塔铭”：“显庆三年十月立。上官灵芝撰文，敬客正书。在终南山。”

〔2〕《集古录》：欧阳修所撰金石著作。房璘妻高氏：书法家高氏，其夫房璘为太原府参军。两碑：指《集古录》所收高氏书《唐安公美政颂》《唐石壁寺铁弥勒像颂》碑。仅见：罕见。欧阳修《集古录》卷六“《唐安公美政颂》开元二十九年”：“《安公美政颂》，房璘妻高氏书。安公者，名庭坚。其事迹非奇，而文辞亦匪佳作，惟其笔画遒丽，不类妇人所书。”又“《唐石壁寺铁弥勒像颂》开元二十九年”：“太原府交城县石壁寺铁弥勒像颂者，林谔撰，参军房璘妻高氏书。”

〔3〕好事者：此指书法爱好者。寓名：托名。欧阳修《集古录》卷六“《唐安公美政颂》”：“余所集录，亦已博矣，而妇人之笔著于金石者，高氏一人而已。”“《唐石壁寺铁弥勒像颂》”：“余所集录古文，自周、秦以下讫于显德，凡为千卷，唐居其十七八，其名臣显达下至山林幽隐之士所书，莫不皆有，而妇人之书，惟此高氏一人尔。然其所书刻石存于今者，惟此《颂》与《安公美政颂》尔。二碑笔画字体远不相类，殆非一人之书。疑摹刻不同，亦不应相远如此。又疑好事者寓名以为奇也，识者当为辨之。”

〔4〕书：书法。特：只，仅。一艺：一门技术。此：指代书法。复：又。织纴(rèn)：纺织。组紃(xún)：指女红。

〔5〕不慧：不聪明。薄视：轻视，看不起。钗裙之士：指女士。

〔6〕风度：风致神韵。胜：超越。折旋：指书法用笔。俯仰：指字内以及字与字之间的映带俯仰之势。酝酿：调和。倪涛《六艺之一录》卷三〇四《历朝书论·结构》：“书法三昧曰：一字有一字之起止，朝揖顾盼；一行有一行之首尾，接下承上。”

〔7〕显庆：唐高宗年号。敬客：《砖塔铭》题下署“敬客书”。欧、虞、褚：指唐初书法家欧阳询、虞世南、褚遂良。

〔8〕问途：问路，探索门径。二王：指王羲之、王献之。规格：规范、格局。

〔9〕碑版书：指金石著作。奚啻：何止。充栋：著述多到可堆满屋子。女士簪花之格：此代女性书法。寥寥：稀少。著于录：记载在目录中。

〔10〕怪：奇怪。李易安：指李清照，号易安居士。佐：辅助。赵明诚：李清照丈夫。《金石录》：赵明诚、李清照的金石著作。憖（yìn）置如遗：遗弃，置之不理如没这回事。

〔11〕不足：不值得。深咎：多加责备。弇雅：宏深博雅。问我诸姑，遂及伯姊：出自《诗经·邶风·泉水》。意谓亲其同类。荒：蒙昧。

【评析】

曹贞秀《跋自临〈砖塔铭〉》共十五则，此选三则。《王居士砖塔铭》明末出土，书家“敬客”非知名书法家，曹贞秀依据书法作品本身肯定其价值，是较早宣扬此碑者，指出“学书者从此问途，庶不失二王规格”，发扬了董其昌“晋书无门，……学唐乃能入晋”（《书品》）之意。

本文与上《跋自临〈兰亭〉》第一、三则，都可见曹贞秀强烈的性别意识。她认为书法史应该追溯至卫夫人处。她从书法为一艺，就如女性一直从事并擅长的织纴组𬘓一样，所以女性在书法建树上不应该处于弱势，她梳理书法史，指出女性可以说具备历史优势。有了这样的基本认知，她批评欧阳修《集古录》怀疑题名房璘妻高氏所书的两块碑是男性托名，指出实际上不是女性没有才能，而是长期以来士大夫漠视女性的才能。由此，她批评李清照没有性别意识和女性群体关怀（“志荒”）。她说“明诚不足深咎”，是她对男性失望的一种表现，而“易安号称弇雅”，却不能有同类的关怀，所以令其失望。曹贞秀是中国古代较早具有女性群体意识的女性。

席佩兰

席佩兰(1762—1831年后),名蕊珠,字月襟,又字韵芬、道华,号佩兰,以号行,昭文(今江苏常熟)人。内阁中书席宝箴孙女。及笄嫁翰林庶吉士常熟孙原湘(1760—1829)。夫妻皆为袁枚弟子。与女诗人屈秉筠唱和最多。有《长真阁集》七卷。

渡　江〔1〕

顿觉舟如叶,飘然万顷中〔2〕。混茫连上下,空阔失西东。〔3〕渡口沉云白〔4〕,波心浴日红。深闺曾未见,放眼胆俱雄〔5〕。

【注释】

〔1〕选自席佩兰《长真阁集》卷一。

〔2〕万顷:形容水面极广阔。

〔3〕混茫:上下混沌难分的状态。空阔:空旷阔大。

〔4〕沉云:浓云,阴云。

〔5〕放眼:纵目。

【评析】

根据席佩兰夫妇诗,乾隆四十七年(1782)秋天,21岁的席佩兰与丈夫侍姑自常熟至舅孙镐潞安知府任所上党(今山西长治),她还带着年幼的二子(分别5岁、2岁),此时又有孕在身。此诗表现了深闺妇女第一次旅行遇奇险时的感受以及心境变化。在风涛中渡江,她感到小舟如一片树叶,人和小舟被万顷风涛裹挟着,任由风涛抛掷,完全失去了辨别方位的能力,诗中竭力表现了人和小舟的渺小、混茫和失能。然而当船将达对岸,波涛减弱,诗人纵目,看到了渡口的阴云,再回头看向来波涛处,却是太阳染红江心之景,这是诗人二十一年来从未见过的景象,一股征服波涛的豪气、观赏壮阔江景的惊喜油然而生,诗人挺直了身体,“放眼胆俱雄”,感受到胸胆的开张和雄健。此诗以渡江经历写出了女性身体和心理的鲜活感受,写景壮丽雄浑,颇有苏轼“回首向来萧瑟处,也无风雨也无晴”(《独觉》)的豪迈,但增加了女诗人性情的变化和被陶冶的内容,也对“深闺”对女性生命的拘束进行了隐晦的批判。

晓行观日出〔1〕

晓行乱山中〔2〕,昏黑路难辨。默坐车垂帘,但觉霜刮面。冰上滑马蹄,胆怯心惊战〔3〕。前骇绝壑奔,后虑危崖断。〔4〕合眼不敢开,开亦无所见。俄顷云雾中,红光绽一线。初如蜀锦张,渐如吴绡剪。〔5〕倏如巨灵擘,复如女娲炼。〔6〕绮殿结乍成,蜃楼高又变。〔7〕五色若五味,调和成一片。〔8〕如剑光益韬,如[illegible]精转敛。精光所聚处,金镜从中见。〔9〕破空若有声,飞出还疑电。火轮绛宫转,金柱天庭贯。阴气豁然开,万象咸昭焕。〔10〕

【注释】

〔1〕选自席佩兰《长真阁集》卷一。晓行:拂晓赶路。

〔2〕乱山:高低不齐之山。孙原湘《太行》:“太行何高高,原自云中肇。西奔中条至雷首,碣石燕山东障堡。我来正初冬,山色澹更好。危崖绝壁上逼云汉撑天表。一峰若夭姣,一峰若颓老,两峰盘结互回抱。其间相去十丈百丈,绝迹难飞鸟。”

〔3〕惊战:惊惧战栗。

〔4〕骇:惊怕。绝壑:深谷。奔:指水激流。虑:担忧。危崖:高峻的山崖。杜甫《水会渡》:“霜浓木石滑,风急手足寒。”白居易《初入太行路》:“马蹄冻且滑,羊肠不可上。”

〔5〕俄顷:一会儿。绽:裂开。蜀锦:四川成都一带的锦绣,以色彩丰富著称。张:展开挂起。吴绡:吴地所产用生丝织成的薄纱,以轻薄闻名。六句写晨曦微露,

朝晖渐起。陆龟蒙《圣姑庙》："蜀彩驳霞碎，吴绡盘雾匀。"

〔6〕倏：迅疾貌。巨灵：传说中的巨灵神。擘（bò）：劈开。女娲：中国神话中的创世神。炼：烧炼补天五色石。干宝《搜神记》卷十三："二华之山，本一山也，当河，河水过之而曲行。河神巨灵，以手擘开其上，以足蹈离其下，中分为两，以利河流。"《淮南子·览冥训》："往古之时，四极废，九州裂，天不兼覆，地不周载……于是女娲炼五色石以补苍天……"曾噩《九家集注杜诗序》："噫！少陵之诗，其伟壮则如巨灵之擘太华，其精巧则如花神之刻群芳。"徐渭《完淳篇》："石头五色烂如花，女娲十笋高能许。"

〔7〕绮殿：华丽的宫殿。乍：忽然。蜃楼：因光的折射而形成的空中楼阁。

〔8〕五色：青、黄、赤、白、黑五种颜色，泛指各种颜色。五味：指酸、咸、辛、苦、甘五种味道，泛指各种味道。调和成一片：形容日出前多彩朝霞如五味被搅动调和，蒸腾不定。"倏如巨灵擘"至"调和成一片"六句写朝霞翻滚升腾的景象。《左传·昭公二十五年》："夫礼，天之经也，地之义也，民之行也。天地之经而民实则之，则天之明，因地之性，生其六气，用其五行。气为五味，发为五色，章为五声。"杜预注五味："酸、咸、辛、苦、甘。"五色："青、黄、赤、白、黑。"

〔9〕韬（tāo）：掩藏。珤（bǎo）：同宝，金玉等珍宝。敛：收敛。精、光：事物内在生命和神采外发的光辉。金镜：指太阳。四句写朝霞精光内敛处旭日将出。《西京杂记》卷上云汉高祖斩蛇剑："剑在室中，光景犹照于外，与挺剑不殊。十二年一加磨莹，刃上常若霜雪，开匣拔鞘，辄有风气，光彩射人。"董仲舒《春秋繁露·通国身》："气之清者为精，人之清者为贤，治身者以积精为宝，治国者以积贤为道。"

〔10〕破空：指初日划破长空。飞出：形容日出之快。火轮：指太阳。绛宫：大红色的神仙宫殿。金柱：指太阳的万丈光芒。阴气：与阳相对的黑暗、寒冷之气。万象：世间万物。咸：全。昭焕：明亮，有光彩。六句写初日腾空飞出，光芒万丈，照亮了世界。《岁华纪丽》卷二"飞火轮"下注："谓日乌也。"

【评析】

这是一首五古诗，全诗三十句。前十句写冬天日出前太行山行的艰难和恐惧，后二十句写太行日出。诗人默坐车中，紧张得双眼紧闭（"合眼不敢开，开亦无所见"），但每一个毛孔都在感受着太行山的寒冷和恐惧：山影幢幢（"乱山"），道路昏黑，寒霜刮面，马蹄在冰上打滑，诗人担心连人带车掉下悬崖。环境恶劣,危机四伏,而诗人设想的各种意外,更使这段叙述紧张感十足。以“俄顷云雾中,红光绽一线”转折,诗人开始睁大双眼观赏奇妙的世界。这段日出描写,有声有色。比如“五色若五味,调和成一片”,不仅写出了五彩云霞,还描绘了云霞的翻滚蒸腾之态。又如“破空若有声,飞出还疑电”,日出本无声音,但太阳跃出地平线的一刹那的震撼,令观赏者无不欢呼,则其又似是有声的。所以诗中的日出,外在的是云气霞彩的变化蒸腾和旭日跃上天际的景象,内在是天地精气的聚敛和散发,背后还有巨人的手臂和神仙的世界,最终指向光明的普照、生命的热烈和无限的希望。本诗情感大起大合,写景绚烂壮丽,堪称写日出之佳作。

刘清韵

刘清韵(1842—1915),字古香,小字观音,海州(今江苏连云港)人。父刘蕴堂系二品封盐商。刘清韵自幼聪颖,子史百家、诗词书画无不擅长。十八岁嫁沭阳望族钱德奎。夫妇以笔墨相怜重。刘氏创作传奇二十四种。光绪二十六年(1900)上海藻文石印社刊行其《小蓬莱传奇》十种,后发现手抄本传奇二种。

《英雄配》第三出　得婿[1]

(旦倩妆带婢上[2])〔捣练子〕珠箔静,晓风柔。一缕沉烟淡不流。嫩暖轻寒浑未足,春衫可否换云裘。[3]奴家杜氏,小字宪英。貌夺春花,神凝秋水,蕙兰心性,冰雪聪明。[4]椿萱爱重,劳他双掌擎珠。[5]荆树凋零,惟我一枝缀玉。[6](叹介)不幸爹爹早世。[7](泪介)迅速流光,又已三年服满。明日清明,家家上冢祭扫,奴家亦手制冥镪,好随母亲到爹爹坟上焚化。[8]一时心内烦闷,且去取本书来消遣消遣。(取书展看介)咳,这书皆经爹爹评点,朱墨犹新,音容已杳。[9](掩书泣介。婢劝介)小姐且免愁烦,可记得老相公临终嘱咐的三件大事?不争小姐这样伤心,老相公在阴间也是不安的。[10](旦拭泪介)哎,翠儿,爹爹遗训,我何曾刻忘。(指介)你看架上图书,壁间弓矢,那一件不是爹爹所遗,[11]你教我怎不触目伤心来哟。(掩面痛哭介。婢)红儿,快拿水来给小姐净面。(婢应,捧奁具上,侍旦净面毕,捧下,即上,侍立介)[12]小姐,从古说:愚不谏贤,卑不责尊。不是婢子多口,小姐年已及笄,正是桃夭之候。外间求亲的,尽有大姓贵族、富室豪门,小姐一概拒绝。若不早结良姻,白白地把青春虚度,岂不可惜不是?老相公说的全才难得,劝小姐把眼界略放低些儿罢。[13](旦不语沉吟介)不要多讲。红儿,去将那件葱黄罗袄包了,恐明儿路上暄热好换[14]。翠儿,煎茶去。

(二婢应下,旦微叹介)爹爹说人生最难得者佳偶。古人亦云:“易求无价宝,难得有情郎。”又说:“愿得一心人,白首不相离。”在那些林林总总的女子尚且如此,何况我杜宪英乎?[15](起介)想奴本是

【菊花新】琼苞玉蕊上林枝,岂是凡葩可并栽。武略与文才也,合得轶群奇配。[16]

生憎婢口无端语,勾起眉心有分愁[17]。(下。净、副、杂、丑四媒婆上)[18]

【字字双】做媒全仗架虚词,绝技。何妨嫫母说西施,妙谛。葫芦旧样再休提,不济。女家倒要相男儿,新例。新例。[19]

(净)我是赵瞒天。(副净)俺是张过海。(杂)在下马铁脚。(丑)区区李铁嘴[20]。请问列位到那一家去的?(众)都是到杜奶奶家去的。(丑)我也奉陪走走,弄钟溜边喜酒吃吃[21]。(众)媒钱不能分肥[22],喜酒是有你吃的。(丑)我们就去来去来[23]。(作到唤介)门公公,我们特来与奶奶贺喜,烦你通报一声。(外扮老院子上)想是来提亲的,怎么竟约齐了来?(众)门公公,常言道得好:一家有女百家求。况奶奶又要亲自相看,所以我们今日一齐来说,明日一齐来相看,也免得他老人家唠叨。(外)这等,你们进来。(众进介。外向内介)梅香姐姐,有四位媒人在此,要见奶奶贺喜,你来引他们进去。(下。贴上,众见诨介。[24]贴向丑介)你又来鬼混甚么?(丑)来提亲。(贴羞丑介)来来往往,鬼混一年多,也不见你提起一个好人家。奶奶吩咐说:你再来,叫我重重打两个耳光子,赶出去呢!(丑笑央介)好姐姐,引我进去,等小姐亲事成了,得的喜钱,与你三七分用。(贴)不希罕。(丑)哦,是了,待我也寻个白白胖胖的少年老公给你。(贴)啐!(同诨。下。老旦带婢上)

【菊花新】把家当户一身持[25],青鬓年来渐有丝。可奈女娇痴,叹甚日才完心事。[26]

妾身柳氏,膝下无儿,单生一女,先夫临终命其自择佳婿,年来求亲的何止数十百家,竟没一个中意。照我的意思,只要门第清华[27],儿郎俊秀,也就可许了,争奈孩儿执定主意,要选个文武全才,还不单是貌比潘安,才如子建,更要勇似温侯。[28]我说世上那有这样十全人物?他说如真没有,情愿终身不嫁,倒也免了许多牵缠冤苦[29]。你

看,这不是痴话吗?(问婢介)小姐呢?(婢)在那里静坐。刚才命人收拾箭园,想是要演习骑射。(老旦叹介)算起来总是他老子不是。一个女孩儿家,只该随着我学些针黹闺仪罢了[30],偏偏和他今日讲文、明日讲武,把个孩子讲的入了魔,把甚么人也看不上眼。劝又劝不醒,扭又扭不过,只好由他罢了。咳,一天不遂娇儿愿,片刻难开老母怀。(贴引四媒婆上见介)恭喜奶奶!(净、副、杂)今日来提的皆是第一等门户,第一等人才,任凭奶奶相看。(老旦)是何等人家?(净)提的是王翰林的公子。今年十六岁,长的比美人儿还俊。去年入了学,人人说今秋解元必定是他的。[31]想来文章,不用说,好的了。(副净)我提的是孙朝奉的小相公。今年二十岁,家里有二十四个当典、十二个钱庄,还有黄的、白的、不动的老项,真真压折了楼板。这还不打紧。那小相公的一张俏脸儿,长的就像粉团花一般,又白又嫩。[32](杂)我提的是马小员外。今年十九岁,家内有万顷良田、千间瓦屋,大门外头,骡儿、马儿、驴子,黑压压一大群,真真像个财主。人物儿又长得风流。奶奶听,这可是第一等门户、第一等人才吗?若再错过,只除非到天上找个左金童下来[33],人间可实实没有再好似这几家的了。(贴向丑介)你怎不言不语的?(丑)尽他们说完了我再说。奶奶在上,我李铁嘴今日来提的是两位相公,一个姓郑,一个姓周,一个文的,一个武的。论门户,只好算个第二;论人才,不是李铁嘴夸口,实实要算一等第一哩[34]!明儿奶奶瞧瞧看。(老旦)明儿要同小姐上茔[35],没工夫。(众)不错,不错,明日是清明佳节,又是个上好日子,他们都要去郊外踏青,我们去照会,请他们聚在一处,好待奶奶相看。真真巧极了!(老旦)这也使得[36]。(众)还有一事,要禀知奶奶,(老旦)甚么事?(众)明日我们各带定礼,奶奶相中那一个,就收那一家的礼,然后择日传红下聘。[37](老旦)倒也斩捷[38]。(众)话已说明,别过奶奶罢。(同下。老旦起介)正是明日青郊攒众美,不知今番赤线系何人?[39](带婢下。生、小生乘马带童携具上[40]。生)草色青开盘马路,(小生)花光红上听莺楼。(生)是好一派到眼春光也,(小生)是好一派撩人春色也。(生指介)拙庵[41],你看:

【好事近】柳辫更花歌,罨画郊原如绮。绣幰金鞍,来往水边林际。[42](小生沉吟介)便是。(背介)何时才马踏杏林香里?倘能得雁塔名题,聊以偿鸡窗志砥。出入薇垣兰省，簪笔彤墀。[43]

（转介。生笑介）不要心焦。状元有你做的，想他怎么。（小生亦笑介）又侯，以你之才，取青紫如拾芥。因甚改图，愿闻其说。[44]（生）拙庵，念小弟

【泣颜回】非敢薄毛锥，仰慕班超故事也。只为折冲万里，男儿自应如是。[45]况年来粤寇妄鸱张，鼎看中原沸。正朝廷用人之际，英雄得意之秋。（作势介）待奋鹰扬志。剪红巾，画麟阁，名垂青史。[46]

（小旦扮王公子，小丑扮孙小朝奉，末扮马小员外，同乘马带童携具上）

【前腔】提携儿辈踏芳圻，照眼浓桃艳李。你听那鸾笙象板，清音袅袅风递。我们只须呼朋引类，急寻欢，莫负春光丽。好招他翠袖红裙，肯效那迂儒俗子。[47]

（见生、小生拱介）请了。（生、小生）请了。（小丑）二位来的好早。此刻就想嫦娥下降，只怕还闭着月宫门哩。不要把眼光预先望花了，真真嫦娥来了，倒看不清切，才是乱子哩。（生）休得取笑，诸位来的也不过迟。（小生）诸兄与弟辈，皆是一样心事，又何必以五十步笑百步乎？（同大笑介）童儿，先去铺茵暖酒，我们且散步一回去。（小丑拍手介）可惜不曾带得小娘，吃哑酒，没趣。[48]（小旦笑介）今日可是用他不着。（同下。净、副净、杂、丑上）年来跑折两条腿，不曾捞着一文钱。（见童介）你们主人统来了吗[49]？（童点头。净）我们也到那边迎杜奶奶去。（下。外，院子捧香烛，老旦、旦乘车上。老旦遥望挥泪介）

【太平令】马鬣荒披，都有儿孙化纸来。咳，官人，官人，你只得茕茕母女供时祭。今日我还带着女儿来上坟，身后感，益凄其。[50]

（下。生、小生、小旦、小丑、末上。小丑指介）你看那些游女来来往往，好不有趣。（小旦）一面吃酒一面遥观，才更有趣呢。（末）是极，是极。我们竟是团坐罢。（生、小生）如此甚好。（坐介）

【前腔】共倒金罍底用，当筵羯鼓催。[51]更有那楼头少妇凝妆美[52]，帘半卷，显容辉。

（二童轮流斟酒。四媒婆上，蹲场角望介。老旦、旦乘车上。四媒迎介）恭喜奶奶小姐！

(老旦)低声些,不用惊动他们。(低向旦介)儿呵,你可留神细看。(四媒各取物介。杂)这是珠花一对,(指末介。旦)

【风入松】形容鄙俗貌痴肥[53]。(净)这是紫金钗一对,(指小旦介。副净)这是如意一枝,(指小丑介。旦微笑介)好两个花花荡子[54]。(丑)这是一首新诗,(指小生介。旦)饶他自负才华美,怕折不下蟾宫娇蕊。[55](丑)这是羊脂玉钏一双,(指生介。旦)看此生神清骨奇,(复凝神细看低语介)燕颔虎头,此万里侯相也。[56](取钏介)堪做个鸾凰侣,效于飞。[57]

(丑喜介。净、副净、杂作扫兴下。生出席与旦打照面。老旦、旦下。生)

【前腔】听,粼粼花外小车催,陡地神迷心醉。[58]看,铅华不御天然致,算得个无双佳丽。[59]人间那有恁般女子恶[60]？是了,多应是,瑶台玉姬来尘世,偶游戏。

(徘徊延伫介。[61]小旦急扯小丑、小生、末介)你们只顾吃酒,把天大一件好事错过了,可惜！可惜！(末)错过甚么好事？这等大惊小怪的。(小旦指介)哪,哪,哪,才过去的,正是杜小姐车子。(小丑)何以见得？(小旦)你不见那几个媒人团在那里吗？(小丑跳起,顿足[62]、拍手、摇头、狂叫介)不曾看得一眼,真个可惜！可惜！(末)人人皆说像天仙一般,想来人材自然是好的,小弟倒不想看他,只愁亲事不就[63]。(小生)据小弟看来,(同起介)

【尾声】只要三生石上缘曾缔[64],自有一位月下老人暗中代把红丝系。(丑追向生,做手势示空手[65],下。生背喜介)真侥幸,算今生闺房艳福谁齐。

(小旦)杜小姐已走,回去罢。(小丑、末)正是。我们也要打听喜信。(小生)又俟,我们也去罢。(互拱介[66])请了。(分下)

【注释】

〔1〕选自东海刘清韵古香填词,古僮钱梅坡香岩校订《小蓬莱传奇·英雄配》。《英雄配》取材于黄钧宰笔记小说《金壶遁墨》之《奇女子》。全剧共十二出,写被父亲培养得文武双全的杜宪英自择文武双全的周孝为夫,在南方起义军北上河南开封时,夫妇练乡民自卫成功,但丈夫不慎被俘,宪英千里寻夫,最终夫妻团圆的故

事。此选第三出。

〔2〕旦：传奇中的女主角。倩妆：演员美丽的装扮。

〔3〕珠箔：珠帘。沉烟：点燃沉香产生的烟。嫩暖轻寒：轻暖轻寒，微暖微寒。浑：都。云裘：轻柔的皮衣。这是本剧旦角的上场词。

〔4〕夺：胜过。神凝秋水：神情如秋水般清朗沉静。蕙兰心性：如蕙兰般美好芬芳的心地和性情。冰雪聪明：聪明非凡。杜甫《徐卿二子歌》："大儿九龄色清彻，秋水为神玉为骨。"王勃《七夕赋》："金声玉韵，蕙心兰质。"杜甫《送樊二十三侍御赴汉中判官》："冰雪净聪明。"

〔5〕椿萱：父母的代称。爱重：喜爱看重。双掌擎珠：即掌上明珠，捧在手心里，形容极其珍爱。

〔6〕荆树凋零：指兄弟姊妹少。一枝缀玉：指自己为独女。陆机《豫章行》："三荆欢同株。"

〔7〕叹：嗟叹。介：又称科介、科，古典戏曲剧本中对动作、表情和音响效果等的舞台提示。早世：过早去世。

〔8〕服满：指为父服丧，三年期满。冥镪（qiǎng）：烧化用的阴间纸币。

〔9〕评点：评论圈点。朱墨：用红笔、黑笔不同颜色书写。音容已杳：声音笑貌已远。

〔10〕不争：如果，若是。老相公：古代戏曲中对老年男性的敬称。

〔11〕遗训：此指父亲临终前留下的教诲。刻忘：一刻忘之，指牢牢记得。壁间弓矢：墙上挂的弓箭。遗：留下。

〔12〕净面：洗脸。奁具：梳妆用品。

〔13〕愚不谏贤：愚蠢的人不劝谏贤明的人。卑不责尊：地位低的人不责备高位者。多口：多言，不该说而说。桃夭之候：出嫁的年龄。尽有：全是。不是：语助词，表示反诘的语气。《牡丹亭》第二十五出《忆女》："老夫人，春香愚不谏贤。"

〔14〕暄热：因春日阳光或走路而引起气温或体温升高。

〔15〕林林总总：繁多，数不胜数。鱼玄机诗："易求无价宝，难得有心郎。"《白头吟》："愿得一心人，白首不相离。"

〔16〕琼苞玉蕊上林枝：美丽又高贵的植物。上林，皇家园林名。凡葩：凡花，平常的花。轶群：超群。

〔17〕有分：有缘分。吕渭老《浣溪纱》："阿谁有分伴吹箫？"

〔18〕净：杂剧传奇中的男性角色。副：副净。杂：又称杂当，老年妇女角色。丑：性格诙谐的角色。

〔19〕架虚词：弄虚作假的话。嫫母：传说中的黄帝之妻，貌极丑。妙谛：精妙的道理。葫芦旧样：依葫芦画瓢，模仿复制。此指复制过去的做媒方法。不济：不成。相：亲自察看。魏泰《东轩笔录》卷一引宋太祖语："翰林草制，皆检前人旧本改换词语，此乃俗所谓依样画葫芦耳。"

〔20〕区区：自称的谦辞。

〔21〕溜边：靠边的，指不是主要参与者。

〔22〕分肥：分取利益。

〔23〕去来：去。来，语气词。

〔24〕外：戏曲中的男性角色名。贴：又称贴旦。戏曲中仅次于正旦的女性角色名。诨：戏曲中的插科打诨。

〔25〕把家当户一身持：指一人持家。把、当，都是管理、主持之意。

〔26〕可奈：怎奈。娇痴：天真不懂事。完心事：了却心事，此指女儿婚嫁之事。

〔27〕门第清华：门第清高显贵。

〔28〕争奈：怎奈，无奈。潘安：东晋潘岳，字安仁。子建：指曹植，曹植字子建。温侯：指汉末刺杀董卓的吕布。王济《连环计》第三十折《团圆》："一家文武兼合，温侯此日配貂蝉。"

〔29〕牵缠冤苦：牵绊、纠缠、委屈、痛苦。

〔30〕闺仪：女性遵守的行事规范。

〔31〕入了学：指通过考试进入府、州、县学读书。解元：指乡试第一名。

〔32〕朝奉：此处作为对富人的尊称。当典：当押和典押，指当铺。钱庄：旧时的金融机构。黄的、白的：指金银。不动的老项：不动产，老项，或指古董。不打紧：无所谓，此谓不是最重要的。粉团花：绣球花。

〔33〕员外：指地主豪绅。左金童：观音等神像边一般左金童，右玉女。

〔34〕一等第一：一等一，一等里的第一。

〔35〕上茔：上坟，扫墓。

〔36〕照会：招呼。使得：行，可以。

〔37〕定礼：古代婚俗中男方送给女方的彩礼。传红下聘：古代婚俗，结婚前下聘礼，聘礼一般为物品，物品用红彩缠绕。

〔38〕斩捷：又作斩截，干脆利落。

〔39〕攒：聚集。今番：这次。赤线：传说中的月老红线。郑以伟《平陵罗贞女》："右肩担清醑，左牵有祯羊。青庐行聘礼，红彩缠酒甒。"李复言《续玄怪录》之《定婚店》写韦固见掌"天下之婚牍"的老人，老人有囊，囊中有"赤绳子"，"以系夫妻之足。及其生，则潜用相系。虽仇敌之家，贵贱悬隔，天涯从宦，吴楚异乡，此绳一系，终不可逭"。

〔40〕生：戏曲中的男主角。小生：剧中仅次于生的男性角色。

〔41〕拙庵：小生字。

〔42〕亸（duǒ）：下垂。罨（yǎn）画：色彩鲜艳的画。郊原：原野。幰（xiǎn）：古代车上的帷幔。

〔43〕马踏杏林香里：指进士及第。雁塔名题：唐代进士及第后往往会登大雁塔，在塔内墙壁上题名。后成考中进士的代称。鸡窗：书斋。志砥：砥志，指专心致志地读书。薇垣：指中书省。唐开元元年改称中书省为紫薇省，简称薇垣；元代称行中书省为薇垣。"薇"也作"微"。兰省：兰台，指秘书省。簪笔：珥笔，插笔于冠。彤墀（chí）：丹墀，指朝廷。

〔44〕又侯：生周孝字。青紫：古代公卿绶带之色，代指高官显爵。拾芥：比喻取之极易。改图：改变计划。《汉书·夏侯胜传》："胜每讲授，常谓诸生曰：'士病不明经术。经术苟明，其取青紫如俯拾地芥耳。'"

〔45〕薄：轻视。毛锥：指参加科举考试在众人中脱颖而出。班超故事：指不愿久事笔研间。折冲万里：原指在远离沙场的庙堂上的谋略克敌，此指在万里外的沙场上克敌取胜。

〔46〕粤寇：生站在当时朝廷的立场上称呼太平天国起义军。鸱张：嚣张。鼎看中原沸：中原渐如沸鼎，指中原将处险绝境地。作势：做出奋发的姿势。奋鹰扬志：大展雄才。剪：歼灭。红巾：红巾军，代指太平天国起义军。画麟阁：汉宣帝甘露三年（前51），因匈奴归降，为表彰功臣，图画十一功臣像于未央宫麒麟阁上。此为人臣荣耀之最。

〔47〕提携：此指相携。辈：侪辈，同类，指都是踏青相亲的人。芳坼（chè）：花开。照眼：耀眼。浓桃艳李：浓烈的桃花、艳丽的李花。鸾笙象板：对乐器笙、拍板的美称。清音袅袅：柔美的音乐缭绕。呼朋引类：招引志趣相同的人。寻欢：寻求欢乐。莫负：不辜负。翠袖红裙：指女性。迂儒：不通世情的读书人。俗子：凡夫

俗子。

〔48〕小娘：指歌伎。吃哑酒：此指光喝酒，无歌伎助兴。

〔49〕统：都。

〔50〕马鬣荒披：坟墓倒伏状。马鬣，坟墓封土的一种形状，此指坟墓。茕茕：孤单，无依无靠。时祭：一年四时的祭祀。身后：死后，此指杜母自己。凄其：凄凉貌。周端臣《古坟诗》："马鬣就荒无认处，墓前碑在野人家。"

〔51〕金罍（léi）：酒盏。底用：何用。当筵：面对酒席。羯鼓催：羯鼓催花开。两句写游春饮酒作乐以及酒乐对春的激发。南卓《羯鼓录》："羯鼓出外夷，以戎羯之鼓，故曰羯鼓。……其声焦杀鸣烈，尤宜促曲、急破，作战杖连碎之声，又宜高楼晚景，明月清风，破空透远。……（玄宗）尤爱羯鼓、玉笛。……尝遇二月初，诘旦，巾栉方毕，时当宿雨初晴，景色明丽，小殿内庭，柳杏将吐，睹而叹曰：'对此景物，岂得不为他判断之乎？'……高力士遣取羯鼓，上旋命之，临轩纵击一曲，曲名《春光好》，神思自得。及顾柳杏，皆已发拆。上指而笑，谓嫔御曰：'此一事，不唤我作天公可乎？'"

〔52〕凝妆：严妆，盛装打扮。王昌龄《闺怨》："闺中少妇不知愁，春日凝妆上翠楼。"

〔53〕形容鄙俗貌痴肥：神态粗俗，形体肥胖臃肿。

〔54〕花花荡子：花花公子、浪荡子。此句评价王公子、孙小朝奉是只会吃喝玩乐的富贵浪荡子。

〔55〕饶：尽管。折不下蟾宫娇蕊：不能蟾宫折桂，即中不了进士。

〔56〕神清骨奇：神色清朗，骨相不凡。燕颔虎头：形容相貌威武。万里侯：立功边远地区而受封侯爵。《后汉书·班超传》："其后行诣相者，曰：'祭酒，布衣诸生耳，而当封侯万里之外。'超问其状，相者指曰：'生燕颔虎颈，飞而食肉，此万里侯相也。'"

〔57〕鸾凰：两种神鸟，比贤士和淑女，此指般配的夫妻。于飞：偕飞。

〔58〕粼粼：即辚辚，车行声。陡地：突然。神迷心醉：形容十分迷恋爱慕。

〔59〕铅华不御：不施脂粉。天然致：天然风致。无双佳丽：独一无二的貌美女子。

〔60〕恁般：这般，这样。

〔61〕瑶台：传说中的神仙居处。玉姬：仙女。尘世：人间。游戏：游玩、戏耍。

延伫：延颈久立。

〔62〕顿足：以脚跺地。

〔63〕不就：不成。

〔64〕三生石上缘曾缔：前生姻缘，来世重新缔结。《甘泽谣》载唐代李源与圆观道人相约来世相见的故事，末有歌曰："三生石上旧精魂，赏月吟风不要论。惭愧情人远相访，此身虽异性长存。"

〔65〕空手：周孝的一双羊脂玉钏已被杜家取走，故丑空手。

〔66〕互拱：互相拱手道别。

【评析】

第三出《得婿》，刘清韵通过杜夫人之口，交代了杜宪英所接受的教育。与传统的"针黹闺仪"教育不同，其自小接受的是父亲"今日讲文、明日讲武"的训练。这样教育出来的女子，见识、心性、志向等自然不同。首先，她不认为女性必须要结婚，她视不如意的婚姻为"牵缠冤苦"，大可不要。父女都不认同"父母之命，媒妁之言"的观念和做法，其父临终前交代女儿："汝母粗疏，你的识见远过于他，那百岁良缘须自主。……不须羞涩效凡姝，只管留心拣择休教误。"（第一出《惨诀》）故杜宪英坚持自择佳婿。颠覆男相女的相亲模式，坚持女相男。宪英有自己的择婿标准。剧中除了笼统说"年来求亲的何止数十百家"，还通过四位媒婆描述了五位被相的对象，分别是大官、大商人、大财主家的公子，举人以及弃科举而有折冲万里之志者，前三位是有目共睹的第一等人家，后两位是潜力股，特别是放弃科举者，未来最不确定，而宪英看中的正是这一位。只有这一位与她志趣相投，能共同"奋鹰扬志"，"画麟阁，名垂青史"。此剧具有强烈的现代意识。

此出出场人物众多，但安排得井井有条。先是主旦上场，用上场词和独白以及婢女的规劝与对话，将事情交代得清清楚楚。接着四媒婆上，此处一用媒婆的刻板印象，二用丑与贴的对话插科打诨，活跃舞台气氛。然后老旦上场，众媒婆叙述相亲对象并与老旦商量明日相亲之事。接着是次日相亲场面。生、小生先上场，抒情言志；接着另三位相亲者上场，然后老旦、旦、四媒婆上场，场上分成两个区域，被相亲者在赏春，相亲者在议论、做决定，最后以一位媒人的"空手"向被相亲者表明相亲结果。即便是群像人物，也力求写出个性。如此日清明,踏青者众,被相亲者,虽带相亲目的,但大官、大商人、地主家公子上场即唱“急寻欢”“好招他翠袖红裙”,特别是大商人子孙小朝奉先是感慨“不曾带得小娘,吃哑酒,没趣”,后又与大官王翰林子尽情欣赏“来来往往”的“游女”,充分暴露其花花公子的本色,也印证了宪英的“花花荡子”的判断。又如丑扮演的媒婆,相对是最自谦的一个,先是说自己来是“溜边”的,就想能喝杯“喜酒”,其介绍两位对象,强调只是二等的人家,但人才则是一等一的。其最终却成为胜利者。出乎一般人意料,是剧作家的精心安排。此出宾白各随人物身份性格,堪称本色。十支曲子,写景、抒情、言志,皆恰到好处。